危险名单

张和平 著

中国言实出版社

图书在版编目（CIP）数据

危险名单 / 张和平著 . -- 北京：中国言实出版社，2017.12
ISBN 978-7-5171-2644-7

Ⅰ.①危… Ⅱ.①张… Ⅲ.①长篇小说 – 中国 – 当代 Ⅳ.① I247.5

中国版本图书馆 CIP 数据核字（2017）第 316157 号

出　版　人：王昕朋
总　监　制：朱艳华
责任编辑：史会美
文字编辑：崔文婷
封面设计：淡晓库
责任印制：佟贵兆

出版发行　中国言实出版社
　　　地　　址：北京市朝阳区北苑路 180 号加利大厦 5 号楼 105 室
　　　邮　　编：100101
　　　编辑部：北京市海淀区北太平庄路甲 1 号
　　　邮　　编：100088
　　　电　　话：64924853（总编室）　64924716（发行部）
　　　网　　址：www.zgyscbs.cn
　　　E-mail：zgyscbs@263.net
经　　销　新华书店
印　　刷　北京温林源印刷有限公司
版　　次　2018 年 1 月第 1 版　　2018 年 1 月第 1 次印刷
规　　格　787 毫米 ×1092 毫米　1/16　22.75 印张
字　　数　350 千字
定　　价　56.00 元　　ISBN 978-7-5171-2644-7

目 录

第一章　逃难列车

1

又要打仗了。

1948 年 8 月下旬的一天，天热得出奇。一辆从张家口开往北平的蒸汽火车正吐着粗气，在平绥铁路上疾驰着。

这列火车只有五节车厢，而且还都是硬座。

张家口距离北平虽然只有二百多公里，但列车出了张家口车站后就走走停停，走出半天时间，还不够路程的一半。

与其说这是一辆旅客列车，倒不如说是逃难列车。列车上的乘客大多是在张家口做生意的、当官的，当然也不乏一些官太太。由于战乱，那些趾高气扬的官太太们早已经不见了昔日的风光，顾不得了自己的身份，一个个灰头土脸垂头丧气的。有的蜷缩着身子昏昏欲睡，有的则惊恐万状地观看着车窗外，恨不得一下子飞回北平去。车窗的外面，一队队行色匆匆的国军士兵在向张家口的方向前行，队伍拉得老远老长。而更远处的乡村土路上，则是另一番景象——

蠕动着缓缓而行的马车和携家带口的逃难者，他们在向相反的方向而行。可怕的战争正在张开令人恐怖的血盆大口，悄声无息地向这里逼近。

李云芳紧裹着灰布衣服，蜷缩在车厢的一角，身体随着火车单调而又有节奏的"哐当哐当"的车轮声晃动着，对面一个七八岁的小男孩依偎在母亲的身边，惶恐不安地望着身边的大人们。而小男孩的母亲则强作欢颜，不时地抚摸着孩子的脸颊，嘴里说着安慰的话语。

正值盛夏时分，天气异常炎热，车厢里到处是难闻的汗腥味，让人感到有些窒息。尽管捂着鼻子，李云芳仍然感到酸臭味直往鼻子里钻，一阵阵恶心袭来，于是她便掏出手绢在脸前不停地扇动着，一来赶走越来越大的酸臭味，二来暂时平静一下自己焦急的心。

就在昨天晚上，李云芳的舅舅也就是保密局张家口站副站长李宝库面色沉重地告诉她，平绥纵队在龙城县所有的音信全部中断了，张家口站连续派出两个小组去恢复工作，但这些人一去便落入了共军的手里，从此杳无音信。李宝库考虑到李云芳是龙城人，又是自己的外甥女，对龙城人熟地熟，才派她返回龙城去和一个叫章鱼的人接头。当李云芳问起平绥纵队的相关情况时，李宝库却只字未提，只是告诉了她接头的半句暗号——这对于她这个只有二十五岁的女特工来说无疑是一种严酷的考验。

在不远处的走廊里，坐着一个三十来岁的小鼻子小眼睛的秃头男人，样子虽然有点儿邋遢，但两只眼睛却小而机灵，就像偷油的老鼠，东张西望。此时，他正观察着李云芳的周围，生怕有人欺负李云芳——他叫韩老七。将伴随着李云芳去执行这次特殊的任务。

李云芳正在闭目思考，耳畔忽然传来一个男人的声音："请问这位小姐，您在张家口是做啥生意的？我看着您咋这么眼熟。"李云芳慢慢睁开眼睛，只见一个三十多岁戴着灰色凉帽的男人正一边扇着扇子，一边目不转睛地看着自己。

凉帽男人的对面则是一个穿黑衬衫的短发男子，跷着二郎腿悠闲自得地看着报纸，他是保密局北平站情报组的副组长梅凤祥，刚刚在张家口执行完一项绝密任务，正准备返回北平复命。凉帽男人一副生意人打扮，一双好看的眼睛好像在向她刺探着什么。李云芳毕竟在军统和保密局干了几年，只略微看了对方一眼，便感觉出对方的不一般。他虽然一身的生意人打扮，但眉宇间却隐隐显露出一丝军人的气质。她断定这个男人不是个纯粹的商人。

"我，我是个教书的，前两天到张家口看我舅舅。"李云芳按照舅舅事先的嘱咐，随口应答道。

凉帽男人呵呵一笑："请问小姐贵姓？"

"姓胡。"胡玉兰是她在龙城老家的名字，也是这次执行任务用的化名。

"兵荒马乱的，你怎么就一个人出门呢！来我这里坐坐。"凉帽男人笑着挪了挪身子，腾出一块儿地方。

"谢谢，不用了。"李云芳一笑，露出了两个迷人的酒窝儿。为了不引起人们的注意，出发前，李云芳尽量把自己打扮得老气一点，甚至连脸都没有洗，装成了难民的模样，但还是吸引了这个男人的目光。

"过来坐吧，顺便聊聊。我叫王大力，是做珠宝生意的，说不定到了北平后咱俩还能再见面呢。"

"让一让，我出去方便一下。"梅凤祥放下手中报纸，冲着李云芳淡淡一笑，然后站起身，向甬道一端的车门方向走去。

梅凤祥的这一笑，使得李云芳心中一哆嗦，她隐隐约约感到，这个人好像在哪里见过，但又一时想不起具体的时间和地点。李云芳把头埋得更低了。此时，她牢牢记着舅舅的嘱托，这次任务特别重要，千万不能暴露自己。

"胡小姐家住北平哪里呢？"凉帽男人见李云芳没有反应，又搭讪了一句。

"在西直门附近。"李云芳胡乱地说着，因为以前执行任务的时候，她在北平的西直门住过，对那里情况稍微熟悉一点。

"碰巧了，说起来，咱们俩还是邻居呢！我家也在西直门附近。这是我的名片，以后回到北平，可以到我家去坐坐。"那男人欠了欠身子，笑着递过来一张名片。

李云芳接过散发着香水味儿的名片，低头看了看，只见上面赫然写着：北平顺德珠宝行总经理王大力。李云芳早就听人说起过这家珠宝店在北平很有名气，而且在军统中央特训班培训的时候，赵克辉曾经带着自己到那里逛过，还在那儿买过一个手镯。于是她下意识地看了一下自己的手腕，但她的眼睛随即就移开了，因为她早已把那只价格昂贵的翡翠手镯给丢弃了。

李云芳本想多和王大力说上两句话，说不定自己以后再到北平去执行任务，还能用到这个人。但此时，赵克辉和舅舅的头像同时出现在她的脑海里，让她不得不小心行事，特别是临行前舅舅曾叮嘱过自己的话，执行的是特殊任务，任何时候都不能暴露自己，于是她冲着王大力莞尔一笑，摆了摆手："谢谢，不用客气。"说着便把名片放进了衣兜里。

那个王大力还在笑着追问："请问胡小姐，你舅舅在张家口是做什么的，说不定我们还认识呢！"

"我舅舅是做皮货生意的。"李云芳继续编着瞎话，因为张家口的大境门附近到处都是皮货店。

出于职业的本能，她一边回答着王大力的问话，一边用眼睛向四周观察着。她发现在王大力身旁的走廊中，还有两个膀大腰圆的男人，在王大力说话的当口，这两个人的眼睛在不时讨好地看着他。看来他们是一伙儿的，一看都不是善茬儿，李云芳这样判断着。

"请问胡小姐，在北平的哪个学校教书呢？"王大力冲着李云芳笑了笑，继续问道。

本想随便说几句话就能把对方骗过去，没想到碰到一个刨根问底儿的家伙，李云芳心中掠过一丝不快："我在……"她感到有点难以自圆其说，不免憋得满脸通红。

"看来，胡小姐不方便告诉喽！那就算了，也是，这年头兵荒马乱的，坏人特别多。"王大力自我解嘲地笑了笑，不再言语了。但他的眼睛始终没有离开李云芳，把李云芳看得有点儿不好意思起来。于是，李云芳便把头低垂下去。

一个留着小胡子流里流气的男子一手拿着柴沟堡熏鸡，一手拎着酒瓶子跟跟跄跄走了过来，嘴里还在拼命地嚼着鸡肉。车厢里立刻又多了浓浓的白酒味儿。当小胡子走到李云芳的面前时，眼睛陡然一亮，嬉笑着把吃剩下的半个鸡腿递了过来，然后色眯眯地说道："看你的小模样长得不错，来，吃个鸡大腿儿。"说着，他的整个身体摇摇晃晃地几乎栽倒在李云芳的身上。

甬道中一个正在玩耍的小男孩"哇"的一声大哭起来。

"你个败兴鬼，穷折腾个啥？瞧把俺们吓的！"小男孩的母亲一边护着孩子，一边瞪了小胡子一眼，指着小胡子狠狠地骂道。

小胡子根本没有顾及小孩子母亲的喊叫声，而是死乞白赖地看着李云芳，不怀好意地笑道："这可是正宗的柴沟堡熏鸡，你尝尝，挺好吃的。"说着竟然把鸡腿杵到了李云芳的嘴边。

"你混蛋，无耻。"李云芳顿时跳了起来。她想发作，想一拳把这个无赖揍趴下，但最终还是按捺住了，没有出声，只是透露出一丝怨气。

韩老七缓慢站起身子，两只眼睛射向小胡子，慢慢向这边走来，两只手也瞬间变成了拳头。

王大力和颜悦色地看了看小胡子，慢慢站起身："我说，大家都出门在外，相互多担待点儿。"

小胡子瞥了王大力一眼，皮笑肉不笑地说："呵呵，人们都说乱世出英雄，这年头啥人都有，有本事留在张家口甭走呀，在这里充啥大瓣儿蒜！想英雄救美呀，也不撒泡尿照照自己！"

王大力仍不紧不慢地笑道："这位老哥说话客气点，免得闪了你的舌头。"

小胡子不屑一顾道："呦呵，我倒要看看，你装什么大尾巴狼？你是赶哪趟车的呀？"说着举起拳头向三大力打来。

周围的旅客立刻发出了一阵嘘声："小伙子，还不赶紧躲开呀！"

"你咋还不躲呀，真是的。"

旅客们不禁为王大力捏了一把汗。

王大力仍旧呵呵笑着，不慌不忙地摇动着扇子。

小胡子突然浑身痉挛起来，举起的拳头僵在了那里，"哎呀哎呀"叫个不停，原来他的手正被身后一个五大三粗的壮汉攥在手里。在壮汉的背后，梅凤祥依旧冲着李云芳微笑着。

那壮汉哼了一声："我就是赶这趟车的，小子儿，放尊重点，快点儿给这姑娘道歉，不然老子捏碎你的骨头。"

小胡子又挣扎了几下，想和壮汉较劲儿，结果壮汉的手稍微用了下力气，小胡子便疼得五官都错了位，扯开嗓子大喊大叫起来："哎哟，好汉快松手呀，疼死我了！"

壮汉厉声喝道："瞧你个怂性，就这点儿本事呀！还敢跟你爷爷我叫板，还不快给姑娘道歉！"

王大力站起身，拿起自己喝剩下的半瓶啤酒，慢慢倒在了小胡子的头上，然后笑了笑："滋味儿怎么样？"

小胡子难堪地左右看了一眼，有点委屈地来到李云芳跟前，弯腰鞠了一个躬，小声说道："这位姑娘，我错了，下次再也不敢了。"

壮汉攥着小胡子胳膊的手又略微用了点力气："小子，说话咋像个娘们儿，大点声，这位小姐没听清。"

小胡子顿时"哎哟、哎哟"叫了起来，赶忙大声道起歉来。

壮汉感觉还有点不解气，用力一搡。小胡子晃晃荡荡地跌坐在了地上，然后爬起身灰溜溜地跑了。

看到小胡子的滑稽相，李云芳不好意思地笑了，她来到王大力跟前，深深鞠了一个躬："多谢您的搭救……"

王大力也站起身，笑道："别客气，都是出门在外，说话办事儿都得留一条后路……"

"大家让一让。"梅凤祥从人群后面穿了过来，坐下后，冲着李云芳笑了笑，拿起报纸继续看着。

旅客们议论纷纷起来："就是，就是，这个小胡子忒可恶了。"

"虽说是要打仗了，可也不能胡来呀！"

"是呀，这年头，天天打仗，啥时候才能太平呀！"

一提起打仗，旅客们又唉声叹气起来。

2

车窗外忽然传来沉闷的炮声和列车紧急制动时车轮与铁轨摩擦刺耳的声音。紧接着，几架飞机呼啸着飞过来，巨大的引擎声让人感到一阵阵紧张。

突然，列车缓缓慢了下来，最后竟然发出了巨大的制动声，慢慢停了下来。

李云芳心里一怔，看来舅舅的担心是对的。昨天晚上舅舅叮嘱过她，由于战乱，这趟列车经常晚点不说，弄不好还会中途停车。傅长官虽然使出了看家的本事，在沿途部署了很多的兵力，全力保障平绥线的畅通，可是小股的共军也在拼命破坏铁路，并在不断向张垣地区集结，准备包围张家口，进而威胁北平的安全。

"火车走不了了，前边的铁路被共军破坏了，大家下车自己想办法吧。"一个铁路警察大声吆喝着。

铁路警察的话语如同炸弹一样，在车厢里引起了巨大的恐慌，乘客们七嘴八舌议论起来："这可怎么办呢，从这儿到北平还有一半的路程呢！"

"这些挨千刀的，我们可咋回北平呀！"

"就这么把我们扔在荒郊野外啦！这前不着村后不着店的，该怎么办呀？"那些刚才还得意扬扬的太太顿时号啕大哭起来。

回家的路没了。李云芳心中掠过一丝不安。虽然她在回来的路上做过种种最坏的打算，但却从来没有想到这一点。当听到了这个消息，不免有些紧张，她下意识地向四下看了看，想找韩老七商议一下对策。

突然，窗外传来一阵急促的枪炮声，乘客们惊慌失措起来，有的抱成一团，有的竟然趴在了地上。

"共军来啦，大家快跑呀。"人群中不知是谁歇斯底里地喊了一声。一车人霎时炸了营，纷纷拿起行李向车门跑去，准备夺路而逃，车厢里立刻乱成了一锅粥。

李云芳拎着皮箱，夹杂在逃跑的人群中，拼命奔跑着。刚跑出不远，就听到身后突然传来两声清脆的枪响。此时她已经顾不上许多了，加快步伐向站外跑去，刚跑几步，就发现王大力也跟了过来。王大力一把拉起李云芳冲进了站台外一人高的玉米地。当看到共军没有追来，李云芳才停下脚步，一屁股坐在了地上，上气不接下气地喘着粗气。正在这时，她又听到了两声清脆的枪响，枪声就在附近，李云芳本能地回头一看，王大力一头栽倒在自己的面前，再往远处一看，小胡子正拿枪指着自己，而刚才那个壮汉也口吐血沫儿倒在地上，身体痉挛着，他手里还拎着两个大箱子。

"你……"李云芳顿时火冒三丈，赶忙从怀中掏枪。

但还没等她拔出枪，小胡子一下便把她掀翻在地："小娘们儿，哪儿跑？实话告诉你，老子吃这条线也不是一天两天了，想和我作对，没门儿。看来老子今天赚了，你要想活命，就拿着箱子，乖乖跟我走。"小胡子露出了得意之色。

李云芳无奈地站起身，拎起了其中的一个箱子。当她看到倒在地上满身是血的王大力时，才真正感受到了血腥味儿。说实在的，以前她也杀过人，但那都是一些被折磨得半死不活的人，而现在倒在眼前的是刚才还活蹦乱跳的大男人，并且是救过自己的恩人。

"别看了，他已经死了，走。"小胡子厉声喝道。

李云芳绝望地望着小胡子，没想到还没有到龙城，自己就这样完蛋了，她有点不死心，仍在盘算着如何脱身。

小胡子一手拎着箱子，一手用枪指着李云芳，押着她走出了玉米地，慢慢向前走去。

对，自己的箱子呢？韩老七呢？李云芳这才发现，跟自己同行的韩老七没影了。他带的箱子里不仅有李云芳的换洗衣服，而且还有一本《康熙字典》——只有她才知道这本字典的真正用途。唉！现在想这些有什么用呢！自己有可能连命都保不住了。

这是哪儿呀？李云芳用余光看了一眼小胡子。当她看到小胡子一副得意扬扬的样子时，先是一阵紧张，紧接着定了一下神，她有了主意。李云芳把箱子放在了地上，转过身，拍了拍身上的土，又将了将自己的满头秀发，冲着小胡子努了努嘴，进而媚笑了起来。

小胡子不解地问："你笑什么？别他妈的磨蹭，快点儿走，别跟老子玩心眼儿。"

李云芳挺了挺胸："放心吧，我现在是你手中的羊羔，跑不了的。你这是带我去哪儿呀？"

小胡子高兴地说："去我家。"

李云芳惊奇道："去你家？"

"今天晚上你陪老子玩舒服了，老子一高兴，没准儿明天就把你放了。要不然，可别怪老子手下无情。"小胡子似乎有点忘乎所以。

李云芳想，只要自己的手能伸进衣袋，就能很快结果这小胡子的狗命。她挤眉弄眼地冲着小胡子笑了笑，摆出一种风骚样子："何必呢，这里不是也没人嘛！"

小胡子四下看了看，有点儿犹豫。

李云芳又用挑逗的眼光看了他一眼，并轻声呻吟了两声。

小胡子终于上钩了，他举枪的手慢慢垂下，然后不顾一切地向李云芳扑来。

李云芳瞅准时机，一拳重重打在了小胡子的脸上。小胡子应声倒在地上。就在小胡子的手枪飞起的一刹那，李云芳飞身把枪接在了手里，用枪指着小胡子："就你这点儿能耐，还想和姑奶奶玩吗？"

也许是李云芳下手太狠了，小胡子倒在地上嗷嗷怪叫起来："姑奶奶，饶命呀！"

李云芳不屑一顾道："瞧你那点儿德行！"

小胡子龇牙咧嘴地说："姑奶奶，下次我再也不敢了。"

"今天遇上姑奶奶，恐怕你已经没有下一次了。"李云芳用枪指着小胡子，要扣动扳机。

"组长，组长。"韩老七一瘸一拐地向这边走来，原来他受伤了。李云芳惊奇地问道："究竟是咋回事儿？你伤在哪儿了？"

韩老七扬了扬胳膊："不大碍事儿。刚才你下车的时候，我发现那个救你的王先生在跟踪你，这个王八蛋跟在你俩身后，我想他一定还在打你的主意，就跟踪了他，没想到，这个王八蛋还有帮凶。刚才我在与那个帮凶干仗的时候，受了点伤。组长，你没事儿吧？"

李云芳淡淡一笑："我没事儿，那咱们走吧。"

韩老七说："现在咋走呢？又没车。"

李云芳回头看了一眼仍在地上嗷嗷叫的小胡子，厉声说："起来，跟我走！"

小胡子刚刚吃力地爬了起来，又被韩老七打翻在地上，他一脚踏在了小胡子的背上，伸手还要打，被李云芳制止住了。她眼珠一转，喊道："小子儿，你想活命还是想死？"

小胡子趴在地上，一个劲儿地作着揖，带着哭腔喊道："姑奶奶，我想活，饶我一条狗命吧。"

李云芳冷笑道："小子儿，想活命行，就跟着姑奶奶干，到时候保证你吃穿不愁。"

小胡子一听，连忙给李云芳跪下了："感谢姑奶奶不杀之恩。"

李云芳道："你叫什么名字，干吗在铁路上抢劫？"

小胡子哭诉道："姑奶奶，我叫张二愣，原来是国军第53军的，后来家里老母生病了，开小差跑了回来。为了给老母治病，就开始吃这条铁道线。后来我尝到甜头了，想收手也不行了，就拉起了杆子，现在住在金鸡岭。"

李云芳先是骂了一句："党国的败类。"但她很快又问："你的队伍有多少人马？"

张二愣哭着说："有三十多个人。"

李云芳心中一阵窃喜："这么说，你还是个大当家的。等哪天带我到山上去做客。对了，你的队伍都是些什么人？"

张二愣哭笑不得地说："我那几个喽啰，有几个以前当过兵，还有几个家里确实揭不开锅了，才上山为匪。"

李云芳收起了手枪："现在时局动荡，不知你有啥想法，为何不带着大家走一条明路。"

"一条明路？"张二愣有点丈二和尚摸不着头脑。

李云芳笑了笑："这样吧，你跟着我们干。"

张二愣顿时恍然大悟，冲着胡玉兰抱拳作揖道："好好好。今后您就是我们的大当家的，请受兄弟一拜。"

李云芳呵呵一笑："既然你愿意，那咱们就说好了，我先到龙城县办事去，到时候我会通知你的。"

李云芳打开两个箱子，几个人的眼顿时一亮，原来箱子里不仅装了很多值钱的古董，还足足装了几百个大洋，最后竟然在箱子底下翻出来一个国军的军官证。李云芳拿起一看，鼻子险些气歪，只见上面写着：第53军作战参谋王大力。上面穿军装的照片和血泊中的王大力竟然长得一模一样。

"败类！党国的败类。"李云芳又重重地骂了一句，她心里明白，这个王大力要么是临阵脱逃的军官，要么是和国军相互勾结发战争财的奸商，她想了想，拿出二百个大洋递给了张二愣。

张二愣吓得直哆嗦，不敢接："姑奶奶您饶了我吧，我不要。"

李云芳横眉立目道："嫌少吗？"

张二愣哆哆嗦嗦地说："我哪儿敢呀，我长这么大，还没见过这么多钱呢，再说了，您又是我们的大当家，我高兴还来不及呢！这下，弟兄们可有了靠山了。"

李云芳命令道："张二愣你听着，这些钱你先给弟兄们分分，到时候我会随时找你的，你如果敢欺骗姑奶奶，这就是下场。"说着李云芳甩手就是一枪，刚刚落在树上的一只小鸟应声落地。

为了防止流弹，李云芳来到一个高处，借助树的掩护，不停地变换着姿势观察着，过了好久，才在西南方向隐约看到一个村子。李云芳想了想说："张二愣，你马上回村去，给我找一辆马车，我和老七要趁着黑夜赶路。"

"这……"张二愣看了看李云芳皱了皱眉。

李云芳威胁道："你胆敢跟姑奶奶玩花花肠子，到时候可别怪我不讲情面！"

张二愣一下子又跪在了地上，苦笑道："姑奶奶，我哪儿敢呀？我是想请您到山上去，和弟兄们见个面儿。"

李云芳呵呵笑道："到时候，你不请我也会去的。可是，今天姑奶奶没时间，我们要赶路。"

韩老七趴在李云芳的耳旁小声说："我看这小子有点不靠谱，不如干掉他算了。"

李云芳瞥了张二愣一眼："谅他也不敢。"

张二愣果然没有食言，时间不长，就找来了一辆马车。

李云芳把包裹扔在了车上，然后和韩老七跳上马车，准备要赶夜路。张二愣摇了摇鞭子想上车，却被李云芳劈手夺了过去："张二愣，今天你不必去了。"

张二愣不解地问："大当家，你不要我了？"

李云芳笑道："你这几天就老老实实待在家里等我的消息，到时候我会派人来找你的。"

"是是是。"张二愣点头哈腰地一连说了三个是，才拎起地上的两个箱子，一瘸一拐地向村子走去。刚走几步，他又回头问道："姑奶奶，到时候我到龙城去找谁呀？"

李云芳头也不回地说："胡玉兰。"

第二章　八仙洞

3

在南京的蒋委员长做梦也没有想到，就在他派重兵向山东和陕北开展的重点进攻进行得如火如荼的时候，晋察冀和冀热辽的解放军却在察哈尔的东西两侧同时展开了强烈的攻势。不到两年时间，张家口以西、以北的大片区域先后解放，1948 年 8 月，塞外重镇龙城重新回到了人民的怀抱，华北的战局发生了扭转。国民党傅作义集团在张家口的统治摇摇欲坠了。而此时，远在南京的蒋委员长对眼前的战局也无可奈何，只得对着墙上的地图望北方，感叹共产党的厉害和自己手下的无能；北平的傅作义仍在举棋不定，一边是蒋委员长要他南撤加强长江防线的命令，一边是有着数百年文化积淀的历史名城——北平城。另外，傅作义的内心深处想到的还有另一个去处，那就是绥远。

张家口西接绥远，南连北平，历来是兵家必争的要地。而龙城县因为毗邻长城，战略意义更加重大，同时也是傅作义西撤的必经之地。龙城的解放，无疑使北平的傅作义无比震惊，因为解放军随时会把北平和张家口分割开来，到那时，他将面临腹背受敌的可怕局面。但面对战局的逆转，他也表现出了无奈，不到万不得已，他是不敢再贸然组织力量去收复龙城的。目前北平的安危是他面临的最重要的事情，一旦北平失守了，他是无颜到南京去见蒋委员长的。

共产党这边也没有闲着，战火的硝烟刚刚散去，龙城县公安局便在解放军军管会的配合下，开始对全县的军警宪政特人员进行登记，对社会治安进行有效的管理，当然最主要的事情还是剿匪——盘踞在龙城县多年的那些政治土匪钻进了深山沟，他们大多是还乡团和横行乡里的恶霸。国民党统治的时候，他们作威作福惯了，如今国民党倒台了，他们依然做着昔日的黄粱美梦，仗着人熟地熟竟然和共产党打起了游击，龙城县最大的土匪头子侯有林就是其中之一。

龙城县公安局侦缉股股长李剑锋今天一早得到了村民提供的准确情报——侯有林和十来个武装土匪正潜伏在五区姚官营村附近的八仙洞里，于是他带领公安队马不停蹄地赶了过去。

根据老乡报告，昨天上午，姚官营村的两个老乡进山打猎。当他们打了一只狍子和几只野鸡，刚在溪边吃完干粮，准备回村时，忽然发现树林里有一只獾子。那只獾子也发现了人，沿着山坡向上跑去，两个老乡紧追不放，跟着獾子来到了八仙洞附近。老乡发现了獾子后，开枪把獾子打死了。可就在老乡们拎着獾子刚要下山的时候，发现了几个土匪正哼着下流的小曲，大摇大摆朝这边走来。两个老乡猜想，大概土匪们下山抢劫去了，身上不仅背着几袋子粮食，手里还拎着抢来的鸡。两个老乡想躲已经来不及了。土匪们看到老乡，一窝蜂地围了上来，用枪指着老乡这问那。当得知不是解放军探子的时候，眼睛落在了老乡身上的猎物上，顿时眉开眼笑起来，并开始动手抢劫猎物。老乡们不给土匪猎物，几个土匪抢起枪托就砸，不仅把他们毒打了一顿，而且还砸坏了猎枪，抢走了猎物。面对人多势众的土匪，老乡们只能把委屈埋在心里，但从几个土匪骂骂咧咧的话语中，老乡们得知，著名的土匪头子侯有林此时正藏在八仙洞里。就是他指挥着这几个土匪去下山抢劫的。望着土匪们扬长而去的身影，老乡们想起了区政府关于剿匪的布告，便赶忙拖着受伤的身体一路小跑，回去报告。

八仙洞位于龙城县西北部的深山区，这里距离县城五十公里，距离最近的姚官营村还有二十里路。这里山林茂密，道路崎岖，自古以来，就是土匪出没的地方。从这里再往前走，便是人迹罕至的原始森林，绵延足有近百公里，确实是一个理想的藏身之地。

李剑锋带领两个班的公安队战士经过三个小时急行军，来了八仙洞的山沟。向导指了指不远处半山坡上云雾缭绕的几棵松树说："这就是八仙洞。"

"大家注意隐蔽。"李剑锋提醒道。看到队员们都隐蔽好了，李剑锋便拿出望远镜，倚靠着一棵大树，认真地观察着地形。

张班长望着山坡上的几棵松树，皱了皱眉头："我说李股长，这哪儿有山洞呀，不就是几棵树嘛！"他见李剑锋没说话，又安慰道："李股长，你就把心搁肚里吧，就侯有林这几个毛贼，还不够咱们一盘菜呢！"

李剑锋"嘘"了一声，指着半山腰的几棵松树说道："看见没有，松树的下面就是山洞。这个八仙洞，一共分为两层，共有八个山洞，洞虽然不大，但彼此可以相互照应。这里原来是这一带老百姓打柴、采药时避雨的地方，想不到侯有林竟然躲在这里。"县大队侦察排长出身的李剑锋侦察打仗是把好手，他的鬼点子多，怪点子也多，常常是出其不意，让敌人防不胜防。敌人一提起他就头疼，因为你还不知道怎么回事儿，他就突然钻了出来，搞了你一家伙，自己竟毫发未伤，然后全身而退。自打调到公安局工作后，工作性质变了，对手也变了。从侦察国民党军队改为侦察土匪武装，他打仗的方法也跟着在变。龙城解放前夕，他参加过很多次剿匪战斗，但那大多是在东部山区，对手也大多是单纯的经济土匪，没有什么战斗力。这次却不同，对手是一个熟悉我军作战方式的惯匪，而且曾经是个八路军的指挥员，手下的土匪有的还当过国民党正规军，所以不能小看。李剑锋用望远镜仔细地看了一下地形，在心里不免称嘀咕道，真是个狡猾的家伙！这里进山的路只有一条，洞口在半山腰，又有树木作掩护，如果不仔细看，即使走到了跟前，也很难发现洞口。而敌人站在洞口，就可以对山下的一切一览无余。且背后又有大山作掩护，进可以到附近的村子搞破坏活动，退可以迅速钻进原始森林。这个侯有林简直比狐狸还狡猾。

李剑锋收起望远镜："这个侯有林呀，是咱们县山底下村人，因为家里穷，不到二十岁就上山当了土匪，吃喝嫖赌啥都干，没钱了就带着人去抢，最多的时候手下能有二百多号人。抗战的时候，侯有林的土匪被平北八路军挺进军收编了，还一度成为咱们平北八路军的一个班长。可这个侯有林狗改不了吃屎，日本鬼子对咱们根据地扫荡那阵儿，嫌咱八路军管得太严了，条件艰苦，就带着人下山去抢老百姓的粮食，回来后被关了禁闭，没承想，这个家伙却趁看守不备，打死了看守的战士，投靠了日本鬼子。抗战胜利后，他二次占山为匪。国民党回来的时候，他带领还乡团回到龙城县，当起什么大乡队的队长，杀了不少共产党和革命群众。在以前的剿匪战斗中，侯有林之所以屡次漏网，就是他对我军的作战方式了如指掌。"

张班长吐了一下舌头："没想到他是这么一个惯匪。"

李剑锋看了看战士们："一会儿张班长带领一班从左面迂回过去，占领上面的山洞，我带领二班从右面迂回，占领下面的山洞，咱们两个组同时发起攻击，来他一个上下夹击。"李剑锋说完，和张班长分别带着战士向两面的山坡摸去。李剑锋带着十名战士，沿着陡峭的山路前行，不知不觉已经摸到了洞口外。他抬头向山上看去，只见张班长已经带着战士们从左面的悬崖边迂回到了山洞外。两个人相互打了个手势，几乎在同时钻进了上下两个山洞。但李剑锋很快又钻了出来，因为他听到了脚步声，定睛一看，是一个土匪正向洞口走来，边走还哼着下流的小曲。

等这个土匪走到李剑锋潜伏的地方，李剑锋从后面一下捂住了土匪的嘴，土匪一哆嗦，手里的枪掉在了地上。大概山洞里的土匪听到了动静，厉声问道："你他娘的喊什么？"听口音此人应是侯有林。

李剑锋用枪顶着土匪的腰，命令着："说话。"

土匪见情况不妙，只得乖乖地说道："大当家，我可能昨天喝多了，不小心摔了一跤。"

里面的土匪还不肯罢休，继续骂道："让你在洞口守着，你他娘的长点儿眼，别把共军放进来，要不然，大家全玩完了。"

土匪道："大当家，你就放心吧。"

里面不再言语了。李剑锋把土匪押到洞口，低声问道："洞里一共几个人？"

土匪胆战心惊地说："一共九个。"

李剑锋压低声音问："他们都在哪个洞里？"

土匪哆嗦了半天才说："侯有林在最里面的洞里，外面的两个山洞里各住着四个人。"

李剑锋问："有多少武器？"

土匪道："侯有林有一支手枪，一支冲锋枪，外面的山洞里有四支大枪。"

李剑锋指着上面的山洞："上面的山洞有人吗？"

土匪战战兢兢地说："我们一共就九个人，全都在这儿呢。"

李剑锋打量了一番山洞，山洞里面的空间很大，左右各有两个不大的山洞，外面的两个山洞比较简陋，再向里十来步，还有两个山洞，看来那两个就是土匪藏身的地方了。他一挥手，二十个战士同时冲了进去。

当李剑锋带人冲进最里面山洞的时候，侯有林正蜷缩在一堆枯树枝中，举着手枪瞄准着他，两只眼睛露着凶光。

李剑锋大声喝道："缴枪不杀！"

但随着一声枪响，举手电的战士应声倒在地上，也就在这同时，李剑锋几步蹿了过去，跳过枯树枝，一下子把侯有林扑倒在地，并重重地把他压在了身上。侯有林拼命地挣扎着，号叫着，和李剑锋扭打在一起，开始的时候还很凶猛，和李剑锋翻滚了几个来回，但经不住李剑锋的一顿拳脚，渐渐地，侯有林像死猪一样，躺在地上一动不动了。

几名战士冲了过来，把侯有林五花大绑捆了个结结实实。

李剑锋重重地拍了一下侯有林："侯有林，有本事你跑呀，我看你能跑到哪里去！"

侯有林瞪着俩眼看了看李剑锋，然后仰天长叹道："没想到呀，老子打了一辈子鹰，临了临了还是让鹰啄了眼。"

李剑锋挥了挥手："把他带走。"

侯有林不情愿地晃了晃膀子，恶狠狠地说："你别高兴得太早了，咱们走着瞧。"一个战士冲着侯有林重重地踢了一脚："侯有林，你都死到临头了，还张狂个啥！"

当李剑锋带领战士打扫完战场，不禁大吃一惊——这里的粮食足够几万斤，够一个连的人吃上一年。李剑锋一把大火烧了八仙洞，然后带着战士押着九名土匪和从匪巢里缴获的粮食等战利品，慢慢向山下走去。

4

龙城县城是个不到三万人口的小城。县城中央是一个三层高的玉皇阁，四面的街道由此延伸而去，通向四个城门。

龙城县县政府的驻地在玉皇阁西侧晚清时的老衙门里，是一个三进的四合院，墙西就是公安局，往西是看守所，俗称西大院。再向西不远就是西城门，出了西城门便是一片开阔地。

土匪头子侯有林被抓住的消息很快在龙城县传开了，十里八乡的人们争先恐后赶到了县城，住在县城里面的人们更是老早拥到了街道上，大家都想目睹一下这个恶贯满盈的土匪究竟长什么样。

龙城县县委书记吴自成、县长赵海山等人在公安局大门口站成了一排，迎接着凯旋的英雄们。公安局长王树生老早就在公安局大门口摆好了一大堆鞭炮，他还让秘书股的同志准备好了大红花，他要亲自把大红花给李剑锋戴上，让全县城的老百姓都来认识一下这个大英雄。

直到傍晚时分，李剑锋才押解着侯有林回到县城。当他们刚走到北门，老远就看到了敲锣打鼓的群众欢迎的队伍。由于抓住了侯有林，全城的百姓欢呼雀跃，有的给战士们送来吃的，有的抢着给他们戴大红花。可当人们看到队伍中间马车上的侯有林时，顿时群情激奋地冲了过去，呼喊着把马车团团围了起来。有几个胆儿大的冲上前来，一边骂着难听的话，一边从地上随手抓起砖头瓦块向侯有林打去。

押解的队伍立刻混乱起来。李剑锋一看，顿时急了，马上命令公安战士维持秩序。

侯有林也就四十来岁，大脑门儿，深眼窝儿，鹰钩鼻子，一脸的恶相。由于连日来的东躲西藏，早已满脸污垢，头发上沾满了树叶。此时他低着头坐在车上微闭着眼睛，任凭老百姓痛骂，任凭人们用劈柴、砖头、瓦块向自己打来。

由于群众报仇心切，押解的队伍走走停停，行走得十分缓慢。当走到玉皇阁十字路口的时候，再也走不动了——群众拿着各式各样的农具向这里涌来，边走边喊着什么。

　　龙城县的名绅、民为天粮油店的掌柜谢长发带着几个伙计手持木棒拦在了道路的中央：“侯有林，你个千刀万剐的土匪，你也有今天呀，你还我儿子，还我儿子，给我打。”在谢长发的指挥下，几个伙计抢着大棒冲了过来，把押送侯有林的马车围在了当中。

　　“住手，你们要干什么？”李剑锋大喝一声。几名公安队员跳下马车，把枪口对准了粮油店的几名伙计。

　　“李股长，你让开，我要为我的儿子报仇雪恨，我要亲手宰了这个兔崽子。”谢长发说完话已经是老泪纵横。

　　李剑锋走到谢长发的面前：“谢掌柜，我知道您报仇心切，侯有林杀害的不止是您的儿子，他身上还背了很多的血债，我们一定要血债用血来偿。您放心，党和政府会给您做主的，但是今天咱们不能把他打死了。”

　　谢长发流着泪喊道：“既然血债要用血来偿，可你为啥不让我报仇？”

　　李剑锋拍着谢长发的肩膀说：“谢掌柜，侯有林早晚是要死的，咱们得让侯有林接受政府的审判，不能胡来呀！”

　　谢长发的女儿谢丹从人群中挤了过来，拉着谢长发的胳膊说：“爸，既然政府都答应给我哥报仇了，咱还是回去吧。”

　　谢长发回头瞪了一眼马车上的侯有林，恶狠狠地说：“侯有林，你等着！你等着！”然后挥了挥手，带着几个伙计气呼呼地走了。

　　李剑锋扪心愤怒的群众把侯有林打死，只得让队员们在原地把侯有林保护起来，自己则眼巴巴向四下看着，盼着有谁能来帮忙。

　　正这工夫，李剑锋的胳膊被谁重重地拽了一下，他回头一看，原来是治安股长长贺国珍。贺国珍笑道：“剑锋，你还真有两下子，居然把侯有林给抓住了，这小子多鬼呀！”

　　李剑锋指了指越聚越多的老百姓，皱着眉头说：“先别说这个了，你赶快帮忙吧，要不然侯有林非得让老百姓给打死了。”

　　贺国珍看了看不断涌来的群众，皱了一下眉头，此时也没有更好的办法。他紧走几步，跳上了押解侯有林的那辆马车，一边扯着嗓子高喊着什么，一边挥舞着双臂，抵挡人们投来的砖头瓦块。围观的人群看到公安干部们如此保护侯有林，虽然有点儿搞不清楚其中的原因，但还是逐渐压抑住了粗鲁的复仇方式，把投掷行动转变为复仇的呐喊：

"枪毙侯有林，为死去的亲人报仇！"

"活剐了侯有林这个王八蛋，报仇呀！"

押解的队伍走走停停，当看到了公安局大门，李剑锋总算松了一口气。

可围观的群众仍然不肯离去，一直尾随着押解的队伍，吵吵闹闹地要进去看热闹。

公安局大门口霎时鞭炮齐鸣，锣鼓喧天。龙城县县委书记吴自成和县长赵海山等人一边鼓着掌，一边和李剑锋握着手。

等领导们和李剑锋等人握过了手，离开之后，侦缉股的侦查员赵雪梅挤了过来，一把拉住李剑锋，左瞧右看看，仔细端详了半天，才兴奋地说道："剑锋，你真有两把刷子，居然把侯有林给抓住了！"

李剑锋擦了一把汗，得意扬扬地说："我还有三把刷子呢！"

赵雪梅围着李剑锋转了一圈："你没受伤吧？"

李剑锋傻笑了一下："没事儿，难道你盼着我受伤吗？"

赵雪梅发现李剑锋胳膊上有血洇出来，便拿起来心疼地看了看："这是咋回事儿？疼吗？还说没有受伤呢！"

李剑锋从赵雪梅手中抽回胳膊，使劲挥了挥手，掩饰地笑了笑："回来的路上没注意，碰的，不碍事儿。"

不知什么时候，贺国珍也钻了过来，冲着赵雪梅做了个鬼脸儿："心疼了吧！告诉你吧，这是被龙城的老百姓打的，你看看我，伤得比剑锋还厉害呢！你说我冤不冤呢！"

赵雪梅这才发现贺国珍的浑身上下满是灰土，脸上还流着血："你们俩也真是的，为了这么一个土匪，值得吗？"

李剑锋憨憨一笑："侯有林即便有再大的罪恶，也得让政府审判吧，咱们不能让他就这样被群众打死呀。"

赵雪梅掏出了手绢，包在李剑锋流血的胳膊上，埋怨道："至于吗，这个侯有林早晚是个死，是死有余辜。"

贺国珍半开玩笑地说："我说雪梅，还有手绢吗？给我也来一块儿，我的伤比剑锋的可重得多。"

　　赵雪梅斜视了一眼贺国珍："等着吧，待会儿我给你拿去，再说了，你也不能太娇气了呀。"

　　"臭丫头，你这是咋说话呢？"赵海山走了过来。

　　赵雪梅一看是父亲，顿时吐了下舌头，不再言语了，紧接着拽着父亲的胳膊心疼地说："剑锋都受伤了……"

　　看到县长，李剑锋和贺国珍立刻立正站好，给赵海山敬了一个礼："报告县长，我们已经把土匪头子侯有林带回县城。"

　　赵海山兴奋地说："好样的，你们把侯有林抓住了，是我们剿匪工作的重大胜利，我代表龙城县人民感谢你们，要给你们记功，记大功。王局长，王局长……"

　　王树生走了过来，刚想说什么，可就在这时候，从县城的东南方向突然传来了一声爆炸声。人们扭头望去，只见区公所的方向腾起一个巨大的火球。

　　局长王树生一看，吓得脸色顿时突变。他立即带着公安战士向着爆炸声响起的地方跑去。

第三章　衣锦还乡

5

杨树沟是个只有十来户人家的小山村，背靠着大山，房子和院墙大多是石头垒砌的。村前是一条潺潺流淌的小河，村后山上遍布苍松翠柏。这里溪流淙淙，绿树成荫，间或有一两声鸡鸣狗吠声，也显得十分幽静。

天光刚放亮，现在的胡玉兰也就是原来的李云芳，老早就来到自家后面的山坡上开始了晨练。只见她穿了一件红色外衣，在绿树丛中时而辗转腾挪，时而踢腿出拳，还不时发出清脆的喊声。一套拳打下来，胡玉兰略微有点气喘吁吁，她收住了招式，把毛巾在溪水中洗了洗，然后擦了把脸，慢慢环视着四周的青山，静静体味着家乡的山色，心中泛着淡淡的喜悦。

"姑姑，奶奶让我喊您吃饭了。"胡玉兰抬头望去，小侄女杏花正一颠一颠地朝这边赶来，头上的两个小抓髻一颤一颤的，煞是好看。

胡玉兰一共兄妹二人，哥哥胡庆林早已结婚，每天和父亲操持着几亩沙土薄地，杏花正是胡庆林的孩子。胡玉兰一把揽过杏花亲了两口，问："你爸呢？"

　　小杏花天真地说："我爸早就吃了早饭，和爷爷上山采药去了。姑，你买的糖真好吃，真甜。"

　　"哦，走明儿姑姑还给你买啊。"胡玉兰笑了笑，带着侄女向炊烟袅袅的山下走去。

　　胡玉兰回到龙城县后，只在县城住了一晚上，便让韩老七把自己送到乡下，然后又让韩老七回到城里。山村本来就小，自己带了个大男人回来，目标太大了，很容易引起别人的怀疑。胡玉兰打算在老家住上几天，然后再到县城去找章鱼接头。自己离家已经十年了。十年来，她虽然无时无刻不在想念着这个小山村，但对家中的一切毕竟感觉有些生疏，如今回来了，才感受到了家乡的温暖。

　　见到闺女回来了，父母乐得合不拢嘴。闺女到张家口一去就是十年，走的时候还是黄皮寡瘦的小姑娘，回来变成一个亭亭玉立的大姑娘了。女大十八变，如今的闺女不仅人长得出息多了，更主要的是识文断字，通情达理。老两口心想，一定要为自己的闺女找一个门当户对的好人家。

　　母亲和嫂子铁梅已经把早饭准备好。胡家在村中虽然不是什么大户，但由于父亲做些小买卖，精于算计，生活还算过得去。在胡玉兰离开的这几年，家里还盖了几间土坯房。哥哥庆林早已分家另过，但胡玉兰回来后，嫂子铁梅便早早赶来，帮助婆婆做这做那。早饭后，胡玉兰向母亲提出要去看儿时的小伙伴，正在做着针线活儿的母亲笑了笑说："春枝她们几个早结婚了，都给了山外面，有的孩子都满街跑了，只有一个翠萍给了咱们当村。"

　　"翠萍给咱村谁了？"胡玉兰问。

　　母亲抬眼看了看胡玉兰，笑着说："胡三元。"

　　听了这话，胡玉兰顿时吃了一惊："胡三元？"

　　母亲说完这话，感觉有些不妥，又低垂着眼皮说："咱不提他了。闺女，你今儿个哪儿也不许去，就在家陪娘说话，十年了，我可想死你了！"

　　胡玉兰想了想，说："没事儿，娘，您说吧。"

　　母亲把手中的针线活儿放在针线笸箩，叹了一口气："你听娘说，娘知道当初拦着你们俩，没让你们俩好成，惹得你不高兴了。可是你爹当初是为了你好呀！你去了张家口后，三元来家找过你几次，想要你在张家口的地址，都让你爹给挡回去了。后来，三元也就死心了。你走这十年，逢年过节的，他也过来看看我和你爹。细想起来，三元这孩子待咱家也还不错。他现在是村里的民兵队长。"

听到这里，胡玉兰感到一阵心痛。是呀，如果十年前自己不跟着舅舅去张家口，和胡三元结婚的肯定是自己，而不是翠萍。她依稀记得和胡三元在一起时的一些场景。

杨树沟村本来就不大，年纪相仿的孩子更没几个。由于杨树沟村比较偏僻，战乱对这里的影响并不大。可村子人家少，没有像样的学堂，孩子们无法念书，男孩子每天跟着父辈们上山打柴采药，女孩子则在家中跟着母亲做针线活儿和家务。每天傍晚时分，是孩子们最开心的时候，吃完晚饭，他们就会三三两两地聚在一起，玩老鹰捉小鸡的游戏，每天都弄得就和土猴儿似的，直到玩得筋疲力尽了，才各回各家。

胡三元在家排行老三，自幼一直争强好胜，特别是在小伙伴中，总想显露一下自己的小聪明，小眼睛一眨就是个主意，有时候也会使点蔫儿坏。由于胡三元的家境还不错，引得胡玉兰、翠萍等几个女孩子都想嫁给三元。而胡玉兰对胡三元最为渴望，因为在她看来，三元不仅家境好，更主要的是他聪明伶俐。

十年前的一个夏天，玉兰和翠萍到村前的小河边去玩，当她俩用河水洗过了长发，然后互相搀扶着下了河堤，有说有笑地向前走去，水面上立刻映出了两个小姑娘的清秀面容。走着走着，胡玉兰停了下来，从怀里掏出了一把桃木梳子，对着河水慢慢梳理着自己的头发，然后把头发编成一条粗粗的大辫子，甩到背后，辫梢齐着她翘起的屁股，走起路来摆来摆去的，煞为好看。

"走，咱俩到那边看看去，听说那边还有鱼呢！"翠萍指着不远处的河湾儿，兴奋地说道。

"走。"胡玉兰说着带头蹚着水向前走去。

胡玉兰向来胆大，也爱出个风头，她掖好了木梳，挽起裤腿，露出了白皙的、线条流畅的小腿，一步一步向前走去。开始的时候，河底是坚硬的小石子，硌得脚底痒痒的，身子不由得左右摇晃起来，她只得伸开双臂保持着平衡，大呼小叫着。慢慢地，胡玉兰不言语了，因为她感到自己的脚后跟一个劲儿地往淤泥里陷，滑腻的水草叶子轻拂着她的腿肚子，使她的心里荡漾起一种痒痒的难以言表的滋味。胡玉兰刚想把这种感觉告诉翠萍，却听到翠萍的惊叫声："玉兰，你快看。"

翠萍向前指了指，胡玉兰举目看去：在河的不远处，几个男孩子正在小河里玩，有的在抓鱼，有几个小一点儿的光着屁股，有的在凫水，还有的在打着水仗。当他们见到两个女孩子朝这边走来后，立刻害羞地爬上河堤，跑进了一旁的树林子躲了起来。

此时胡三元正撅着屁股，用灌木枝条拧成的围栏在水里一下一下往岸边推着水，然后再捡拾起一条条小鱼，装进旁边的瓦罐里。

"三元哥，你们干什么呢？"胡玉兰冲着他喊道。

"我们抓鱼呢。"三元用胳膊擦了一下脸上的汗，笑呵呵地说。也许因为他抓鱼过于用心了，脸上还有几块儿泥点子。

两个女孩看着胡三元的样子，不免觉得有点儿好笑："我看看，你们今儿个抓了几条鱼？"翠萍说着率先上了岸，走了几步，蹲在地上，拿过了胡三元装鱼的瓦罐，数着里面的鱼。

看着胡三元憨厚的模样，胡玉兰涨红着脸说："三元哥，你给我几条吧！"

胡三元用手挠了挠自己的后背，笑道："行，你要几条？"

"几条都行。"胡玉兰的心中埋藏着一个少女纯真的梦，向胡三元要鱼只是借机和他多说说话。

胡三元笑道："我一共抓了十条鱼，我给你五条大的，回去后让我大娘给你蒸了炖了，让你解解馋。"胡三元说着，从一旁的小泥坑里，捡起一条最大的鱼，在胡玉兰眼前晃动着。

那条鱼足有半尺多长，在胡三元的手中摇头摆尾，弄得胡三元一脸泥水，胡三元稍不留神，鱼掉到河沟中，快速地游走了。

胡玉兰惊叫道："哎呀，你看你，多可惜呀！"

"哈哈，它是去招呼更多的小伙伴了。"听了胡三元的话，胡玉兰开心地笑了。

"你们快看啊，那是什么？"刚才藏进树林子的两个小男孩已经穿好了衣服，朝这边跑来。

胡玉兰循着喊叫声看去，只见一条绿色的蛇正在快速向这边游来。几个孩子顿时"妈呀"一声，爬上了岸。

胡玉兰也吓得跑上了岸。可能是由于她跑得太急了，以至于怀里的木梳子掉落在地上，都没有感觉出来。几个人上了岸后，胡三元回头走了几步，捡起了木梳子，偷偷地藏到了怀里，然后笑着大喊道："大家看看，谁丢了东西？"

几个孩子听后，立刻在身上乱翻起来。

胡玉兰发现自己怀中的木梳子不见了，立刻跑了过去，红着脸说："三元哥，我的梳子丢了。你快给我。"

胡三元从怀中拿出木梳子，高高举过头顶，嬉皮笑脸地来回跑着："不给，不给，就是不给。"

胡玉兰有点急了："三元哥，甭闹了，你快给我吧，那是我爹昨个刚给我买的。"

胡三元挤眉弄眼做着鬼脸："你答应我一个条件，我就把梳子给你。"

胡玉兰眨着两只大眼睛，问道："啥条件？"

胡三元调皮地笑道："亲我一口，我就给你。"

胡玉兰虽然在心里喜欢胡三元，但胡三元当着众人的面把这话说了出来，弄得她很下不来台，她瞪了胡三元一眼："你放屁！"

"那我可不给啦！"胡三元说着拎起了猪草筐，嬉笑着装出了一副要走的样子。

梳子是爹刚刚给她买的，在胡玉兰看来，就和宝贝一样，说什么也不能弄丢了，无奈之下，胡玉兰在胡三元的脸上蜻蜓点水地亲了一下，随后从他的手中夺过了木梳子，跑向一边。

"嗷嗷、嗷嗷……"几个男孩子起着哄。

真没羞没臊。胡玉兰感觉要羞死了，赶忙用双手捂住了脸。胡三元捂着被亲过的脸颊，满足地笑着。忽然，胡三元把几个小伙伴叫到一块儿，悄声说："咱们到山外去看看，听说山外面可热闹啦。"

虽然胡三元说话的声音很低，但还是传到了玉兰和翠萍的耳朵里。他的话让玉兰和翠萍心里感觉痒痒的。胡玉兰长这么大，从来就没有到山外面去过，听胡三元这么一说，赶忙凑了过去："你们出山去，能带上我吗？"

胡三元做了个鬼脸儿，把头摇成了拨浪鼓："不行不行，谁都能带，就是不能带你们两个丫头片子。"

胡玉兰疑惑道："为啥不能带俺俩？"

"不行，听我爹说，山外面有好多日本人呢，这些人可凶了，专门爱抓像你这样的姑娘。"胡三元吓唬道。

"那我也要去，凭啥你们能去，俺去不了？我昨天也听来咱村的那个货郎说了，山外面什么都有，可好玩了。"胡玉兰不假思索地说。

"就是嘛，三元哥，你就带俺俩去吧。"翠萍也央求道。

胡三元冲着胡玉兰挤了挤眼，坏笑道："你要跟我们一块儿去，也行，还得让我亲一下。"

胡玉兰不知从哪里来了一股劲儿，一下子揪住了胡三元的耳朵："你就坏吧！说，带我去不？"

胡三元没想到胡玉兰会来这么一手，顿时疼得龇牙咧嘴地告饶道："带你去，带你去，你快松手呀！"

等胡玉兰出够了气，这才松开胡三元的耳朵。胡三元揉了揉被胡玉兰揪疼的耳朵后说："你去可以，不过今天晚上，大家回去后，都不要和大人说，一旦传出去，被大人知道了，大家谁也去不了了。"

按照约定，第二天一大早，几个孩子老早就出发了。

春天到了，山坡上山花烂漫。胡三元带着胡玉兰等几个孩子沿着弯弯曲曲的山路向山外走去。大概是由于第一次出山，几个孩子抑制不住兴奋的心情，一路上嬉笑着、打闹着，最有趣的是，三元还用鲜花编了两个花环，分别戴在了玉兰和翠萍的头上。

几个孩子走了小半天的时间，翻过两座山，终于走出了山。看着山下的一马平川和远处的村庄，孩子们争先恐后地喊了起来。

正这工夫，只见山脚下尘土飞扬，几辆汽车开了过来。孩子们长这么大从没看见过这玩意儿，都很好奇，伸长脖子向山下看，并冲着山下大喊了起来。不料想，汽车突然停了下来，车上下来几个穿黄衣服的人，用望远镜朝这边望了望。紧接着，车上又下来一帮穿黄衣服的，架起机枪朝这边扫射起来。

"天哪！那是小日本，大家快跑呀！"几个孩子听到枪声，刚才的兴奋劲儿一下子全没了，也顾不得子弹在头上"嗖嗖"地飞着，连喊带哭地撒腿就往回跑。胡玉兰跑在最后，她刚跑不远，脚下不知被什么一绊，一下子摔倒了，顺着山坡向下滚去。

"玉兰，玉兰……"

胡玉兰被一阵阵呼叫声惊醒。当她睁开眼睛的时候，感到头痛欲裂，她龇牙咧嘴地向旁边看了一眼，看到和自己一块儿来的几个孩子正眼巴巴地看着自己，并大声呼唤着自己。胡三元则蹲在自己的身边，急得满头大汗。

"玉兰醒了。"

"我刚才是咋回事儿？"胡玉兰惊恐不安地问。

"玉兰，你滚下山坡了，多悬呀！"翠萍带着哭腔说。

"玉兰，你刚才吓死我们了。"一个小伙伴说。

"多亏了三元哥，要不然你就没命了。"另一个小伙伴说。

几个孩子看到胡玉兰醒了，七嘴八舌地说开了。

刚刚恢复知觉的胡玉兰试着动了动自己的胳膊，感到浑身上下一阵钻心的疼痛。她缓缓站起身，环顾一下四周，又摸了摸自己的脑袋，一看流血了，顿时呜呜地哭了起来。

"还哭呢，要不是三元哥，你早就掉到山崖底下摔死了。"翠萍瞪了胡玉兰一眼。

胡玉兰试着走了两步，向前看去，只见再向前几步，就是万丈深渊。她回头看了看，刚才自己从山坡上滚下来足有几丈高。胡玉兰顿时吓得又一屁股坐在了地上。

胡三元扳过胡玉兰的头看了看她头上的伤，二话没说，转过身，把自己的白布小褂脱下来，给胡玉兰包在头上："先别哭了，咱们回村去吧！"

胡玉兰止住了哭声，慢慢地站了起来，一拐一拐地向前走去。

"我来背你吧！"胡三元走到了胡玉兰前面，弯下了腰。

胡玉兰看了胡三元一眼，破涕而笑，但又不甘示弱："谁要你背，我自己能走。"

胡三元眼珠一转，笑道："还是我背你吧，这么远的路，别一会儿把腿走拐了，找不着婆家。"

胡三元一句话把胡玉兰说成了大红脸。

翠萍也在一旁帮着腔："玉兰，你就别逞强了，先让三元哥背你吧！等过一会儿，大家再轮着背你。"

胡玉兰看了看蜿蜒的山路，这才顺从地趴到胡三元的背上。由于胡三元没有穿上衣，胡玉兰刚一趴上他的后背，立刻感受到了他的体温，少女的芳心怦怦地狂跳着，脸色立刻通红。这多不好意思啊！她扭捏了一下想出溜下来，但两条腿却去被胡三元紧紧地搂着。胡三元笑着说："玉兰，你知道这叫什么吗？这叫猪八戒背媳妇。"

"你真坏。"胡玉兰不好意思地说着。

胡三元道："你再骂人，我可要把你扔到山沟里去了。"

"你敢！"胡玉兰一边紧紧搂着胡三元的脖子，一边嬉笑道。

胡玉兰的手臂突然接触到胡三元脖子上的一条红线。她就势捋起红线，发现下面是一个麻梨疙瘩雕刻的小葫芦，大概由于胡三元佩戴时间太长了，小葫芦变得油光闪亮。胡玉兰不禁轻声问道："三元哥，你戴的这个葫芦有多长时间了？"

胡三元回头冲着胡玉兰一笑："这是我刚出生的时候，我爹给我雕刻的。"

胡玉兰把玩着小葫芦，猫眼看着胡三元："三元哥，把这个小葫芦送给我吧！"

胡三元回头笑道："那可不行，我爹说了，那是给他儿媳妇准备的，你要嫁给我，我就给你。"

胡玉兰一边晃动着两条腿，一边捶着胡三元的肩膀："你坏，你坏！"

经胡玉兰这么一折腾，胡三元晃晃荡荡地一屁股跌坐在地上。

胡玉兰也龇牙咧嘴地看着胡三元。半晌，才又重重地捶了胡三元一下，嗔怒道："就你坏。"

几个小伙伴顿时都笑了。

当胡玉兰被几个伙伴轮流背着回到村子时，天色已经黑了。杨树沟村的村边亮起了火把，几个孩子的父母正在大声呼喊着自家孩子的名字。

"闯了这么大的祸，回家咋和爹娘说呢？"几个孩子有些担心地问。

胡三元把胡玉兰放下，呼呼喘着粗气："大家回去后，谁也别说今天出山的事情，要不然，回去准挨揍。如果哪个家长问起这事儿，大家就说上山玩的时候走迷路了。"

看到小伙伴们都走了，胡玉兰带着哭腔说："三元哥，我爹问起这事儿，我咋说呢？"

胡三元想了想，笑道："你就说下山的时候不小心碰的，反正也没大事儿。"

不知是出于感激还是别的什么原因，一股暖流涌上胡玉兰的心头。她拉着胡三元的胳膊，认真地看了他一眼，竟然产生了莫名其妙的冲动——她想亲胡三元一口，但出于少女的羞涩，最终还是压抑住了自己的情绪。

胡三元解下包在胡玉兰头上的小褂，穿好衣服，笑道："走，玉兰，我送你回家。"

没多久，在张家口做买卖的舅舅来到杨树沟村，和胡玉兰的母亲商量，准备带胡玉兰到张家口去上学。当胡玉兰听到这个消息时，顿时哭了——一来自己从没出过远门，她不知道这个张家口在哪里，更主要的是在她的内心深处还有一个秘密，就是她相中了胡三元，她要嫁给他，跟他过一辈子。当天下午，胡玉兰就和胡三元躲进了山沟。胡玉兰想让胡三元带着自己远走高飞，但胡三元没同意，他想回村让父母找个媒人去玉兰家提亲。就这样，两人在山洞里待了两天两夜，胡三元还把那个始终不离身的小葫芦挂在了胡玉兰的脖子上，算作两人的定情信物。可是就在胡三元带着玉兰刚刚回村，准备找人提亲的时候，却被等在村边的胡玉兰的舅舅抓了个正着。舅舅一连扇了胡三元几个耳光，然后把胡玉兰捆绑着塞进了马拉的轿车里面，带到了张家口。

一想起自己在张家口的遭际，胡玉兰感到一阵阵揪心。当听到胡三元是民兵队长时，她很快做出一个决定：一定要取得胡三元的信任。可一想起自己的舅舅曾那样对待胡三元，她的心里不免打起了鼓：胡三元能相信自己吗？

胡玉兰笑着对母亲说："娘，我一会儿想去看看翠萍。"

母亲不知道胡玉兰的用意，想了想："娘知道你的心思，这样也好，反正咱闺女是识文断字的，去看看他三元，咱也不亏欠他了。一会儿娘带你去，记住，去了别乱说话。"

胡玉兰脸上飞起一片红晕："娘，不用您，我自己去就行。"

"早点儿回来啊，千万别待久了。"母亲望着胡玉兰的背影嘱咐道。

6

胡三元的家在村子的东头，傍晚时分，胡玉兰带了几件花花绿绿的衣服来到了胡三元家。胡玉兰走进胡三元的院子时，看到一个七八岁的小男孩正在院里玩耍。小男孩穿得邋里邋遢的，见到来了陌生人，用眼睛盯着胡玉兰，怯生生地问道："你找谁？"

胡玉兰掏出了一把糖果："我找胡三元，你是钢蛋儿吧！"

男孩子没有接胡玉兰递来的糖果，警惕地打量了她半天，最后冲着屋里喊着："娘，有人找我爹。"

翠萍正在炕上给孩子喂奶，见到胡玉兰后，看了她半天，才认出来。她立刻把孩子放在炕上，下炕拉着胡玉兰的手兴高采烈地喊道："原来是玉兰呀，你啥时候回来的？"

胡玉兰笑道："我昨个刚回来。"

翠萍端详着胡玉兰，慢慢说道："一晃咱们十年没见面了，你倒是在大城市里待着，变得越来越洋气了，长得细皮嫩肉的，不像我，整天待在这个山村里，上炕只认识男人，下炕只认识鞋，跟你一比，咱俩简直天上差到了地上去了。"

胡玉兰端详着翠萍，心中很不是滋味儿。眼下的翠萍和十年前的她简直判若两人，二十几岁的年纪脸上布满了皱纹，已经和四十岁差不多了，头上竟然还有几缕花白的头发。

当胡玉兰把花花绿绿的布料送给翠萍时，翠萍自然十分高兴。两个人聊起了儿时的事情。

翠萍问起胡玉兰在张家口的经历时，胡玉兰不自然地一笑："说实在的，在张家口也没啥好玩的，我在张家口，先是上私塾，后来又上洋学堂，上完学就在张家口教书。这不，咱这里解放了，我想回咱县教书呢。"

"回来也好，这下咱们姐儿俩又能经常见面了。"翠萍开心地笑了起来。随后她拉过了刚才那个小男孩，继续道："这是我的儿子，钢蛋。这是你胡姨。"

"胡姨好。"小钢蛋又怯生生地喊道，随即藏到了翠萍的身后。

翠萍不好意思地说："山里的娃，没见过世面。"

胡玉兰又掏出了糖果，递给了他："钢蛋得有五六岁了吧？"

翠萍说："七岁了。"接着她推了一把钢蛋："出去玩吧。"

看着小钢蛋拿着糖果一蹦一跳地出去的身影，胡玉兰问道："钢蛋儿还没上学呢吧？"

翠萍叹了口气："你还不知道吗，咱们山里的孩子，哪有地方念书呀！"

"等过些日子，让钢蛋跟我到县城上学去吧。"胡玉兰瞅准了时机，说出了自己的想法。

翠萍想了想："我哪有那么多的钱，让孩子去县城上学，往后再说吧！玉兰，今天你是……"

胡玉兰笑了笑："没事儿，有我呢，我帮你想办法。"停了停，她又向前凑了凑："翠萍，我今儿个来，一是看看你，二是想让三元哥给我开一张证明信。"

翠萍看了看胡玉兰："啥证明？"

胡玉兰小心翼翼地说："就是我在咱村住着的证明呀。我想到县上去教书。"

"这……"翠萍有点犹豫了。

胡玉兰拿出两条香烟，塞到翠萍的手里："我知道三元抽烟，特地从张家口带回来的。"

翠萍推辞着："玉兰，你不知道，我们家三元特坚持原则，我可不敢收你的东西。"

胡玉兰微微一笑："那怕啥，我本来就是杨树沟的人嘛！再说了，咱们又都是一个胡家人，我只不过在张家口上了学，想回到咱们县来教书，很正常呀！"

翠萍不置可否地点了点头："你说得也对。"

正这工夫，院子里传来噔噔的脚步声。翠萍赶忙笑道："正好，三元回来了，咱俩一块儿跟他说。"

胡三元一挑门帘进来了。胡玉兰和胡三元同时怔住了。

此时的胡三元已经成长为一个成熟的壮汉了，浓眉大眼，黑红的脸膛，嘴角上留着一圈胡子，穿着一个蓝布褂子，下身的裤腿挽起老高，身后还背着一支大枪。胡三元进屋看到胡玉兰，先是一怔，紧接着端详了一阵儿胡玉兰，然后欣喜地喊道："玉兰，你是啥时候回来的？"

"我昨个回来的。"胡玉兰站起身答应了一声，然后局促不安地低下了头。当年的突然离去，使得自己在胡三元面前抬不起头来，更何况现在自己是为了潜伏，让昔日的恋人来开假证明，更让她不敢正视胡三元的眼睛，生怕胡三元看出了破绽。

胡三元把长枪挂在了墙上，然后笑道："其实我已经知道你回来了，正想去看你呢，怎么样，在张家口过得挺好的？"

"还凑合吧，来，三元哥，你抽烟。"胡玉兰说着从怀里拿出了一盒烟，打开后抽出一支递了过来。

"呵呵，这是洋烟卷儿，一定挺贵吧！"胡三元接过烟，先是用鼻子闻了闻，然后端详了一会儿，才小心翼翼地把烟点燃，深深吸了一口："洋烟卷儿跟咱们的旱烟比，就是不一样。"紧接着，他把目光投向胡玉兰："玉兰，你在张家口做什么呢？一定发财了吧！对了，你结婚了吗？"

胡玉兰不好意思地笑了笑："哪儿会呢，我就一个教书的，谁要我呢！这不，那边要打仗了，我回咱们村了，想在咱们县城教书。"

"玉兰是来找你开证明信的，你就给开一张吧！"翠萍见天色晚了，点起了油灯。

胡玉兰在油灯下偷偷看了胡三元一眼，通过简单的观察和刚才的言谈举止，胡玉兰已经判断出胡三元还是个没见过世面的山里人，和这样的人打交道，对于受过特殊训练的她来说，简直就是小菜一碟。胡玉兰冲着胡三元甜甜一笑："这件事对于三元哥来说，也不算是什么大事儿吧？再说啦，我本来就是咱杨树沟的人嘛！"她说着直勾勾地看着胡三元。

翠萍补充道："玉兰还打算把咱家钢蛋弄到县城去上学呢！"

胡三元果然有些心动了，他兴奋地看着胡玉兰："都是乡里乡亲的，这事儿好说，好说，好说。明天我就给你打证明。"油灯下的胡三元嘿嘿一笑，赶忙让胡玉兰坐在了炕沿上。

几个人简单寒暄了几句，胡玉兰就把在县城和张家口的一些见闻讲给胡三元和翠萍听，羡慕得翠萍直咂嘴："等有时间，你一定要带我到山外边去看看，见见世面！"

胡玉兰瞥了一眼桌子上摆放的一摞书本，惊奇地问："三元哥，你也认识字儿？"

胡三元嘿嘿笑道："我哪儿有那脑子，这不，区里让学的，我刚刚开始学，还没认识几个呢！"

胡玉兰拿过胡三元写字的本子，只见上面蛛蛛爬一样的抄写着毛泽东的《为人民服务》。她笑着问："三元哥，这些字你都认识吗？"

胡三元摇着头说道："不认得，区里让大家都学，这不，我刚开始抄，还不知道咋念呢！"

胡玉兰拿着书本晃了晃，笑道："你如果不嫌弃，我来教你吧。"

胡三元一听赶忙道谢："那我得感谢胡老师。"

翠萍看了看胡三元，又看了看胡玉兰，笑道："瞧你们俩，都老大不小了，还耍贫嘴。"

胡玉兰嫣然一笑："小事一桩，一笔写不出两个胡，谁让咱们都姓胡呢，而且你还帮了我这么大的忙，这点事儿算什么。"

大概由于孩子饿了，"哇"的一声哭了起来，翠萍赶忙抱起孩子，也不回避，撩起了毛衣，转过身去给孩子喂奶。

胡玉兰坐在油灯下，开始教胡三元认字。渐渐地，胡玉兰感觉他的目光有些异样，再一看，由于自己已离胡三元忒近了，以至于能够感觉到他浓重的呼吸。胡玉兰的脸顿时红了。她抬眼望去，恰好与胡三元的目光相遇，赶忙低垂下眼帘。胡玉兰心中不禁一阵暗喜：有门儿。她夸奖道："三元哥就是三元哥，还和从前一样，机灵鬼儿，一学就会。"

胡三元笑了笑："还是你教得好。"

胡玉兰看到翠萍正抱着孩子哼着催眠曲，根本不再理会自己的存在，便向胡三元抛了一个媚眼，笑道："天不早了，我该回去了，不然的话，我娘该着急了。"

胡三元顿时心领神会，从墙上摘下了枪，笑道："我送你吧，外面不安全。"胡玉兰早已猜到了胡三元的想法，没有说什么。

月光照射着村里的砂石路，山村分外寂静。胡玉兰一路低头不语，胡三元跟在后面。

眼看到家了，胡玉兰停了下来，回头看了看胡三元："三元哥，我到家了，你请回吧。"

"我，我……"

　　胡玉兰忽然感觉胡三元气喘如牛，定睛一看，胡三元正目不转睛地看着自己，便扭捏了一下身子："三元哥，你咋了？"

　　胡三元吭哧了半天，傻笑道："妹子，你变得越来越好看了，我真想和你多聊聊。"

　　胡玉兰笑道："三元哥，还记得那年我受伤了，你背我的事儿吧？"

　　"咋会不记得呢，一辈子都忘不了，那次要不是我在上面拼命拽你，你早就掉进山沟里去了。"

　　胡玉兰盯视着胡三元："那你想让我咋感谢你呢？"

　　胡三元不好意思地低下了头，喃喃地说："咳，这事儿都过去好几年了，甭提它了。"

　　"三元哥，你放心吧，今后我一定会报答你的，我会让你不愁吃穿，会让你一辈子幸福的。"胡玉兰深情地说。

　　胡三元沉默半晌，才说："玉兰，其实，我明白你的心，以前的事情我不怪你，你舅舅也是为你好，出去见见世面，比我强，我没那个命，不过，我做梦都想和你在一块儿。"

　　见胡三元上钩了，胡玉兰呵呵笑道："我也一样，你看，这是什么？"胡玉兰掏出了挂在自己脖子上的小葫芦，在胡三元的眼前晃了晃。

　　看到小葫芦，胡三元眼睛有些湿润了，他轻轻把小葫芦托在手心里，抽动着鼻子："玉兰，没想到，你还一直保存着。"说着他伸出双臂，下意识地要去拥抱胡玉兰。

　　胡玉兰笑着躲开了："三元哥，这样不好，我知道你对我好，你放心吧，我会永远把你装在心里的，也会报答你的。"说完她头也不回地走了。

第四章　离奇爆炸案

7

县公安局会议室，龙城县剿匪委员会正在召开会议。参加会的人一个个表情严肃，显得十分紧张。

龙城县解放后，按照地委的要求，成立了由县委书记、县长、武委会主任、公安局长组成的剿匪领导小组，专门维护地方治安，以及剿匪、反动党团登记等事项。

李剑锋在介绍发生在前天的爆炸案："……前天下午，爆炸案发生后，我们经过对现场进行认真的勘察，初步认为，这是一起国民党特务制造的爆炸案件。从爆炸的地点看，案件发生在我们区公所，这是个四合院，我们的区公所刚刚成立，各种保卫措施还不是很完备，才给了敌人可乘之机；从敌人使用的爆炸装置看，我们查看过炸弹的碎片，是国民党经常使用的那种炸弹，炸弹装置藏在柴火里面，引爆装置便是我们经常使用的蚊香，因为我们刚刚进城，所有的油盐酱醋柴都需要从集市上去购买；从敌人袭击的对象看，没有特定的目标，就是制造影响，干扰我们的剿匪工作。我们调查过，遇害的四个人中，一个是一区的干事王文亮，今年三十七岁，另外三个无辜的群众都是三里河村的，分别是赵成河和他的媳妇李二丫，还有他们的孩子。他们是到区公所举报村子的土匪张世贤的。针对这起案件，我们的想法是：首先要要求各区的武委会，组织民兵，对全县的村公所进行武装看护；其次是请示上级，请地委增派公安保卫干部进驻我县，协助我们迅速破案，把制造爆炸的敌特分子一网打尽，以保卫我们的胜利果实。"

县委书记吴自成看了看正在低头深思的公安局长王树生："王局长，你还有没有补充？"

王树生抬起了头，想了想，说道："对于发生在区公所的爆炸案，基本断定是敌特分子制造的，那可是几个生命呀，特别是被炸死的几个无辜的群众，他们是要向我们提供土匪线索的，才遭到毒手。如果我们连这个案子都破不了，将来谁还会向我们提供线索！所以我们认为，我们虽然抓住了匪首侯有林，但是应该迅速组织武装部和区武委会，开展更大规模的剿匪行动，彻底肃清龙城的土匪。我们公安局会全力配合行动。只有把龙城的土匪剿灭了，老百姓才能没有后顾之忧，才能过上幸福的生活。"

吴自成清了清嗓子："县委经过认真分析，也认为，发生在前天的爆炸案是敌特分子制造的，而且手段极其野蛮，影响极其恶劣，县委要求你们，迅速破案，将制造爆炸案的敌特分子抓获，让龙城县的父老兄弟安心。"

吴自成端起茶缸子，"咕咚咕咚"喝了几大口水，把目光转向李剑锋，继续说道："根据县大队和你们公安局前一阶段的侦查，是不是可以这样认为：目前我县的土匪主要分为四种类型。第一种是经常活动的惯匪，第二种是敌伪残余、反动党团分子，第三种是反动地主分子，这三种并不可怕，第四种是政治土匪，那就是敌特人员，这种土匪最不好对付。据地委通报，前不久，公安处和军分区联合破获了石成奇军统铁四社案，据石成奇交代，现在傅作义集团和国民党军统正在北平至绥远一线制定潜伏计划，请大家头脑要绷紧这根弦，要迅速摸清相关情况。现在和以前不同了，现在我们在明处，敌人在暗处，这起爆炸案就足以说明这一点，所以我们连睡觉都必须睁着眼。另外，要加大对县城和重要目标的巡逻力度，维护全县的秩序。"

局长王树生站起了身："请吴书记放心，我们会不惜一切代价，全力侦破此案。"

散会后，李剑锋要走，却被王树生叫住了："李股长，你等一下。"

等屋内只剩下王树生和李剑锋了，王树生才说："剑锋呀，关于剿匪的事情，我已经交给治安股的贺国珍和公安队的吴队长去办了，你们侦缉股现在主要的任务，就是想尽一切办法，迅速破案。现在全县群众的眼睛可都在看着咱们呢。咱们公安局刚刚进城，在这关键时期，你可不能给我掉链子呀。"

李剑锋点了点头。

王树生拍了拍李剑锋的肩膀，继续道："县委对这起爆炸案十分重视，这是关系到我们刚刚开始的土改，关系到全县稳定的大事呀。前一段你的工作不错，我相信，你不会让我失望的。"

李剑锋笑了笑："请局长放心，我一定会全力破案的。"

王树生想了想又说道"你先别打包票，这两天，我也认真琢磨了，这起爆炸案不是那么简单，说不定背后隐藏着一个巨大的阴谋。"

李剑锋点了点头："是呀，爆炸案发生的时候，我们正把侯有林押解回县城，怎么会这么巧呢，敌人这不是向我们叫板吗？我想这绝对不是特务简单的破坏和暗杀，其中一定有阴谋，请吴书记和王局长放心，我们一定会尽快把问题搞清的。"

一晃三天过去了，发生在区政府的爆炸案仍没线索。龙城县城上空始终笼罩着一种不安，让人感觉要发生什么事情。到了晚上街道上空无一人，谁也不敢外出，生怕被人打了黑枪。

县委书记吴自成一天三次给王树生打电话，催要案件的侦破进展情况。地委也几次打来电话催要。

三天来，尽管王树生带着侦查员不分昼夜地排查线索，可没有发现多少有价值的线索。而案件的唯一目击者——区公所的管理员谢强——在爆炸中受了重伤，还在医院抢救。王树生等人急得满嘴起水泡，也毫无办法。他叫来了李剑锋和贺国珍，不容分说，黑虎着脸把两个人没头没脑地一阵数落。看到局长如此大动肝火，李剑锋心中也很不是滋味儿。这不能怪局长发火，是自己这个侦缉股长太无能呀！面对嚣张的敌人竟然束手无策！

　　离开了局长室，李剑锋和贺国珍懊丧地回到办公室。李剑锋摊开一大堆材料，认真地翻看着，想从里面查找出一点线索。

　　那天爆炸案的血腥场面，一直在李剑锋的脑海中挥之不去——爆炸案发生后，王树生立即带着李剑锋等人赶到现场。当他们赶到现场，也被眼前的惨状惊呆了。区公所是一个独立的四合院，有北房和南房各五间、东西配房各两间。爆炸发生在北房的中间，由于炸弹威力特别大，房子全部被炸塌。李剑锋带人清理了一个多小时，最后才从残垣断壁下清理出四具尸体和受了重伤昏迷不醒的管理员。

　　贺国珍看了一眼忙碌中的李剑锋："剑锋，你想过没有，区政府爆炸后，咱们的注意力就一直都在现场，而忽略了案发前的事情。从敌特分子安放炸弹到发生爆炸，至少有一个小时的时间，这么长的时间，而且又是在大白天的，难道区公所周围的住户中，就没人发现敌特分子吗？我就不信这个邪了！"贺国珍越说越激动，喘着粗气。

　　李剑锋点了一支烟，深深吸了一口，眉毛拧成了两个大疙瘩，陡然一拍脑门："既然在走访中没有发现线索，我想，咱们现在首要任务，就是先查清那些劈柴的来历，然后再从劈柴上去捋线索。"

　　贺国珍补充道："剑锋，咱们这次搞他一次大范围的调查，我就不信狗特务这么狡猾，藏得那么深！咱们就是把龙城县城翻个底儿朝天，也一定要把他挖出来。"

　　李剑锋想了想："不行，抓特务可不像咱们抓经济土匪那么简单，如果大张旗鼓地去搞，动静闹大了，会打草惊蛇的。"

　　贺国珍向李剑锋身边凑了凑："那你的意思是……"

　　李剑锋皱了下眉头："这件事儿只能暗地里进行。现在咱们在明处，敌人在暗处，凡事都得动动脑筋，不能兴师动众地去查，如果惊动了敌人，敌人肯定会跑了，到那时就更难了。"

　　贺国珍仰着脸看着李剑锋，问道："那你说咋办呢？"

　　李剑锋点了支烟："我认为，还是从现场遗留的弹片和劈柴入手。敌人肯定是把炸弹藏在劈柴中运进来的，那么这些劈柴从哪里来的？"

贺国珍仿佛有点开窍，不住点着头："还是你小子有办法。"

赵雪梅从外面走了进来，一进门，就抓起桌子上的茶缸子，连着喝了两口："可把给我渴坏了。"然后看了看李剑锋和贺国珍："你们俩这是忙啥呢？神神秘秘的。"

李剑锋苦笑了一下："还能忙啥，研究案子呗！"

贺国珍看了看赵雪梅，问道："雪梅，你刚才去哪儿了？"

赵雪梅放下了茶缸子，说道："你们忘啦，今天是咱们龙城的集，我去集上转转，看能不能找到什么线索。"

李剑锋看着赵雪梅，会心地一笑，问道："说说看，你在集上查到了什么线索？"

赵雪梅摇了摇头："什么也没查到，我跟你们俩说，集上的人都在传说爆炸案的事，而且越说越邪乎，有的说炸死了十多个人，还有的说炸死了一个区长。"

贺国珍一拍桌子："他妈的，一定是敌人在造谣，看我去了怎么收拾他们。"他说着拿起手枪就要出门。

赵雪梅一看急了："我说你咋三根毛的脾气呢，你不看看这都几点了，集早散了。再说了，你去了抓谁？"

贺国珍赌气地一屁股坐了下来，呼呼喘着粗气。

李剑锋若有所思地说："是呀，现在咱们破不了案，敌人肯定会造谣生事的，等破了案子，那些谣言自然就不攻自破了。"

赵雪梅拍了一下贺国珍的肩膀："听听人家剑锋怎么说的，这才叫公安干部呢，那是智慧。再看看你，听见风就是雨，我看呀也就是一勇之夫。"

贺国珍白了一眼赵雪梅，抢白道："谁一勇之夫啦！你可得嘴下留德，要不然找不着好男人。"

赵雪梅一听急了，一下子揪住贺国珍的耳朵："我看你还敢胡说。"

贺国珍赶忙告饶："姑奶奶，我求你了，再也不说了。"

赵雪梅解了恨，松开了贺国珍，扑哧一声笑了。

正在这时，电话响了。李剑锋抓起电话："您好！这里是侦缉股。"

"谢强醒了，可以问话了，你们马上去医院。"电话里传来局长王树生的声音。

"太好了。"李剑锋放下电话,拿起公文包,说道:"谢强醒了,咱们马上去医院。"

8

当李剑锋等人赶到龙城县医院,看到谢强时,不禁鼻子一酸,险些落泪。谢强浑身上下缠满了绷带,只露出两只眼睛,样子十分可怕。那天的爆炸把他的胳膊给炸掉了,经过再三抢救,才抢救过来。

谢强介绍说:"那天下午,我到集市上去买劈柴,不知怎么回事儿,集市上卖劈柴的人比平时少了许多,我正在纳闷,一个卖劈柴的人走到我跟前,说家中有事,急着回家,可以把劈柴低价卖给我。我一听,要价比别人便宜,便买了他的劈柴。"

李剑锋问:"这个人什么打扮?"

谢强想了想:"四十来岁,戴个大草帽,穿着蓝布褂儿。对了,这个人长得特别黑,胡子拉碴的。"

赵雪梅一听有门儿,赶忙问道:"这个人到咱们区公所之后,进过咱们的办公室没有?"

"这个我倒没有注意。我带这个人回到区公所的时候,大家听说你们抓到了侯有林,都看侯有林去了。我让他把劈柴放在院子里,然后就给他去取钱,他拿到钱后,就走了。"

李剑锋想了想,说:"也就是说,你进屋取钱的这段时间里,院子里就他一个人。"

谢强点了点头。

赵雪梅埋怨道:"我说你们也真够可以的!竟然让一个陌生人单独在院子里,你们这点儿警惕性呀!"

李剑锋问:"那个卖劈柴的走了多长时间,发生的爆炸?"

谢强回忆道:"那个卖劈柴的走了也就一袋烟的工夫,区干事王文亮就回来了,还带着三里河村的三个群众,说是要登记一下土匪的事情。王干事坐下开始做登记，我准备到库房去取点东西，还没走到库房，炸弹就响了。我就昏过去了。"

赵雪梅肯定地说："看来这个卖劈柴的商贩有重大嫌疑。一定是他制造了这起爆炸案。"

李剑锋根据谢强的描述，很快给那个商贩画了一张像，准备到集市上进行查找。

龙城县城的集市在县城北面的火神庙街，虽然龙城解放快一个月了，但走在大街上，仍随处可见战火留下的种种痕迹。李剑锋和赵雪梅带着画像来到集市上，在商贩中穿梭着，不断让他们辨认着画像。一个卖劈柴的小贩端详了一会儿画像，说道："对，就是这个人，他好像叫王黑子。"

李剑锋和赵雪梅对视了一下，露出了兴奋的笑容："哪个王黑子？他是哪个村的？"

小贩想了想说："就是王匹营村的王黑子呀，这个人不经常来赶集，所以集上很多人不认识他。"

赵雪梅还想问什么，忽然听到背后有人在叫自己的名字："剑锋、雪梅，你们俩干什么呢？"

李剑锋回头一看，县长赵海山正站在他们的身后。他赶忙收起了画像："没事儿，我和雪梅随便看看。赵县长，您这是？"

赵海山笑了笑："我来买点儿烟叶。"说着他把手中的烟叶向李剑锋晃了晃，"我这个人，抽不惯洋烟卷儿，抽这个有劲儿。"

李剑锋钦佩道："您还是当年艰苦朴素的老传统，真让人佩服。"

赵海山笑了笑："龙城虽然解放了，可敌人还没有被消灭干净，咱们还要保持艰苦奋斗的本色呀。剑锋呀，我听你们王局长说，区公所的爆炸案有眉目了，是吗？"

李剑锋想了想，说道："案子刚刚有点线索，这不，我们正在调查。请赵县长放心，我们就是挖地三尺，也要把特务分子挖出来。"

赵海山拍了拍李剑锋的肩膀，道："好好干，我相信你们，一定能把案子破了，到时候我给你们庆功。"

李剑锋和赵雪梅又来到县城经销日杂的商铺。当他把画像交给店主时，店主一眼就认出了王黑子，说在十多天前，王黑子就是在这里买过盘香，而且一下子买了五盘。经过进一步调查，有人提供线索，自打爆炸案后，王黑子突然之间花钱大手大脚起来，还有人发现他最近经常出入赌场。

李剑锋判断，这个王黑子肯定有问题。

王四营村距离县城不过五里路，李剑锋带着人立即赶到了王四营村。为了不打草惊蛇，他们首先来了王四营村的书记家了解情况。据村支书介绍，这个王黑子原名叫王德才，由于人长得黑，再加上在还乡团时经常勒索老百姓的钱财，心也黑，人们便给他起了个王黑子的外号。龙城解放后，因为他没有血债，就被放回村里接受管制。这个王黑子平时好吃懒做，在大街上闲逛，现在还是光棍一条，在村里几乎什么都不做，平日里也没人搭理他。

赵雪梅好奇地问："既然这个王黑子整天好吃懒做的，那他为啥要去卖劈柴呢？"

李剑锋接着说："雪梅问得好，既然这个王德才平日啥都不做，那么他是从哪里弄来的劈柴呢？又是谁指使他去卖劈柴的？"

贺国珍也说："对呀！这劈柴是从哪里来的呢？"

村支书一时犯了难："这……要不我把他给你们找来，你们一审，不就清楚啦。"

李剑锋想了想，说："先等等，这个王德才最近在村里有啥反常的地方没有？"

村支书说："这种人在村里就跟臭狗屎似的，谁都懒得搭理他，见了他就跟见到瘟神一样，绕着他走。"

赵雪梅问："王德才家里都有谁？"

村支书道："就他一人。"

李剑锋掏出了枪："走，到他家去看看。"

在村支书的带领下，公安队悄悄包围了王黑子的家。当李剑锋等人翻墙来到王德才的家门口时，发现房门虚掩着。李剑锋掏出手枪推门走了进去。当他进了里间屋一看，顿时大吃一惊。王德才横躺在炕上，早已经断气了，在炕上还有半瓶白酒和刚刚吃了一半的烧鸡。经过搜查，李剑锋又在炕上的箱子里发现了几十块大洋和还没有用过的盘香。

"看来咱们来晚了，这小子畏罪自杀了。"

"这小子哪里来的那么多大洋？"

"又是吃鸡，又是喝酒的，看来是作的。"

"我看呀，这里面一定有文章，要不然，这个王德才好端端的，怎么会突然死了呢？"

侦查员们七嘴八舌地议论着。

村支书看着眼前的一切，也有些纳闷："王黑子平时穷得叮当响，哪儿来的这么多钱呀！"

看着王德才的尸体和箱子里的大洋，李剑锋的眉头顿时拧成了一个大疙瘩。看来敌人这是杀人灭口，自己还是来晚了一步。那么，究竟是谁杀了王德才呢？

9

龙城县看守所重刑犯监室。侯有林戴着笨重的镣铐，面无表情地坐在地上。

从被抓进来那天起，侯有林就料到自己早晚会被枪毙的。因为他知道，全县的老百姓都恨他，有的老百姓甚至用他的名字去吓唬小孩子。共产党也恨他。自己从当土匪时就开始杀人，抗战爆发后，自己参加了八路军，确实杀了不少日本鬼子，还被平北军分区表扬过。但八路军那边的生活太苦了，整天钻山沟，自己吃不了那个苦。后来当了逃兵，到了日本人那边，才过上几天舒服日子。日本投降了，国民党来了。在全县招募还乡团，他又跑到了国民党那边，可没想到国民党垮得那么快，他只得二次占山为匪。他这一生可谓杀人无数，这些人有地主恶霸、日本鬼子，也有共产党，就冲这一点，共产党也不会饶过他的。更何况自己还参加了平绥纵队。想到这儿，侯有林挪了一下身子，粗大的镣铐发出沉重的响声，引得门外的看守透过观察孔向里张望着。

"侯有林，给我老实一点！"看守透过观察孔呵斥着。

侯有林有气无力地说道："你们放心，这里面要吃的有吃的，要喝的有喝的，老子才不会跑呢。"

"咣当"一声，监室的铁门打开了。

"侯有林，你出来。"两名看守带着侯有林来到了审讯室。

李剑锋和军管会的干部正坐在桌子的后面，见到侯有林被带了进来，装作没看见一样，继续翻看着卷宗。

侯有林低垂着脑袋坐在凳子上，他看着身上的镣铐，一言不发。自打被抓进来之后，这两个人已经提审他十多次了，侯有林对他们的审讯方式也早已熟悉了。

李剑锋突然抬起头，冷冷地说："侯有林，你的案子快结案了，你有什么要补充的吗？"

侯有林摆出了一副滚刀肉的样子："你们别蒙我了，我一句话还没有交代，怎么就结案了呢？"

李剑锋笑了笑："侯有林，其实你也知道，交代你是死，不交代，就凭全县老百姓的控诉材料，我们也能定你的罪。你杀了那么多革命干部和群众，你应该知道你最终的下场！"李剑锋说着扬了扬手中的卷宗。

侯有林摆出一副天不怕地不怕的样子，笑道："你也甭吓我。我侯有林长这么大，一直把脑袋掖在腰里，从没怵过谁。"

李剑锋轻蔑地一笑，说道："既然你谁都不怵，那你为什么还像兔子一样躲在深山呢？"

侯有林不言语了。可没过好久，他突然咆哮起来："你们不是问我杀了多少个共产党和老百姓吗？我可以告诉你，我杀了十五个。有那么多垫背的，值了。我恨不得你们早一天毙了我，反正我横竖也是个死，你们来呀，给老子来个痛快点儿的。"他说着站起了身，一头向墙上撞去。

两名看守跑了进来，把他牢牢地按在了座位上。

李剑锋没有理会侯有林的咆哮，而是点了一根烟，慢慢吸着。等侯有林折腾够了，李剑锋才冷冷地说："你想死，很容易，如果把你交给群众，你会知道是一个什么样的结果。我们为什么没有这么办，还是考虑到你也是个人。你既然做了对不起人民的事情，就要敢于承认。要不然，你还是个站着撒尿的爷们儿吗？"

看到侯有林低下了头，李剑锋又说："侯有林，你知道你娘为啥吃斋念佛吗？"

侯有林嘴巴动了动，愣愣地看着李剑锋。

　　李剑锋继续道："以前，你娘不信佛。你当八路军的时候，你娘在村里一直受到老百姓的尊敬。可自打你当了土匪后，你娘就感觉在村里抬不起头来，每天晚上都在提心吊胆，生怕你伤害无辜的百姓。有一次，你带着土匪去老君堂村抢劫，你娘恰好也在被拧的人家中，她亲眼看到你为了抢一只镯子，开枪打死了一家三口，后来又把人家的手砍掉了，你娘感觉没脸见人，都想撞墙死掉。"

　　侯有林顿时睁大了眼睛，但很快又恢复了常态："你瞎说，我娘才不会去干那种傻事儿呢。"

　　李剑锋道："你以为，接长不短给老娘送点儿你抢来的钱财，就是孝顺她了吗？侯有林，你错了，你娘为你操碎了心，也许你还不知道，每次你走以后，你娘便把你送给她的钱全部给了山底下村那些穷苦的乡亲们。即便你这样作恶多端，你娘还逢人就说，自己是个罪人，上辈子作了孽，养了你这么一个杀人放火、打家劫舍、无恶不作的二匪儿子，她自己要吃斋念佛，要赎罪。"

　　侯有林一下子愣住了，过了半晌，他才眨巴了一下眼睛，问道："我娘她现在咋样？"

　　李剑锋平静地说："你希望她咋样？"

　　侯有林想了想："你们共产党不会因为抓不到我，就把我娘抓起来当人质吧？"

　　李剑锋冷笑道："你以为我们共产党和国民党一样吗？你娘现在生活得很好，身体硬朗着呢。"

　　侯有林怀疑道："我不信。按照你们共产党的话说，我是有血债的，是死有余辜。"

　　李剑锋严厉道："侯有林，现在摆在你面前的只有一条路，就是如实交代你的罪行，其他什么都别想。"

　　"这……"侯有林顿时噎住了，过了好久，他才抬起了头。"你让我想想。"

　　李剑锋给侯有林点了一支烟："侯有林，我今天提审你，是为了另外一件事情。"

　　侯有林无奈地说："我都死到临头了，有啥事你尽管问。"

　　李剑锋犀利的目光盯视着侯有林，一字一板地问："你认识王四营村的王德才吗？"

　　"王德才，不认识。"侯有林哆哆嗦嗦地说。

　　李剑锋从侯有林刚才变化的表情已经看出了端倪，这个王德才一定和侯有林有着某种联系，于是他继续道："想当初你们俩一块儿在还乡团共事，还说不认识？侯有林，你连谎话都不会说。"

　　侯有林把嘴中的烟蒂吐掉，狠了狠心，说道："算了，反正我也是将死的人了，有些事儿我也没有必要藏着掖着了，就跟您直说了吧。你说的这个王德才，我杀人的时候，他还在村里玩尿泥呢。有一次，王德才找到我说，要跟着我干，我说，就你那个尿蛋包的样儿，啥都不会，还想跟我干！后来这小子三番五次地来找我。有一天，县长张玉山来找我，让我好好带一带他。打那以后，他就跟在我身边混饭吃。他呀，也就是起哄架样子，正经事儿啥也干不了。"

　　听到王德才居然和张玉山有关系，李剑锋顿时一怔，果然不出所料，看来发生在区政府的爆炸案另有他人。

第五章　漂亮女教师

10

　　为了避免引起别人的注意，胡玉兰一身素装，悄然来到了龙城县城。由于刚刚经历战火，县城城门和城墙都已经损坏，还在修葺之中，街道两侧有的店铺门脸儿也被炸坏了，即便没有损坏的商铺，买东西的人也寥寥无几。

　　胡玉兰边走边警觉地环顾着四周，每每想起自己将要在这偏远的小县城潜伏下去，就不免有点担忧，因为这里不仅人口少，容易暴露，而且这里的生活条件忒简陋了，她在担心自己是否能吃得消？但想到临行前舅舅对自己的种种许诺，胡玉兰又坚定了信心：要尽快站稳脚跟，尽快完成任务，然后回张家口交差复命。她这样想着，快速穿过县城中心的玉皇阁，沿着街道一路向北走着。

　　龙城县城解放的时候，北戎的城楼和城墙被炮火炸塌了。几个光着膀子的民工们正在垒砌城墙。看到胡玉兰后，民工们便七嘴八舌地说着下流话："这是哪儿来的小娘们啊？长得可真水灵呀！"

"一准是完小新来的老师吧!"

"那脸蛋,那身段,看着都他妈的过瘾,我要是摸上一下呀,死都值了。"

"二癞子,耍什么贫嘴,瞧你那个揍性,就这点出息呀,看到大闺女小媳妇就走不动道了,还不快点干活儿!"

被叫作二癞子的民工撇了一下嘴:"我不过是说说嘛,也没干别的,你还当真了,真是的。"

接着就是人们起哄架秧子的声音。

胡玉兰正低头走,听到人们的议论声后,看到不远处几个民工正在朝这边张望,她瞪了一眼那些民工,心中掠过一丝不快,捋了一下头发,向学校的大门走去。

龙城完小位于县城最北端,是龙城县城唯一的一所小学,实际上学校是三个连着的院子,共有二十来间房。学校的校舍虽然有些陈旧,但院墙还算完好,院内绿树掩映,透露出几分文气,老远就听到了朗朗的读书声:

> 离离原上草,一岁一枯荣。
> 野火烧不尽,春风吹又生。
> 远芳侵古道,晴翠接荒城。
> 又送王孙去,萋萋满别情。
> ……

胡玉兰知道,学生们读的是唐朝大诗人白居易的古诗《赋得古原草送别》。早在张家口上学的时候,舅舅李宝库就曾对这首诗进行过认真的解读——那时正是在抗战时期,舅舅通过对"野火烧不尽,春风吹又生"极为形象而生动的解释,来说明国军抗战的决心和信心,同时也是对自己和赵克辉当年潜伏在张家口的情报工作做的生动比喻。

胡玉兰来到了学校门前,仔细打量着学校的大门,只见高大的门楼上用楷书写着"龙城县完小"。

胡玉兰敲了敲紧闭的大门。

里面出来一个穿长衫的男人,年纪有五十岁,一副老学究的样子。长衫男人看了看胡玉兰，警觉地问道："请问您找谁？"

胡玉兰嫣然一笑："我找李校长。"

长衫男人上下打量了一下胡玉兰："我就是，您是？"

胡玉兰放下皮箱，笑道："我叫胡玉兰，是张家口的李宝库让我来找您的。"

听到李宝库的名字，李校长立刻满脸堆笑："李宝库，哦，想起来了，原来是学兄介绍的人呀，快请进，快请进。"

胡玉兰跟随李校长走进校门，看到门厅挂着一面大镜子，两旁有"照照手脸，整整衣冠"的对联，意思是告诫师生，要手脸干净、衣冠整齐地进入校门。

李校长先是看过胡玉兰舅舅李宝库的推荐信，又接过胡三元给开的证明信，看后不住点着头："真想不到呀，你这么漂亮，又这么有学问，我代表龙城完小谢谢你啦。"

少顷，又问起了李宝库的近况："我和宝库老弟已经将近十年没见面了，1939年，我俩一块儿来龙城完小任教，没多久，他就表现出了非凡的才能，说实在的，宝库是个难得的好老师呀！后来不知什么原因，不愿做教书匠了，说什么圣贤书虽然好读，但也不能解决五斗米问题，饿着肚子怎么教书呀！大家劝了半天，也没用，他还动员我一块儿离开。后来我们俩还吵了一架，他一个人就扒火车去了张家口。大概是前年吧，他还给我来信呢，说是在张家口做皮货生意，还经常到绥远一带去。他还劝我也到张家口去，和他一块儿做皮货生意。我这个人恋家，呵呵，就没去。胡小姐，他最近还好吧？"李校长捧着茶杯若有所思地说着。

"这么多年，我老舅一直在想念着您呢。他在张家口一直在做皮货生意，也经常到坝上和绥远去，有时候还要走张库大道，一走就是半年。现在他年纪大了，落下了腰腿疼的毛病。他也想早点儿回咱们龙城，这不，他还让我给您带来了这个。"胡玉兰按照舅舅的叮嘱，从皮箱里拿出了一方砚台递给了李校长。

李校长接过砚台，仔细端详了一会儿，爱不释手地说道："精于雕琢，泽若美玉，储墨不耗，积墨不腐，冬不冻，夏不枯，写字作画虫不蛀，真是正宗的山西澄泥砚呀。老夫写了一辈子字，早就渴望得到一方正宗的山西澄泥砚，看来，知我者，宝库也！这个宝库老弟呀，了却了我的一桩夙愿！"

看到李校长一副迂腐的样子，胡玉兰心里感到好笑，但出于礼貌，她恭敬地说道："回来的时候，老舅千叮咛万嘱咐，一定要我替他亲手把砚台交给您，说他对您一直有愧的。"

"宝库就是这么个人，干什么都那么客气，好好好。"李校长把砚台放在了条案上，感觉不妥，又摆在了自己的写字台上。

"胡小姐，我给你介绍一下龙城完小的历史吧。咱们龙城完小成立于光绪十八年（1892 年），到现在已经有五十六年的历史了。刚成立的时候叫作龙城州高等小学；日本人来了以后，叫作龙城县第一高级小学；日本人投降后，叫作龙城县第一国民小学；上个月龙城县解放了，才改成了龙城完小。咱们龙城虽然偏远，在察哈尔省没啥名气，可咱们龙城完小在察哈尔省可是小有名气呀，出过很多优秀的人才，光当过县长的就有好几个呢！现在呢，咱们学校有五个年级，一百二十个学生。"李校长如数家珍地讲述着学校辉煌的历史，说到关键之处，他的脸上流露着得意之色。

胡玉兰认真地听着，还掏出了本子，不停地记着什么。

"可是呢，现在又有问题了。"李校长言语中充满了担心。

胡玉兰问道："啥问题呢？"

李校长忧心忡忡地说："现在龙城解放了，共产党进了城，他们的孩子也到了龙城完小，这些孩子原来在山沟里都玩野了，几乎是一个大字都不识，你说我该怎么办呢，咱们学校虽然不干涉政治，但是咱们龙城完小谁也惹不起呀！"

听到这个消息，胡玉兰的心里简直乐开了花，这真是千载难逢的好机会，她笑了笑说："李校长，咱们可以搞一个复式班呀。"

李校长一听，顿时来了兴趣："对这些孩子实行复式班教学？嗯，不错，你说说看！"

胡玉兰一看李校长对自己很赏识，便不紧不慢地说道："咱们可以搞一个大的复式班，等他们的学习成绩上来以后，再按照不同的岁数，把他们分到岁数差不多的班里去，这样呢，既可以快速提高他们的学习成绩，又能让他们的家长满意，您说呢？"

李校长听后鼓起掌来："胡老师，你可解了我的燃眉之急了！眼下我正在为这件事情发愁呢！"

胡玉兰补充道："如果您相信我，这个大的复式班，我可以来带。您放心，我一定不会让您失望的。"

李校长紧紧拉着胡玉兰的手，说："刚才听了你的介绍，我感觉你确实是个难得的人才，不愧为从大城市回来的。这样吧，你就先担任这个大复式班的老师，怎么样？"李校长说着，眼巴巴地看着胡玉兰。

胡玉兰兴奋地说："李校长，既然您这么信任我，那么我就再冒昧说上几句话，可以吗？"

李校长抬头看了看胡玉兰："但说无妨，但说无妨。"

胡玉兰笑着说道："如果您不介意，我就说了，咱们在教学的内容上也应该有所改变。"

李校长一听，顿时来了兴致："胡老师，你说说看。"

胡玉兰见李校长很感兴趣，便侃侃而谈："其实在张家口周围几个县的学堂里，除了学习《三字经》《百家姓》《大学》《论语》等课程外，都已开始学习数学、自然等课程。我想咱们能不能也尝试着教一些这方面的课程。这是大势所趋呀！"

李校长高兴地鼓起掌来："正合我意，正合我意呀！我早就想开设诸如数学自然之类的课程，可惜没有人才呀！"

胡玉兰笑了笑："李校长，如果您不嫌弃，我来试试。"

"好好好，"李校长一连说了三个好，"我真是求之不得呀，看来宝库老弟说的没错，你确实是个难得的人才！这样吧，这件事情过两天我专门向你请教。眼下还有一件事情，需要你帮忙。"

胡玉兰问："啥事情呢？"

李校长叹了口气："这不，县政府正在搞庆祝龙城县解放的联欢，咱们学校得出节目，你呢，帮助我们排练一下节目可以吗？至于工资呢，实不相瞒，咱们这里的教师没有工资，都是米薪制，你每个月的工资是一百五十斤小米，你看行吧！至于住宿呢，学校的房子一直紧张，我帮你在城里租一间民房吧，你看行吗？"

胡玉兰高兴地点着头："太感谢您了！"

11

说实在的，李宝库之所以让胡玉兰选择小学教师这样的职业作掩护，也是有充分考虑的——龙城陷落后，老师是接触共产党最好的职业了，不仅可以通过学生接近政府的干部，更多地收集到共产党的情报，而且也不容易暴露自己。另外呢，章鱼的身份一直是个谜，小学老师的活动空间很大，除了讲课，没有其他事情，胡玉兰可以有足够的时间去寻找章鱼。

夜深了，胡玉兰翻来覆去睡不着觉。一晃半个月过去了，自打到龙城完小当上小学教师后，为了取得同事们的信任，尽快在龙城县站稳脚跟，胡玉兰真可谓绞尽了脑汁。共产党进城后，龙城完小一下子来了四十多个孩子。这些孩子都是干部子弟，由于他们跟着家长在山沟里打游击，在山沟里野惯了，一下子无法适应学校的管理。而复式班教学又把他们无论年纪大小，全都编在一个班里，所以每到上课，孩子们有的交头接耳，有的大声说话，甚至还有的在教室里来回走动。到了课间休息，这些孩子有的摔跤，有的玩捉特务游戏，还有的拿根木棒，打打杀杀，歪毛淘气的，根本不把学习当作一回事儿，所以也就成了龙城完小的老大难问题。

胡玉兰讲课的第一天，就差一点让这帮孩子给收拾了。那天，当她拿着书本来到教室，迎接她的不是掌声，而是扑面而来的泥块儿。她一时躲闪不及，崭新的衣服上溅满了泥点子，有几块泥巴甚至打在了她的脸上。她一躲闪，还差一点儿摔了一跤。但胡玉兰定住了神儿，走上讲台，笑着说："同学们，我知道你们都不想学习，我今天来就是给你们讲故事，和你们做游戏的。可是呢，咱们做游戏也得讲究规矩，讲究纪律呀，也就是我说话的时候，你们不能说话，我让你们说话的时候才能说话。当然了，更不能在我讲故事的时候随便乱走。你们说对吗？"

"好。"学生们七零八落地答应着。

一个男同学突然坏笑着说道："老师，我要拉屎。"

教室里的同学们顿时哄堂大笑起来。随后学生们都把目光投向了胡玉兰，要出她的洋相。胡玉兰闹了个大红脸，她想发作，但想了想还是把火压住了，批准这个学生去解手。工夫不大，这个学生就跑了回来，但校工也追进了教室，劈头盖脸地说："胡老师，你们班的学生是怎么回事儿？"

胡玉兰不解地问："怎么啦？"

校工指着这个学生哭笑不得地说："这个小兔崽子竟敢把屎拉到学校的大门口。"

听了这话，同学们又是一阵哄堂大笑，有的同学干脆站了起来，一个劲儿地叫好。而那个同学不以为耻，反以为荣，冲着校工挤眉弄眼起来。校工被激怒了，伸手就要打孩子。

胡玉兰急忙上前，一把攥住了校工的拳头。校工还要用力，胡玉兰用力一掰他的胳膊，他便疼得龇牙咧嘴起来。他没想到这个年轻的女教师居然有这么大的力气，气哄哄地找校长去了。

同学们知道老师闯了大祸，一个个都默不作声了。

胡玉兰定了定神："同学们，你们的家长把你们交给了我，我就要对你们负责任，谁也不能欺负你们，但是呢，你们必须听我的话，好好学习，你们只有这样，才能对得起自己的父母，知道了吗？"

同学们异口同声地说："知道啦！"

胡玉兰继续道："同学们，你们都是革命者的后代，从今天开始，你们一定要听老师的话，要好好学习，只有学好了文化，才能长本事，接好革命的班啊！知道吗？"

同学们齐声喊道："知道。"

不知是刚才胡玉兰保护孩子的举动感动了孩子，还是她的一席话起了作用，课堂上立刻响起了热烈的掌声。

胡玉兰挥了挥手，止住了孩子们的掌声，拿起了课本，高声说道："好，同学们，从今天开始，咱们开始学习文化课。大家跟我一块儿读课文。人之初，性本善。"

同学们也拿起了课本，认真地读了起来："人之初，性本善……"

同学们跟随着胡玉兰的声音，一句一句朗读着。

"性相近，习相远。"

……

　　李校长听了校工的汇报后，在校工的带领下气哄哄地来到了教室门外，准备要惩罚胡玉兰，可当他听到教室里的读书声，便停住了脚步。他轻轻推门走了进去，看到同学们正在跟着胡玉兰朗诵课文，不由得会心地笑了。

　　胡玉兰看到了李校长，心想，他一定是来兴师问罪的，赶忙停了下来，问道："校长，您……"

　　李校长笑了笑，对孩子们说："同学们，胡老师可是我们从张家口请来的好老师，学问深着呢，你们一定要好好听她的课呀。"

　　"知道啦。"同学们齐刷刷地喊道。

　　"胡老师，你先忙吧。"李校长笑呵呵地离开了教室。

　　下课后，胡玉兰主动来到了李校长的办公室。她刚要承认错误，李校长却呵呵笑道："事情的经过我都知道了，这件事情不怪你，要怪只能怪校工，是他动手在先。胡老师，我没想到呀，你刚来两天，就把这帮野孩子给降服了，我真服了你了。"

　　胡玉兰不好意思地笑了："校长，看您说的，我哪有那么大的本事。"

　　由于胡玉兰把文化课教得有声有色，很受学生和家长的欢迎。课余时间，她又帮助老师们做这做那，干什么都想搭把手，还时常给老师们送些小礼物，很讨人喜欢。再加上她一手漂亮的毛笔字，没过几天，胡玉兰便和老师们打成了一片。

　　但等放了学，特别是当她回到自己租住的房间时，胡玉兰就会感到一种莫名其妙的烦恼。破烂不堪的龙城县城和北平、张家口相比，简直是天壤之别，好像到了另一个世界。在张家口，这个时候依然灯火通明，自己可以和朋友去吃西餐、喝咖啡、逛街聊天，还可以去看电影。如果在北平，晚上可以干的事情更多。而这里呢，县城总共就三五辆汽车，还都是部队的，再有公安局的两辆摩托车，自行车也没有多少，还都是县政府和公安局的。更可怜的是，这里连电灯都没有，晚上只能靠煤油灯照明。大街上很少能看到人，绝大多数人早早就关门闭户睡觉了。

　　谢丹的出现，让孤独中的胡玉兰仿佛找到了知己。谢丹是民为天粮油店掌柜谢长发的宝贝女儿——谢长发膝下有一男一女，儿子谢坤和女儿谢丹。自打两年前儿子谢坤被侯有林打死后，谢长发就把希望寄托在了谢丹的身上。谢丹今年二十三岁，在宣化读完宣化女子中学后，她便回到龙城完小当了教师。自从哥哥被侯有林打死后，平常性格开朗爱说爱笑的谢丹变得沉默寡言了，每天两点一线往返于龙城完小和谢家之间，很少外出。胡玉兰经过复式班教学的尝试之后，敏锐地发现谢丹对自己的敬佩之情，不禁暗自欢喜。经过一番观察，她发现谢丹非常喜欢打扮，便送给她几条漂亮的围巾和两瓶雪花膏，还向她介绍了张家口时髦女性的打扮和风味儿小吃。谢丹自然十分高兴，逐渐又开朗起来，还把胡玉兰当作无话不说的知己。胡玉兰则盘算着，如何把谢丹一步一步培养成自己的耳目和眼线。

半个月时间，胡玉兰踏遍了龙城县城的每一个角落，对县城有了全面的了解。但随着时间的推移，她心里开始焦急起来。自己尽管已经在县城站稳了脚跟，也与两个情报员接上了头，但怎样才能找到章鱼呢？韩老七几次到接头的地点去取情报，结果都空空如也。那天的爆炸案是谁搞的呢？听韩老七说，那天的爆炸案一下炸死了四个人，重伤一个，死者中有一个区干部，另外三个人是办事的老百姓，其中还有一个孩子，想到这儿，她不禁有些心酸，毕竟是孩子呀！这样对老百姓，是不是有点太残忍了。

窗外传来一阵脚步声，紧接着是轻轻的敲门声。声音一长两短。胡玉兰知道是韩老七来了，她点亮油灯，打开房门。

韩老七一闪身进了屋子。

胡玉兰问道："你怎么找到这里来了？我不是说过吗，不是紧急情况不要到这里来。"

"老家来信了。我几次到接头地点，都没看到你，才来这儿找你的。"韩老七说着递过一张纸条。

胡玉兰打来纸条，上面只有两句话：

设法解救侯，后天晚上城北龙王庙联系章鱼。

胡玉兰看后顿时心中一车惊喜——自己来龙城半个月了，总算得到老家的信息了。

12

李剑锋走进了公安局对面的庆和饭馆。伙计看了看李剑锋，把他让到了后院的一个密室。

庆和饭馆是龙城县城很有名气的饭馆，也是李剑锋一手建立起来的情报站。李剑锋和这个情报点一直是单线联系。饭馆的老板木林森原本是国民党县党部的一个特务，一直是被李剑锋逆用的。龙城县解放后，李剑锋一直通过他在收集国民党军统和土匪的相关情报。

五短身材的木林森见到李剑锋后，立刻摘掉了帽子，一副点头哈腰的样子："李股长，你找我？"木林森说话间，露出两个明晃晃的大金牙。

等伙计出门后，李剑锋严肃地问道："木林森，前天发生在南关的爆炸案，你知道吗？"

木林森有点惋惜地点了点头："我知道呀，听说死了好几个人呢！"

李剑锋想了想，说道："好，我给你说三件事，发生在区公所的爆炸案是一起敌特分子制造的爆炸案，影响非常恶劣，你马上调动你的力量，查清幕后的凶手究竟是谁。"

木林森点头哈腰道："一定，我马上就去办。"

李剑锋接着说道："另外，北平的傅作义集团和国民党军统正在密谋部署潜伏计划，有可能涉及我县，你要尽快查明情况。"

木林森皱了皱眉："可是，李股长，从监听电台方面，保密局最近真没有什么针对咱们龙城的消息呀。"

李剑锋有些不满意了："我就不信了，龙城都解放一段时间了，他们能沉得住气？他们一定会有所行动的。电台上没有，你就利用以前的关系网去收集这方面的情报。"

木林森不住点着头："好好，我这就办，那么第三件事呢？"

李剑锋点了支烟："第三件事儿就是，侯有林被抓后，社会上有什么反应，特别是敌特方面有什么反应，你要马上收集一下。"

听了这话，木林森顿时兴奋起来，笑道："好好，据我所知，侯有林被抓后，全县的老百姓议论纷纷，要求政府尽快枪毙侯有林，为他们报仇雪恨，真是大快人心呀！至于匪军那面，没有什么动向。"

"你前一阶段的工作做得确实不错，要继续努力。"李剑锋拿出了一些钞票，"这是上个月的经费。"

木林森收起了钞票："多谢攻府，多谢李股长。"

李剑锋拍了拍木林森的肩膀，走出密室。他拿出怀表看了看时间，已经是中午时分。当他正要离开饭馆时，一对正在吃饭的男女引起了他的注意。女的二十四五岁，长得白白净净，齐耳的短发被一条天蓝色的缎带箍住，圆圆的脸，不施脂粉，长得十分秀气。一袭白衣黑裙，干净利落。男的一身商贩打扮，头戴瓜皮帽，身穿长布衫，浑身上下透露着机灵劲儿。不知道这对男女在聊什么，女的笑得十分开心。

龙城县的县城本来就不大，而像样的饭铺也没有几家，出于职业的本能，李剑锋对经常出入饭馆的人都很留意，但眼前这两个人的穿着打扮很明显不像本地人，特别是那个戴着瓜皮帽的小贩，说话有点儿侉。于是他走了过去，笑着问道："二位不是本地人吧？"

今天是星期六，胡玉兰正好休息，她和韩老七在县城逛了一大圈儿后，便来到庆和饭馆吃饭，因为李宝库说过，接头人一定会在这里出现的。

当看到李剑锋后，胡玉兰收起了笑容，抢白道："谁说我不是本地人啦！我可是地道的龙城人呀！"

李剑锋不好意思地笑了笑，赶忙道歉："这位姑娘，实在不好意思啊，看来是我说错了。"

胡玉兰微微一笑："没关系，您是？"

韩老七突然发现了什么似的，两只小眼睛眯成了一条缝，指着李剑锋道："原来是您呀，龙城县的大英雄，就是您抓住了土匪头子侯有林，前天下午，您戴着大红花来着。"

听了这话，李剑锋反倒有点不好意思起来："我哪里是什么英雄，过奖了。"

韩老七从桌上拿起烟，抽出一支递给李剑锋，随口编了一句瞎话："我叫王石头，老家是张家口的，在南街开了个杂货铺，做点小本生意。"

"王石头？"李剑锋审视了一下对方。

　　韩老七感觉说错了话，赶忙补充道："我是刚来的，开的杂货铺叫庆云杂货行，开张没多久。"

　　听说就是眼前这个共产党把侯有林抓住的，胡玉兰心中恨得牙根儿直痒痒。但表面上装作若无其事的样子，先是冲着李剑锋莞尔一笑，紧接着伸出了白皙的手："我叫胡玉兰，在龙城小学当老师。"

　　李剑锋也伸出了手："我叫李剑锋，在公安局工作。"

　　胡玉兰拉着李剑锋的手，兴奋道："真是你呀，大英雄，你的事迹在县城都传遍了呀，我最佩服大英雄了，见到你真高兴！"

　　胡玉兰过分的热情让李剑锋有些摸不着头脑，他憨憨一笑："我真不是什么英雄！"

　　"那等你有时间能给我讲讲抓土匪的故事吗？"胡玉兰忽闪着大眼睛，盯视着李剑锋。胡玉兰是受过特殊训练的，此时，她的目光中渗透着一种神奇的媚力，弄得李剑锋心里痒痒的。他的脸一下红了，笑了笑说道："没问题。"

　　胡玉兰高兴地说："这太好了，李同志，我也欢迎你有时间到龙城完小去找我。那你忙着，我们先走了。"说着她向李剑锋挥了挥手，出了庆和饭馆。

　　等李剑锋走出庆和饭馆，胡玉兰站在远处看着他的背影，脸上露出了一丝异样的笑。

　　韩老七伏在胡玉兰的耳边悄声道："组长，您怎么了？是不是对公安局那个股长有点意思？"

　　胡玉兰瞪了韩老七一眼，冷笑道："不该知道的事情，你最好不要乱打听。"

第六章　第一次接头

13

已是后半夜了，胡玉兰估摸时间差不多了，便换好紧身衣服准备出发。出发前，她本能地向腰间摸去，但很快又把手放了下来。为了避免暴露，胡玉兰到龙城小学上班后，把手枪放在老家的一个山洞里。但她想了想，还是从皮箱里抽出了一把匕首揣在了怀里，然后轻轻地推开了街门。

夜色深深，悄无声息，只有附近街道上几声狗吠。胡玉兰蹑手蹑脚出了街门，仔细观察了一会儿，看附近没有什么异常，轻轻击了三次掌。

不远处传来了两声猫叫的声音。韩老七一身轻装跑了过来："组长，我来一会儿了。"

胡玉兰悄声问道："有尾巴吗？"

韩老七道："出来的时候，我仔细看过了，没有。"

"走。"胡玉兰和韩老七一路小跑，向县城的北门方向跑去。

经过几次夜间观察，胡玉兰已经对公安队的岗哨和巡逻的规律有了初步了解。公安队在龙城县城的东西南三个城门都设有固定岗，每个岗有四个战士。北城原来也有高大的城门，在龙城解放的时候，城门和城墙被解放军的炮火炸塌了，所以这里没有设固定岗。但这里不仅架设了铁丝网，每天晚上还有巡逻队来回巡逻。但胡玉兰经过观察，还是在铁丝网的不远处找到了一个不大的豁口。这个豁口比较隐蔽，被几根干树枝覆盖着。

胡玉兰带着韩老七来到了豁口前，刚刚爬上城墙，忽然听到了"沙沙"的脚步声，他们赶忙藏了起来。

公安队的巡逻兵沿着城墙走了过来。为首的用手电四下照了照，看到没有可疑情况，继续向前走去。

胡玉兰仔细听了听，见四周没有其他动静，才和韩老七快速跳下城墙的豁口，向城北的方向跑去。

这是一个破烂不堪的龙王庙，孤零零地坐落在县城的北关村外，一人来高的玉米地中间。如果不细看，谁都不会想到在庄稼地里会有一个破庙。胡玉兰观察了一下地形，见没有什么异常，两个人才深一脚浅一脚向庙门走去。就在他们刚走进庙门时，胡玉兰感觉后背被一支枪顶住了，紧接着就传来一个男人低低的声音："不要乱动，敢动就打死你们。"

胡玉兰和韩老七只得乖乖举起双手。两个人随即被搜了身，然后又被蒙了眼睛，被五花大绑地带走了。当他们的眼罩被取下后，胡玉兰发现，他们被带到了一个灯火通明的房间。这里除了泥胎塑像的龙王和两旁的各种塑像之外，竟然站着王六个解放军，一个个抱着冲锋枪，面目狰狞，样子十分可怕。胡玉兰心中不免感觉有些奇怪。

桌子后面的一个当官模样的解放军看了看胡玉兰，问道："我们跟踪你们俩好长时间了，想不到吧，你们这么快就落网了。说，你是怎样潜伏回来的？回龙城的任务是什么？"

听了这话，胡玉兰的心中一怔：自己回龙城的消息是严格保密的呀，是谁泄露给共产党的呢？莫非保密局内部有他们的人？想不到自己刚刚回到龙城，还没和章鱼接上头，就落在了共军的手里，遭遇了和其他几个潜伏小组一样的命运。可她又一想，不对劲儿呀，他们是如何发现的自己？胡玉兰仔细回想着自己回到龙城后的每一个细节，没有找到一丝的破绽啊！胡玉兰这样想着，把目光投向了坐在桌子后面的解放军。

那个解放军的一只脚踏在凳子上，一只手拎着手枪，虎视眈眈地盯着胡玉兰："说吧，我们解放军优待俘虏，只要你如实交代，说出你的上级和下级，说出你来龙城的任务，我们会考虑对你宽大的。"

其他的解放军也呵斥道："说，你们究竟干什么来了？"

这些解放军的言谈举止，使胡玉兰心中产生了一丝狐疑。她环视了一下四周，然后冷冷地说："这位长官，我不知道你在说什么。"

对方举起手枪："不说是吧，不说就立刻毙了你们。"

韩老七一听急了："你们凭什么滥杀无辜。我们可是正经的良民呀，都是好人，没做过犯法的事儿。"

一个解放军使劲儿搡了一下韩老七，狠狠地说："恐怕是好人堆儿里挑出来的吧！狗特务。"

"我们真是好人呀，你们可能误会了，抓错人了。"胡玉兰一字一板地说着，偷眼看了一眼四周，准备伺机逃走。

其中一个解放军呵斥道："看什么看！告诉你，周围全是我们的人，你别动歪点子，只要你动一动，我们就把你打成筛子。"

另外一个解放军道："队长，甭跟他们废话了，把这两个狗特务毙了算了，何必多费口舌呢。"

胡玉兰慢条斯理地说："都说共产党讲道理，没想到，你们这么没有人性，不问青红皂白，乱杀无辜，比那些国民党兵还恶毒。"

说话的解放军被说得满脸通红，半晌才说："你说清楚，我们是人民子弟兵，怎么滥杀无辜啦？"

胡玉兰继续道："你们连搞对象的人都杀，不是滥杀无辜是什么？我看连国民党都不如，还恬不知耻地说自己是人民的军队！"

胡玉兰语出惊人，全屋子的人无不感到惊讶。

桌子后面的解放军一阵冷笑，从桌子上拿起那把匕首："都死到临头了，还敢胡说八道！搞对象有带这个的吗？"对方说着围着胡玉兰转了几圈，又把刀子在胡玉兰的眼前晃了晃。

胡玉兰冷冷地说："那是我俩防身用的，现在谁都知道，天下不太平。"

　　对方审视了胡玉兰一会儿，又来到了韩老七的面前："你们在搞对象，是吧？这可是军用的匕首呀。"

　　韩老七战战兢兢地说："嗯，是我们在城外捡到的。"

　　对方冷笑了两声："就算匕首的来历我相信你，那我问你，搞对象为啥要到这里来，还是在后半夜，你们也不看这是什么地方？"

　　胡玉兰笑了笑："这里幽静，能说悄悄话。再说白天好多事儿是不能干的，这位长官，你说是吧！"

　　对方再次走到胡玉兰的面前："你这话骗三岁的孩子去吧。"接着，他打开了手枪的扳机："我给你最后一次机会，告诉我，和你接头的人是谁？不说，就是死。"说着把枪口对准了胡玉兰的眉心。

　　胡玉兰摆出了一副视死如归的样子："你说的话我不清楚，我们俩平民百姓，是在搞对象，没有和任何人接头，你们就是不分好坏人，滥杀无辜。我就是死了，也不会放过你们的。"

　　"我毙了你们。"对方有点气急败坏。

　　韩老七一看急了，带着哭腔说："我说，我说。"

　　胡玉兰瞪了一眼韩老七："你个尿蛋包，没骨气的东西，和你这样的窝囊废搞对象，算我瞎了眼。"

　　为首的解放军看了看瑟瑟发抖的韩老七，冷笑道："怎么样，扛不住了吧！说了就好，你们把这个兄弟带下去，好生招待。"

　　几个解放军把韩老七连推带搡带出了屋。为首的又把枪口对准了胡玉兰："现在轮到你了，我数到三，你再不说，我就开枪。"

　　胡玉兰紧闭着双眼，她不甘心就这么稀里糊涂地死掉，因为老舅交给他的任务还没有完成。自己还年轻，甚至还没有结婚，难道就这样死掉了吗？胡玉兰的眼睛湿润了。可她转念又一想，从对方说话的口气判断，这伙人肯定有问题。胡玉兰暗自琢磨着，等等看吧，说不定这其中有诈。

　　"一……二……"对方拉着长腔，慢慢数着数。

　　胡玉兰把脖子一横，等待着最后时刻的到来。

　　"三。"对方冷笑了两声，扣动了扳机，但枪却没有响。

　　胡玉兰慢慢睁开了眼睛。屋里的灯突然全灭了，所有的人顿时不见了踪影。

胡玉兰似乎明白了一切，她环视着四周，正在犹豫，韩老七又被人架了进来。

这时，佛像后面传来一个寻人沙哑的声音："水仙，让你受委屈了。"

在龙城县只有章鱼知道胡玉兰的代号。听到对方叫自己的代号，胡玉兰确定来人是章鱼。

胡玉兰冷冷地说："你是谁，为什么这样对待我？"

那个沙哑的声音再次响起："请原谅，这里不是张家口，我们不得不防呀。来人，快给水仙松绑。"

这时，进来两个解放军模样的人，给他俩解开了绳索，然后又转身出去了。

胡玉兰活动了一下自己的手脚，轻蔑地一笑："你是谁？我奉上峰之命，要见章鱼，有重要事情要办。"

对方一笑："你想见章鱼，我能理解，将来我会安排你们见面的，但不是现在，你现在的首要任务是解救侯有林，这也是张家口站的意思。"

"可我立足未稳呀！你得给我时间！"胡玉兰有点叫屈。

那男人道："你要利用目前的身份，设法迅速接近李剑锋，然后再救出侯有林。"

胡玉兰叫苦道："到现在我刚知道这个人的名字，还没有见过面，怎么才能接触他呀！"

那男人不紧不慢地说："水仙，你可是张家口站有名的间谍之花，这个还用我教你吗？再说，你们不是已经见过面了吗？"

这句话让胡玉兰异常惊愕。前天自己在庆和饭馆刚刚才认识了李剑锋，组织怎么这么快就知道了？难道是韩老七说的？想到这儿，胡玉兰冷冷地看着韩老七，想从他的脸上找到答案。

韩老七不知所措地看着胡三兰，用颤抖的声音说："组长，我可是什么话都没说呀，我敢拿我的性命担保。"

胡玉兰满腹狐疑地想了一会儿，她刚想说什么，那个沙哑的声音再次响了起来："明天下午，请到耿家堡村的乐善堂的香炉下面去取东西。"

胡玉兰问："你让我取啥东西？"

又是那个沙哑的声音："到了那里，你就知道了。"

胡玉兰在房间转了一圈，想找到说话的人，猛然，她发现在佛龛的背后还有一个窗子，说话声是从那里传过来的。她跳了过去，想推开窗子看个究竟，但她推开窗子一看，里面空无一人。

韩老七喊道："组长，咱们撤吧，别中了别人的埋伏。"

胡玉兰四下看了一眼，悻悻地说道："没想到这个章鱼竟会给我来这一手，对咱们如此不放心，咱们走。"为了防备被人暗算，胡玉兰和韩老七快速退出了龙王庙。

14

耿家堡村距离县城足有十里地，当胡玉兰走到耿家堡村的时候，已经快中午了。胡玉兰刚走进村子，就发现村里三三两两的人在朝同一个方向走。当她向人们打听乐善堂在什么地方时，那些人都流露出异样的神色，纷纷向她作揖，并称她为"道亲"。在胡玉兰的再三追问下，人们才告诉她，今天是一贯道开坛的日子，所有信徒都要到公共坛去听李点传师讲经。

胡玉兰正走着，忽然从胡同里走出一个满头白发的老太太。老太太一只手拄着拐杖，另一只胳膊上挎着一个小筐，小筐里面有十来个鸡蛋。老太太一拐一拐地走着。

胡玉兰本能地要去搀扶老太太："大娘，您这是去哪儿呀？"

老太太喘着粗气说道："今天李点传师来咱村，我交献心费去。求他保佑我的孙子平安。"

胡玉兰问："大娘，您篮子里的鸡蛋是干吗用的？"

老太太豁着牙，无奈地说："家里穷，已经没有值钱的东西了，这不，我拿鸡蛋当献心费呗！"

胡玉兰不解地问："大娘，您啥时候入的道？"

老太太耳朵有些聋，没有理会胡玉兰的话，自顾自地说着："姑娘，你不是耿家堡村的吧！上个月，山上的土匪来俺村抢东西，我的儿子被土匪打死了，媳妇被土匪糟蹋了，后来就疯了，到现在也不知道去哪儿了。我那可怜的大孙子也差点被打死，到现在还在炕上躺着呢。这不是，我前些日子入了道，也念了几天的经。今儿个李点传师来了，我去跟他请点儿圣水去。"

看到老太太满身补丁的衣裳，再看看她如此痴迷一贯道，胡玉兰内心感慨万分：多么愚昧的老百姓呀，竟然把所有的天灾人祸全都看成宿命，相信靠烧香拜佛就能治好病，给自己带来好运。胡玉兰接过老太太的小筐，搀扶着老太太来到了村中的一个大宅院。院子里面站了好几十个道徒，一个个目光呆滞、表情虔诚。

对于一贯道，胡玉兰再熟悉不过了——在张家口的时候，她就去过一贯道的分号；特别是加入军统以后，又对一贯道进行过深入的研究。一贯道起源于明朝中期，盛行于明末清代。晚清时期，山东青州人刘清虚接手了"东震堂"，取《论语》中"吾道一以贯之"，改名"一贯道"。抗战期间，日本鬼子认为一贯道宣扬的"万教归一""吾道一以贯之"等口号符合他们统治的需求，便对一贯道加以扶植和利用，使得一贯道得到很大的发展。日本鬼子被打败后，一贯道又投靠了国军。后来经过国军改造，把一贯道变成了收集情报和对付共产党的重要工具。龙城县的一贯道受张家口"同一"的直接控制，下设八大分号，每个分号设正副经理、点传师、天才、地才、人才以及携手人等，分号下面是公共坛主、家坛主。此外，还有点传师和保人等，机构很是庞大。耿家堡村就是一个公共坛。

在院子的西厢房内，十几个道徒正拎着东西在排队，看样子也是来缴纳道费的。他们都满脸堆着笑，显得十分虔诚。厢房内一个账房先生模样的人在一一登记着什么，一旁摆放着道徒们交来的各种物品，有粮食、鸡蛋等，在屋子的最里面，居然还拴着两只羊。

耿家堡村的公共佛堂处于正房，有三间屋大小。正中的供桌前摆放着三盏油灯，左右两盏代表日月，中间的佛灯代表着无极老母。佛灯后面供奉着弥勒佛祖、观音菩萨、降龙罗汉。佛像的两旁垂着几条画着各种咒语的旗幡，条案前摆放着半人高的香炉。

胡玉兰踮起脚尖儿向前看去，看到供桌前还有一个两米见方的沙盘。扶鸾的三才站在旁边，天才念念有词，念的都是四六句的古诗。而地才则紧闭双眼，用乩笔飞快地写着字。地才每写一句话，人才就大声念出来，几个人一唱一和的，配合得十分到位。

　　胡玉兰知道，所谓的扶鸾全是一贯道骗人的把戏。为了骗取道徒的信任，一贯道把沙盘写字"神人合一，代天宣化"做得惟妙惟肖，企图通过扶鸾的仪式，假借仙佛与三才合灵，说这是"神人合一，代天宣化"，以取得道徒的信任。扶鸾完毕，在场的道徒们果真嘘声不止，对一贯道的神奇深信不疑。

　　正在这时，忽然传出一声令人毛骨悚然的怪叫声。紧接着，一个穿长袍戴墨镜的中年男人跑了过来，用拂尘指着眼前的一个老太太振振有词地说着："老太太，你已经神仙附体了，前世做了很多对不起老祖的事情，已经惹恼了神仙，现在老祖已经怪罪下来了，一个月之内，你将要大祸临头了。"

　　老太太一听，顿时吓得体似筛糠，好半天才上气不接下气地说："老祖呀，我没做啥对不起老祖的事情呀！"

　　人群中不知谁说了一句："老太太，你肯定得罪老祖了，李点传师是不会瞎说的。"

　　李点传师从旁边拉过来一个小孩，对着老太太说："他乃仙童转世，让他说说你的罪孽吧。"

　　让老太太瞠目结舌的是，小男孩竟然说出了老太太家最近两年连续发生的一些怪事，并说出了老太太的心事。吓得老太太赶忙跪倒在地，不停地祷告着。

　　李点传师又说："现在你相信老祖的话了吧！众位道亲，皈依佛竟，终不皈依天魔外道；皈依法竟，终不皈依外道典籍；皈依僧竟，终不皈依外道徒众。一贯道敬天地，礼神明，孝父母，重师道，信朋友，和乡邻，改恶向善，讲明五伦八德，阐发五教圣人之奥旨，挽世界为清平，化人心为良善，冀世界为大同……"

　　听到这里，胡玉兰心中不禁暗笑。她在笑一贯道的口是心非，笑老太太的愚钝。紧接着，李点传师用一支筷子在老太太和几个迷信者眉宇间点了一下，说道："老太太，现在你已经正式成为道亲了，老祖会保佑你的。"

　　老太太听了这话，扑通一声跪在地上，点起了一炷香，祷告起来。

　　刚才交鸡蛋的老太太不知啥时候挤到了李点传师的跟前，她颤巍巍地说："李点传师，我求求您了，请您帮我求一下大慈大悲的老祖，给我点圣水，救一救我的大孙子吧。"

　　满屋的人霎时议论纷纷起来："刘氏老太太一家太惨了，李点传师，您就给她求点仙药吧！"

李点传师看着刘氏笑了笑："这位道亲，你家有什么难处？"

一个道徒说："老太太的儿子被土匪打死了，媳妇被土匪给糟蹋了，回来就疯了，孙子现在还躺在炕上下不了地儿呢。这一家子人真够可怜的！"

又一个道徒补充道："他们一家子都是被土匪害的！"

李点传师左右看了一眼众信徒，笑道："这位道亲，你说错了，刘老太太这叫命里注定，她儿子前世作孽太多，被祖师收去了，这会儿正在阎王殿受罪呢！她的孙子前世也做了很多错事，才有如此的磨难呀！"

刘老太太擦着泪水说道："李点传师大慈大悲，您帮我想想办法吧！我给您跪下了。"老太太说着一下跪在了李点传师的面前。

大家顿时七嘴八舌起来，纷纷为老太太求情。

李点传师看了看刘老太太，笑道："这位道亲请起来，你不用着急，等我请一下老祖，看他有没有办法。"说着他冲着佛像三拜六叩，然后紧闭双眼，哼哼唧唧地念了一顿咒语，最后睁开眼睛说道："我已经请完了老祖，老祖也知道了你家的难处，让我来点化你。"

地上的刘老太太拽着李点传师的衣襟，哀求道："只要能治好我孙子的病，让我下地狱都行。"

李点传师道："这位道亲，你下地狱倒不至于，老祖让我告诉你，只要你每天早晚对着老祖磕一百个头，每个月向老祖交一个大洋的献心费，不出一百天，你孙子的病定好。"李点传师说着，转到跪拜的刘氏老太太背后，用手轻轻敲了一下她的后脑勺。

刘氏老太太难为情地说道："给老祖磕头好办，只是这献心费……唉，我们家都揭不开锅了，没有这么多钱呀！"

李点传师无奈地说："这位道亲，我这可是为你们一家好呀，交献心费说明你对老祖的心诚，心诚自然灵，如果你交少了，佛祖怪罪下来，就不灵验了。你可以找乡亲们去借，反正钱财是身外之物，生不带来，死不带去的。好啦，我还要到别的坛去讲经。"说着，李点传师转身而去。

李点传师走了之后，那些刚刚入道的老头老太太赶忙跪倒在地，焚香祷告着，嘴里还振振有词地说着什么。

　　情报就在佛堂香炉的下面。胡玉兰看着那些虔诚祷告的道徒们，没有走的任何迹象，她干着急也没办法，只得和那些祷告的信徒一样，慢慢朝前挤去，心里想着，怎么才能接近香炉。

　　正在这时，院外面不知谁喊了一声："各位道亲，民兵来啦，大家快跑呀！"

　　那些祷告的善男信女们赶忙收拾起自己的东西，四散而逃。几个来不及逃跑的，便跑到屋外，吓得瑟瑟发抖。

　　胡玉兰瞅准机会，迅速从香炉下找到情报，揣到怀里，也夹杂在那些善男信女中跑出了大院。

　　胡玉兰刚跑出大院，就看到一队拿着枪的民兵从大街的两面向这边冲过来。她想跑已经来不及了，赶忙蹲在地上，把情报放进鞋底，然后弄乱了自己的头发，装作疯女人的样子，胡言乱语地向前走去。

　　民兵们看到胡玉兰疯疯癫癫的样子感到好笑，没有理她，径直向大院冲去。

　　胡玉兰回头见民兵没有追来，便向村外的玉米地跑去……

第七章　醉翁之意

15

下班时分，胡玉兰仍然是上次那身装束，来到了县公安局大门附近。她看着进进出出的人们，心里盘算着，如何接近李剑锋，进而取得李剑锋的信任。

那天拿到情报后，胡玉兰回到家，对李剑锋的身世进行了认真的研究，越研究越感觉李剑锋不好接近。这个李剑锋简直就是一个传奇式的人物。李剑锋的老家是河北省平山县，父母都是老实巴交的农民，一直靠种地为生，没有任何背景。李剑锋一共兄妹三人，他是老大。他十六岁那年，日本鬼子进村扫荡，父母和弟弟妹妹都被日本兵杀害了，他便成了孤儿。让人感到不可思议的是，在一个晚上，他居然只身潜入日本据点，用菜刀一连杀了三个日本兵，又跑了一天一夜山路，找到了八路军。他参加八路军后，先在平北独立团侦察排当战士，抗战胜利后，李剑锋成为平北军分区的一个班长。不久，又调到了龙城县大队当侦察排长。去年刚调到公安局工作，担任侦缉股股长。由于李剑锋在平山县没有任何社会关系可以利用，胡玉兰只能把希望寄托在自己的身上——好在前两天在庆和饭馆和李剑锋见过一面，而且他对自己的态度还比较友好。她下定决心，一定要找机会黏住李剑锋，死死缠住他，然后从他身上打开缺口，实施自己的计划。

直到傍晚了，李剑锋等人才从院子里出来。此时的李剑锋一身浅灰色的短袖衫，气宇轩昂、一身正气。他身旁的那个女孩长得也很俊俏，年纪也就二十五六岁，穿着浅碎花上衣，黑裙子。

胡玉兰判断，这个女孩一定是李剑锋的同事，说不定还是他的女朋友。一想到漂亮女孩是李剑锋的女朋友，胡玉兰心中竟泛起一丝醋意。她赶忙整理思绪，大胆地迎了上去："这不是大英雄吗？"

李剑锋正与贺国珍、赵雪梅说着什么，看到一个女孩子在喊自己，他先是犹豫了一下，但很快认出了胡玉兰，便快步走了过来，高兴地伸出了手："胡老师，怎么会是你？"

胡玉兰笑道："我还以为大英雄不认得我了呢？"

李剑锋说："怎么会呢，胡老师，你吃饭了吗？"

胡玉兰和李剑锋握了握手，甜甜地一笑："吃了，我今天是专门来听大英雄讲战斗故事的。你上次不是答应我要给我讲故事吗，千万别说话不算数呀！"

李剑锋笑了笑："胡老师放心吧，我记着这事儿呢。我来介绍一下，这是龙城小学的胡玉兰老师，这是我们局的贺股长，这是我的同事赵雪梅。"

赵雪梅和胡玉兰握手的时候，彼此会心地一笑，但两个人的眼神中都对对方产生了一丝警惕。

贺国珍看了看胡玉兰，又看了看李剑锋，怪笑道："看不出呀，李大股长真交了桃花运呀！这么多的姑娘都在追，还一个比一个漂亮。"

李剑锋推了贺国珍一把："你瞎说什么呢！"

赵雪梅也被说得不好意思起来，赶紧抢白道："贺国珍，你可真够贫的。"几个人大笑起来。

赵雪梅看了看胡玉兰，又看了看李剑锋，然后笑道："既然胡老师是专门来听李股长讲故事的，那我和贺国珍先走了，你们聊吧。"

胡玉兰赶忙拦住："千万别，你们先忙，等李股长有时间我再来听。正好我再和校长说说，可以请李股长到学校给孩子们讲。"

李剑锋有些不解地问："怎么回事儿？"

胡玉兰笑了笑，动情地说道："前天你不是答应过我，给我讲战斗故事吗，我把这件事跟我们校长说了。校长听了可高兴了，他让我先听你讲故事，然后我再讲给孩子们听。"她说着又看了看赵雪梅："你们先忙，我过两天再来。"

赵雪梅笑了笑："没事儿，已经下班了。再说，即使忙，你好不容易过来一次，李股长也得抽出时间来给你讲战斗故事呀！孩子们不还等着听呢吗？胡老师，你说是吧。"

李剑锋看了看两个女孩，有些为难了。

赵雪梅接着干脆地说："就这样定了，你们先聊，千万别耽误孩子们听故事。"

贺国珍冲着李剑锋做了个鬼脸："李大股长，悠着点儿啊！"说着和赵雪梅走了。

李剑锋掏出怀表看了看时间，又看了看胡玉兰："胡老师，那咱们到哪儿去讲呢？要么到我们单位吧？"

胡玉兰摇了摇头："那多不好意思。咱们走走吧，你边走边讲。"说着便向前走去。

李剑锋紧走了几步，追了上去，两个人交谈起来。

李剑锋道："胡老师不是本地人吧？"

胡玉兰莞尔一笑："谁说我不是龙城人？我的家在咱们县的杨树沟村，十五岁的时候到张家口去求学，刚回来不久。"

李剑锋称赞道："这么说胡老师离家十年了，一个女孩子只身一人到张家口去上学，真不简单呀！"

胡玉兰点了点头："其实我姥姥家是万全县的，离张家口很近，是我舅舅带我到张家口去的。"

李剑锋冲着胡玉兰笑了笑："那也不容易呀，俗话说，在家事事好，出门时时难嘛。"

胡玉兰有点不好意思地说："李股长，您别笑话我，我们家住在穷山沟，其实小的时候连县城都没到过！"

李剑锋笑了笑："没什么，大家都一样，我也是穷苦人。这样吧，城外面还不太安全，咱们就在城里走走，怎么样？"

胡玉兰笑道："我听你的。"她这样说着，竟然向西走去——公安局的西侧便是看守所。龙城县的看守所不过是几排平房，高高的围墙上仅设了几道简易的铁丝网，只在围墙的拐角处修了两层的岗楼，上面站着荷枪实弹的公安战士。

等胡玉兰走出老远了，李剑锋紧走几步跟了上来。胡玉兰用眼睛的余光发现李剑锋跟上来以后，装作等待的样子，打量了一下看守所外面的环境。猛然间，看守所外的一个小院引起了她的注意。小院的街门紧锁着，台阶上长满了杂草，好像是好久没人居住了。胡玉兰刚想说些什么，巡逻的战士走了过来，看到李剑锋后，为首的向他敬了个礼："李股长好！"

李剑锋还了礼，巡逻的战士继续巡逻去了。

胡玉兰指着高墙和铁丝网说："这就是大狱吧，好可怕呀！"

李剑锋点了点头。

胡玉兰装出了一副天真的样子看着李剑锋："能告诉我吗，里面关的都是啥人呢？"

李剑锋道："啥人都有。小偷、流氓地痞，还有土匪、恶霸、杀人犯等，反正关的都不是好人。"

胡玉兰佯装吓得张大了口。

李剑锋笑了笑："看把你吓的。"

少顷，胡玉兰突然问道："你上次抓的那个侯有林也关在里面吧？"

李剑锋叹了口气："是呀，这个土匪可真够狠的，杀了咱们那么多革命同志。"

胡玉兰说："我在学校也听很多老师说起过这个土匪头子，他们还说，侯有林吃过人心，有这事儿吗？"

李剑锋想了想，认真地说："确实有这么回事儿，那应该是前年七月份的事儿了。那次，侯有林带着敌人袭击了咱们的区公所，抓到了一个区干部，侯有林想劝这个区干部投降，没想到这个区干部宁死不屈，侯有林就把他给杀了。侯有林听说吃人心能让人的胆子变大，就残忍地把这个区干部的心做了下酒菜。"

听到这里，胡玉兰忍不住流出了眼泪。说实在的，自己虽然也杀过人，但是吃人心的事情她还是头一次听说，听着都让人感觉瘆得慌。这个侯有林一定是个杀人不眨眼的家伙，舅舅居然让自己去解救他，想到这里，她的心有了一丝动摇。

李剑锋看到胡玉兰在流泪，不再往下说了："好了，不说这个了，看把你吓的。"

胡玉兰趁机向李剑锋身边凑了凑："你给我讲讲你自己的战斗故事吧，刚才那个忒恐怖了，让人听了，直起鸡皮疙瘩。"

"好。"李剑锋带着胡玉兰慢慢向城南的方向走去。一路上，李剑锋边走边滔滔不绝地讲起了战斗故事。

李剑锋一连讲了五个战斗故事。胡玉兰几次想让他讲抓侯有林的故事，但都被李剑锋岔开了话题。

月亮渐渐升了起来，月光如水般洒在古老的街道上。夏天的夜晚让人感到无比的温馨。突然，李剑锋闻到了一股奇特的香味儿。他从来没有闻过这种味道，便不由自主地向胡玉兰看去。只见月光下的胡玉兰明眸皓齿，宛若天仙一般楚楚动人。李剑锋不由得萌生出一种冲动，他干张嘴说不出话来。

胡玉兰不失时机地拉住了李剑锋的手："刚才那个女的是你的对象吧？"

李剑锋想把手抽回，但没有挣脱开，他看了一眼胡玉兰，点了点头，又摇了摇头。

胡玉兰话锋一转："李股长，你喜欢和我交往吗？"

"喜欢。"李剑锋不假思索地答道。在他看来，与胡玉兰这样一个有学问的女教师接触，没准儿还能学到文化知识呢，省得王树生局长老是埋怨自己没有文化。

胡玉兰狡黠地看着李剑锋："真的吗？"

李剑锋坚定地说："真的。"

胡玉兰歪着头说："那你明天还给我讲战斗故事吧。李股长，你知道不，我特别崇拜你。"

李剑锋想了想，摸着脑袋说："讲故事没问题，不过你也答应我一件事，行吗？"

胡玉兰注视着李剑锋："只要你每天给我讲战斗故事，甭说一件了，就是十件，我也答应你。"

"我想……我想让你帮我补习一下文化课。"李剑锋抽回了自己的手，看着胡玉兰的眼睛，不好意思地说。

胡玉兰咯咯地笑了起来："那没问题。"说着突然蜻蜓点水地在李剑锋的脸上亲了一口："李股长，你真好，今天你给我讲了这么多战斗故事，我太高兴了。"

李剑锋被胡玉兰的动作搞得有些不好意思，低头拿出怀表看了看，时间已经接近晚上十一点了："胡老师，天太晚了，咱们回去吧。"

胡玉兰看着李剑锋的眼睛，道："好，过两天我再找你，你不会嫌弃我吧？"

李剑锋笑了笑："哪会呢，我高兴还来不及呢！"

正在这时，路灯突然亮了，把胡玉兰吓了一跳："李股长，我咋没注意呢，咱们县城啥时候通的电？"

李剑锋笑了笑："地委经过协调，刚从沙岭子电厂引过来的。今天是第一次供电，就让咱们给赶上了。"

胡玉兰高兴地说："简直太好了，这是多么有意义的一天呀！有了电咱俩晚上就可以逛街了，还可以看电影。"

看着胡玉兰兴高采烈的样子，李剑锋忽然感觉出一丝异样，不禁看了胡玉兰一眼，笑道："我长这么大可是第一次看到路灯，不像你，从大城市回来的，见多识广。"

胡玉兰感觉到自己说走了嘴，讪笑了两下："李股长，你千万别这么说，我只不过在张家口见过这些。再说了，有电的生活和没电确实不一样的，特别是到了晚上，你看有了路灯，就显得安全多了，省得黑灯瞎火的，让人不敢出门。"

"是呀，现在有了路灯，晚上出门就方便多了，也安全多了。"李剑锋感觉胡玉兰确实与众不同，不仅有文化，而且话也说得头头是道，相比之下，自己反倒有些孤陋寡闻了。

胡玉兰呵呵笑道："时间过得真快呀，和你在一起，我真开心，我还想和你聊聊。"

李剑锋笑道："反正都在一个县城，往后有的是时间。"

胡玉兰点了点头："嗯，送我回学校吧！"

李剑锋这才醒悟过来："好，玉兰，明天我还给你讲故事啊。"

李剑锋和胡玉兰来到龙城小学小门前时，李校长正在门前摇着芭蕉扇，来回走动着。当他见到胡玉兰带着一个年轻小伙子回来了，便隐在了一旁，直到胡玉兰敲门时，他才突然出现在胡玉兰的身后："胡老师，这么晚了，你来学校有啥事儿？"

胡玉兰一回头，见是李校长，呵呵一笑道："这么晚了，您还没休息呀？我回来取课本，一会儿还要备课呢！"

"胡老师，你初来乍到，我要对你的安全负责。现在龙城刚刚解放，外面太不安全了，你如果出了事儿，我可没法向宝库老弟交代呀！告诉我，那个男人是谁？"李校长指着李剑锋的背影问道。

胡玉兰腼腆地一笑："李校长，您放心吧，他是咱们县的大英雄，公安局的李剑锋股长。就是他抓住的土匪头子侯有林。我在听他讲战斗故事呢，明天我还要把这些故事讲给同学们听，让孩子们知道咱们的胜利果实来之不易。"

李校长笑了笑，称赞道："你真是个好老师，处处替咱们学校着想，明天我要在教师大会上表扬你，你的革命觉悟就是高嘛！处处想得周到，不愧是大城市来的。"

一连几天，胡玉兰都缠着李剑锋讲战斗故事。看着胡玉兰听故事认真的样子，李剑锋更是对她充满了好感。而胡玉兰也没食言，利用休息的时间，开始帮助李剑锋补习文化课，还教会了他好多唐诗宋词，把李剑锋美得心里如同喝了蜜一样。

16

放学以后，胡玉兰跟着谢丹来到她家。谢丹的家在县城南街最繁华的地段，是个高门大院，临街不远处就是民为天粮油店。

胡玉兰来到门楼前，环顾着眼前的一切，莫名其妙地产生了一种异样的感觉。她隐约感觉到，这个粮油店今后可以做些什么文章。

几个伙计正在给粮油店上门板，看到了谢丹和胡玉兰后，笑了笑："小姐回来啦！"

谢丹也冲着伙计笑了笑："嗯，我爸呢？"

伙计答道："掌柜的正在家里算账呢！"

谢丹二话不说，带着胡玉兰拾级而上，走进了院子。谢丹的家是一个三进的四合院，一进门就感觉与众不同，整个院子古朴文雅。谢丹带着胡玉兰穿过院子，来到正房。在古色古香的家具后面，一个五十多岁戴眼镜的男人正在"噼里啪啦"地打着算盘。当看到谢丹和胡玉兰进来后，立刻合上账本，笑吟吟地走了过来："丹儿回来啦！这位是？"

谢丹顺手从茶几上拿起一个苹果递给了胡玉兰，然后自己又拿起一个，咬了一口，冲着父亲笑了笑："这位是我的同事，胡老师。"

谢长发的脸上顿时堆满了笑："原来是胡老师啊，丹儿经常向我提起您，胡老师快请坐呀。"接着他把目光转向了谢丹："丹儿，胡老师来了，今天咱们吃啥？"

谢丹道："爸，今天咱们到外面去吃，咋样？"

"那好呀，不知你看中了哪家菜馆？"

"去大金牙的庆和饭馆。您先忙，我和胡老师先在咱家待一会儿，走的时候我叫您。"谢丹说完拉着胡玉兰去了自己的闺房。

胡玉兰在谢丹家转了一圈儿后，心里不禁感慨道：谢长发确实是龙城名副其实的财主。不仅院子大，家里的陈设也相当讲究，墙上挂满了名人字画。据谢丹介绍，谢长发的先人在清朝官至巡抚，在任时以清正廉洁而闻名。告老还乡后，便让子孙在龙城县城开了一家粮油店。由于谢家的先人受过皇封，龙城县的历代官员都对谢家高看一眼。共产党进城以后，县长赵海山还三番五次来看望他。

在庆和饭馆吃完饭的时候，天已经黑了。谢长发准备派伙计护送谢丹和胡玉兰回学校，被谢丹拒绝了："爸，您就放心吧，现在有路灯安全多了，再说了，我和胡姐还有话要说呢。"

看到女儿执意不让送，谢长发只得目送两个女孩儿向学校走去。

庆和饭馆距离龙城完小足有二里路。在胡玉兰和谢丹穿过一个十字路口时，忽然从黑暗处蹿出两个黑影，一下子便把胡玉兰和谢丹抱住了，并嘻嘻哈哈地把脸往两个女孩子脸上贴，谢丹顿时吓得大叫起来。

胡玉兰也被突如其来的黑影吓出了一身冷汗，她本能地挣脱开来，和那个男人扭打在一起。

就在这时，远处传来一阵急促的脚步声———一队巡逻的公安战士走了过来。当看到两个男人在欺负女孩子时，几个战士迅速冲了过来，为首的张班长大喝一声："住手。"

两人见来者是公安战士，转身想跑，但为时已晚，三下两下便被战士们打翻在地，随后被戴上了手铐。

谢丹被眼前的一切惊呆了，在胡玉兰的提示下，才惊魂未定地来到张班长面前，表示感谢。

张班长呵呵笑道："你是谢丹吧，多悬呀，幸亏遇到了我们。龙城刚刚解放，社会还不太安定，女孩子晚上要少出来。走吧，我送你们回学校。"

张班长把谢丹和胡玉兰送到龙城小学时，两个女孩子对张班长的救命之恩再次千恩万谢后，才走进门去。

在随后的日子里，胡玉兰把注意力放到了谢丹的身上。胡玉兰知道谢丹还没有男朋友，便死缠着李剑锋，打探张班长的个人情况，当听说张班长还没有对象时，倍感欣喜。

一天傍晚，胡玉兰悄声问道："我给你介绍个男朋友，怎么样？"

谢丹的脸立刻红了。

看着谢丹害羞的表情，胡玉兰开心地捅了她一下，笑道："你觉得那天晚上救咱俩的那个张班长怎么样？现在龙城解放了，公安人员身上配着枪，多威风呀，往后也能保护你呀！"

"这……"谢丹沉吟了片刻，才有点不好意思地说道，"这事儿我先回去和我爸商量一下再说吧！"

胡玉兰冲着谢丹莞尔一笑道："我可听李股长说了，现在可有好几个女孩儿在追这个张班长呢，不抓紧的话，会被别人抢走的。"

谢丹也笑了，开玩笑道："说不定你也在追着了吧。"

两个女孩儿咯咯大笑起来。

在胡玉兰和李剑锋的撮合下，谢丹和公安队的张班长开始交往。时间不长，张班长便在李剑锋的带领下，来到谢丹家提亲。更让胡玉兰感到惊讶的是，这个谢长发居然一眼就看上了张班长。紧接着，胡玉兰让谢丹打听出了看守所公安队换岗的准确时间。

　　一连几天过去了，韩老七那边仍然没有任何消息。听李剑锋说，公安局正在加紧审讯侯有林，也许用不了多长时间，就会把侯有林枪毙了。胡玉兰心急如焚，但也没有更好的办法。她想把张二愣调过来，武装劫狱，但是考虑再三，最终还是放弃了。

　　好久没有练功了。胡玉兰看到已经是夜深人静了，便换好了紧身的衣服，来到院外，练开了武功。到张家口不久，胡玉兰就和舅舅学会了武功。并且练武成了她每天必做的功课。即使到了保密局，胡玉兰也一直没有丢下自己的武功。

　　她刚刚收住了招式，就听到了敲门声。胡玉兰静耳细听，是韩老七的声音，便打开了门。当她看到韩老七跑得上气不接下气的样子时，瞪了他一眼："你干什么呢，慌慌张张的？"

　　韩老七抑制不住满心的欢喜，大声道："组长，好消息！您听了一定会高兴的。"

　　胡玉兰催促道："啥好消息，快说！"

　　韩老七喘着粗气："我认识了看守所的一个大师傅。"

　　胡玉兰听后顿时感到一阵惊喜："快说说看。"

　　韩老七高兴道："那天，我正在摆摊儿，看到一个公安局的大师傅来买菜，就和他聊了起来，结果聊得挺投机的。这个大师傅叫老丁头，今年五十岁。后来我发现，这个老丁头平时买菜的时候，专门买一个漂亮女人的菜，这个女人是个寡妇，姓马。"

　　胡玉兰有点儿不耐烦地说："别瞎嘞嘞，拣重点的说。"

　　韩老七吐了下舌头，继续道："这个老丁头不仅给那些公安做饭，而且还管着看守所犯人的伙食。您说可否利用这个人？"

　　胡玉兰想了想："这个老丁头有没有弱点？"

　　韩老七的两只眼睛滴溜一转，诡秘一笑："老丁头最大的弱点，就是见了漂亮女人走不动道。他买菜的时候，经常和那个马寡妇眉来眼去的。后来，我就多了个心眼儿，悄悄跟踪了他几次。您猜怎么着？老丁头晚上经常到西关村马寡妇家去过夜。"

听完韩老七的介绍，胡玉兰沉吟片刻，说道："好，你准备一下，咱们就从他的身上着手。对了，看守所周围的地形我看好了，你要特别留意一下看守所外面那排民房最东头的那个小院。再有，你马上去通知一下张二愣，让他带人来龙城一趟。"

韩老七不解地看着胡玉兰："咱们干吗找他？"

胡玉兰不高兴了："让你去你就去，哪儿那么多废话！"

夜幕降临了。一个矮胖的身影出了城门，径直向西关村走去，边走边不时回头向后面看几眼，生怕有人跟踪。

此人正是老丁头。老丁头来到村东头马寡妇家的门前，先是左右看了看，见没有什么动静，便轻轻敲了几下街门。

街门"吱呀"一声开了。老丁头一闪身进了院子，立刻和来开门的马寡妇搂抱在一起。两个人亲热一番后，进了屋后很快把灯熄灭了。

就在老丁头和马寡妇赤身裸体刚刚进入被窝的时候，房门一下子被踹开了，几道手电光射了过来，随后拥进来五六个彪形大汉，一个个凶神恶煞一般。老丁头和马寡妇想躲已经来不及了，在被窝里乱作了一团，不知如何是好。

一个大汉蹿到炕上，一只脚踏在了老丁头的背上。

"啊！"老丁头发出一声惨叫。

身穿夜行衣的胡玉兰用手枪指着被窝里的老丁头和马寡妇，不紧不慢地说道："丁有才，用共产党的钱来做这种事情，你的胆子不小呀！"

丁有才用胳膊挡着手电光，看着满屋的不速之客，战战兢兢地问："你们是什么人？怎么敢私闯民宅？"

胡玉兰冷笑道："我们私闯民宅？简直是笑话，要么咱们到公安局去问问，究竟谁在私闯民宅？"她在屋子里走了几个来回，然后指着体似筛糠的丁有才说："丁有才，你说你，这么大的岁数，你咋这么不要脸呢？"

一个大汉把桌上丁有才送给马寡妇的一沓子钱和十来斤肉扔在了他俩面前。

胡玉兰问道："说，这些是哪里来的？"

马寡妇看了看钱和肉，突然喊了起来："呦，大妹子，这钱是我卖菜卖的，肉是我今天刚割的。"

　　胡玉兰冷笑道："住嘴，你蒙鬼去吧，实话跟你说，我们盯了你一天了，你今天根本就没有出这个门。"

　　听了这话，丁有才感觉这些人来者不善，赶忙哀求道："求求您，先让我们穿上衣服吧！"

　　"好吧。"胡玉兰看着眼前的两个人慢吞吞地穿好了衣服，像犯人一样站在她的面前接受审问不禁觉得有点好笑。

　　"这事儿您说咋办？要么我给您点钱？"丁有才突然给胡玉兰跪下了。

　　胡玉兰眉毛一挑："你以为用钱能收买我吗？也不撒泡尿照照自己。"

　　"那您说这事该咋办？我听您的。"丁有才无力地说着，声音恐怕只有他自己能听清楚。

　　胡玉兰冷冷地说道："我还想问你呢，这事儿你打算怎么收场？"

　　丁有才的汗顿时下来了："各位好汉，我听你们的，只要你们不去报告，让我做什么都成。"

　　胡玉兰慢条斯理地说："丁有才，1911 年出生，原国军第 53 军 58 营伙夫班班长。1947 年 3 月被解放军俘虏，因有立功表现，被安排到龙城县公安队，领导看你的菜炒得不错，便让你当了大师傅。没想到呀，你丁有才还有这花花肠子。"

　　丁有才无力地低下了头。马寡妇也如同母鸡啄米一般一个劲儿地哀求着："各位好汉，我们这是第一次。就这一次呀，你们就饶了我们吧，我说的是实话。"

　　胡玉兰道："丁有才，你如果不想让公安局知道这件事儿，就按我们说的去做，要不然，有你们好果子吃！"

　　"是是是，你们咋说，我就咋办。"丁有才无力地回答着。

17

　　龙城县看守所。

　　侯有林绝望地仰望着铁窗，他知道自己的日子不多了，政府是不会原谅他这个杀人如麻的惯匪的。此时，侯有林已经放弃了求生的欲望，一遍一遍回味着往日的那些岁月。是呀，自己活了这么大，该吃的苦吃了，该享受的享受了，唯有那些被杀人的影子让他寝食难安。每每想起这些，侯有林都会感到一种内疚，都是乡里乡亲的，为了一种信仰，有时甚至为了一点糊口的粮食，就被自己杀了，自己是不是有点太残忍了？要知道，一个人到这个世界上走一遭不容易呀！侯有林的眼前时而浮现人们向他哀求的目光，时而浮现出白发苍苍母亲的身影。想着想着，侯有林的眼睛湿润了，进而头杵在地上，痛哭了起来。

过道传来开铁门的声音，紧接着传来了看守的声音："老丁头，您怎么来送饭呀？"

丁有才担着两只饭桶，晃晃悠悠地走了进来："张师傅病了，我来帮个忙。咋地，听说这个侯有林又不好好吃东西啦？"

看守不屑地哼了一声："一个土匪，可怜他干吗！你可怜他，想当初，他杀咱共产党的时候，他可不可怜咱。"

监室的门开了，在看守的陪同下，老丁头拎着饭桶走了过来。他来到侯有林面前，放下几个窝头和几块咸菜，又在旁边的碗里倒了点水，然后说："趁热快点吃吧，想开点儿，别跟自己过不去，谁都有这么一天。"老丁头说着，还使劲儿看着窝头。

侯有林瞪了一眼老丁头，那动了一下身上的铁镣。

老丁头和看守出去了，监室的门发出沉闷的响声。

侯有林拿起一个窝头，掰成两半放进嘴里，猛地感觉有个硬东西硌了一下牙。拿出一看，原来是一个铁钉子，再掰开另外一个窝头，里面还有一个铁钉子。侯有林迅速把铁钉子藏了起来。听到看守走远了，他拿出铁钉子一试，竟然能把自己的镣铐打开，他顿时一阵暗喜。他很快又把镣铐戴好了，然后把钉子藏进了自己的被褥里。

第二天，老丁头又来送饭了。侯有林从窝头中找到了一个纸团，他迫不及待地打开了纸团，只见上面画着一个牢房，牢房的另一面是一个民房。侯有林顿时明白了，外面有人在救自己。侯有林把纸团吃掉后，打量着墙壁，突然笑了起来。因为他对监狱周围的环境再熟悉不过了，关押自己的这间牢房，在解放前就是关押共产党要犯的地方。侯有林还在这个牢房中审讯过共产党，他知道牢房的墙壁都是土坯和石块垒砌的，由于年久失修，很容易挖洞。

看着眼前的一切，侯有林的两只眼睛又露出了凶光。

李剑锋又一次来到了庆和饭馆，他把一沓子钱交给了木林森："这是上个月的活动经费。你这么着急忙慌地把我找来，有啥急事儿？"

木林森小心翼翼地把钱装好，点头哈腰地说道："您上次不是要国民党的潜伏计划吗？"

李剑锋一听到敌特的潜伏计划，顿时来了精神："有这方面的情报了吗？快说说看。"

木林森贴着李剑锋的耳朵神秘地说："经过前一段的工作，我搜集到一些情报，不知道你感兴趣不？"

李剑锋笑道："说说看。"

木林森继续道："你知道原来龙城县的县长张玉山吗？他们正在密谋成立一个平绥纵队，这个纵队从龙城到张家口，有很多情报组，听说他们目前正在招募那些回家的国民党军人，我想让我的人打入他们内部。"

李剑锋听后大喜："好，要尽快了解这方面的详细情况，越详细越好，有情况及时向我汇报。"

李剑锋刚回到公安局，便接到门卫的报告，有一个叫胡玉兰的老师来找他。

胡玉兰身着上白下蓝的学生装出现在李剑锋的面前，让李剑锋倍感亲切。他把胡玉兰带进了办公室，把几个同事一一向她介绍。

平日里冲冲杀杀的这些男子汉看到俊俏的胡玉兰后，纷纷停下了手中的工作，主动和她打着招呼。

赵雪梅见到胡玉兰后，先是感到一阵不悦，但很快就阳光灿烂了。她给胡玉兰沏好了茶水。胡玉兰先是对赵雪梅一通夸奖，说赵雪梅穿着军装的模样显得精神，让人羡慕。赵雪梅也夸奖胡玉兰这身打扮好看。接着，胡玉兰说到了正题，说自己把李剑锋的战斗故事给同学们讲了，学生们反响强烈，李校长想请战斗英雄李剑锋给全校的同学再去做一次报告，让学生们接受一次革命教育，让自己来和李剑锋商量一下。

李剑锋当即就推辞了。

胡玉兰央求道："李股长，这次我不是代表我个人来的，是代表龙城小学一百多个师生来的，我这里还有公文。"说着她拿出了盖有龙城小学大红印章的公函。

赵雪梅接过公函，端详了片刻，然后半开玩笑地说："李大股长这次可出名了，我这就替你向局长请示去。"

胡玉兰拉着赵雪梅的手说："赵姐，我代表龙城完小的同学们先谢谢你了。"

赵雪梅笑道："胡老师打算让李股长啥时候去讲呢？"

胡玉兰呵呵笑道："当然越快越好啦。但这要看李股长的时间。"

同事小王羡慕地说："胡老师，我们股长的战斗故事可多了，都一套一套的。不用准备，张口就来。"

胡玉兰看了一眼李剑锋，笑道："嗯，李股长的故事确实很好，也很感人，不过……"

"不过什么？"听到这话，赵雪梅的脸色突然变了。

胡玉兰从包里掏出了一沓子讲稿，递给了李剑锋："我把李股长给我讲的故事都给整理了一遍，最好能按照这个去讲，你看看，行不？"说着胡玉兰抬起眼，深情地看着李剑锋。

李剑锋接过讲稿，仔细地翻看了几页，脸一下红到了脖子根儿："真没想到呀，写得太好了，胡老师，你忒有才了，我给你讲得都是干巴巴的事儿，没想到你就写了这么多。我都怀疑，这些事是不是我干的。"

胡玉兰笑道："这些事都是你干的。你给小学生讲课，不仅要把事情的来龙去脉说清楚，而且该动情的时候得动情，该渲染的时候得渲染，最好还能和小学生交流一下，这样才能突出你的高大形象，小学生也爱听。"

"我看看。"赵雪梅劈手从李剑锋手中夺过了讲稿，看了下去，才看了几页，就不禁赞不绝口："哎呀，胡老师真不愧是老师，不仅人长得漂亮，字也写得这么好，佩服，佩服。"

开饭的时间到了，胡玉兰起身要告辞。赵雪梅半开着玩笑："李大股长，人家是来找你的，还不赶快请人家留下吃饭。"说完这话，赵雪梅挤眉弄眼地看着李剑锋。

场面顿时尴尬起来。李剑锋看着胡玉兰："要么……"

胡玉兰的脸腾地红了："今天晚上，学校还要开会呢，等过两天，我请李股长和赵姐。"

　　几个人出了办公室，来到了院中。胡玉兰仔细打量了一下院子。公安局的后院是几排平房，在平房的西侧是一道铁门，通向监狱，铁门外有两名公安队的战士在站岗。

　　胡玉兰正看得出神，老丁头挑着饭桶从铁门走了出来。老丁头出了门后，目光也正向这边看来。偏巧，两个人的目光撞在了一起。老丁头看到胡玉兰后，吓得顿时魂飞天外，差一点把饭桶掉在地上，但他很快恢复了平静，低头从胡玉兰身边走过。

　　"老丁头，今天做啥好吃的？"赵雪梅问了一句。

　　"炖大菜，炒芹菜，主食是馒头、米饭。"老丁头头也不回地说。

　　"这个老丁头，平常总是嘻嘻哈哈的，今天这是怎么了？"赵雪梅感觉有些蹊跷。

　　李剑锋也感到老丁头今天有点儿不正常，他想追过去问个明白。不料想，胡玉兰却笑吟吟地向他们告别。

　　当李剑锋送走了胡玉兰回到后院时，老丁头早已不知去向。

第八章　恶性事件

18

　　龙城县解放即将一个月。按照县委的要求，全县要举行隆重的庆祝活动，十里八乡的群众都要到县城里来游行。县公安局除了做好现场的安全保卫工作之外，还接到县委派的另外一个任务，就是要组织一个秧歌队，与群众一起联欢。这件事情却愁坏了局长三树生，他对公安局的干部战士们太熟悉了，行军打仗没问题，扭秧歌对他们而言确属赶着鸭子上架。王树生有心把这项工作推掉，但县委书记吴自成却说，这是政治任务，不能讲任何条件，你们公安局必须完成，而且要给全县做出个样板儿来。

　　王树生抓着头皮发愁道："吴书记呀，我们这里都是清一色的大老爷们，根本就不会扭啥秧歌呀！"

　　吴自成呵呵笑道："你可以去请教练呀，县城里会踩高跷、扭秧歌、打家伙点儿的人有的是！我相信你一定有办法的，反正这个任务交给你了，你必须给我完成好。"

王树生是一个办啥事都不愿服输的人，无论是带兵打仗，还是县里搞活动，他样样都要冲在前面，为了办好这件事儿，他立刻组织召开了全局干部会，让大家一块儿出主意想办法，集思广益。

听了王树生的话，干部们议论纷纷起来。这锣鼓乐器的事情都好办，到哪儿都能去借，唯独让这些平日拿枪杆的大老爷们扭秧歌，大家都犯难了，谁都不愿意出这个风头，都大眼儿瞪小眼儿地看着局长。

正在这时，贺国珍捅了一下紧挨着他的李剑锋，悄声道："你还不表现表现，机会难得呀。"

李剑锋瞪了一眼贺国珍："那是扭秧歌，不是咱们这些男人干的活儿，要表现你去表现吧。"

贺国珍冲着李剑锋笑了笑："你不会，有人会呀！"

李剑锋问道："这事你得说清楚，谁呀？"

贺国珍笑了笑："那个小学老师呀，这段时间，她不是经常找你嘛，这次就等于你找她办事儿，我看肯定行。"

李剑锋把头摇成了拨浪鼓："不行不行，我才认识她几天呀，再说了，我没法跟人家张这个嘴呀。"

贺国珍又捅了一下李剑锋的胳肢窝，然后冲着他做了个鬼脸："都已经和人家逛大街了，还说没法张口，哎，我这可是替咱们王局长着想呀！"

李剑锋推了贺国珍一下："你这不是胡闹吗？"

大概李剑锋和贺国珍的动作稍微大了点儿，王树生立刻站了起来："李剑锋、贺国珍，你们俩是咋回事儿，还嫌不够乱吗？你们俩都给我站起来，说说你们俩在说什么！"

李剑锋和贺国珍乖乖地站了起来，相互看了看，两人一句话也不敢说。

王树生笑了笑："好话不背人嘛！你们俩说说吧。刚才不是说得挺热闹的嘛！贺国珍你先说。"

贺国珍看了看李剑锋，又看了看四周的同事，摸着头皮突然哈哈大笑了起来："剑锋你就说说嘛，还害什么羞。"

王树生有些不理解，一拍桌子："贺国珍，严肃点儿，这是开会，不许打哈哈。"

贺国珍看了看王树生，然后又凑近李剑锋的耳朵悄声说："李股长，我对不起你了，要不然局长该收拾我了。"随后大声说道："报告局长，我和李股长也在商量扭秧歌的事儿呢！"

听了这话，大家的目光齐刷刷地投向了贺国珍和李剑锋。王树生有些好奇地问道："你们俩是怎么商量的？"

贺国珍又看了一眼李剑锋，然后冲着王树生嘿嘿一笑："咱们公安局的干部虽然不会扭秧歌，但是可以请人教咱们扭呀。"

王树生顿时笑了："贺国珍，你说说看，咱们请谁？有人选吗？怎么请？"

贺国珍看了一眼李剑锋，有些难为情地说："咱们可以去请那个龙城小学的胡老师，李股长跟她认识，她一定会给李股长的面子。我想，如果胡老师教咱们扭秧歌，一定没问题的。"

王树生一琢磨，贺国珍讲得有一定道理。这个胡玉兰要模样有模样，要身段有身段的，又是当老师的 如果让她来教大家扭秧歌，一定没问题。他立刻笑着对李剑锋说："怎么样，李股长辛苦一趟，去把胡玉兰请过来，教大家扭秧歌。"

李剑锋一听，鼻子险些被气歪了，没好气儿地说："你们谁爱去谁去，反正我是不去，贺国珍那是糟蹋我呢。"

贺国珍冲着李剑锋一阵坏笑："刚才不是你说的吗？说什么龙城小学的胡老师能歌善舞嘛！"

李剑锋急赤白脸地说："你简直胡说八道。局长，别听他的，贺国珍刚才是胡说的。"

看到李剑锋的一脸窘态，贺国珍开心地笑了，又凑到他的耳边小声道："我这可是为你好，顺便让大家帮你掌掌眼，你可别狗咬吕洞宾呀。"

李剑锋瞪了贺国珍一眼："局长，您可千万别听贺国珍的，他是在拿我开玩笑呢。"

王树生不慌不忙地冲着李剑锋笑道："贺国珍究竟是不是开玩笑我不管，可他既然已经推荐胡老师了，我想就一定有道理，这样吧，明天你把她请过来让大家看一看，不就结啦？"

贺国珍帮腔道："对呀，明天你把胡老师请过来，让大伙看看呀！"

　　李剑锋的脸顿时红了，吭哧半天，才说道："反正我没那本事，让贺国珍去请吧。"

　　王树生一听就急了："好你个李剑锋，你摆什么臭架子，当了英雄你就了不起啦！既然大家都提出来了，就说明你有这个能力，也说明胡玉兰有这个能力，今天你必须去请胡老师，去也得去，不去也得去，要不然，你明天就别来上班了。"

　　李剑锋不禁暗暗叫苦，这件事情确实不好向胡玉兰张口。一来他和胡玉兰刚刚认识，接触的目的也很简单，主要是相互帮助，自己给胡玉兰讲故事，然后让胡玉兰教自己文化课，如果这也找，那也找，时间长了，人家就烦了；二来他不想让过多的人知道自己和胡玉兰的交往。经过这段时间的接触，李剑锋感觉，自己冥冥之中好像有点喜欢胡玉兰了。尽管这个念头只是一闪，但每当给胡玉兰讲故事，面对胡玉兰那双明亮的大眼睛的时候，他便感觉有些心猿意马，有时还会产生莫名其妙的冲动，特别是给龙城小学讲故事这件事，让他对胡玉兰产生了很好的印象。他甚至打算，等把敌特的案子破了，对胡玉兰进行详细的调查，然后把她确定为自己的恋爱对象。

　　赵雪梅仿佛看出了李剑锋的心思，她先是冲着李剑锋一笑，然后趴在王树生耳边悄声说："我发现俺们股长最近就跟丢了魂似的。"

　　赵雪梅和王树生说话的声音虽然很小，但李剑锋从两个人变化的表情中已经隐隐感觉到，赵雪梅好像对自己和胡玉兰的接触有看法，在向局长告他的状了。于是他轻轻咳嗽了一声："局长，我看赵雪梅就能教大家扭秧歌，咱们雪梅要模样有模样，要身段有身段的，平时又经常蹦蹦跳跳的，她就行，咱们何必从外面请教练，舍近求远呢！"

　　王树生看了看李剑锋，又看了看赵雪梅，笑道："其实呢，我本来盘算让赵雪梅教大家来着。可是不凑巧的是，今儿下午刚刚接到县委的通知，让赵雪梅到县委那边帮忙搞档案，所以咱们只能从外边请人了。剑锋呀，县委吴书记都发话了，龙城县的老百姓也都在看着咱们呢。咱们打仗是把好手，扭秧歌也不能尿了。从另一个角度说，你不是到龙城小学去讲过战斗故事了吗？咱们请胡玉兰老师教大家扭秧歌，我想就冲这一点，她也不会推辞的，这也叫礼尚往来嘛。"

"这……"李剑锋干张嘴，说不出话来。

不料，赵雪梅不依不饶地说："局长都发话了，还不快点去，给人家献献殷勤。"

李剑锋白了赵雪梅一眼，指着她的鼻子哭笑不得地说："你和贺国珍就出这种馊主意吧！"

赵雪梅也不含糊，狠狠地剜了李剑锋一眼，然后和贺国珍对视了一下，两人嘿嘿笑了起来。

众人看到李剑锋和赵雪梅鸡一嘴鹅一嘴的模样，都不约而同地大笑了起来。

贺国珍推了李剑锋一把，然后半开玩笑地说："快去吧，说不定还能给我们请回一个漂亮嫂子来呢！"

李剑锋狠狠地瞪了贺国珍一眼："闭上你的乌鸦嘴，贺国珍，你还嫌不够乱呀？"

王树生也笑道："这件事情只许成功，不许失败。"说着重重地捶了李剑锋一拳，把李剑锋疼得咧了咧嘴。

当李剑锋把这个消息告诉胡玉兰的时候，胡玉兰一开始扑闪着明亮的眼睛，表现出了有点不相信的样子。当李剑锋把王树生的话重复了一遍，她才确信是真的，高兴得一下子跳了起来："这简直太好了，这样我就可以经常见到你这个大英雄了。"

接下来的事情简直不可思议。不知是公安队那些战士虚心好学的缘故，还是胡玉兰调教有方，没过三天，公安队的秧歌队居然跳得整齐划一了。庆祝大会那天，这些穿着土黄色制服的公安队战士舞着大红绸子，扭着大秧歌走在游行队伍的最前面，吸引着龙城的老百姓驻足观看。王树生局长美得合不拢嘴，就连平日里一向不苟言笑的赵县长也露出了满意的笑容，一个劲儿地拍手叫好。总而言之，庆祝大会上，公安局出尽了风头。

正是这一个礼拜的时间，胡玉兰不仅和那些公安战士混得很熟，而且成了公安局的座上宾。

但乐极生悲，王树生局长怎么也不会想到，就在庆祝大会召开的当天晚上，龙城县竟然连续发生了几件大事儿，仅仅一夜之间，龙城县便在察哈尔省又出了大名，而且还惊动了军分区。

在龙城县城的东南角有一个大院，解放前是国民党军队的驻地。在操场的北侧还有没来得及清理的战马草料，甚至还有几个汽油桶。龙城县解放后，公安局对国民党的军警宪特和反动党团进行了登记。对于那些有罪恶的进行收押以外，对绝大多数人员都采取办训练班的形式进行教育，然后放回村进行监督改造。由于训练的对象特殊，训练班几乎是与外界隔绝的。学员们白天除了集中进行政治学习以外，还要进行出操和下地劳动，改造自己的思想，夜晚则集中住宿。由于培训的对象都是有问题的人员，为了防止这些学员闹事儿，公安队在这里派驻一个班的战士，负责这里的警戒，准备随时处置突发情况。

这天晚上后半夜，几名不速之客来到了学员驻地。他们跳墙进入院内，把学员宿舍的门锁死，然后放起火来。正在值班的战士发现有人纵火后，立即鸣枪警告。不料对方却突然开枪射击，两个战士顿时中弹倒在地上。增援的战士赶到后，立即开枪还击。龙城县城霎时枪声大作，匪徒们在夜幕的掩护下，一边放火，一边撤离。

装满汽油的油桶发出了巨大的爆炸声，大火霎时把学员驻地吞没了，映红了半个龙城县城。

此时，公安局长王树生正在和军管会的领导研究剿匪的事宜，恰好李剑锋也在会场。大家听到激烈的枪声后，立刻提着枪向县城东南方向跑了过来，一时间，警铃大作，龙城县城被惊醒了。

王树生调集公安局的全部人员前来救火，军管会也派来了战士，附近的老百姓自动加入了救火的行列。经过半宿的扑救，大火虽然被扑灭了，可训练班的宿舍几乎全部被烧毁。好在由于发现得及时，训练班所有的学员都逃出来了。他们蹲坐在地上，惊恐万状地看着眼前的一切，不知如何是好。

李剑锋跟随着局长认真地查看火场的一切，感觉这场大火着得非常蹊跷。再看着倒在血泊中的两名战士，内心一阵难受。他一面指挥大家把余火灭掉，一面让战士们把伤员送到医院进行抢救。

大火被扑灭以后，李剑锋仔细勘察着现场，他向前走了几步，在地上发现了放火用的硫黄，仔细观察着。

"剑锋，这里还有一个活的。"灰头土脸的贺国珍指着一个倒在地上呻吟的黑衣男子喊道。李剑锋赶忙跑了过去。只见这个黑衣男子倒在血泊中，由于过于疼痛，黑衣男子的五官都扭曲了。

李剑锋厉声问道："你们是那里来的？"

"我……我是从……"受伤的匪徒看着李剑锋，吃力地摇了摇头，便昏死了过去。

李剑锋赶忙让战士们把这个受伤的匪徒送医院进行抢救。就在战士抬着担架刚走，一个战士风风火火地跑了进来，上气不接下气地说："报告局长，侯有林刚才越狱逃跑了。"

"什么！"王树生听到这个消息，顿时大惊失色，他立刻带着李剑锋等人跑回了看守所。

当王树生检查完关押侯有林的监室后，便气不打一处来。

监室的西墙被生生挖开一个洞。李剑锋钻过墙洞，竟然来到了看守所院子西侧的民房。

王树生拿起侯有林留在监室里的镣铐，仔细看了看，像是自嘲地笑了笑："看看吧，咱们打了一辈子仗，没想到呀，到头来还是中了敌人的调虎离山计。这简直是笑话儿。"他看了看李剑锋，马上命令道："马上通知公安队，封锁出城的所有城门，绝对不能让他出城。侯有林是个惯匪，一旦跑出去，后果不堪设想。"

王树生怒视着看守班长，他喘着粗气想发作，但好半天没说出一句话来。

看守班长战战兢兢地看着王树生局长，吓得两腿直打哆嗦，好久才说出了事情的经过。昨天晚上半夜时分，看守班长带着战士们来换岗。按照规定，换岗前，看守们对每个监室的关押情况进行了检查。当看守班长来到关押侯有林的监室门前，向看守询问了侯有林有没有闹监。看守说："不知咋的，这个土匪头子这两天晚上不好好睡觉，每天晚上都坐在那儿，一动不动，就跟死人一样。"看守班长想了想说："侯有林早晚要接受人民的审判的，但是不能死在咱们的手里。大家一定要精心点，不弄能出啥事故来。"他还不放心，打着手电隔着观察窗向室内看了看，看到侯有林正坐在监室里闭目养神，就说了一句"你还不赶快睡觉，明天还要继续交代问题呢！"然后又用手电向周围的墙壁扫了一遍，见没有可疑情况才离去。

听完看守班长的解释，王树生感觉他说得似乎有点道理。他来不及多想，急忙赶到了县委，把这件事情报告给了县委书记吴自成。

吴自成听到这个消息，气得连拍了几下桌子："这是怎么搞的，一天之内，发生两件这么大的事情，简直是咱们龙城县的耻辱，我怎么向地委交代呀！"吴自成也不敢怠慢，赶忙向地委作了汇报。

就在侯有林越狱后的第三天上午，随着一声枪响，王树生的心又揪了起来。

那天上午，王树生正准备和吴自成研究一下，如何尽快侦破侯有林越狱的案件。可当他刚刚走进县委的大门，就听见公安局的方向响起了一声清脆的枪声，他不敢怠慢，赶忙又跑了回来。

当王树生赶回公安队，又被眼前的一幕惊呆了，只见老丁头倒在公安队队部的地上，地上是一大摊血。子弹是从太阳穴射进去的，从另一侧穿出，太阳穴仍汩汩冒着血。

战士们见到局长王树生和侦缉股长李剑锋来了，不知所措地低头站在一旁。

王树生伸手试了试老丁头的呼吸，发现老丁头已经死亡，便站起身问道："这是怎么回事儿？"

一个战士喃喃地说："老丁头平时不怎么到公安队里来的，因为队员们的宿舍有枪支。他又是个大师傅，按照规定，我们不能让他进宿舍。今天早上，老丁头来了，说战士们最近比较辛苦，要给大家加餐。当时大家谁都没注意，老丁头就直接进了队部，老丁头进屋后，就从墙上摘下手枪，并把枪顶在自己的太阳穴上了。大伙一看急了，赶忙要解劝，可老丁头确哭着说对不起党，对不起组织，话没说完，就开枪自杀了。"

看着倒在血泊中的老丁头，王树生陷入了深思之中。一连串的恶性案件，让他这个公安局长如坐针毡，他不知道明天还会发生什么事儿。

县委书记吴自成和县长赵海山也赶到了公安局。当他们看到眼前的一切，一个个表情严峻。吴自成意味深长地说："树生呀，虽然解放了，可我看咱们龙城的上空阴云密布呀！"

赵海山附和着："王局长，这是严重的事件，是敌特的袭击，你们公安局这么多人，连一个侯有林都看不住，都干什么去了？嗯！内部又出了这么大的问题，你让我们怎么向地委交代，你们必须写出深刻的检查，绝不能再发生类似的事情。简直是太不像话了！"

王树生带着李剑锋等人站在那里，到现在他已是百口难辩了。

19

龙城县一连串恶性事件的发生，惊动了察南地委和军分区。地委和军分区立刻派出精干力量，连夜进驻到龙城县，会同龙城县公安局开展破案工作，李剑锋成为专案组的重要成员，协助专案组开展破案。

夜深了，工作组还在开会。王树生局长向专案组汇报完情况后，军分区的张营长沉吟了片刻后说道："侯有林越狱这件事情影响太大了，当务之急是搞清侯有林的逃跑方向，然后才能组织部队搜山。同时要各区的区小队加强各级政府的保护。因为侯有林是一只穷凶极恶的饿狼，很可能会向政府进行报复，甚至会把黑手伸向无辜的群众。另外，我们的征粮工作也已经到了关键时刻。部队要配合县委、武委会和公安局的同志，加强对粮食的保护，绝不能让敌人破坏我们的计划。"

县委书记吴自成道："龙城解放已经一个月了，可是治安形势还是如此严峻，我这个县委书记没有当好呀，我已经向地委写了检查，请求处分。现在我在想，当初我们在深山沟里，敌人在城里，斗争的形势那么严峻，我们都没有动摇过。现在龙城解放了，我们进城了，面对几个敌特分子，我们更要坚定自己的信念，县委相信你们，一定会迅速破获这起案件的。你们有没有信心？"

王树生站了起来："请吴书记放心，我们一定会迅速破获这起案件的，坚决打掉敌特分子的嚣张气焰。"

李剑锋一直在思索侯有林越狱的事情。区公所爆炸案、训练班遭袭击、侯有林越狱，再加上老丁头自杀前所说的那些话，种种迹象表明，龙城县城虽然已经解放了，但潜伏下来的敌特分子，趁着县委、县政府刚刚进城，在千方百计搞破坏。这种时刻，加强县城的巡逻控制，维护县城的稳定是一个方面，更主要的是必须迅速侦破此案，把侯有林抓获归案，否则龙城将永无宁日。

李剑锋很快就查出了老丁头的死因。当他来到马寡妇家时，马寡妇哭得就和泪人一样，她承认了自己和丁有才乱搞的事情，也承认收了丁有才的钱。但唯独没有说出那天晚上，两个人被来历不明的人逼迫的事情。

李剑锋又来到了庆和饭馆，找到木林森询问近期工作的进展情况。

木林森还是一副点头哈腰的老样子，给李剑锋递上了烟卷，然后慢悠悠地说："最近我能想的办法都想了，却没有什么结果。"说着他肩膀一耸，两手一摊，摆出了无可奈何的样子。

难道真的没什么蛛丝马迹吗？这些土匪是怎么混进城里的，而且还带着枪，他们在哪里藏身，总不至于像土行孙那样，有遁地术呀？李剑锋盯视着木林森，仿佛要看穿他的五脏六腑："木林森，我再告诉你一个消息，侯有林越狱了。"

"啊！"木林森吓得险些跌坐在地上。过了好久，他才哆哆嗦嗦地说："怎么会是这样？怎么会这样？"

李剑锋叹了口气说："也怪我，百密一疏，谁会想到呢，我们中了敌人调虎离山的计策！"

木林森连连摇着头："李股长，我就纳闷了，侯有林为什么早不越狱，晚不越狱，偏偏在咱们县搞庆祝活动的时候，我猜想，咱们政府内部有内鬼？"

李剑锋说："内鬼已经查出来了，是公安局的大师傅，可是他已经畏罪自杀了。"

木林森又一次惊愕了，他点燃一支烟，急促地吸着，两只眼睛叽里咕噜地转动着。

李剑锋催促道："木林森，现在全县的人民都在看着我们呢，你也要多动动脑子。不错，龙城解放前，你这个情报点提供了不少有价值的情报，可是现在呢，这么长时间了，你提供了多少有价值的情报？"

木林森沉吟了半晌才说："李股长，你放心好了，从明天开始，我现在啥事儿都不干了，一定要搞到国民党和土匪的深层次情报。"

李剑锋又检查了一遍木林森最近接收到的国民党关于张家口方面的电文，离开庆和饭馆的时候，已经是后半夜了。

月光如水般洒在龙城县城。李剑锋点了一支烟，毫无目的地在街上走着。他现在满脑子全是敌特、土匪的事情，以至于一个戴毡帽的男人从眼前走过，他都没有发现。

　　这不是大乡队的李玉刚吗？这是个有血债的国民党还乡团人员。解放前曾枪杀过两个共产党，龙城都解放这么长时间了，他怎么还敢大摇大摆在县城的街道上走来走去，简直反了天了。当李剑锋回味过来时，李玉刚已经走出老远了。他想回公安局去叫人，已经来不及了，只得拔出了手枪追了上去。

　　大概李玉刚也发现了有人跟踪自己，顿时露出了一丝狡猾的笑容，没有回身，而是疾步向南城走去。李剑锋一想，李玉刚在龙城县城肯定有住处，不如跟踪追击，直接端了他的老窝，便一路跟了下去。

　　李剑锋跟踪李玉刚来到南关，钻进了小胡同，左拐右拐，来到一个小院前。就在李玉刚刚要走进小院的工夫，李剑锋紧走几步，来到了李玉刚的背后，用枪口对准了他，厉声喝道："站住，举起手来！"

　　李玉刚慢慢举起了双手。

　　李剑锋掏出了手铐，刚要给李玉刚戴上，李玉刚猛地一转身，李剑锋感觉到一道寒光向自己袭来，他本能地一闪身。李玉刚飞起一脚，把李剑锋手中的枪踢飞，然后挥拳向他打来。

　　李剑锋躲过李玉刚的拳头，向李玉刚扑去，两个人扭打在一起。就在这时，只听"啪啪"两声枪响，不知从哪儿射来两发子弹，李玉刚应声倒地，李剑锋也一头栽倒在地上，失去了知觉。

第九章　迷情张家口

20

　　与李剑锋一样，胡玉兰也一直处于焦虑之中。在她的精心策划下，侯有林成功逃脱了戒备森严的龙城县看守所，已经逃往金鸡岭一带。那里地处龙城县和北原县的交界地带，四周是连绵不断的大山，山高林密，人迹罕至，再向北走，就到了坝上草原，自古以来就是土匪经常出没的地方。

　　令胡玉兰感到欣慰的是，远在张家口的李宝库已经传来了密令，保密局张家口站对自己策划的这次营救行动进行了嘉奖。同时也带来了最新的指令：要她除了尽快和章鱼接上头，拿到那份潜伏名单之外，还要尽快搞清龙城县支前的相关情况，并伺机炸毁龙城县的物资仓库，以阻止共军对张家口的包围。等任务完成后，李宝库就带着她去南京。

　　胡玉兰看着密令，不禁流露出一丝苦笑。是呀，现在的事情太难办了，虽说经过自己的努力，已经和李剑锋混得很熟了。但是她也看得出，李剑锋是一个意志坚强的男人，争取他为党国工作几乎是不可能的。更何况是国军目前每况愈下，在走下坡路呢！为此她又煞费苦心地做起了老丁头的文章，本打算以与马寡妇搞破鞋为要挟，逼迫老丁头就范，让他长期做自己的内应，没想到这个老丁头胆小如鼠，竟然还畏罪自杀了。

胡玉兰违例地点了一支烟，慢慢吸着。自从回到了龙城县，自己好久没吸烟了。说起来胡玉兰吸烟喝酒，还是被赵克辉逼会的。她想起了赵克辉，这个让她刻骨铭心的男人……

十年前，刚满十五岁的她跟舅舅李宝库来到张家口。开始的时候，她感觉这里的一切都很新鲜。毕竟是刚从穷山沟里走出来的，张家口的一切都对她充满了诱惑。特别是当舅舅带着她游历了张家口的一些名胜古迹之后，胡玉兰感觉自己好像生活在天堂一般。

李宝库在张家口开了几家皮货店，很有钱，结交的朋友也很多，三教九流什么人都接触，不仅有做皮货生意的商人，"蒙疆"政府的官员，甚至还有黄头发蓝眼睛的外国人。李宝库和舅妈膝下有两个孩子，儿子叫李春常，燕京大学毕业后，被送到英国留学去了。胡玉兰一直没有见过他的面，只是从舅舅家客厅的镜框上看到他意气风发的样子。女儿叫李晓雨，正准备去北平读大学，老两口考虑到女儿走后挺寂寞的，才提前把外甥女接到了张家口。

胡玉兰到张家口不久，舅舅便给她起了另一个名字——李云芳，然后把她送进了女子学院学习。当她到了女子学院才知道，在二十几个同学中，十五岁的她竟然是班级中年龄最大的一个，而且还一个大字都不识。上学没几天，就闹出了天大的笑话，以至于学校都想把她开除了。幸好舅舅几次找到学校，花了不少钱，最后才把她留了下来。

打那儿以后，舅舅便请人每天晚上都给李云芳补课，再加上她虚心好学，结果不到半年时间，她的文化课便追了上来，最后成了女子学院的学生。

李宝库的祥云皮货店在大境门的西沟，院子足有十亩地大小，不仅有皮货收购站，而且还有熟皮子的工厂和裁缝铺。由于生意繁忙，李宝库足足雇了五十多个伙计，赵克辉就是其中之一。

赵克辉不仅长得一表人才，对皮货生意也很在行。他每天都乐呵呵的，不论见到什么人，都是先笑后说话，很是招李宝库喜欢。但在李云芳看来，李宝库对赵克辉不仅仅是喜欢，两个人还有一种特殊的关系。

　　一天，舅妈拉着李云芳的手说："你来张家口这么长时间了，还没到咱们家的皮货行看过呢！走，我带你到咱家的店去看看。赶明儿你需要啥，就直接到皮货行去拿。"说完，舅妈带着李云芳乘坐了黄包车，径直来到了大境门外的皮货行。

　　走进皮货店，前院的货架上是刚刚收购的生皮，堆了足足几百张羊皮。舅妈带着云芳来到皮货店的门市，只见门店里各种皮货应有尽有。一个戴瓜皮小帽的小伙子正站在栏柜的后面，用放大镜检查着一条狐狸皮的披肩。见到女主人来了，赶忙放下披肩，满脸堆笑地说："师娘，您来啦，快请坐！"

　　舅妈放下手中的包，坐了下来，冲着小伙子扬了扬下颌："小赵，赶快给云芳姑娘挑一件上好的皮衣。"

　　赵克辉上下打量了一下李云芳的身段，然后从货架上取出来一件黄色的皮衣，笑道："我看云芳姑娘穿这件就挺好。这件皮衣衣领是狐狸皮毛领，衣身和袖子都是水貂的。这种皮衣一般都是阔太太和阔小姐穿的，市面上很难买到，值好几百块钱呢！"

　　舅妈接过皮衣，看了看李云芳，又拿着衣服在她身上比了比，高兴地说："嗯，你穿着挺好的，你喜欢吗？"

　　李云芳接过皮衣用手摸了摸，感觉软软的，滑滑的，如同丝绸一般。狐狸皮领更是让她喜欢不已。李云芳看了看皮衣，又看了看舅妈，心想：自己已经给舅舅他们添不少麻烦了，哪敢有再要这件价值几百块钱皮衣的奢望，便说："舅妈，我是来求学的，这件皮衣忒贵了，我不想要，买一件差不多的就行了。"

　　舅妈道："那哪儿行，咱们李家在张家口也是讲究的人家，只要你喜欢就行，来先试试。"说着带着李云芳来到了试衣间。

　　赵克辉看着李云芳，笑呵呵地说："师娘说得对，师妹长得那么漂亮，又有学问，穿上这件衣服，既有品味又气派。到时候，云芳师妹和晓雨师妹站在一起，真跟亲姐儿俩一样了。"

　　舅妈点着头："就是嘛，以前云芳穿的衣服都是晓雨剩下的，这回我要好好打扮打扮云芳！"

　　李云芳把这件皮衣穿在身上，对着镜子一看，镜子里立刻出现了一个风姿绰约的姑娘，简直是太美了。她满面通红地说："舅妈，这衣服真好。"

舅妈围着李云芳转了几个圈，乐得连拍巴掌："人靠衣裳马靠鞍，咱云芳本来长得就俊，再加上这身衣服，更显得水灵了。"接着她对赵克辉说："就是它了，给我包好。"

"好嘞。"赵克辉答应了一声，一边微笑着打量着李云芳，一边包装着皮衣。包好衣服后，冲着舅妈点头哈腰道："师娘，您还要点什么？"

舅妈笑着看了看李云芳："云芳，你还相中了什么，只管拿。"

李云芳突发奇想，扑闪着两只明亮的大眼睛问道："舅妈，我想去看一看咱家的厂房行吗，我想知道咱家的皮子为啥做得这么好。"

舅妈一边嗑着瓜子，一边笑着说："云芳呀，还是不去了吧，后院的活儿可都不是人干的，看着都让人恶心。"

李云芳央求道："舅妈！我就是想去看看嘛，没有别的意思。"

舅妈想了想说："就让小赵带你参观一下咱们皮货店，看了你可别嫌脏啊。"

"舅妈，我哪会呢！"李云芳说着便和赵克辉出了门店。

赵克辉带着李云芳来到熟皮子的后院，院子东西两侧的木杆上挂着各种各样的羊皮。水缸旁边很多人在洗羊皮，晒皮子。还有一些人用大铲刀在刷刷地从老羊皮上铲肉渣、泡皮、揉皮。

赵克辉向李云芳讲起了祥云皮货店从皮子的收购到皮衣的缝制的全套工艺，还讲起了张库大道的很多典故。见赵克辉不仅对皮货行的生意如此精通，而且对张库大道的历史如此了解，李云芳暗想这个赵克辉不是个一般人。

如果说这次祥云皮货店之行，使李云芳对赵克辉有了初步的印象，那么后来发生的一系列事情，使得李云芳对赵克辉有了本质的了解。

那是一个冬天的晚上，天很晚了，舅妈出去打麻将了，李宝库也没在家，李云芳正在看书，门外突然传来了急促的敲门声，李云芳快步打开了街门，只见李宝库搀扶着一个年轻人走了进来。这个年轻人浑身上下全是血，走路一瘸一拐的。

李云芳一时间被眼前的一切吓傻了，好久才回过味儿来："舅舅，您咋啦？这是谁呀？"

李宝库进门后，赶忙把街门插好，又搬了一根木棒把门戗好，然后急促地说："云芳，你赶快把他搀到地下室里去，日本人正在四处抓他呢。"

李云芳看了一眼年轻人："舅舅，这不是咱们皮货店的伙计吗？日本人为啥要抓他？"

李宝库镇定地说："你先甭管这些，他刚刚受了伤，快把他藏起来，晚了就来不及了。"

李云芳四下看了看，问道："舅舅，咱家的地下室在哪儿呀？"

李宝库让李云芳搀扶着赵克辉来到他的卧室，在壁毯后面打开了一个机关，墙壁上立刻开了一扇门："快，下地下室。"

"好。"当李云芳把赵克辉藏进地下室，刚想上来时，李宝库却说："你先待在下面，帮我照看他，千万别上来。记住上面无论发生了什么情况，你们也不能出声。"

正在这时，门外突然传来摩托车声。紧接着，就是敲门声，然后是舅舅的说话声。

由于舅舅和日本人说的都是叽里咕噜的日本话，李云芳听不懂。但后来通过一个警察的话，她得知日本人在抓捕一个受了伤的国民党军统人员。其实在很早以前，李云芳就听舅妈偶尔说起过军统的事情。但没想到，今天在舅舅家里居然亲眼看到了。

地下室光线昏暗，赵克辉慢慢摸索找到一盒火柴，递到李云芳手里，轻声说："你去把灯点着。"

李云芳猫腰走过去，划亮火柴，点燃煤油灯。然后看着疼痛中的赵克辉，关切地问道："你伤在哪里了？"

赵克辉皱了皱眉，咬着嘴唇轻声道："没事儿，前胸和胳膊各被人捅了一刀。"

"我看看行吗？"不知什么原因，李云芳鼓起了勇气，帮助赵克辉脱去了棉衣。只见他的前胸和左胳膊各有一个刀口，足有两寸多长，肉皮儿向外翻着，伤口还在流血。李云芳长这么大还是第一次看到人被伤成这样，心里顿时慌了，不知咋办是好："你疼吗？我该咋办呢？"

赵克辉用手指了指地下室的一角，艰难地说："你去那个柜子里去给我拿点纱布和酒精来。"

看来赵克辉对这个地下室的一切都很熟悉。李云芳按照赵克辉的指点，从箱子里找来了纱布和酒精，然后笨手笨脚地把酒精打开，用棉签蘸上酒精，哆哆嗦嗦地涂在了赵克辉的伤口上。不知道是由于酒精的刺激，还是李云芳用力过猛，赵克辉疼得"啊"地大叫了一声，然后紧咬着嘴唇，黄豆粒大的汗珠从额头上滚落下来，滴落在李云芳的手臂上。

"你用纱布把我的胳膊包一下，使点劲儿。"赵克辉皱了皱眉头，颤巍巍地说道。

李云芳把赵克辉的伤口包扎好，又帮他擦去了额头上的汗滴，赵克辉这才慢慢平静下来。

李云芳认真地看了看脸色苍白有点鹰钩鼻子的赵克辉，轻声问道："你是军统的？"

赵克辉点了点头。

李云芳惊奇道："你不是我舅舅的伙计吗？"

赵克辉笑道："那是我们的职业掩护。"

李云芳追问道："这么说我舅舅也是军统的？"

赵克辉也感到有些惊奇，想了半天才说："你不知道吧，你舅舅是我们组长。"

李云芳有点不相信，平日里文质彬彬、满嘴生意经的舅舅竟然是军统人员，而且还是个组长！

李云芳问："你们都做什么？"

赵克辉小心翼翼地说："收集情报，时刻准备着，推翻伪蒙疆政府统治，把日本鬼子赶出中国去。"

听了这些，李云芳感到好笑："现在张家口到处都是日本人，他们在大街上随便开枪，光天化日就烧杀抢掠，无恶不作。就凭你们俩人，就能把鬼子赶出中国去？"

赵克辉一笑："别看鬼子现在折腾得这么凶，但也是兔子的尾巴长不了了。"他说着亮出了腰间的手枪。

日本人走了，李宝库打开了地下室的门。李云芳看到舅舅的打扮，有些惊愕了。她没想到，在短短的时间内，舅舅居然能够把沾满血的皮袍换掉，换上了一身西装，简直太神奇了，她不禁为舅舅所做的一切而赞叹。

李宝库看了看身上满身是血的赵克辉和李云芳，感到有些吃惊道："你们这是？"

赵克辉苦笑道："师妹帮我把伤口处理过了。真可惜，我的血把师妹的一身好衣服给弄脏了。"

李宝库哈哈笑道："只要你没事就行，至于云芳的衣裳嘛，赶明儿我再给她买一身新的去。"

由于日本人搜查得紧，赵克辉虽然受的是皮外伤，但还不能行动，只得待在地下室里。李宝库则每天行色匆匆地奔走于家与皮货店之间，而且只要他回到家中，就钻进地下室，和赵克辉嘀嘀咕咕地说着什么。李云芳不知道舅舅在干什么，但通过赵克辉的介绍，她也在为舅舅捏着一把汗，生怕舅舅被日本鬼子抓走了。

一天下午，李云芳放学回到家中，看到舅妈已经把饭做好了，但舅舅还没有回来，便准备帮助舅妈做些家务。当她走到舅舅的卧室附近时，忽然听到了地下室传来"嘀嘀嗒嗒"的声音。李云芳在墙壁上四处摸了摸，居然找到了壁毯后面开地下室门的机关。当李云芳走进地下室，看到赵克辉带着耳机子正在"嘀嘀嗒嗒"地发报。更让她感到惊愕的是，在一旁的桌子上，还摆放着一把手枪和一颗手雷。

"你怎么会有这些东西？"李云芳下意识地喊出了声。

赵克辉摘下了耳机，笑道："干我们这一行的，时刻准备着为党国奉献一切，师妹，你想不想干我们这一行？"

李云芳吐了下舌头："不想，干这行多危险呀。我早就听人家说了，弄不好会掉脑袋的！"

赵克辉叹了口气："是呀，一旦被日本人抓到了，弄到宪兵队里去，就是不死也得蜕掉三层皮。你一个姑娘家，最好别干这行。"

听了这话，李云芳吓得吐了一下舌头。事后，李云芳才得知，原来军统北平站在张家口组织潜伏人员开会时，被人告密。察哈尔站站长杨金声、电台台长张世杰，以及绥远站、大同组组长等十一人被伪蒙疆的日本特务抓获。李宝库和赵克辉冲出了重围，侥幸逃生。后来经"蒙疆"的"军律会审法庭"宣判，杨金声等十一人被处死，军统在平北站的元气大伤。一直到第二年四月，华北区区长马汉三在绥远的五原成立了新的办事处，马汉三任主任，并且巧妙利用德王的关系，恢复和建立了军统在平津的组织，李宝库等人这才在张家口又稳定了下来。

李云芳一直盘算着，和麦姐晓雨一样，到北平去读大学的。但没过多久，李云芳的求学之路却夭折了。

那天晚上，李宝库把李云芳叫到了卧室，高兴地问："云芳呀，我听说你想到北平去上学？"

李云芳一听便知道是赵克辉告的密。她心里一沉，喃喃地说："老舅，我就这么随口一说，如果舅舅让我去，我就去。如果舅舅不同意，我就哪里都不去。反正我在张家口，就您一个亲人。"

李宝库点了点头，点了一支烟："云芳呀，你也不小了，有一件事情我想跟你商量一下。"

李云芳不知道李宝库想说什么，只得静静站在一旁，看着舅舅。

李宝库想了想说："舅舅知道你不关心政治，只想上学，可是现在的时局，你不关心政治不行呀！8月9日苏联已经正式向日军宣战了。日本人将全线溃退，'蒙疆'政府的气数已尽了。张家口很快就会回到我们的怀抱了。"

看到舅舅异常兴奋的样子，李云芳打心眼儿里也感到高兴，她慢慢喝了一小口。

酒后的李宝库神采飞扬，道："云芳呀，你高中毕业了，也该为自己今后的出路着想了。"

李云芳歪着头，看着李宝库："我听舅舅的。"

李宝库看着李云芳的眼睛说："好，我可以断定，日本人走后，一定是国军的天下。我想让你加入国民党，这样一来，过些日子，张家口政府成立，你就可以名正言顺地到政府部门工作。你有文化，有知识，将来一定是党国的栋梁之材。这样我也对得起你在龙城的父母了。"

李云芳将信将疑地看着李宝库："这能行吗？"

李宝库笑了笑："怎么不行，其实你已经在为党国工作了，算起来也是个老地下工作者了。"

李云芳睁大了眼睛，问道："怎么会呢，舅舅，我啥时为党国工作了？"

李宝库道："你曾经不止一次地掩护我和赵克辉同志，还为党国传递过情报，不是吗？"

听到自己马上就要有工作了，李云芳的心里一动，赶忙说："舅舅，那我不去北平上学了，我要加入国民党。"

李宝库盯视着李云芳，严肃地说："云芳，你可要想清楚了。"

李云芳下定了决心："想清楚了。"就这样，二十二岁的李云芳加入了军统组织。

但时局的发展并不像李宝库所设计的那样。就在李宝库介绍李云芳加入国民党后的第二天，也就是1945年的8月22日，晋察冀的八路军向张家口发动了攻势。仅仅一周的时间，张家口就被八路军占领了。又过了一周，他给予希望的傅作义部队的四千余名骑兵在张家口以西的渡口堡遭到八路军的猛烈攻击，最终败走到山西大同。

当李宝库从《察哈尔日报》上看到国军败走的消息后，险些气疯了。紧接着，不幸的消息一个个传来。先是察哈尔省全部被八路军占领，中共的冀察区改为察哈尔省，省的领导机关移驻宣化，并举行了声势浩大的入城仪式，张家口彻底成了八路军的天下。

随后，李宝库接到南京的密令，在一个夜晚，炸毁发电厂，然后带着李云芳星夜逃往北平。

21

北平的古迹是迷人的。太液池中白塔的倒影，昆明湖畔回绕的长廊，香山坡上浓郁的红叶，居庸关头巍峨的长城，曾经引起多少人向往，使得多少人流连忘返。

初到北平城，李云芳还有些不适应，但当李宝库带着她游遍了北平城的名胜古迹后，李云芳逐渐适应了这里的一切。正在这时，李宝库被调回南京保密局述职，而李云芳也被送到了保密局中央特训班进行培训，带队的居然是赵克辉。直到一天晚上，赵克辉把她灌醉后强暴了她，她才如梦初醒。原来赵克辉对自己觊觎很久了。

那天下午下班后，赵克辉把她叫到校外的小餐馆，当酒菜上齐之后，赵克辉把大半杯酒递到她的面前，笑着说："师妹呀，干我们这一行的，什么都得会，不仅要学会抽烟喝酒，收报发报，还得学会唱歌跳舞、勾引男人和女人。只有这样，才能完成党国交给我们的任务。来，把这杯酒喝了。"

李云芳毕竟还没有结婚，听了这些，不免有些面红心跳。她接过酒杯，先是看了看赵克辉，然后试着喝了一小口，辣味儿霎时直刺咽喉，眼泪头差点都出来了。她有些犹豫了，难堪地看着赵克辉，但看到的却是赵克辉鼓励的目光。于是李云芳又试着喝了一口。

不料，赵克辉看她喝得慢了，抓住她的手，一下把大半杯酒灌进了她的嘴里。李云芳一下被呛得剧烈地咳嗽起来。赵克辉又给她倒了满满一大杯酒，李云芳赶忙摆着手说不喝了。但赵克辉却笑着说："今天你的主要任务就是学会喝酒，否则我没法向你舅舅交代。"

李云芳睁大眼睛看着赵克辉，疑惑地问："是我舅舅让我学喝酒的？"老舅一直是她心中的偶像，整天笑眯眯的。当初母亲正是看到老舅的善良，才同意让他把自己接到张家口生活的，无论怎么样，李云芳也不会想到，舅舅会是这样的人。

赵克辉掏出一支烟自己点上，抽了几口，然后递到了她的手里："抽一口试试。"

李云芳把头摇成了拨浪鼓，央求道："赵组长，我求你了，我真的不想学这个，不想学！"

赵克辉的脸色顿时变了，而且越来越难看，陡然，他"啪"地一记耳光重重打在了李云芳的脸上。

李云芳委屈得几乎哭出声来："赵克辉，你打吧，就是打死我，我也不学这个。"

"你！你！"赵克辉有些急了，他猛地吸了几口烟，才说，"不学就算了，等过几天，你舅舅从南京回来，我把你交给你舅舅吧。"

过了好久，李云芳才喃喃地说："好吧，我试试。"但李云芳刚说完这话，便感觉一阵头晕，最后竟趴在桌子上昏了过去。当李云芳一觉醒来，发现自己正赤身裸体地睡在赵克辉的床上，她顿时什么都明白了。她哭着闹着从赵克辉的身边拿起了枪，指着赵克辉咬牙切齿地说："你这个王八蛋，你把姑奶奶糟蹋了，姑奶奶今天毙了你。"说着就要扣扳机。

赵克辉也被李云芳的倔强吓傻了，他看着泪人一样的李云芳，吭哧半天才说："云芳，你别生气好不好，这是你舅舅的安排。"说着要抢李云芳手中的枪。李云芳倒退两步，怒视着赵克辉："放你娘的屁，我舅舅绝对不可能让你做这种缺德事的。"

赵克辉略带哭腔地说："云芳，我也不愿意呀，可是我不这样，你舅舅是不会饶了我的。"

"我不信，不信！"李云芳扔掉手枪，疯了一样地喊了起来，要用头去撞墙。赵克辉担心出事，赶忙上前紧紧地抱住了她。过了好久，李云芳才冷静下来。赵克辉拨通了电话，把话筒交给了李云芳。李云芳接过话筒，又哭了起来："老舅，赵克辉他……"

老舅在电话那边沉吟了片刻，说道："云芳呀，这件事情我事先没和你商量，克辉可能鲁莽了点，但他确实是个不错的孩子，很有发展前途，你们俩将来一定会成为党匡的栋梁的。"

"舅舅，我可是您的亲外甥女呀，您怎么就……"李云芳简直不敢相信自己的耳朵。她扔掉电话，把头埋进了被子里痛哭起来。

赵克辉愣呵呵地站在一旁。

好久，李云芳才止住了哭泣。当她再次注视赵克辉的时候，眼睛里已经燃烧着复仇的怒火。

自打那以后，李云芳完全变了一个人，不再有淑女的羞涩，代之的是一种异乎寻常的泼辣。李云芳主动要求参加各种高难度的训练，窃取情报、开车、射击、杀人。在保密局的训练下，她成了干练的特工。半年后，当李云芳跟随李宝库再次返回张家口时，已经是一名军官了。接下来，她跟随着老舅和赵克辉多次化装深入到解放军的防区刺探情报，屡次得到保密局北平站的嘉奖，而她的职务也由原来的少尉一步步被破格提拔为上尉，并被冠以"谍报之花"的美称。

李云芳在仕途上春风得意的时候，在爱情上却一波三折。从北平回到张家口后，赵克辉被提拔为保密局张家口站的少校副官。此后，尽管赵克辉几次向她表白，李宝库也在一个劲儿地拉郎配，但李云芳都以工作忙为借口推辞了。

一次工作之余，赵克辉约她来到大境门附近的一家酒馆，当酒至半酣的时候，赵克辉竟然给李云芳跪下了，并用枪对准自己的太阳穴，说如果李云芳不同意，自己就不起来。

赵克辉这突然的举动把李云芳一下子搞蒙了。她先是不语，然后是解劝，说除了这件事情，其他什么事情都可以商量。但赵克辉却跪了两个多小时，最终李云芳被打动了，同意先和赵克辉处一段时间，看看关系的发展情况再做决定，而就在这个时候，张家口的战局发生了变化，李云芳接到了潜伏回龙城县的指令。

"砰砰。"有人在敲门。

胡玉兰赶忙掐掉了烟蒂，打开了房门。

来人是韩老七。他一进门，就急急忙忙地说："组长，大事不好了，李玉刚被打死了，李剑锋也受了重伤。"

听到李剑锋受伤的消息，一个阴影在胡玉兰心中掠过："怎么回事儿？谁干的？"

韩老七皱了皱眉，说："我问了几个线人，都说不知道呀。"

胡玉兰自言自语道："那么这到底是谁干的呢？"

韩老七懊恼地摸着自己的脖颈子，说不出个所以然来。

胡玉兰看了看韩老七："还有其他事吗？"

韩老七拿出了一个纸条："这是刚刚得到的情报。"

待韩老七走后，胡玉兰看了看纸条，只见上边只有两句话："速搞清共党在龙城县的支前情况。"胡玉兰把纸条烧掉后，再度陷入深思之中。

第十章　心猿意马

22

胡玉兰端着装有鸡汤的锅，神差鬼使地来到龙城县医院的特护病房门前。鸡汤是她亲自炖的，其中浸透着她莫名其妙的情感，她不知道其中有没有爱的成分。

在特护病房门前，负责看护的两个公安干部挡住了胡玉兰的去路。胡玉兰解释了半天，公安干部才把她放进门。

此时，李剑锋还没有完全脱离危险，正脸色苍白地躺在床上。床头上，还挂着吊瓶，鼻孔里插着氧气管。赵雪梅则坐在床边的小凳上，精心编织着一件红色的毛衣。她虽然面带几分倦意，但依然十分专心，看来已经一宿没有睡了。

见到胡玉兰进来后，赵雪梅放下手中的毛衣，赶忙站起身，惊奇地喊道："玉兰，你怎么来了？"

胡玉兰把手中的锅放到桌上，先是看了看病床上的李剑锋，然后抱歉地说："今天早上，我到公安局去找你们，才听说剑锋出事儿了。赵姐，剑锋这是咋回事儿？怎么会成了这个样子？"

赵雪梅愤愤不平地说："国民党特务干的。"

胡玉兰的眼里噙满泪花："他的伤要紧不？"

赵雪梅急赤白脸地说："咋不要紧！肠子都流出来了，要不是王局长带着人赶到，剑锋还不定会咋样呢！"

胡玉兰忙问道："赵姐，剑锋他是咋受的伤呢？"

赵雪梅低着头，慢慢说道："昨天晚上，他在执行任务的时候，被敌特分子暗算了。子弹从前腹进去，又从后腰穿了出来。这一枪确实够危险的，好在没有伤到心脏。"

胡玉兰拉着赵雪梅的手焦急地说："这些特务可真是丧尽天良。你们把特务抓到了吗？"

赵雪梅道："王局长正在带人侦察呢，还有军分区的同志也在查。用不了几天，肯定能破案。"

看着面色苍白的李剑锋，胡玉兰忽然有一种想哭的冲动，两串滚烫的眼泪便顺着面颊流了下来。昨天晚上，当她得知这个消息后，几乎一夜没睡。李剑锋的伤点燃了她久蓄的激情。不知是什么原因，从见到李剑锋的那一刻起，她就被李剑锋吸引住了，感觉他很神奇。随着交往的加深，这种最初吸引正在逐渐演变成一种渴望，一种强烈的兴奋。她感觉自己的心正在一点点被李剑锋所占据。她有时会把李剑锋和赵克辉进行一番比较。赵克辉风流倜傥，虽然对自己充满了爱恋，但每次见到赵克辉，总会有一种令她作呕的感觉。一是赵克辉酒后占有了自己，她丝毫没有享受到爱情，就失去了一个姑娘最宝贵的东西；二是虽然赵克辉在张家口的军政两界左右逢源，如鱼得水，但浑身的铜臭气已经使他失去了男人的血性。而相比之下，李剑锋倒更像一个负责人的男人，如果和这样的男人相伴一辈子，自己永远会是幸福的。但这种感觉只是暂时的，是一刹那的，因为她知道，自己和李剑锋毕竟是两个阵营里的，早晚会发生对决。老舅在来信中也曾不止一次提醒她，让她接近李剑锋、利用李剑锋，套取共产党的情报，但决不能和这种人产生感情。否则的话，将会落得粉身碎骨的下场。可她不甘心，不想就此牺牲自己的感情，为了自己的爱情，她想赌上一把。

"瞧你，别哭了，快坐下吧，干我们这行的，受伤流血是常事。"赵雪梅递给她一条毛巾。

胡玉兰揉了揉哭得发红的眼睛，粲然一笑："赵姐，我没事儿，就是看着剑锋受伤，心里感到难受。"

胡玉兰坐到了李剑锋的床边，认真观察着李剑锋，高挺的鼻梁，浓浓的眉毛，脸色虽然有点惨白，但仍不失英俊之气。

胡玉兰轻轻趴在李剑锋的耳边轻轻地呼唤着："剑锋，你醒醒，醒醒啊，是我，我是玉兰。"说着她轻轻摇了一下李剑锋的肩膀。

突然，李剑锋一阵剧烈的咳嗽，他睁开了眼睛。清醒过来的李剑锋感到很累，眼皮发沉，他吃力地看了看屋里的两个女人，又扭头四下看了看，慢慢地说："我这是在哪儿呀？"

胡玉兰一下子抓住了李剑锋的手，哽咽着说道："你这是在医院，剑锋，你受伤了。"

赵雪梅红着眼睛补充道："谢天谢地，你终于醒了，剑锋，你都昏迷两天了，都快把我们急死了。"

"哦。"李剑锋试着要坐起来。

赵雪梅赶忙按住了他："剑锋，医生说，让你静养。"

胡玉兰也像教育小孩子似的说道："医生说了，你不能乱动的。你可要听医生的话，不然对伤口没有好处。"

李剑锋艰难地笑了笑："你们俩也歇歇吧，瞧，把你们俩累的。"说着他用手拍了拍床沿，示意两个女孩坐下："给你们俩添麻烦了。"说完，他仰望着天花板，一言不发了。

胡玉兰给李剑锋擦了擦额头上的汗，又看了看赵雪梅，真诚地说："我们俩乐意，剑锋，等过几天你好利索了，我和赵姐带着你到我们老家去玩，那里有好多好吃的呢。"

赵雪梅冲着李剑锋笑一笑："对，到时候俺俩给你做野味儿吃，包你满意。"

李剑锋不好意思地笑了："到时候我给你俩做吧。我在山里打游击的时候，经常吃野味。"也许由于李剑锋过于兴奋了，一阵疼痛袭来，他不由得皱了皱眉头。

赵雪梅毛手毛脚地刮了一下李剑锋的鼻子："是军区医院的医生给你做的手

术，说过两天拆完线，你就能下床走路了。这不，玉兰都给你把鸡汤熬好了，你趁热快喝了吧！"

胡玉兰端过来鸡汤，小心翼翼地倒在了碗里，然后舀了一勺，先放在嘴边轻轻吹了吹，然后递到了李剑锋的嘴边："我听我娘说，用老母鸡熬的汤能大补，就专门从集市上买了一只，你尝尝好喝不？"

李剑锋刚喝了一勺汤，就被呛住了，咳嗽不止，喷出的鸡汤弄了胡玉兰一身，两个女孩儿赶忙跑前跑后忙个不停。

这时门被推开了，县委书记吴自成和县长赵海山气冲冲地走了进来，后面跟着公安局长王树生。

吴自成径直走到李剑锋床前，俯下身子，紧握着李剑锋的手，关切地问道："剑锋，你没大事吧？"

李剑锋挣扎着想坐起来。吴自成赶忙把他按住："剑锋你别动，现在养伤要紧。"

"我没事，让领导费心了，吴书记、赵县长，你们坐呀。"李剑锋在赵雪梅和胡玉兰的搀扶下，坐了起来。

吴自成回头向王树生说道："简直是无法无天了，居然敢对公安干部打黑枪，县城的治安简直太不像话了，案犯抓到没有？"

王树生的脸腾地红了："请书记放心，我们正在工作，一定会尽快破案的。"

吴自成激动地说："正在工作，这叫什么屁话，你要人我给人，要枪我给枪，就是挖地三尺，也要把凶手给我抓到。"

王树生不好意思地说："行，需要的时候，我去找您。"

县长赵海山先是大骂了一通敌特的狡猾，然后也询问了李剑锋的伤势，接着把赵雪梅叫到了一边，悄声问道："这个姑娘是谁？"

赵雪梅说："她是龙城小学的胡老师。"

赵海山赶忙上前和胡玉兰握了握手："嗯，知识分子，龙城刚刚解放，我们正需要知识分子呢，好好干。"

胡玉兰感觉赵海山的手很有力气。她不敢正视赵海山的目光，低着头不好意思地说："我一定会努力的。"

送走了县领导，室内的气氛又缓和了下来。赵雪梅喊来门外的公安干部照顾李剑锋，自己和胡玉兰来到了院子里。

赵雪梅没有绕圈子，她眼珠儿一转，单刀直入地问道："玉兰，你觉得李剑锋这人怎么样？"

赵雪梅的话让胡玉兰吃了一惊，她怔怔地望着赵雪梅，一时不知所措。作为一个女人，是不可能对李剑锋这么优秀的男人无动于衷的。还是听李剑锋讲故事的时候，胡玉兰就曾试探着问过李剑锋，但李剑锋每次都把话题岔开了。李剑锋越是这样，胡玉兰越是感觉李剑锋的内心世界是个谜。有时候，她竟然忘记了自己的身份和任务。胡玉兰曾暗下决心，一定要找个机会向李剑锋表白。她虽然不知道这种表白的最终结果，但她也想试一试。胡玉兰蠕动了几下嘴角，刚想说什么，却发现在李剑锋的病房不远的地方，有几个公安干部在走动，她偷眼看了看，问道："赵姐，医院里怎么这么多公安呀？"

赵雪梅停住脚步，看了看公安，又看了看胡玉兰，欲言又止。因为她想起了局长王树生的特别交代——在李剑锋病房的对面，还住着一个特殊的病人，这个人就是袭击训练班受重伤的那个土匪。赵雪梅拉了一下胡玉兰的胳膊："咱俩进去吧，剑锋该换药了。"

胡玉兰向公安队员守候的房间看了一眼，暗暗记下了病房号，然后跟随赵雪梅快步返回了病房。

就在胡玉兰离开李剑锋病房的第二天晚上，一群神秘的人用门板抬着一个病人吵吵闹闹地出现在了县医院。他们把病人放到医院的走廊上，挨着房间敲门，吵吵闹闹地要找医生。

吵闹声惊动了在特护病房门外的公安战士。经过一番讯问，才得知，这几个人是后河村的农民，其中一个人因为肚子疼痛难忍，乡亲们抬着他走了半夜山路，才来到医院。

病房中的李剑锋刚要入睡，听到走廊里吵吵闹闹的声音后，立刻穿好衣服挣扎着走出了房门："这是怎么回事儿？"

公安战士道："报告股长，是几个山区的老乡，抬着一个肚疼的病人，要找医生。"

李剑锋紧走了几步，来到病人跟前，低头看了看病人，然后蹲下问道："老乡，老乡，哪里不舒服？"

门板上的病人脸色煞白，嘴里吐着白沫，一言不发，看样子病情很严重。

旁边的老乡焦急地说："他今天中午的时候吃了点野果子，可能是吃坏了肚子。"

李剑锋掰开病人的眼睛看了看，然后吩咐眼前的公安队员道："你们快帮助老乡去找医生。"

战士向急救室跑去。

很快，医生在公安队战士的带领下跑了过来。老乡们七手八脚地把病人抬进了急救室。医生仔细诊断后，认为没有什么大碍，就给病人开了点药。

几个男人抬着病人离开了。

半夜时分，当战士们准备交接班时，才发现特护病房那个土匪的胸口上插着一把尖刀，死不瞑目地大睁着眼睛，脸上的惊惧挥之不去。而房间的门窗和屋里的一切都好好的，丝毫看不出有打斗的迹象，看来是精心策划好了的。

看到这一切，两名公安战士惊恐不安地大叫了起来。

贺国珍带着侦查员刚勘察完现场，王树生也闻讯赶来了，他先问了一下李剑锋的伤势，然后把贺国珍叫到了一边："贺国珍，我把这么重要的事情交给你，这事你跟我怎么解释，万一剑锋有个好歹，你让我怎么跟同志们交代！"

贺国珍看了看王树生，一言不发。

李剑锋走了过来，安慰道："局长，他们不是冲着我来的，敌人是在杀人灭口。"

王树生叹了口气："剑锋呐，这些日子的事情就够多的了，集训队遭袭，侯有林越狱，再加上你遭特务暗算，哪一件事情不是捅破天了，我在担心呀，说不定哪一天，特务分子再把咱们县委给袭击了。"

李剑锋看了看王树生："请局长放心，我们会汲取这次教训的，争取早一天破案，让领导放心。"

王树生道："咱们要让全县人民放心。"

李剑锋激动地说："对，是让全县人民放心。"他刚把话说完，就感觉胸部一阵阵难受，不由得紧皱了眉头，双手扶住了墙。

王树生见状，赶忙把李剑锋扶进了屋："行啦，先甭逞强了，赶快进屋躺着去。"接着他冲着贺国珍大声喊道:"还愣着干什么,快去找医生。"

贺国珍一转身,跑出了病房。

23

按照舅舅李宝库的指示,胡玉兰认为,章鱼极有可能就潜伏在龙城县政府机关的某个单位。她经过再三思考,决定要主动出击了。只有这样,才能逼迫章鱼现身。

为此,胡玉兰对自己所教的四十三个学生每一个学生的家庭背景进行了认真的梳理,拉出了一个名单。这些学生的家长大多是龙城县各个部门的干部,她想利用自己家访的机会,一来去收集共产党内部更多更深层次的情报,二来如有可能,逼迫章鱼现身,交出平绥纵队潜伏人员的名单,然后自己回张家口复命。

傍晚时分,胡玉兰穿着一身朴素的衣服,敲开了县民政科马科长家的门。

刚吃过晚饭的马科长正在和媳妇收拾着家务,儿子马明正在油灯下写作业。马明看到老师来了,十分高兴,立刻放下了手中作业,拉着胡玉兰的手有说有笑起来。

当胡玉兰说明了来意后,马科长一家人感到十分惊喜:"真没想到呀,胡老师考虑得这么周到。"

当胡玉兰把马明在学校的学习情况向马科长介绍之后,马科长激动地说:"瞧瞧,胡老师对我们大明多么关心,比我们两口子还用心。我和大明妈都在政府工作。您也知道,最近龙城出了这么大的事情,县政府内部都在忙,说什么要抓特务,所以我们家大明的学习,就请胡老师您多费心了。"

马明妈帮腔道:"是呀,你说龙城出了这么大的事情,我们光顾忙工作了,也没法照顾大明呀,多亏了胡老师的照顾。"

胡玉兰谦虚地说:"没事儿,这是我应该做的,再说马明同学在学校表现一直就很不错。"

马科长对着马明说道:"大明,听到没有,你如果不好好学习,可对不起胡老师呀。"

胡玉兰笑道："马科长多心了。其实呢，我今天来家访，就是想征求一下您对学校和对我个人的意见。我哪些地方如果做得不对了，您可以随时提出来。另外呢，看看你们对我的教学还有什么建议，我们好根据家长的意见，调整我们的课程。"

马科长也笑了："胡老师教的课挺好的，大明回来都已经跟我说了。特别是您让学生结合向李剑锋同志学习，写作文的事情，做得太好了。胡老师让学生们写的这种作文，是一个创新，对于革命事业大有好处呀！"

胡玉兰讪笑着："其实，这也是李校长的主意，今后我还想让同学们多多接触社会，这样才有助于他们的成长，所以在这方面，还要请马科长多多帮忙。"

马科长笑道："好说，好说，胡老师，有什么事您尽管说话，我一定照办就是了。"

马明妈递给胡玉兰一个苹果："胡老师吃个苹果吧，有事儿您尽管说，老马办不了，还有我呢。"

胡玉兰说："我想带着同学们参观一下咱们县城的建设呀，区公所呀什么的，再搞一搞社会实践活动。让同学们开阔一下眼界。"

马明妈一听，顿时高兴起来："胡老师想得就是周到，我看这个办法行。"

马科长也称赞道："这个主意简直是太好了，等有时间我一定向赵县长汇报一下，我想赵县长也一定会支持你的这个建议的。"

看到马科长如此爽快就答应了，胡玉兰心中不禁暗自高兴。这个计划一旦得以实施，她就可以以带着同学参观为名，名正言顺地走进龙城县的一些重要目标，搜集到有价值的情报。听这个马科长刚才说话的口气，他在龙城县可不是一般的人物，有着相当大的利用价值。一定要把握住机会，甚至把他拿下，想到这儿，她笑了笑："那我就先替同学们谢谢您了。"

马科长笑了笑："这是哪里的话，都是为了革命的事业嘛，我们高兴还来不及呢！"

胡玉兰和马科长夫妇聊完学校的事情，就开始拉起了家常。

马明妈是个爽快人，三说两说，她便把话题转到了胡玉兰的身上。马明妈笑着说："胡老师有对象了吗？"

胡玉兰腼腆一笑："还没呢。"

马明妈一听顿时来了精神，笑道："你工作再忙，个人的事情也该考虑了吧，县政府有好几个好小伙子呢，要模样有模样，要文化有文化的，一个个根正苗红，到时候我帮你介绍一个。"

胡玉兰的脸腾地红了："大嫂，看您说的。"

马科长也呵呵笑道："你大嫂就是热心肠，胡老师，你可别多心啊，她这是为你好。"

胡玉兰不好意思地笑了笑："没什么，那我就先谢谢嫂子了。"说完便起身告辞。

第二天傍晚，胡玉兰又敲开了粮食局科长郑国清的家门。郑国清的儿子郑晓林在学校经常歪毛淘气，动不动就把同学打哭了，郑晓林还有小偷小摸的毛病。当胡玉兰刚刚推开郑国清的街门，就听见屋里"叮叮咣咣"的声音，同时还夹杂着一个男人的斥责声和孩子的哭泣声。她紧走几步，推门进了屋，看到五短身材的郑国清正拿着擀面杖在打郑晓林的屁股，边打边喊："小兔崽子，我看你还偷东西不？！"

郑晓林的奶奶一边护着孙子，一边用手指着郑国清说："你瞧瞧你，说什么呢！养不教父之过。你一进门就耷拉着个脸，还敢打孩子，有本事，你连我一起打！"老太太说着流下了眼泪。

郑国清还在追打着孩子："娘，您别护着他。这孩子要是不管，将来非出大事儿不可。"

"住手！你凭什么打孩子！"胡玉兰上前一把夺过了郑国清手中的擀面杖，扔在了地上。

郑晓林看到老师，立刻跑了过来，一头扎在胡玉兰怀里，委屈地哭了起来。

郑国清上下打量着胡玉兰："你是谁？"

胡玉兰把孩子藏到了身后，说道："我是郑晓林的老师，你是郑晓林的家长吧？"

郑国清先是瞪了胡玉兰一眼，然后没好气地说："胡老师，你来得正好，你们怎么把孩子教成这样了，现在开始偷东西，将来长大了，他还不反了天了！"

胡玉兰一边抚摸着郑晓林的脸，一边问道："晓林他偷啥东西了？"

郑国清愤愤地说："我前天晚上开会带回来的文件，放在了床头柜里，结果这个小子给我偷走了。"

"我没有偷，就是拿它换糖吃了。"郑晓林委屈地说道。

"你还敢犟嘴，看我不揍扁了你。"郑国清说着冲了过来，顺手拿起一根木棍，又要打郑晓林。

郑晓林"妈呀"一声大哭了起来。郑国清吼道："你号什么号？"

郑晓林的奶奶也急了，一下子横在了儿子和孙子之间："你干什么，你再敢打晓林，我就死给你看！"

胡玉兰心里顿时明白是怎么回事儿了。原来她听说郑国清经常把一些文件带回家，便抓住了郑晓林喜欢吃零食，而郑科长管教孩子严不给他零花钱的特点，故意让韩老七化装成货郎，到郑国清家附近去卖糖果，让郑晓林偷出家里的几份文件换了糖果。

胡玉兰拉过郑晓林，严肃地说："晓林是个好孩子，以后想吃糖果，就和老师说，老师给你买，千万不要乱动家长的东西，听见没有？"郑晓林含着泪水点了点头。

胡玉兰拉着郑国清坐下，关切地问："没有丢重要的东西吧？"

郑国清点了一支烟，叹了一口气："也怪我，前天晚上，把一份重要文件带回了家，结果呢，被这小子给拿走了。"

胡玉兰说："看看还有别的办法吗？"

郑国清有些焦急地说："这分文件如果落到了特务手里，就糟了，这关系着全县支前物资仓库的大事呀！"

胡玉兰安慰道："郑大哥，您也消消火，也许您搁忘了地方，没准儿过两天还能找到。再说了，晓林他还是个孩子嘛。"

郑国清指着郑晓林横眉立目道："今天是胡老师给你讲情，我饶过你，下次再敢偷我的文件，看我不打断你的腿。"

郑晓林躲在胡玉兰的身后，委屈地看着正在发火的父亲。

看到郑国清逐渐消了气，胡玉兰说："郑大哥，这件事情我也有责任，您千万别发火，先听我说。"

郑国清瞥了一眼胡玉兰："你有啥责任？"

　　胡玉兰一笑："我是晓林的班主任呀，这样吧，我给您道个歉，您总得给我一个面子吧。"

　　听胡玉兰这么一说，郑国清反倒有些不好意思了："胡老师，是我不对，没有管好孩子。"

　　胡玉兰环视了屋子一眼："郑大哥，晓林的妈呢？"

　　晓林奶奶叹了口气："唉，晓林是个苦命的孩子，他三岁的时候，他娘就没了，他爹一直把他拉扯这么大。没解放的时候，咱们天天钻山沟，现在解放了，他爹每天都忙得不着家，没人管孩子呀。"

　　胡玉兰一听，顿时有了主意，赶忙说："郑大哥，既然您这么忙，那就把晓林交给我吧，我帮您带带他。"

　　郑国清迟疑道："这恐怕不合适吧！晓林这孩子忒淘气了，我担心他给您惹出祸端来。"

　　晓林奶奶看了看自己的儿子，又看了看胡玉兰，顿时满心欢喜："我看合适，合适。"

　　胡玉兰笑道："没事儿，就这样吧。晓林，你愿意吗？"

　　听了胡玉兰的话，郑晓林立刻破涕为笑，进而跳了起来。

　　胡玉兰提出帮助郑国清带郑晓林的用意再明显不过了：在胡玉兰看来，控制了郑晓林就等于控制了郑国清。有了郑国清，就能源源不断地拿到龙城县物资仓库的情报。国军一旦进攻龙城，说不定自己还可以炸掉仓库，配合国军行动。为此，胡玉兰针对郑国清绞尽脑汁地想出了一套方案，不仅经常给郑晓林买零食吃，而且经常到郑国清家中，为郑晓林补课。没过多久，郑国清见儿子的学习成绩上来了，也便不再动不动就对儿子发火了。胡玉兰自然成了郑国清家的座上客。

第十一章　桃条沟之行

24

胡玉兰经过再三考虑，打算回一趟杨树沟。一来她要回家看看自己的父母，自己毕竟好长时间没有回家了。二来根据多方面的情报判断，在杨树沟附近，确实有共产党一个大型的物资仓库，这是一个极其重要的情报，她要亲自去看一个究竟。

胡玉兰回到家，母亲做了一大桌丰盛的酒菜，还特地给她杀了一只鸡。等饭菜端上桌，父亲倒了满满一杯酒，欣喜地说："以前，你在张家口的时候，你娘生怕你受了委屈，天天念叨家。现在好了，一家人终于团圆了。你呢，也参加工作了，还是在县上工作，有出息了，我们老两口子走在人前，腰板也挺直啦。来，咱们全家人一起干一个。"

哥哥胡庆林高兴地说："小妹呀，咱爹说得不错，如今我到区里去办事，大家都高看我一眼。你可给咱们家争脸了，现在咱家做啥事都硬气了。"

杏花穿着胡玉兰给她新买的衣服，笑个不停："姑姑，俺娘说了，让我向你要姑父呢！"

嫂子铁梅给胡玉兰夹了菜，笑道："玉兰呀，你到张家口的那段时间，爹娘整天念叨你，你现在是有工作的人了，啥时候能把女婿带回来，也让咱爹娘高兴高兴。"

母亲瞪了儿媳妇一眼，脸色立刻沉了下来："瞧瞧，你们俩到了一块儿，又没正经了不是？"

铁梅看到婆婆不高兴了，冲着丈夫做了个鬼脸儿，端起了碗筷，不动声色地吃着饭。

胡庆林笑了笑："娘，其实铁梅说的也在理儿，您不是也经常说嘛，盼着早一天给小妹找个好人家，早一天抱外孙子嘛！"

母亲想了想，笑着说："要说也是，玉兰，你都二十五岁了，也该找个合适人家了。"

"娘，我也正在找，这不是没有合适的吗！"听了亲人的一席话，胡玉兰内心如同针扎一般难受。回到杨树沟后，胡玉兰曾不止一次在想，男大当婚女大当嫁，做父母的谁不希望自己的孩子有出息，谁不希望子孙满堂呢？如果爹娘问起自己的婚姻大事，该如何向他们解释呢？如果父母知道她是一个潜伏回来，还是一个准备搞暗杀和爆炸的女特务，他们又该怎样想呢？也许他们会立刻去向政府报告，也许永远不认自己这个女儿。她肯定会被村里的乡亲们抽筋扒皮的。想到这儿，胡玉兰的眼泪下来了。

"姑姑，你咋哭了？"杏花仰着脸，不解地看着胡玉兰。

一家人顿时停止了吃饭，纷纷把目光投向了胡玉兰。

大概母亲看出了女儿的心事，故意把话题岔开了："玉兰，你在县城还习惯吧？"

"还行吧！"胡玉兰机械地说着。

母亲用手擦拭着眼角的泪花，欣喜地说道："你给娘讲讲，县城都有啥稀罕事儿。"

胡玉兰想了想，木讷地说道："也没啥，我在龙城小学当老师，一天到晚就是教课，当孩子王，平常也不怎么出门。"

父亲不无担忧地看着女儿："是呀，我听村长说，现在刚刚解放，还有不少的坏人没有抓到，你出门要小心一点儿。县城毕竟不同于咱们杨树沟，听说还有特务呢！"

胡玉兰听到这里，心里一咯嚓，想不到如今的杨树沟村信息也这么灵通，就连父亲也知道县城里面有特务。

胡庆林捅了一下胡玉兰："小妹在想什么呢？你是有学问的人，等过两年，你把杏花带到县城去吧，让她也长长见识，就跟当年老舅把你带到张家口长见识一样。"

"等明年招生，我一定把她带走。"胡玉兰说完这话，感觉自己快晕倒了。父母和哥哥是这样信任自己，而自己却用瞎话去蒙骗他们，这意味着什么？自己已经丧失了人性。是什么原因让自己变成这样的呢？胡玉兰开始有点恨起老舅李宝库来。是他让自己变成今天人不人鬼不鬼的样子，可是现在又有什么办法呢。胡玉兰感觉一阵阵难受，不由得干呕了几声。

母亲一看急了："你这是咋啦，一惊一乍的，是不是吃的不合适了，还是哪儿不舒服了？"

胡玉兰皱了皱眉，放下了筷子："我吃好了，想出去走走。"

嫂子也下了地，赶忙绐胡玉兰倒了一碗开水："小妹，你先喝点热水，稳一稳，没准儿着凉了。"

母亲心疼地看着胡玉兰："要么你先躺一会儿，稳一稳。"

胡玉兰敷衍道："没事儿，我出去走走，透透气儿就好了。"

胡玉兰出了自家门，沿着街道慢慢向前走着。

圆月升起来了，村前的小河闪着片片银光，让人感到无比惬意。

胡玉兰边走边回想着自己刚才说过的谎话，觉得无颜面对自己的父母。她毫无目的地边走边想，一抬头，发现竟然鬼使神差地走到了胡三元的家门前。

她定下神来，对，明天让他陪着自己进山。胡玉兰想起了自己和胡三元约定的暗号，随手捡了个小石块，向胡三元家院子扔了过去。

"谁呀，这大半夜的也不消停？"院子里传出了胡三元的声音。

"喵喵——"胡玉兰发出了猫一样的叫声。

胡三元家的街门打开了，胡三元穿了个大裤衩子跑了出来："玉兰，这么晚了，你找我有事儿？"

胡玉兰冲着胡三元一笑："没事儿就不兴来找你。明天你陪我进一趟山，去桃条沟，行不？"

胡三元心中一怔，揉了揉眼睛，不解地问："你咋想去那个地方，多远呀！"

胡玉兰瞪了胡三元一眼，不满地说："去不去？你如果不去，我就找别人去了。"

胡三元顿时服了软，笑了起来："只要你高兴，让我上刀山下油锅，我也决不含糊。"说着他一把抓住了胡玉兰的手："妹子，你可想死我了，刚才做梦还梦见你呢！"

"有啥话，咱俩明天再说，我还有事儿，不和你闲扯了。"胡玉兰把手抽了回来，使劲儿推了胡三元一把，一转身跑开了。

望着月夜中胡玉兰矫健的身影，胡三元有点不知所措……

25

初秋的山色别具一番风情。五彩的山峰与淙淙的溪流勾勒出山乡最美的画卷。人行走在五彩的山色间，如同游在画中一般。

胡玉兰一身轻装，行走在山中的小路上。她一会儿像小兔一样在山泉边汲水，一会儿又蹦蹦跳跳地穿行草丛中，并不时揪下五彩的树叶细细观赏……胡玉兰长这么大，还是第一次领略家乡的美景，简直开心到了极点，不禁有些陶醉了。

看着胡玉兰白皙的脸蛋和俊俏动人的身影，胡三元有点儿神魂颠倒了。胡玉兰要去的桃条沟，距离杨树沟村有三十多里路，得翻过两座山梁，为此胡三元准备了不少干粮，还准备了一壶酒。

刚开始的时候，胡玉兰感到无比好奇和欣喜。但走了半个多小时，她便高兴不起来了。因为这里的路忒难走了，可以说无路可走，到处都是半人高丛生的灌木。工夫不大，胡玉兰就累得气喘吁吁了。

"玉兰，你这样走不行，望山跑死马呀！"胡三元喘着粗气追了上来，递给胡玉兰一根树枝，当作拐棍。

胡玉兰擦了把汗，感激地看了一眼胡三元："三元哥，那你说，咱们咋走才不累呢？"

听到胡玉兰一口一个"三元哥"地叫着，胡三元感觉仿佛回到了十年前。十年前，玉兰就是这样叫自己的，想到这儿，他满脸欢喜地说："爬山呀是有讲究的，不能快了，品着一个劲儿慢慢走。还有呢，就是两个人连说话带走路，这样才不感觉累。"

两个人边走边聊，不禁聊起了十年来各自的遭际。原来，胡玉兰被老舅带走以后，胡三元大病了一场。病好后，他每天坐在村前小河边发呆发愣。两个哥哥担心三元出问题，便在上山打柴采药时都带着他。但是怕啥有啥，胡三元最终还是出了问题。有一天，两个哥哥带着他去采药，胡三元一不小心跌下了山崖，摔了个半死。两个哥哥把胡三元抬回家后，母亲一下子就吓得背过气去，最终没能救治过来。好在翠萍的父亲是个郎中，会接骨，三元的哥哥把郎中请来后，治了三个月，胡三元这才捡回一条命。再后来，翠萍就嫁给了三元。

听了胡三元的不幸遭际，胡玉兰的眼圈儿顿时红了，想起当初自己和三元青梅竹马、嬉戏打闹的情景，再想想自己将要利用这个曾经爱过的人去充当走卒，去破坏共产党的政权，她有点儿不忍心。但看着满是牙花子的胡三元，胡玉兰很快又坚定了自己的想法。她之所以让胡三元跟自己来，是出于两种考虑：一来胡三元经常上山打猎，很有可能到过那个山洞；二来胡三元手中有枪，听说桃条沟一带有野兽，自己一个人去，有点不安全，带上胡三元也算个保镖。另外，看样子胡三元这个人很好色，说不定什么时候能用得上。

"你还记得猪八戒背媳妇的事儿吗？"胡三元停了下来，看着胡玉兰的眼睛问道。

胡玉兰一笑，进而低下了头，喃喃地说道："咋不记得呢？恐怕这辈子也忘不了。"

胡三元自知和胡玉兰身份的差距，想了想，问道："玉兰，县城一定很热闹，很好玩儿吧！"

胡玉兰看了一眼胡三元："嗯，县城里有好多商铺，还有汽车、摩托车。不像咱们这小山沟，总共就这么几个人。"

胡三元停住脚步，笑道："赶明儿我到县城去找你，你可千万别不认我了。"

胡玉兰呵呵一笑："哪儿会呢，无论到啥时候，你都是我的三元哥。你还记得我上次说的话吗？"

胡三元问："上次你说啥了？"

胡玉兰从路旁揪了几片彩色的树叶，抛向空中："上次你给我打证明的时候，我说过，我会报答你的，让你幸福一辈子。"

胡三元咂着嘴，又摇了摇头："就怕我没这个福分，我长这么大，连县城都没去过。等全国解放了，我一定要到北平去一趟，听说那儿的女人脸蛋更漂亮，人长得更水灵，一掐一股水儿的。"

胡玉兰瞪了胡三元一眼："瞧你，说着说着就没正形了。那么大一个老爷们，都当孩子爹了，说这样的话，也不嫌臊。"

不知不觉，两个人翻过一座山，在小河边停了下来。

胡三元笑道："玉兰呀，你哪像城里人呀，爬起山来比我还在行。"

胡玉兰一听立刻有些紧张了，马上掩饰道："不瞒你说，我在张家口的时候，老舅经常带着我们去爬山，到坝上的山上去采蘑菇、草药什么的。"

"玉兰，你咋还不结婚呢？"胡三元憋了好久，终于说出了自己想说的话。

胡玉兰低着头，玩弄着一片树叶，脸色阴郁地说："找过了，没有合适的。"说完这话，她的眼睛湿润了，独自扶着一棵树抽泣起来……

山里的天说变就变，刚才还是晴空万里，一朵云彩飘来，竟然下起了雨，而且越下越大。

"快跑，我知道前边有一个山洞，可以避雨。"胡三元拉起胡玉兰朝前跑去。

胡三元和胡玉兰，一路狂奔，来到了一个山洞前。此时两个人已经淋成了落汤鸡。胡玉兰感到浑身一阵阵发冷，她双手护着胸，皱了皱眉："三元哥，这雨啥时能停呀？"

"山里的雨，来得快，停得也快。"胡三元说话的时候，回头看了一眼胡玉兰，眼睛顿时一亮。此时的胡玉兰竟然如此的诱人，湿漉漉的秀发，白皙的脸蛋，被湿透的衣服紧裹着的高低不平的前胸撩拨着他的心绪。最让胡三元感动的是，胡玉兰竟然把自己昔日给她的那个麻梨疙瘩雕刻的小葫芦挂在胸前。他想起了和胡玉兰青梅竹马的孩童时代，便情不自禁地想要去搂抱胡玉兰。

胡玉兰发现了胡三元情绪的变化，使劲瞪了他一眼。但胡三元丝毫没有感觉到胡玉兰的嗔怒，还以为她有些害怕呢，便肆无忌惮地伸出了双臂，一下子把胡玉兰抱在了怀里。

"三元哥，你是结了婚的人，我可还是个黄花大闺女，再说了，我和翠萍是好朋友，不能欺负翠萍呀，过去的事儿就过去吧。"胡玉兰用力推开了胡三元。

胡三元用忧郁的眼神望着胡玉兰："玉兰，你不知道这几年我是怎么想你的。"

听了这话，胡玉兰哭了。在张家口的那些日子里，三元哥无数次出现在自己的梦中。她也曾想过，等上完学，要回杨树沟村，和自己的三元哥结婚。可是时过境迁，一切都不可能了，心爱的三元哥已经和别人结婚了，自己却成了保密局的特务。想到这儿，胡玉兰擦了擦眼泪，平静地说道："三元哥，我知道你对我好，可是我真不能和你好，咱俩把这份爱深埋在心底吧，等到来生再在一起。"

"不，玉兰，我等不到下辈子，现在就想要你，你是我的。"胡三元声嘶力竭地喊道。

"三元哥，我也想和你在一起呀，可是你结婚了呀。你让我咋办！"胡玉兰顿时泪如雨下，停了停，她控制住自己的情绪，又缓缓地说："三元哥，你把我忘了吧，我说过，我会报答你的，但不是这种方式。"

胡三元痛苦地说："难道就没其他办法了吗？"

"唉，这都是命，咱们各自过自己的日子吧。"胡玉兰无奈地看着胡三元。

雨渐渐停了，太阳很快又出来了，天空中出现了一道彩虹，煞为好看。

可胡玉兰和胡三元都没了观赏的心情，他们各怀心事继续赶路。

走了一段时间，胡玉兰停下来，道："咱俩在这里打打尖吧，我有点饿了。"

"好嘞！"胡三元把随身带的干粮袋打开，把里面的东西一股脑儿都拿了出来。

胡玉兰一看笑了："三元哥，你这里面啥都有呀。"

胡三元把枪放到地上："你帮我看着枪，我去弄点吃的。"

胡玉兰翻动着干粮袋的东西："你这里不是都有吗？"

胡三元道："我说的是野味儿，就是你小时候最爱吃的烤青蛙腿儿。"说完头也不回地走到河边，一蹦一跳地捉起来青蛙。

胡三元捉了几只青蛙，剥了皮，用树叶包好，然后又在外面包好泥巴，找了点树叶，用火镰点燃，随后一边抽着烟，一边不停加火。工夫不大，泥巴变干，他把泥巴砸开，一股香气扑面而来。

胡三元喝了一口酒，然后把酒壶递给了胡玉兰："玉兰，你也喝一口吧，暖暖身子。"

胡玉兰接过酒壶抿了一口，说："三元哥，你做的青蛙真香。"

胡三元又喝了一口酒："你还记得吗，咱们小的时候经常这样吃，只不过那时候大人不让咱们喝酒。"

不一会儿工夫，两个人就把一壶白酒喝光了。胡三元直起身，伸了伸双臂，四下看了一眼，眼睛又落在了胡玉兰身上。

此时，胡玉兰正一手拿着黄瓜，一手拿着青蛙腿，吃得有滋有味儿。

胡玉兰担心的事情终于发生了。胡三元眼睛血红，猛熊一样把胡玉兰扑倒在地上。

胡玉兰拼命躲闪着："三元哥，三元哥，我是你妹子，你……"

胡三元在酒精的炙烤下，重重地把胡玉兰压在了身下："妹子，你从了我吧。"说着就要扒胡玉兰的上衣。

胡玉兰一下子被激怒了，她拼命抵抗着。

但胡三元已经失去了理智。

忽然一头野猪朝这边奔来。胡三元发现野猪后，立刻跳了起来，丢下了胡玉兰，没命似的向旁边跑去。

野猪发现了奔跑的胡三元后，大叫一声追了过去。胡三元吓得赶忙爬上了树。野猪向树上看了看，然后开始用肥大的身体去撞那棵树，胡三元在树上吓得大喊大叫起来。

胡玉兰从地上爬起，惊魂未定地看了看，发现了胡三元丢落在地上的枪，她捡起步枪，迅速拉开枪栓，对准野猪连开了两枪。

野猪"嗷"地一声怪叫，倒在了树下。

胡三元从树上出溜下来，惊恐万分地看着拿着枪的胡玉兰，一下跪在了地上："妹子，我再也不敢了，谢谢你救了我。"

"瞧你那点德行！"胡三元在胡玉兰心中最后的形象彻底毁灭了，她用枪口对准胡三元，横眉立目道："胡三元，你放老实点儿，再敢胡来，看我不拿枪崩了你。"

胡三元懊丧地蹲在了地上。

"起来，跟我走。"胡玉兰把枪扔在了地上。

胡三元乖乖地站起了身，看着胡玉兰，此时，他才感觉到现在的玉兰已经不是当初那个小妹妹了，她的眼里已经满含杀机。

"你们是干什么的？"几个解放军模样的人出现在眼前。

胡玉兰定眼看了看，顿时转怒为笑："我们是杨树沟村的，他是杨树沟村的民兵队长胡三元。"

战士上下打量着胡玉兰和胡三元："刚才你们为什么开枪？"

"这……"胡三元干张嘴却说不出话来——此时他还沉浸在刚才的恐吓之中，同时更感觉到胡玉兰的可怕。

不料，胡玉兰却不慌不忙地笑着说："大军同志，刚才我们碰见野猪了，可凶了，不信你们看，就在那儿，我们刚把它打死。"

胡三元也赶忙附和着："大军，我们刚才确实碰见野猪了，挺大的一只野猪，被我们打死了。"

战士们先检查了胡三元的枪，确实有击发的痕迹，又到树下察看了野猪，确定他们没有撒谎。为首的问："两位老乡，你们怎么到这深山老林里了，刚才多危险呀！"

"那你们是干什么的呢？"胡三元问。

一个战士笑了笑没有回答。

第十二章　表哥来访

26

　　张家口堡子里的国民党保密局张家口站。刚刚从张家口城防司令部督战回来的保密局张家口站副站长李宝库正坐在办公室里抽着闷烟。这一个时期，张家口东西两侧的几个县城被共军连连攻破，眼看就要对张家口形成合围之势，而城防司令孙兰峰按照傅长官的"依城野战"战略，自顾构筑张垣的工事，却对城外的一切视而不见。这一切自然瞒不过傅长官的眼睛，他一个劲儿地催促孙兰峰出战。而保密局的毛局长也一天一个电话催问张家口的动向。张家口站站长张文蔚因病在身，这些责任自然就落在了李宝库的身上。为此，他一方面每天都到孙兰峰的城防司令部进行督战，防备共军谍报的渗透；另一方面还要按照保密局的安排，组织沦陷区的潜伏人员收集情报，制造暗杀、破坏等活动，为国军的大反攻做准备。

　　桌上红色的内线电话响了。李宝库拿起了话筒，里面是女接线员甜甜的声音："站长，南京毛局长的电话。"

李宝库立刻条件反射一样站了起来："马上给我接过来。"

电话刚刚接通，话筒里便传来了毛人凤严厉的声音："委座对张家口的战局很不满意。眼下共军正在东北大规模集结，看来一场大战在所难免，委座正亲临一线，进行指挥。华北的形势也不容乐观，共军的聂荣臻部也在蠢蠢欲动，意图围困北平和张家口。你要敦促第十一兵团司令长官孙兰峰主动出击，切忌不要孤守一座空城，不能由着他的性子胡来。"

李宝库小心翼翼地说："第十一兵团司令长官孙兰峰和105军长袁庆荣都是傅长官的嫡系，一切行动都听命于傅长官，我们恐怕……"他本想把责任推到老奸巨猾的站长张文蔚身上，但当从耳机里听到毛人凤不满意的口气后，立刻改口了："我和张站长马上力谏孙兰峰司令，主动出击。"

毛人凤在电话那边沉吟了片刻，突然问："你那个平绥纵队办得怎么样了？"

李宝库道："报告局长，平绥纵队正在秘密进行，我已经派李云芳打入了共党的内部，很快就有结果。"

毛人凤问道："李云芳，就是你说过多次的那个'谍报之花'吗？"

李宝库赶忙恭维地说："局长的记性真好，正是她。"

毛人凤想了想："我期待着你的好消息，记住，平绥纵队的人员既然不属于保密局张家口站，就不要出去乱讲，更不要传到孙兰峰那里。平绥纵队事关党国大事，如果有必要，我会让王蒲臣协助你的，这毕竟是关系到北平和张家口两个城市的事情嘛。"

听说毛人凤准备让北平的王蒲臣插手平绥纵队，李宝库迟疑一下，有些不甘心地说："这个……局长……"李宝库想拒绝毛人凤，却一时找不出合适的借口。

"你不要太固执嘛，一切要从党国的利益出发。这也是考验你对委座的忠诚。另外，关于你个人的事情，我现在正在考虑。现在是关键时期，我相信，你是不会让我失望的。"毛人凤说到这里，把电话挂断了。听筒里传出了"嘟嘟"的忙音。

李宝库放下电话，暗自琢磨到，保密局北平站的王蒲臣可是出了名的老狐狸呀，他早就想吃掉张家口站，自己一个副站长能斗得过他吗，必须让李云芳加紧行动，早一点拿到名单，这个功绝不能让王蒲臣抢走了。到那时，毛局长一定会考虑到自己晋升的，想到这儿，李宝库心中的一块石头终于落了地，他感到一阵从未有过的兴奋。是呀，从 1931 年自己加入国民党，屈指一算也已经近十七个年头了。特别是抗战期间，自己把脑袋别在裤腰带上，在张家口搞情报，搞暗杀，为军统出生入死，立下了汗马功劳。特别是 1940 年那次日本人的大逮捕，要不是自己机灵，差一点儿就报销了。好在毛局长对自己的工作一直很满意，如果不是半路上杀出一个张文蔚，这张家口站站长的位置早就轮到自己了。好在自己留了一手，背着张文蔚搞了一个平绥纵队，才引起了毛局长的重视，这也成了他李宝库的一张王牌。想到这儿，李宝库放下电话，情不自禁地唱起了河北梆子，并边唱边用手打起了拍子：

> ……
> 我正在城楼观山景，耳听得城外乱纷纷。
> 旌旗招展空翻影，却原来是司马发来的兵。
> 我也曾差人去打听，打听得司马领兵往西行。
> 一来是马谡无谋少才能，二来是将帅不和失街亭。
> 你连得三城多侥幸，贪而无厌又夺我的西城。
> ……

唱着唱着，李宝库停了下来，又点燃了一支烟慢慢吸着。在李宝库看来，张家口的战事是傅长官的事情。即使被共军占领了，往小说，由城防司令孙兰峰、105 军军长袁庆荣顶着，往大说，由北平的傅长官顶着，而平绥纵队才是他李宝库的事情，也是他对党国最大的功绩。

机要员玉梅抱着公文夹子走了进来："站长，这是水仙刚刚从龙城发过来的情报。"

李宝库戴好老花镜，认真地看着电文：

> 我已成功查清了龙城县物资综合仓库的准确地址，请通知章鱼，迅速配合我行动。
>
> 水仙

看完电报，李宝库顿时高兴起来，他立刻拿起了电话："马上给我接张站长家。"

待电话接通，李宝库扬扬得意地说："刚才毛局长来电话了，催问平绥纵队的进展情况。"

张文蔚在电话的那头问："这件事情不是你直接负责吗，他们既然不属于保密局的序列，没有必要向我汇报，你自己看着办吧！"

李宝库笑道："那好。可是，刚才毛局长指示，要加大这方面的工作力度呀，我想请示一下您，怎样才能加大工作力度？"

张文蔚在电话里拉着长腔问道："那你想怎样呀？"

李宝库顿时卖起了关子："弟兄们在那边也不容易，他们在共区，没日没夜地为党国奉献着，我想……"

张文蔚想了想："那就都晋升一级军衔，以资鼓励。"

李宝库谦虚地说："那我就写呈请报告了，到时候还请您和毛局长沟通一下。"

"好吧，就这样吧，我要休息了。"张文蔚把电话挂断了。

老谋深算的李宝库露出了一丝奸笑，他对机要员玉梅命令道："给南京发电。"

"是。"玉梅双脚并拢，打了一个立正，恭恭敬敬地记录着。

李宝库一边在屋内踱着步子，一面字斟句酌地口述着电文，"呈保密局毛局长，自共匪对张垣一线发动围攻以来，张家口站全体将士按照总裁部署，主动御敌于大境门之外……"

李宝库按照自己的思路草拟了电文，并在电文上签了字，看着玉梅扭着屁股离开后，心中感到从未有过的高兴。他点燃一支烟后，想了想，又拿起了电话："让赵克辉来一下。"

很快，赵克辉走了进来。他进门后先给李宝库敬了一个礼，然后道："老师，您找我？"

李宝库笑了笑："克辉呀，今天是什么日子？"

赵克辉看了看面带微笑的李宝库，一时丈二和尚，摸不着头脑，便试探地说道："老师，今天是 1948 年 10 月 12 日，前天咱们不是还举行了国庆舞会吗？"

李宝库看着墙上的蒋介石的画像，若有所思地说："云芳这次回龙城应该有两个月了吧！"

赵克辉恭恭敬敬地说："是的，到明天正好两个月。"

李宝库道："一个女孩家，只身深入到共区卧底两个月，条件那么艰苦，不容易呀！"

赵克辉满脸堆笑地说："云芳确实是党国难得的栋梁之材，也是老师您的骄傲啊！"

李宝库看了一眼赵克辉："客套话你我之间就不要说了，你和云芳的关系发展到哪步了？"

"这……"赵克辉干张嘴，说不出话来。

李宝库用爱惜的目光看着赵克辉，呵呵笑道："克辉呀，云芳是我的亲外甥女，我了解她的脾气，性格刚烈，只要她认准的事情，就是九头牛也拉不回来。"停了停，他又说："为了党国的大业，她可是牺牲了自己的儿女情长呀。"

赵克辉不置可否地说："可是这样的牺牲未免也太大了。"

李宝库看了一眼赵克辉："正因为这样，你就应该更加关心她，体贴她，理解她。让她从内心感觉到温暖，有所依靠。女孩子嘛，多和她作交流，你们才能有美好的未来。"

赵克辉低着头无奈地说："可是她都不给我说话的机会，我现在只是剃头的挑子———一头热。"

李宝库想了想，说道："克辉呀，现在东北战局的形势越来越不利于国军了，北平和张家口的形势也很难说。我想派你去一趟龙城，一来协助云芳工作，迅速把名单搞到手，马上返回张垣；二来嘛，听说那边在闹土改，龙城的形势也太复杂了，我担心云芳这孩子太任性，会发生意外。你过去后，你们俩相互能有个照应，顺便交流一下感情。"

赵克辉脸上掠过一丝笑容："老师考虑的就是全面，我这就去准备。"说着准备转身离去。

李宝库突然又说："回来。完成任务后，如果云芳不肯回来，你就是绑也要给我把她绑回来。"

"是。"赵克辉敬了一个礼，出去了。

27

傍晚时分，胡玉兰怀着忐忑不安的心走进了仁和客栈。当她刚刚走进客房，就被躲在门后面的赵克辉一把抱住了："云芳，我想死你了。"说着扳过胡玉兰的头就要亲她。

胡玉兰被赵克辉突如其来的举动吓了一跳。她使劲儿挣脱了赵克辉的怀抱，跳到一旁，瞪眼看着赵克辉，厉声道："干什么你，赵克辉，你放尊重点！"

赵克辉尴尬地看着胡玉兰，半晌才说："对不起，云芳，你不知道这些日子我是怎么过的？"

胡玉兰没好气儿地说："叫我现在的名字。"

"胡——玉——兰。"赵克辉这样叫了一声，感觉此时的胡玉兰更加陌生了。

屋里的光线有些暗。看到赵克辉穿着笔挺的西装，胡玉兰感到有些吃惊，在龙城县城，还没有谁敢如此打扮呢。两个月的地下工作经验告诉她，必须入乡随俗。龙城县不比张家口，在这个穷乡僻壤招摇过市，一定会引起共党的疑心。她低声问道："你怎么这身打扮？不要命啦？"

赵克辉有些不解地问："这身打扮咋了？"

胡玉兰悄声说："你以为这是张家口吗？你这身打扮出去，用不了半天，就会被跟踪的。"

赵克辉哈哈笑道："我这是专门穿给你看的，就是想给你一个惊喜。师妹，你看这是什么？"赵克辉说着打开了行李箱，里面居然有一身土黄色的解放军服装。

"你？"胡玉兰看了看衣冠楚楚的赵克辉，又看了看军装，心里顿时明白了七八分。

赵克辉点了一支烟，深深吸了一口，然后神秘地一笑："我这次来龙城，有重要任务。"

"重要任务？"胡玉兰更是感到一头雾水。

"好了，我先看看你，有啥变化。"赵克辉端详了胡玉兰半天，才说，"嗯，越来越漂亮了。走，咱们先吃饭，一会儿我再告诉你。"说着引领着胡玉兰来到一个雅间。

　　雅间的光线比客房亮了许多，又临街，透过窗子能看见外面的行人。房间内站着一个笑容可掬的解放军战士，韩老七竟然也站在那里，旁边还有一个服务员。见到赵克辉和胡玉兰后，那个军人认认真真敬了个礼："赵连长，饭菜已经准备好了。"

　　赵克辉笑呵呵介绍道："我来介绍一下，这是我的勤务兵小张，这是我的表妹，这位是韩老七，我们好久没见面了。"然后他转向服务员："你去忙吧，我们要谈重要事情，有事儿我会叫你的。"

　　"那好，赵连长，你们慢用。"服务员说完便转身离开了。

　　听到有人喊赵克辉为连长，胡玉兰简直有些哭笑不得。她心想，这个赵克辉还真会装。

　　赵克辉打开门四下看了看，又关好门。他斟满了三盅酒，端起酒盅，对李云芳道："云芳，李少校，来，我敬你一杯。"说着一饮而尽。

　　胡玉兰把酒喝净，把酒盅慢慢放下，不紧不慢地说："赵克辉，你喝多了吧！有没有搞错呀，我啥时候变成少校了？"

　　赵克辉点了一支烟，兴奋地说："玉兰呀，想起来你也真是不容易，为了党国的事业，你只身潜入龙城，搜集到了共军大量的情报，堪称是党国的英雄。对了，你老舅让我给你带来一样东西，你一定喜欢。"说着赵克辉从衣兜里拿出一封信。

　　胡玉兰端详了一下信封，然后迫不及待地拆开信读了下去。

云芳：

　　见信如面！

　　离别两月有余，余殊念，每每想起你在张家口的日夜，余多有感慨。前几日，接南京电讯，因近期你屡屡提供重要情报，总部决定同意我的力荐，将你破格提升为少校副官。国家需人之际，望你珍惜荣誉，报效党国。

　　烽火连三月，时下平北战事每况愈下，吾观时局，伯仲已见分晓，党国之失败，非在军中，而在党内，吾痛心之余，悔不该将你拖进党内。然既作为党国分子，吾辈应时刻牢记，将来能尽此分子之义务也。今令赵克辉前去配合你工作，请按照张家口站的安排，尽快完成使命，你我共赴新任。

　　　　　　　　　　　　　　　　　　　　　　　　　　　　老舅

　　胡玉兰看完老舅的亲笔信，眼睛有些湿润了。赵克辉看到她的表情有些异样，赶忙问："老师在信中说些啥？来，我也看看。"

　　胡玉兰赶忙擦干眼泪，站起身把信烧了："这有啥好看的，李站长让你配合我工作。"

　　赵克辉顿时笑了，站起身，拿出了另一个信封，掏出一张纸来："大家起立，我来宣读委任状。委任状，兹任命保密局张家口站外勤组组员李云芳为保密局张家口站情报处少校副官，兼平绥纵队第五先遣队副组长。特此！保密局，1948 年 9 月 25 日。"

　　赵克辉宣读完委任状，和胡玉兰握了握手，然后兴奋道："本来你的委任状要等你回到张垣后再宣布的。但李站长让我给你带来了。云芳，从今天起，咱俩一个军衔了，来，咱们祝贺一下。"说着端起了酒杯。

　　几杯酒过后，胡玉兰已经兴奋得粉面桃花，再加上刚才的委任状，她的心里美滋滋的。饭后，赵克辉提出到龙城县的大街上走走，胡玉兰听后赶忙阻拦："到了龙城，你的一切行动得听我的，这里情况复杂，你不宜抛头露面，以防万一。"

　　赵克辉笑道："怕啥，我现在是堂堂的共产党连长。"说着还嬉笑着给胡玉兰敬了一个礼。

　　胡玉兰带着赵克辉在龙城县城转了一圈儿，最后赵克辉在庆和饭馆门前停了下来。他看了看招牌，走了进去。

　　看到来客了，木林森点头哈腰走了过来，龇着大金牙问道："请问两位同志吃点什么？"

　　赵克辉审视了一眼木林森，突然说："三斤重的红鲤鱼，来三条，我要带走。"

　　木林森看了看解放军打扮的赵克辉，汗顿时下来了。他一边用袖子擦着汗，一边哆哆嗦嗦说："你要哪里的红鲤鱼？"

　　赵克辉不紧不慢地说："我要金鱼池里的。"

　　听了这话，木林森突然像变了一个人似的，左右看了几眼，然后带着赵克辉和胡玉兰向后屋走去。当几个人来到后院，坐定后，木林森递过了烟，并讨好地说："赵组长怎么这身打扮？"

赵克辉笑了笑："不这身打扮，我进不了龙城县城呀！说说你最近的工作情况。"

木林森激动地说："这段时间一直没人与我们联系，我们都急死了。"他又看了看胡玉兰，问道："这位姑娘我们好像在哪儿见过？"

赵克辉笑道："你还不知道吧，你发给张家口的情报，有一大半儿都是她搜集的。"

胡玉兰冲着木林森一笑："不记得我吗？我是龙城小学的。"

木林森笑了笑："瞧我这记性，我说呢，这么面熟，你不是？"

赵克辉严肃道："红鲤鱼，你应该懂规矩，不该你问的事情最好不要问。你最近的工作情况，老家很不满意。你提供的情报全都是过时的，没有任何价值。我问你，你搜集的情报里面为啥没有一点儿共军支前的情况？"

木林森苦笑道："赵组长，我这也是没有办法呀！我这里虽然就在公安局的眼皮子底下，可他们每次到我这儿来都守口如瓶，什么消息都不肯透露出来。组长，我也有难处呀！"停了停，他又说："我袭击那个侦缉股长大小也算个功劳吧。"

听了这话，赵克辉一拍桌子："你还有脸说这事儿，你连特工最起码的常识都忘了。做地下工作，保护自身安全是第一位的。李玉刚暴露就暴露了，反正他也是个无足轻重的。可是你呢，亏你还是从日伪时期就做情报工作的，差一点儿坏了党国的大事儿。"

"好好好，我下次一定注意。"木林森擦着脑门上的汗，喃喃说道。

"红鲤鱼，你要记住，你的老婆和孩子全在我的手里，何去何从，你自己掂量着。"赵克辉说完这话，站起了身走了。

龙城县的晚上来得分外早。胡玉兰和赵克辉慢慢走在龙城的街道上。好久没有和赵克辉这样走路了。一路上，尽管赵克辉几次想和胡玉兰亲近一下，都被她拒绝了。到了仁和客栈门前，赵克辉一下抱住了胡玉兰，迫不及待地说："玉兰，我想死你了，今天你就住在这里吧，我有好多话要和你说。"

胡玉兰冷冷地说："你回去吧，我要回单位。"

不料，赵克辉却说："我是想和你说说李晓雨的事情。"

听了这话，胡玉兰不由得一怔，赶忙问道："我姐有消息了？"

赵克辉不紧不慢地说："我听北平的一个朋友讲，李晓雨现在真的成为共产党了。"

胡玉兰疑惑道："李晓雨是共产党，怎么可能呢？赵克辉，你在开玩笑吧？"

赵克辉一字一板地说："很有可能。"

听了这话，胡玉兰的脸色不由得阴郁下来："你先走吧，让我一个人想想。"

28

李云芳在张家口十年的时间里，对她影响最深的有两个人。一个人是赵克辉，彻底改变了她的命运；另一个就是表姐李晓雨，差一点改变了她的命运。

李晓雨是和李云芳同样漂亮的姑娘。李晓雨比李云芳大两岁。李晓雨给人的印象总是文质彬彬的：戴一副黑边的近视镜，留着齐肩的短发，一笑两个酒窝儿，很是好看，说起话来总是学生腔。

李云芳刚到张家口的时候，对张家口的一切都不熟悉，李晓雨并没有嫌弃这个深山沟的柴火妞，而是带着李云芳一点一点适应了这里的一切。

在李云芳看来，李晓雨不仅天资聪明，而且在关键时候能挺身而出，完全是一个大姐姐的样子。一次，李晓雨带着李云芳到堡子里去玩，被两个日本鬼子发现了。鬼子强行拉扯住她们俩，要欺负她俩。不料，李晓雨先是给了日本兵一个耳光，然后说了一通日本话，吓得两个日本兵给她俩一个劲儿地敬礼，嘴里"嘿嘿"个不停。

等两个日本兵走远了，李云芳好奇地问："晓雨姐，你刚才说啥呢，让那两个日本兵那样害怕？"

李晓雨先是一阵爽朗的大笑，然后说："我说，我们是天皇陛下派来的观光团的家属，你如果敢欺负我们，我回去就告诉我爸，让你剖腹向天皇谢罪。"

"真有你的。"李晓雨的话逗得李云芳开心地大笑起来。李晓雨笑够了，又认真地说："日本人不在他们国家待着，跑到咱们国家来发横，就是因为咱们国家太落后呀！"

李云芳懵懂地看着李晓雨。

抗战胜利的前一年，李宝库把李晓雨送到了北平的燕京大学去学习了。那段时间，由于李晓雨不在身边，李云芳感觉自己寂寞了许多。可是没过多久，李晓雨就回来了，而且还带回来好几个北平的女孩。

两个人是在张家口的郊外见面的。那是在日本鬼子投降了，八路军的大批人马进驻张家口之后。经过一番聊天，李云芳得知，李晓雨她们是一路跟随着燕京大学的张家口参观团的师生回来的。由于国民党军队的封锁，他们先是从北平坐火车到青龙桥，经过国民党军队岗哨到了八路军管辖岔道城。然后又从岔道城坐火车回到张家口。因为是秘密前往，李晓雨她们大多都化了装。等到了张家口后，才露出了清一色的女学生打扮。

随后，李云芳跟随着李晓雨她们首先在张家口市区参观了两天，最后来到张家口南郊的老鸦庄。进村之后，映入眼帘的是一派新气象，墙上到处张贴着红红绿绿的标语。当看到不分官兵都穿着一样的土布灰军服，吃着一样的小米饭，彼此互相称作"同志"时，李云芳拉了一下李晓雨的衣角，轻声问道："晓雨姐，我看他们一个个挺随和的，当官的和当兵的都一样。"

李晓雨悄声说："云芳，怎么样？比国民党兵强吧！"

李云芳不置可否地点了点头。

李云芳被老鸦庄的气氛深深感染着，当她看到观光团的同学跟随着八路军为老乡们挑水、扫院子时，自己也情不自禁地拿起扫帚，加入了他们的行列，一直干到满头大汗，才肯罢休。那天晚上，她们还住在了老乡的家里，看了八路军文工团演出的《白毛女》。当看完喜儿悲惨的遭际后，李云芳流下了泪水。

回北平的头一天晚上，李晓雨找到了李云芳："云芳妹，你的学业也结束了，今后有什么打算呢？"

李云芳涨红着脸说："这……我还没有想好呢！"她不敢把自己加入国民党的事情告诉李晓雨。

李晓雨兴奋地说："云芳，这次参观使我眼界大开。我在这里接触到许多干部，他们都很年轻，和我差不多。他们待人热情诚恳，讲解问题有血有肉，没有丝毫教训人的口吻。这让我看到一种新的人际关系，我开始懂得'同志'这个称呼的意义了。"

李晓雨看到李云芳满脸的迷茫，便笑了笑："云芳妹，要么你跟着我们去北平吧？"

李云芳想了半天，才说："我……我还没有想好。再说，老舅也不会同意的。晓雨姐，听你这么一说，张家口这么好，干脆你就别回去了，这些日子老舅也挺想你的。"

当李云芳提到李宝库时，李晓雨的眼神立刻阴郁下来："云芳妹，我回张家口的消息，你可千万别告诉我爸。"

李云芳不解地问："为啥？"

李晓雨悄声道："有些事情你可能还看不出来，我爸很可能是军统特务。"

李云芳听后心中打了一个寒战，没想到李晓雨居然会对父亲的信仰产生怀疑。于是她掩饰道："晓雨姐，国民党和共产党不都是为了民众吗？"

李晓雨惊讶地看着李云芳"云芳妹，你在这里可能还感受不到什么，可在北平，只要一提到国民党，到处都是一片骂声。抗战最初，他们奉行不抵抗政策，把大片国土拱手让给日寇。如今抗战胜利了，他们却变成了接收大员。他们关心的不是不再冒烟的二厂，行将失学的学生，受尽苦难的百姓。街头巷尾到处流传着这样的民谣：'想中央，盼中央，中央来了更遭殃。'"

李云芳没想到在李晓雨的眼里，李宝库所说的国民党政府竟然是这般黑暗，不免流露出一丝怀疑："不会吧　老舅可是把北平说成了天堂一般。"

李晓雨想了想说："他那是蛊惑人心。云芳，如果你有机会，到北平去一趟，就什么都知道了。再有，以后你在张家口也要小心了，我听说国民党准备发动内战，要进攻延安和咱们张家口呢。"

李云芳吓得睁大了眼睛："是吗？！"

通过那次谈话，李云芳感觉出，李晓雨所说的就和共产党所讲的一样。她判断，李晓雨可能已经参加了共产党组织。

李晓雨走时给李云芳留下好多书，说是让表妹先看一看，长长见识。

这天晚上，李云芳回到家里，走过客厅的时候，看到李宝库正在翻看着《晋察冀日报》。她没敢声张，便悄声回到了自己的房间。直到半夜时分，她才打开包裹，看到里面是一本毛泽东写的《新民主主义论》。李云芳刚聚精会神地想读下去时，门被撞开了。

李宝库一脸怒气地冲了进来："云芳，晓雨是不是回来了？"

"我……"李云芳看到李宝库恼怒的样子，刚想说什么，不料，李宝库一眼看见李云芳手中的《新民主主义论》。他眼睛立刻僵住了，很快劈手把书抢了过来，挥舞着书咆哮起来："这是怎么回事儿？哪儿来的？是不是李晓雨给你的？说！"

李云芳自打到张家口以后，还是第一次看到李宝库发这么大的火，于是唯唯诺诺地"嗯"了一声。

李宝库继续咆哮道："她人呢？"

李云芳低声说道："晓雨姐她走了。"

李宝库怒不可遏地说："我供她到北平去上学，她居然参加了共产党，还有脸回张家口！"李宝库把桌子上的水杯重重摔在地上："她简直是在造反！"

李云芳诧异地看着李宝库，不知说什么是好，半晌才说："舅舅，我感觉晓雨姐说得也有一定的道理。"

李宝库怒视着李云芳说："混账话，她说的能有什么道理？她是在煽动你跟她走。你千万不要上当。"

李云芳想了想，把心一横，继续道："您看呀，现在在咱们张家口，共产党对老百姓多好，又是帮助老百姓挑水又是打扫院子。我感觉，比你所说的国民党还好，还得民心。"

李宝库怒视着李云芳，一字一板地说："什么，云芳，你再说一遍？"

李云芳把刚才的话又说了一遍。可还没等李云芳把话说完，李宝库的巴掌便重重地打在了她的脸上："混蛋，我是怎么教导你的！"

李云芳没想到舅舅会打自己的耳光。她捂着脸，无声地哭了，任凭眼泪和嘴角的血无声地流下，滴落在地板上。

看到李云芳抽泣的样子，李宝库也有些后悔了。他瞪了李云芳一眼，无奈地摔门走了。

李云芳和李晓雨最后一次见面是在国军进驻张家口以后了。此时的李宝库已经名正言顺地成为保密局张家口站的副站长。

1947年5月，北平市爆发了反饥饿反内战的大规模学潮。当李晓雨跟随着学生们到达东交民巷许惠东家的大门口，学生们冲破大门拥入院中。宪兵和警察使用木棍、枪托将学生们驱逐出大门。此后双方发生了对峙，在国民政府主席北平行辕参谋长王鸿韶与学生代表谈判期间，华北剿总司令部调来大批军警向学生开枪射击学生。李晓雨当时被警棍打得头破血流，后被抓进了警察局。

毕竟是父女连着心，李宝库闻讯后，立刻赶到北平，通过各种关系，才算把李晓雨保释出来，然后连夜把她接回了张家口。

就在回到张家口的第二天晚上，李晓雨和李宝库吵了一架，而且吵得很凶。

那天吃完晚饭，李云芳正在和李晓雨聊天时，李宝库走了进来。李云芳看到舅舅一脸严肃的样子，便猜想舅舅一定有重要的事情要和李晓雨谈，便退出了房间。出了房门，李云芳并没有走远，而是躲在门外偷听着。

李宝库首先关切地询问了李晓雨的伤势，然后话锋一转，严厉地问道："晓雨，你告诉我，你究竟是不是共产党？"

李晓雨不高兴地说："是又怎样，不是又怎样？爸，你怎么总爱打听这些事儿呢？！"

李宝库严肃地说："晓雨，我可听北平的朋友说了，你是共产党。你知道，当我听到这个消息时是咋想的吗？"

李晓雨不满地说："我加入的共产党，也总比你那个国民党强百倍。爸，我也劝您一句，别一天到晚去追随国民党了，将来会害了您自己的。"

李宝库苦口婆心地说："晓雨，听我一句话吧，北平方面说了，只要你在报纸上登一个脱党的声明，政府是不会追究的。"

李晓雨伶牙俐齿道："那你为什么不登一个脱离国民党的声明呢？老爸，你也不看看形势，现在都啥时候了，国民党祸国殃民，打内战、搞独裁，如果您到北平去看看，就会明白一切了……"

接着，李晓雨侃侃而谈，发表了对国民党政府不满的言论。由于李晓雨在燕京大学参加了学生的进步组织，再加上经常参加学校的演讲，有些观点相当激烈。

刚开始李宝库还容忍着。但听着听着，脸上便阴郁起来，他打断了李晓雨的话："真没想到呀，真没想到，李晓雨，你才去北平几天，居然替共产党做起宣传来了，我看你就是个共产党。晓雨呀，听老爸一句话吧，你到北平是去求学的，不是去搞政治的。你现在最主要的是学习文化，将来也和你哥哥一样，到英国去留学，成为国家的栋梁之材。"

　　李晓雨却义正词严地说："国家都变成这个样子了，政府这么腐败，我求学还有什么用……"

　　李宝库一拍桌子站了起来："你想怎么样？晓雨，你知道，现在北平在向我要人呢！你让我怎么办？"

　　李晓雨冷笑道："那你把我抓起来，交给北平警察局好了。"

　　"你……你混蛋，你就是一个白眼狼，我和你妈白养你了，这么不知好歹的东西。"紧接着就是水杯摔在地上的声音。

　　舅妈和张妈听到声音后，立刻就跑了过来。李云芳也跑了进来。

　　舅妈怒气冲冲地说道："宝库，你要干什么？这是在家里，不是在你的保密局办公室，不许你这么吓唬孩子。"说着她抱着李晓雨抽泣起来。

　　李宝库无可奈何地摊了摊手："反了，简直是反了，把她给我锁起来，没有我的话，不能让她出这个屋子。"说完他气哄哄地走出了房间。

　　但最终，李宝库还是没能留住李晓雨。在第三天晚上，李晓雨找了个借口，骗着母亲把门锁打开，然后化装逃出了张家口，从此再无音讯。

第十三章　赵雪梅

29

　　龙城县四面山高林密，土匪大都隐藏在山里。解放军在明处，土匪都在暗处，而且大多是昼伏夜出，想消灭这些残余力量，的确要费些功夫。而且全县的土改运动即将开始，这些土匪对土改的破坏也在不断加剧，割电线破坏交通的案件每天都有发生。有的土匪晚上反穿皮袄装神弄鬼吓唬群众，有的土匪甚至和民兵对峙射击，搞得龙城县乌烟瘴气，人心浮动。到了晚上，山区的老百姓根本不敢出门。

　　为了彻底解决这些匪患，军分区派来了一个营的兵力，协助龙城县开展剿匪活动。龙城县人武部和公安局一方面组织全县的民兵公安队组成剿匪小分队，开展武装剿灭土匪，另一方面组织全县的干部深入到土匪家中，动员土匪的家属上山，找到自己的丈夫或儿子，下山向政府自首。这一措施很快就收到了效果，不到一个礼拜，就有几十名隐藏在山里的土匪下山，到村公所找政府自首。一些家中藏有军用枪支弹药的国民党军警宪特人员也主动把私藏的武器上缴了，剿匪工作取得了初步的效果。

李剑锋出院后立刻投入到紧张的工作中。他把训练班袭击案、侯有林越狱案、自己遭袭击以及县医院土匪被凶杀等一系列案件捋了一遍，越想越感到事情的可怕。种种迹象表明，在这座刚刚解放的县城里还蛰伏着非常危险的敌人，一个很大的阴影笼罩在龙城县上空，如果不及时铲除这个阴影，将会严重威胁新生的政权。

专案组加大了对外乡人员和无业人员的排查力度。

夜深了，李剑锋和专案组的成员还在忙。专案组调来的几千份档案，占据了大半个屋子。专案组的成员在档案里足足找了两天，终于找到了两份有价值的档案。当赵雪梅把找到的两份档案交给李剑锋时，李剑锋高兴得竟重重拍了赵雪梅一下："真有你的，等破了案，我一定要请你吃饭。"

李剑锋下手过重了，赵雪梅疼得"哎呀"了一声，满脸通红地说："你不会轻点儿吗？都把我弄疼了！"

李剑锋这才回过味儿来："不好意思啊！我还以为你是……"

赵雪梅嗔怒地瞪了一眼李剑锋："以为我是块儿木头吧，又是拍又是打的，那么大的劲儿，谁能经得起你的手？"

李剑锋红着脸说："好了，好了，我下次注意就是了。"

赵雪梅扭捏着身子，坏笑道："你是请我一个人吗？那我可就牙支得高高的，等着啦！"

李剑锋笑了笑："我请咱们专案组的。"

赵雪梅看了李剑锋一眼，不满地说："你要赖，刚才还说只请我一个人呢，怎么变卦了？"接着她又凑到李剑锋的耳边，兴奋地说："还有一件事，我告诉你了，你得单独请我一顿。"

李剑锋一愣："啥事儿，还神神秘秘的？"

赵雪梅神秘地说："我听我爸说了，咱们局准备提拔你当副局长呢。"

李剑锋赶紧捂住了赵雪梅的嘴："千万别瞎说，我知道自己几斤几两，不可能有这种事儿。"

赵雪梅兴奋地说道："真的，是我爸亲口告诉我的。说请示都已经报到县委那边去了，很快就会有结果的。"停了停，她又说："现在可正是节骨眼上，你可要好好给我表现表现啊。"

赵雪梅本想以此为借口，让李剑锋主动亲近自己，没料想，李剑锋居然不买账，他冲着赵雪梅笑了笑："我给你表现表现，咋表现？"

赵雪梅冲着李剑锋一笑："对我好点呗！"

李剑锋不买账地说："你以为你是谁呀？是县委书记，还是县长呀？我可不会拍马屁，再说，即使拍马屁，也拍不到你的头上。"

"这……"赵雪梅闹了个大红脸，但她仍然不服气，"李剑锋，你欺负人！你坏，人家替你说话，你倒好，还端上架子了，真是狗咬吕洞宾！"

李剑锋道："我咋欺负人了？"

赵雪梅嘟着小嘴抢白道："得了便宜你还卖乖。"

李剑锋和赵雪梅这么一折腾，引得几个查档案的人员都停住了手里的工作，伸着脖子向这边看。

赵雪梅吐了下舌头，赶忙跑出了李剑锋的房间。

"好了，好了，先干活儿。"李剑锋重新坐好，开始认真地翻阅起档案来。

档案上这个人叫刘秋林，和侯有林是一个村的，解放前在国民党龙城县政府当秘书。他极有可能知道侯有林的下落。

"同志们，你们看我给你带什么好东西来了！"局长王树生一挑门帘走了进来。他一手拎着酒瓶子，一手托着一只烧鸡。

赵雪梅看了看王树生，顿时笑了："刚才李股长还说要请客呢，没想到您来了。"

王树生笑道："看来你们李股长是未卜先知呀。来来来，土匪要剿，特务要抓，可人是铁饭是钢呀，趁着热赶紧吃，大家别客气。"

大家听到有吃的，便一窝蜂到了过来，也顾不得谦让，毫不客气地大吃起来。

看到大家吃得津津有味的样子，王树生不住点着头。王树生十分心疼自己的手下，这段时间大家都在为破案日夜奔波，好长时间都没有回家，简直是太苦了。看到大家吃得差不多了，他把李剑锋和赵雪梅叫到了里间屋，关切地说："剑锋呀，你的伤刚好，干活儿悠着点儿。"

李剑锋呵呵一笑："放心吧，局长，我年轻，没事儿。"

"关于剿匪的事儿，我是这么想的……"李剑锋刚要说什么，看到值班的公安干部来了，赶忙止住了话语。

值班的干部和王树生耳语了几句，王树生听后顿时脸色大变："什么？怎么会出这种事？"接着，他冲李剑锋说道："有人在三区王家沟村的村干部家街门上挂手榴弹。剑锋，你收拾一下，咱们马上出发。"说着急匆匆走了。

李剑锋从桌子抽屉里拿出手枪："我这就去通知公安队。"说着也冲出了房间。

"我也去。"赵雪梅拿着帽子追了出来。

30

摩托车的灯光刺破夜空，向着王家沟的方向疾驰而去。赵雪梅坐在摩托车的后座上，紧紧抱着李剑锋的腰。

当王树生、李剑锋带着队员赶到二十里外的王家沟时，军分区的同志已经先到了。

手电光下，村干部倒在自家的门楼前，已经奄奄一息。穿着满身补丁衣服的村干部的老伴儿抱着丈夫的尸体，放声大哭。

凸凹不平的街道上围满了老乡，七嘴八舌地议论着什么。

村长老伴一把鼻涕一把泪地说："今天下午，村里来了两个'解放军'，说是来找开小差的兵。我老伴儿听说后，感觉有问题，到街上一打听才知道，他们哪是找开小差的解放军战士！他们是在找哪些被管制的国民党兵和土匪。我老伴儿要去报告，结果被他们给盯上了，用枪逼着不让出门。就这样一直熬到半夜，我老伴儿寻思着，那些兵可能走了，就想到区公所去报告。没想到呀，刚一开街门，就被炸成了这样，这些丧尽天良的东西，不得好死呀！"

老乡们见到眼前的景象，无不落泪，纷纷议论道："简直是造孽呀！这些个土匪真是没了人性。"

"这些王八羔子兔崽子，简直缺了八辈子德了，真应该把这些人全都千刀万剐了！"

"这些遭天谴的，如被抓住，非枪崩了他们不可！"

……

天已经蒙蒙亮了，李剑锋简单辨别一下方向，开始和军分区的同志一起察验现场。

王家沟是个有二十多户人家的山村，村干部的家在村子的正北方向，门楼早已经被手榴弹炸塌了。砖头瓦块和木制的门板散落在地上，上面还有很多血迹。李剑锋在现场搜寻一遍，很快找到了手榴弹的弹皮，这是国民党军队使用的手榴弹，爆炸威力非常强，难怪村长被炸成了这样。

"这些土匪走多长时间了？"李剑锋急促地问。

一个老乡指着西北的方向说："昨天晚上，那两个'解放军'带着刚招的五个人朝闫家坪方向走了。"

李剑锋问："这儿到闫家坪有多远的路？"

老乡说："二十里山路。"

李剑锋道："能上去车吗？"

老乡说："从这儿到王顺沟能走车。到那儿后，还得翻一座山，那边就走不了车了。"

李剑锋冲着王树生道："局长，要么您先在这里，我带公安队的战士去追他们。"

"行，一定要注意安全啊。"王树生叮嘱道。

赵雪梅一听急了："我也去。"

李剑锋严肃地说："你就别闹了，带你去还不够添乱呢，这是去打仗，又不是去看山景，你就待在这里。"

赵雪梅拉着王树生的衣角，央求道："局长，您和剑锋说说，让我去吧，我求求您了。"

王树生把枪递给了赵雪梅："去吧，一定要照顾好剑锋同志，他的伤刚好。"

"是。"赵雪梅给王树生敬了个礼，跑到了摩托车前，骑了上去，又一下搂住了李剑锋的腰。

李剑锋带着赵雪梅和四名战士开着两辆摩托车一溜烟走远了。

李剑锋等人来到王顺沟的山下，放好摩托车，开始沿着羊肠小道向山上走去。毕竟是刚做完手术，身体有些虚弱，刚走一会儿，李剑锋便开始出汗了，走到半山腰，已经是大汗淋漓了。赵雪梅从侧面看了李剑锋一眼，说道："要是身体吃不消，稍休息会儿再走吧。"

李剑锋看着赵雪梅，刚想说些什么，结果一走神，一脚踩空了，出溜下去老远。

战士们赶忙跑了过去，把李剑锋扶起来。

赵雪梅看到李剑锋龇牙咧嘴的样子，赶忙跑了过来，撩起他的衣服，看到鲜血已经从胸部渗了出来，便心疼地嗔怨道："瞧你，这下知道疼了吧！快躺下。"

李剑锋虽然嘴上不甘示弱，但仍顺从地躺在了赵雪梅的怀中。

赵雪梅从随身带的挎包里拿出两大卷绷带，用纱布把李剑锋的胸一圈儿一圈缠好。

李剑锋仰脸冲着赵雪梅笑道："看来你是有备而来呀。"

"下次你再不好好照顾自己，我就不管你了。"赵雪梅给李剑锋缠好了绷带，然后，满足地把头贴在了他的胸膛上。这一动作弄得李剑锋不好意思起来，他抚摸了一下赵雪梅的秀发说道："好了，快起来吧。"

赵雪梅不情愿地搀扶起李剑锋，轻声道："还记得吗，上次我也是这么救你的。"

李剑锋想了想，笑道："怎么不记得，我说过，我欠你一条命，一定会偿还你的。"

"那你准备拿什么还呢？"赵雪梅看着李剑锋问道。

"我……"李剑锋张了张嘴，没有出声。

赵雪梅的脸红了，突然轻声说："剑锋，我想让你亲我一下。"说着就要搂抱李剑锋。

李剑锋看了看旁边的战士，瞪了赵雪梅一眼："你这简直是胡闹，快松开我，这是在战场上，不是闹着玩的。"

赵雪梅懊恼地松开了李剑锋，但很快就趴在他的耳边嬉皮笑脸地说："李剑锋，我早晚会让你娶我的，你信不信？哼！"

李剑锋和赵雪梅带着四名战士来到山顶，向山下望去。透过袅袅的炊烟，早晨的闫家坪别具一番风味。这是一个只有十来户人家的小山村，隐约还传来鸡犬的叫声。

"股长,你快看。"一个战士突然向山下指去。

李剑锋举目望去,隐约看到一纵队伍正大摇大摆朝这边走来,他赶忙命令战士们隐蔽好。

工夫不大,这支穿得五花八门的队伍出现在他们的眼前。这些人有的一副老百姓模样,有的则是兵痞一样的打扮,走在最前面的上身穿件解放军服装,裤子却是老百姓穿的布裤,头发、胡子疯长着,仿佛是从土里扒出来的,怎么看也看不出半点军人的味道。

李剑锋暗自寻思,这些人究竟是什么人呢?但有一点可以肯定,就是这些人杀害了王家沟的村长。

"不许动,举起手来。"两个公安队的战士从草丛中站了起来,用枪对准了这支队伍。

"碰见真的啦,快跑呀!"

"砰——"队伍里不知是谁朝这边打了一枪,子弹从李剑锋等人的头顶上掠过。

"嗒嗒嗒"公安队战士一个点射,为首的两个匪徒应声倒地,其余的人赶忙趴在了地上。

经过清点,除了打死的两个匪徒外,还活捉了八个。

"谁是你们的头?"李剑锋厉声问道。

匪徒们四下望了望,几乎不约而同地说:"赵连长刚才还在呀,这会儿到哪儿去了呢?"

战士们在附近的山坡上搜了个遍,也没找到那个所谓的赵连长。

李剑锋感到有些意外,抓过来那两个穿解放军制服的家伙,厉声问道:"究竟是怎么回事儿?"

那两个假冒解放军的匪徒吓得早已经尿了裤子,吭哧半天才说:"昨天晚上,山外面来了两个解放军,说是在找开小差的解放军战士,可不知道怎么回事儿,就找到了我们,说是让我们去当兵,如果去,就给我们每人五个大洋,如果不去就枪毙。我有心不和他们走,谁知他们就用枪逼迫我,还说,如果不去就得死,我惹不起他们呀!今天早上,他带着我们在闫家坪又找了五个人,说好了要出山回县城的，没想到就碰见了你们。"

"你的衣服是哪儿来的？"李剑锋问。

匪徒战战兢兢地说："衣服是那个赵连长的，他让我们穿着他的衣服先走，他们断后，没想到这家伙这么鬼。"

李剑锋心里一凉，糟糕！

第十四章　谁是章鱼

31

胡玉兰站在凳子上，踮着脚尖，从顶棚的杂物中取出一部袖珍电台，然后放到桌子上，熟练地打开电源，戴上耳机。

这是一台美制的电台，体积虽然很小——只有一块儿砖那么大，但功率却十分强大。为了防止发生意外，胡玉兰就一直把它藏在租住房的顶棚里，而且从未使用过。不到万不得已，胡玉兰是不会轻易使用这部电台的。她所搜集的所有情报都是交由韩老七发送出去的，然后再由其他的电台发给张家口的老舅。但前两天老舅信中的话让她对赵克辉产生了怀疑。赵克辉此行究竟是为了什么？她想向老舅问清楚，而这件事情必须瞒着韩老七。胡玉兰调试好波段，迅速按照老舅提供的备用频段发了报，所用的密码也只有他们两个人知道。

胡玉兰发完报后，点了一支烟，静静地等了十来分钟，果真接到了老舅的电文：

　　兹委派赵赴龙城系寻找章鱼，获取平绥纵队潜伏小组的名单，你应严密监视之。另，南京前日来电，称吾辈作为党国有功之人员，将择期赶赴南京履新，请告之你母勿念。

老舅

　　胡玉兰把电文纸烧掉后，收起发报机，然后倒了一杯红酒，呷了一口，慢慢品味着，露出了得意的笑容。红酒是胡玉兰从张家口带来的，是那种进口的，这次回来，她带回来两瓶，一直珍藏着。胡玉兰喝了几口酒，感觉脸上一阵阵泛热，便放下红酒，顺手从炕上拿起编织一半的红毛衣，编织起来。这件毛衣是她特意给李剑锋编织的，目的是进一步取得李剑锋的信任，然后一步一步控制住他。

　　由于李剑锋的影子在胡玉兰的心中晃来晃去，她编织毛衣的两只手不由得慢了下来。

　　房门无声地开了。胡玉兰感觉身后有点儿动静，回头一看，身穿粗布衣服蓬头垢面的赵克辉正慢慢向她走来，手里还拎着一个大草帽，样子狼狈不堪，好像逃难的一样。

　　胡玉兰赶忙站起了身，惊奇地问道："你，你怎么找到这儿来了？是怎么进来的？"

　　赵克辉看了看桌上的红酒，毫不客气地倒了一杯，牛饮般地喝了一大口，然后慢条斯理地说："在这个世界上，还没有我进不去的地方。"赵克辉端着酒杯，在屋里踱着步子："师妹，看来你的心情不错嘛，对了，这件毛衣是给谁织的，是给我吗？"说着他歪着头，端详着胡玉兰手中的毛衣。

　　胡玉兰不屑地说了一句："你也配？"

　　赵克辉死乞白赖地仍要朝前凑："我怎么不配了，想当初我……"

　　胡玉兰瞪了赵克辉一眼，讥讽道："一边去，瞧你那点德行，你再敢说下去，看我不撕烂你的嘴。"

　　赵克辉讨了个没趣儿，悻悻地站起身，坐到了胡玉兰对面的小凳上，点了一支烟。

胡玉兰把毛衣放在炕上，继续讥讽着赵克辉："没想到堂堂的保密局少校副官到了龙城，居然落得如此狼狈。"

赵克辉露出了一丝苦笑："他妈的，多亏我多了一个心眼儿。要不是跑得快，恐怕就见不到你了。"

胡玉兰也点了一支烟，慢慢吸着："现在，你知道我在龙城的处境有多危险了吧！"

赵克辉不甘心地说："瞧着吧，我会慢慢改变这里的一切。"

胡玉兰看了看赵克辉，冷笑了两声："简直是痴人说梦，就凭你，能改变这里的一切？"

赵克辉恶狠狠地说："我要组织起那些国军的逃兵，成立别动队，天天搞爆炸，搞暗杀，让龙城县天天鸡犬不宁，让龙城的老百姓生活在恐怖之中。我就不信，共党的政府能坐得住。"

听了这话，胡玉兰心中一怔，她猛地想到了区公所里惨死的那个孩子。于是恶狠狠地看着赵克辉，说："我们的目标是共产党，可不是那些无辜的老百姓，还有那些孩子，他们是无辜的。"

赵克辉看着胡玉兰仿佛变了一个人："他们是无辜的？师妹，这才几天呀，你的立场就变了。现在龙城县的老百姓全他妈的站在共产党那边，我看都他妈的罪该万死。"

胡玉兰看了赵克辉一眼，催促道："你快走吧，这两天，公安人员天天来查户口，我这里也不安全。"

赵克辉冷笑一声："你让我到哪里去？"

胡玉兰不屑地说："回你的仁和客栈去。"

"你以为我还敢回去吗，我现在回去，就是送死。我今天晚上哪儿也不去，就住在这儿，我还要和你……"赵克辉说着一把揽住了胡玉兰的腰，摆出来一副无赖相。

胡玉兰摆脱了赵克辉，气急败坏地说："赵克辉，你蹬鼻子上脸，你再不走，我可要喊人啦！"

赵克辉又冷笑了两声："你喊呀，谅你也不敢！胡玉兰，我实话告诉你，我暴露了，哪儿也去不了了。"

胡玉兰有点不相信："不会吧，你才来龙城几天？"

赵克辉有些哀求道："玉兰，现在只有你能帮我了。昨天下午，我到王家沟和闫家坪去招募力量，被他妈的侦缉队给盯上了，幸亏我发现得及时，要不然……"

听了这话，胡玉兰不由得打了个寒战，看来龙城确实是个是非之地，得让赵克辉赶快离开这里。但怎样才能逼走赵克辉呢？唯一的办法就是求助章鱼。想到这儿，胡玉兰说道："看来得想个办法逼章鱼现身。"

赵克辉点了点头："对，这个老狐狸太狡猾了，至今不肯露面。只有他，才掌握着龙城潜伏小组的名单，张家口那边已经等不起了，咱们必须逼他现身。"

胡玉兰想起了老舅电报中的话，一旦赵克辉拿到潜伏名单，一定会逃之夭夭。想到这儿，胡玉兰也笑了："逼章鱼现身不是什么难事儿，但你要听我的，这里是龙城，不是张家口。"

赵克辉盯视着胡玉兰，无奈地摇了摇头："你说，下一步咱俩该咋办？"

胡玉兰想了想，说道："好在你没有和侦缉队直接接触，这样吧，这两天你先离开龙城县城，躲到乡下去。"

赵克辉不情愿道："那可不行，我不能离开龙城县城，我要等章鱼现身。"

"我再说一遍，这是在龙城，张家口的意思是让你配合我的工作。你先到乡下去，这些日子，龙城县的各地都在搞建设，好多地方都在招民工，你先隐藏起来，等风头过了，我会派韩老七去找你的。"胡玉兰杏目圆睁，一字一板地说道。

赵克辉刚才颐指气使的劲头顿时没了，喃喃地说："你让我去卖苦力？我不去，难道真的就没有其他办法了？"

看到赵克辉垂头丧气的样子，胡玉兰心中一阵好笑："你干得了吗？再说那些共产党对民工审查得很严，恨不得把祖宗八代都查个遍，你一口外地口音，肯定会露出破绽。"胡玉兰想了想，又说："这样吧，这段时间，你就去金鸡岭。侯有林和张二愣现在都在金鸡岭，他的土匪队伍大多数都是一些土包子，一盘散沙，根本就不会打仗，你到那儿以后，可以帮助调教一下他们，将来好为党国进攻做准备。"

赵克辉的眼睛顿时一亮，进而高兴地鼓起了掌："这个主意不错，就这么办，我马上走。"说着，他趁胡玉兰没防备，蜻蜓点水地亲吻了她一下，然后拎起那半瓶红酒悄然离开了。

32

夜深了，在庆和饭馆的雅间内，商人打扮的赵克辉和韩老七，正在喝酒。赵克辉虽然表面答应胡玉兰离开龙城，但丝毫没有要走的意思，从胡玉兰那里出来后，他很快就来到了县城南关庆云杂货行的韩老七的住处待了足足一天。第二天傍晚，两个人来到庆和饭馆喝酒。

在保密局时，赵克辉就经常和韩老七喝酒聊天，但自打韩老七跟着胡玉兰到龙城后，两个人就一直没有联系。赵克辉猜想，胡玉兰和韩老七到龙城这两个月，一定已经和章鱼接上了头，只不过胡玉兰瞧不起自己，才故意和他卖关子，推说还没有接头的。可当他仔细问过韩老七这两个月的具体行踪后，顿时泄了气。赵克辉端起酒杯，一筹莫展地看着韩老七："老七，还记得吗，你离开张家口的时候，我怎么跟你说的？"

韩老七苦笑了一下："咋会不记得呢，你让我监视胡玉兰的一举一动，有情况随时向你报告。可是，你也知道，胡玉兰做什么事情都独来独往，不让我参与。再说，她是李站长的外甥女，到龙城这几个月来，她不让我随意活动呀，您说，她的话我敢不听吗？"

赵克辉把杯中的酒喝掉，叹了口气："真没想到，我的小师妹竟然会这样。"停了停，又说："刚才你说，她最近和公安局的那个股长打得火热？"

韩老七不知道赵克辉这句话的真正含义，不置可否地说道："可不是嘛！胡玉兰和那个李股长确实搞得火热，两个人好像在搞对象，我想，莫不是她在给自己找后路？"

赵克辉摇了摇头："不会的，小师妹虽然对我看不惯，但她的手上也沾满了共产党的血，她想投奔共产党，共产党能饶得过她吗？"

韩老七不解地看着赵克辉："那我们下一步该怎么办？"

赵克辉想了想说："刚才你兑，胡玉兰和哪个女孩走得比较近？"

　　韩老七说："那个女孩叫谢丹，是龙城县民为天粮油店老板谢长发的宝贝女儿，和胡玉兰在一起工作。"

　　赵克辉点了点头："有了。老七，你有所不知，这两天站里变化很大，李宝库那个老狐狸也没几天蹦跶了。"

　　韩老七问道："这是咋回事儿？"

　　赵克辉皮笑肉不笑地说："南京正在为北平的局面做最坏的打算，准备对张家口站进行改组，这个李宝库很快就完蛋了。老七呀，在这个时候，你可要站稳立场，头脑得保持清醒呀！"

　　韩老七看了看赵克辉，忽然笑了："赵组长，你说咋办我就咋办。"

　　赵克辉一拍巴掌："好，现在咱们最主要的目的就是要抢先把平绥纵队的潜伏名单搞到手。"

　　韩老七皱了皱眉头："这个事儿不太好办呀，胡玉兰对名单守口如瓶，章鱼又不肯露面，这两天我也在上火呢。"

　　赵克辉深深吸了一口烟，问道："老七，你给我说实话，你估计，这个章鱼能隐藏在哪里？"

　　韩老七想了想说："我和胡玉兰跟章鱼接头都是在那个龙王庙。我也到那里侦察过几次，没有任何特别的发现。但从章鱼说话的口气看，他很有可能潜伏在龙城县政府的内部。"

　　正在这时，木林森一挑门帘儿，走了进来，笑嘻嘻地说道："可算把他们打发走了，这些个土包子真难缠！赵组长，让你们久等了。"

　　赵克辉看了看木林森，笑道："红鲤鱼，你坐下，我问你一个问题，你可要如实回答。"

　　木林森战战兢兢地坐在了一旁的凳子上："赵组长，您说。"

　　赵克辉审视着木林森，慢慢说道："根据你的经验看，这个章鱼会是谁？"

　　木林森想了想，奸笑道："赵组长，这几天我也一直在琢磨这件事。我想，这个章鱼很有可能是那个死了的县长张玉山吧。"

　　赵克辉问："有什么根据？"

　　木林森笑道："您看，张玉山，章鱼，两个人就缺少一个字。"

　　赵克辉先是点了点头，紧接着一拍桌子："张玉山早他妈的就死了，红鲤鱼，难道你想拿个死人蒙我，看来你是活腻歪了。"赵克辉说着掏出手枪，对准了木林森。

"赵组长饶命，张玉山确实还活着。"木林森的汗立刻下来了。

赵克辉收起手枪："那你说说看。"

木林森擦了擦脸上的汗，慢慢说道："张玉山确实还活着，他在北原县贩卖木头呢。"

赵克辉思考了一会儿，迅速做出判断，如果张玉山是章鱼的话，那么他在龙城县城肯定还有替身，因为在张家口站，一次他和机要员玉梅一起吃饭的时候，玉梅提起过，章鱼所有的电报发自于龙城县城。想到这儿，他来到了木林森密室，调好频率，用他的电台给玉梅发了一次电报，谎称自己有急事要见章鱼，并约好了见面地点。

玉梅很快回了电报。看着一组组数字，赵克辉顿时得意地大笑起来。

转眼中秋到了，尽管胡玉兰几次联系，但章鱼依旧没有露面。于是胡玉兰便把精力放到了情报的搜集上。她每天晚上进行家访，搜集着各方面的情报，然后源源不断地把这些情报发给保密局张家口站。

傍晚时分，胡玉兰来到公安局大门口，传达室的人员联系了半天，李剑锋才从里面出来。

由于连日的忙碌，李剑锋清瘦了许多，胡子也没来得及刮，显得很是憔悴。李剑锋把胡玉兰带到了一间办公室，说："你先稍等会儿，我还有点儿事情要处理。"说完急匆匆地走了。

赵雪梅走了进来，给胡玉兰倒了一杯水，问道："怎么最近不忙啦？"

胡玉兰摆出一副羞答答的样子："学校要放假了，这两天有点儿时间，想找你们坐坐。剑锋这些日子忙啥呢，我来了好几趟，看门的都说他不在。"

赵雪梅半开玩笑地说："剑锋也真是的，放着这么好的姑娘不理人家，去山里搞啥土改？"

胡玉兰喃喃低语道："我只是关心他的身体，他的伤还没有好利索呢。"

赵雪梅听了这话，有些不高兴了，胡玉兰这不是在公开和自己抢李剑锋吗！赵雪梅的性格虽然耿直，说话也是心直口快，但自打到公安局工作以后，考虑问题也开始多了一个心眼。赵雪梅想，和胡玉兰的关系还是不闹僵为好，只能心里较劲，于是，两个人便不再多说话了。

直到天黑了，李剑锋才忙完工作，他高兴地说道："走吧，我陪两位到外面吃点儿饭去。"然后换上便衣，带着胡玉兰和赵雪梅来到了庆和饭馆。

三人坐定，点好菜。李剑锋要了一瓶酒，每人倒了一点，然后端起："来，我敬二位一杯。"

赵雪梅冲着李剑锋挤了挤眼，笑道："李大股长，你看你多有福呀，两个漂亮妹子陪着你，这酒总得有个说辞呀！"

李剑锋想了半天，才吭哧道："祝你们俩永远健康、美丽。"

赵雪梅笑道："你这么说可不行，说得没有重点，得说得具体点，是祝福我，还是祝福玉兰。"

胡玉兰帮腔道："是呀，你得有个重点呀，不能一枪打俩鸟。"

半响，李剑锋才红着脸说："行，我先祝福胡老师，玉兰，祝你永远年轻、美丽。"说着把酒干了。

胡玉兰腼腆地慢慢把酒喝干净。

李剑锋再次把酒满上，站起身来笑道："雪梅，你是最了解我的人，我也祝你永远美丽、年轻。"

听了李剑锋翻来覆去的话，赵雪梅几乎要笑喷了："你说得这不是车轱辘话吗？不行，得说点新鲜的。"

胡玉兰也笑得眼泪都快出来了。

李剑锋吭哧了半天："这个，那就祝雪梅找一个如意郎君。"

听了这话，赵雪梅的眼泪快下来了。她暗自想到，这话是啥意思？是对自己有意思，还是在拒绝自己呢？如果真是那样，莫不成自己真是剃头挑子一头热？想到这儿，赵雪梅狠狠剜了李剑锋一眼，坐下默默把酒喝掉了。

正在这时，木林森端着一道菜进来了："几位，回锅肉来了。"当他的眼睛看到胡玉兰时，不由得哆嗦了一下，装满菜的盘子险些掉在地上，但他很快就恢复了常态，把菜放好后，一挑门帘出去了。

好险。胡玉兰也吓了一跳，她猫眼向李剑锋看去，好在李剑锋的目光正在看别处，于是她端起酒杯，冲着赵雪梅笑了笑，说道："赵姐，来，我敬你一杯。"

赵雪梅站起了身，笑了笑："好哇，来，玉兰，我也祝你尽快找一个如意郎君。"说完首先把杯中的酒喝净了。接着又给自己满上："剑锋、玉兰，你俩喝呀，好事成双。今天咱们喝个够。"

李剑锋感觉赵雪梅今天有点异常，赶忙拦住了她："雪梅，咱们慢慢喝，慢慢喝。"

不料，赵雪梅又把杯中的酒喝完了，拿起酒瓶晃了晃，还嚷嚷着要再来一瓶酒。

李剑锋感觉到了赵雪梅的反常，他一下子夺下了赵雪梅的酒杯："你今天这是怎么了，再喝就醉了！"

赵雪梅的眼泪终于下来了"我就是要喝嘛！我还想喝。"说着趴在桌子上抽泣起来。

李剑锋看了看胡玉兰，又看了看仍在抽泣中的赵雪梅，半晌才说："雪梅，咱们就别瞎掰扯了，回去吧。"

赵雪梅依旧伏在桌子上，大声嚷嚷道："我不回去，我想喝酒，想喝酒！我不回去。老板，再来一瓶。"

李剑锋对着胡玉兰使了个眼色："来，玉兰，快搭把手，快帮我把雪梅搀回去。"

胡玉兰顿时心领神会了，但嘴里却说："李股长，赵姐她可能有心事，不高兴，你千万别往心里去。"

李剑锋说："她能有什么心事，平时娇生惯养的，心里受不了半点委屈。你等等，我去结账。"

"剑锋，你看着赵姐吧，我去结账。"胡玉兰说着率先冲出了房间，来到柜台前。

木林森正笑眯眯地看着屋里的一切，见到胡玉兰后，赶忙收回了目光："今天这顿饭算我请了，几位不用结账。"

胡玉兰掏出两张钞票递了过去："那哪儿成呢？"

木林森把钞票装进衣兜，又从钱匣里拿出了几张零钱，塞到胡玉兰手里："这是找您的零钱。"

胡玉兰感到木林森的手在用力地捏自己的手心，心里一下子明白了。她本能地把纸条装进了衣兜，然后回到里间屋，同李剑锋一起搀扶起赵雪梅走出了饭馆。

33

在谢丹的带领下，胡玉兰又一次来到了民为天粮油店。当她来到粮油店的后门，看到外面正停着一辆胶轮大车，几个伙计正在卸车。

胡玉兰把民为天粮油店的情况向李宝库汇报后，李宝库居然做出一个让胡玉兰都感到惊讶的决定：烧掉民为天粮油店，让龙城县城陷入恐慌之中。

胡玉兰想和李宝库解释，不料，李宝库这次竟然发火了，电文中只有四个字——"必须执行"。

当胡玉兰在谢丹的带领下，绕过那些买粮的人群，穿过粮油店的门店，来到里院时，不禁被眼前的一切惊呆了。粮油店的后院是几个大大小小的仓库，里面分别堆放着米面粮油，足有近万斤。一想到这上万斤的粮油将被毁掉，胡玉兰有点于心不忍，但她又不敢违抗李宝库的命令。她找了个借口，准备进入仓库进行侦察。

正在这时，谢长发跑了过来："丹儿，胡老师，你们俩怎么到仓库来了？"

谢丹呵呵笑道："我们咋不能来呢？"

谢长发指了指仓库，说："这是男人待的地方，太脏了，你们俩快到屋里去吧。"

此时，胡玉兰正搬起一袋粮食，准备往伙计的肩头上放，看到谢长发后，吁吁带喘地说："没事儿的，我们俩今天休息，过来帮帮忙。"

谢长发顿时笑道："你们俩的心意我领了，走走走，我带你们俩到屋里去坐着。"说着拉起两个女孩子的手，走出了门店。

几个人刚走出粮油店，胡玉兰一下看到了张班长正朝这边走来，便向谢丹努努嘴："谢丹你看，谁来了？"

谢丹看到张班长后，立刻跑了过去。

胡玉兰一看自己的目的达到了，找了个借口走了。但她没有想到，在不远处，有一个乞丐打扮的人正在注视着她和谢丹的一举一动。此人正是赵克辉。

李剑锋又一次来到了庆和饭馆，木林森仍旧是笑眯眯的样子。他趴在李剑锋的耳边说："李股长，我经过多方的努力，终于搜集到了一个重要情报。"

李剑锋问："啥情报？"

木林森小心翼翼地说："咱县最近一个时期发生的案件，确实是和一个组织有关。"

李剑锋盯视着木林森："啥组织？"

木林森神秘地说："你还记得解放前咱县县长张玉山吗？"

"当然记得呀。"李剑锋的脑海里立刻出现了一个奸诈狡猾的家伙。这个张玉山在龙城县当了三年县长，党政期间他指挥着还乡团杀了不少革命干部，县委想除掉他，可是一直没有机会。解放龙城的时候，解放军攻城，说是他被打死了，可一直没有找到他的尸体，也有的人说他逃跑了。总而言之是，活不见人，死不见尸。

木林森见李剑锋上钩了，继续道："张玉山还活着。"

"什么，张玉山还活着？我说呢，原来是这个作恶多端的特务。你说的这个组织是什么组织？"

木林森趴在李剑锋的耳旁说："平绥纵队。"

"平绥纵队？"李剑锋看着木林森，满腹狐疑地问道。

木林森神秘地说："正是。张玉山正是这个组织的负责人之一，他的代号叫章鱼。"

李剑锋暗自琢磨到，平绥纵队、章鱼、张玉山这三者之间有着什么样的联系呢？想到这儿，他问："你现在有什么证据证明张玉山还活着？"

木林森笑了笑："据我的情报员反映，张玉山确实经常来龙城，龙城发生的一切都和他有关系。"

听了这话，李剑锋的眉头顿时拧成了一个大疙瘩："能说得具体一点吗？"

木林森道："前些日子，我的一个情报员到北原县去搜集情报，在北原县城的集市上见过他，张玉山现在的身份是倒卖木头的商人，据说买卖做得还挺大的。他经常返回龙城，和咱县的土匪联系。"

听了这话，李剑锋心中不禁一震。在龙城解放前，李剑锋曾经和张玉山打过交道，此人奸险狡诈，当时自己曾经几次设计去诱捕他，都让他逃跑了。如果真是这个张玉山在指挥着龙城的敌特，龙城县将会面临着更大的危险。

木林森见说中了要害，立刻来了情绪，开始口若悬河地说起了自己对这件事情如何如何辛苦，才收到如此重要的情报。

李剑锋看了一眼木林森："行啦，别卖你的辛苦了，你那点儿事我还不知道吗？政府是在给你一个将功补过的机会，你可要珍惜这个机会，千万别错看了形势。"

木林森的脸立刻红了，他为难地说："李股长，您也知道，为了这个情报，我可是费尽了周折呀。"

李剑锋想了想："我会把你的情况向领导汇报的，这段时间，你要密切关注这个人的动向，有什么情况，及时向我报告。"

木林森笑道："请李股长放心好了，我知道自己该怎么办，一定不会让您失望的。"

这是一条极其重要的线索。李剑锋火速回到了公安局，刚刚进门，就看到面色憔悴的赵雪梅正在大门口等着他。昨天晚上赵雪梅喝醉之后，李剑锋和胡玉兰把她搀回宿舍。赵雪梅呕吐了半夜，几乎快把苦胆吐出来了。今天早上还是李剑锋给她弄的早点。当赵雪梅见到李剑锋后，不好意思地说："剑锋，昨天都怪我不好，让你见笑了。"

李剑锋笑道："好了，以后别胡思乱想了。"

赵雪梅突然一下子抱住了李剑锋的腰："人家怕你不理我嘛！这事儿不怪我，要怪就怪那个胡玉兰，谁让她跟我抢你呢？"

李剑锋的脸顿时红了，扭身戳着赵雪梅的鼻子笑道："赵雪梅，你害臊不害臊呀！谁跟你抢人了，原来你就这点儿心眼儿呀！"

赵雪梅把李剑锋拥抱得更紧了："你是我的，谁也抢不走。"

李剑锋推开了赵雪梅："行啦，现在是上班时间，注意点影响，咱俩搂搂抱抱的，让领导看见了，还不收拾咱俩。说，找我有啥事儿？"

赵雪梅立刻笑了："王局长正在到处找你。"

李剑锋道："啥事？"

赵雪梅焦急地说："军分区和公安处的首长来了，说是有重要情况要通报，县委的吴书记也来了。"

李剑锋道："我知道了。"说着他紧跑几步，来到了会议室。

在龙城县公安局的会议室里，专案组正在召开会议，参加会议的不仅有专案组的成员，还有县委书记吴自成、军分区以及地区公安处的领导，从大家的表情看，形势非常严峻。

公安处的张处长正在讲话："……根据省厅刑讯处和军分区提供的情报来看，这个组织最大的特务头子张玉山极有可能就在龙城的周边。他们还配备着电台，而且还不止一台，最近发报比较频繁，为此军分区已经调过来一部电讯测向车，配合你们行动。这位就是军区电讯处的刘科长。"

刘科长站起身，向大家敬了一个礼："请首长放心，我们一定配合公安同志，迅速破案。"

王树生激动地说："龙城解放都两个多月了，这两个多月来，发生了这么多案件，不能不让我们深思呀。龙城是解放了，老百姓反而感觉更不安全了，老百姓都在骂我们呢。根本原医，就是我们防不胜防，没有真正打在敌人的痛处。所以我们必须迅速破获这个敌特案件，保卫我们来之不易的胜利果实。下面让我们局的李股长汇报一下近期的情况。"

李剑锋便把从木林森那里得到的情况向大家做了汇报。

听了李剑锋的汇报，在座的七嘴八舌议论起来："这个平绥纵队的潜伏小组究竟有多少人，究竟属于国民党的哪个系统，具体任务是什么？现在都是一个谜呀！"

吴自成也感到一筹莫展："是呀，这些潜伏人员一旦行动起来，突然对我们发动袭击，那我们就相当被动了。同志们，根据综合情况判断，敌人确实成立了一个针对我们的潜伏组织。虽然我们暂时还不知道敌人具体的潜伏人员名单和他们的潜伏计划，但是有一点是可以肯定的，就是这个平绥纵队是冲着我们的新政权而来的，所以我们龙城县公安局的全体人员一定要齐心协力，粉碎敌人的阴谋。"

公安处的张处长站了起来："李股长提供的情报更证实了省厅的判断。另外，我们刚刚接到了省委的指示：龙城地处京畿，距离北平也就二百多里，战略地位非常重要。这个平绥纵队很可能与北平的傅作义集团有着某种联系，目前，省委也在加紧与北平的同志联系，看能否从中发现线索。我们眼下可以分两步走，一方面加强外线侦查，努力发现敌特组织活动的线索，我就不信，章鱼会隐藏得那么深；另一方面，我们要开动脑筋，从现有的线索中发现平绥纵队的蛛丝马迹，军分区电讯处的同志要注意发现敌人的电台。至于前两天龙城县出现的那个赵连长，我们咨询过部队的有关部门，根本就没有这个人，一定是敌人假冒的。"

第十五章　诈尸还魂

34

果然不出李剑锋所料。专案组对刘秋林的排查工作取得了重大进展。

刘秋林原来是张玉山的秘书，也是他手下的红人，虽说刘秋林平时在龙城县政府只是个跑龙套敲边鼓的，但是他长得一表人才，见人说人话，见鬼打鬼腔，油头粉面，八面玲珑，在龙城县也算得上是呼风唤雨的人物。龙城县解放后，刘秋林因为没有血债，被抓住以后，只在培训班训练了两个月，就被遣返回村里接受管制。据村干部反映，这个刘秋林被放回村里以后，很不老实，平常什么活儿都不干不说，一天到晚鬼话连篇，还经常发表一些反动落后的言论，动辄便吹嘘自己在解放前跟着县长张玉山如何风光，如何吃香的，喝辣的，睡女人什么的。此人还有一个坏毛病，就是抽大烟。

刘秋林住的山底下村，距离县城六十里。李剑锋和赵雪梅等人马不停蹄地赶到了山底下村，当得知刘秋林正在家的消息后，立即在村干部的带领下，来到刘秋林家简陋的小院。

　　刘秋林家在村子的东头。院墙是用干树杈扎的篱笆，连街门都没有，看样子已年久失修，有的树枝都已经腐朽了，上面布满了大大小小的窟窿。两间土房，而且年久失修，房顶长满了蒿草，破旧的窗户纸也不是很完整，大窟窿小眼睛的，还没走进屋，就闻到一种难闻的恶臭味儿。

　　屋门虚掩着，李剑锋和赵雪梅相互使了个眼色，两人同时掏出手枪，推弹上膛。李剑锋一步跨进了房间。

　　此时瘦骨嶙峋、蓬头垢面的刘秋林正歪在炕上抱着大烟枪喷云吐雾。当见到端着枪的李剑锋后，先是一惊，随后扔下了大烟枪，连鞋也顾不上穿，打开窗子就往外跳。没想到脚刚落地，就看见赵雪梅正端着枪对着自己，刘秋林顿时傻了眼。

　　"刘秋林，你要朝哪儿跑？"赵雪梅麻利地给刘秋林戴上了手铐，把他押进了屋里。

　　刘秋林两手抱着头蹲在地上，两只眼睛四下乱瞅着："政府呀，该交代的我全交代了呀！自打从县里的培训班回来，我可是认真接受改造，什么错事儿都没敢做呀！"

　　李剑锋呵斥道："你做的错事儿还少吗？我问你，回村后，你都做了些什么？别以为我们什么都不知道！"

　　刘秋林眨了眨眼睛："我没做啥呀。"

　　李剑锋道："整天和落后分子混在一起，造谣生事，对土改发表不满言论，就冲这一点，就可以把你抓起来，治你的罪。"

　　刘秋林一把鼻涕一把泪地说："政府，我错了，你们饶了我吧，下次我再也不敢了。"说着他不断地给李剑锋作揖。

　　看着刘秋林的滑稽相，赵雪梅感觉有点好笑。但当她看到李剑锋一脸严肃的时候，很快紧绷起了脸。

　　李剑锋问："刘秋林，你今天跑个啥？"

　　蹲在地上的刘秋林结巴着说："我实在忍不住了，刚抽两口，就被你们看到了，我怕你们来抓我再去集训，所以才……"

　　李剑锋冷笑了两声："谅你也不敢。我们今天来，不是为了你抽大烟的事，是为了另外一个人，你要如实交代。"李剑锋说着拿出了一张照片："你认识这个人吗？"

刘秋林双手接过照片一看，照片上的自己正和张玉山肩并肩站在一起，两个人都笑容可掬。他顿时吓得魂飞天外，结结巴巴地说："我和张玉山真的没有一点关系呀。"

赵雪梅推搡了一下刘秋林："难道这张照片是假的？"

刘秋林的汗顿时下来了，说话也没了底气："照片是真的。"

李剑锋看了看照片，又看了看刘秋林，问道："刘秋林，你和张玉山一块儿待了多长时间？"

刘秋林有些摸不着头脑，他眼珠一转，继续哀求道："两年半。政府，在培训班的时候，我该交代的全交代了呀！"

赵雪梅厉声道：'没有确凿的证据，我们是不会找上门来的。刘秋林，你别背着牛头不认赃啊，老实交代！"

刘秋林紧皱着眉头，一脸苦相："我真的没什么可说的了，该说的全说了呀。"

李剑锋盯视着刘秋林，一字一板地问道："刘秋林，张玉山到底是怎么死的？"

听了这话，刘秋林的眉头跳了一下："解放龙城的时候，被贵军打死的呀，好多人都看到了。"

刘秋林细微的表情变化没能逃得过李剑锋的眼睛，他紧逼道："张玉山死的时候，你在现场吗？"

"在，他就死在我的面前。两个月前，贵军在解放龙城县城的时候，张玉山带着我们几个正指挥着国军，不，正指挥着国民党兵在北城上守城。解放军的一发炮弹落在我们附近爆炸了，张玉山当时就被炸死了。死得很惨，连尸首都不全，当时炸死了好几个人呢，要不是我跑得快，也被炸死了。"刘秋林说着装出了一副可怜相。

李剑锋问："张玉山死的时候穿的是什么衣服？"

刘秋林先是冲着李剑锋一阵傻笑，又假惺惺地说："他穿的是国民党上校军服呀，那还有假？当时好多人都看到了呀。"

李剑锋一拍桌子："都到这个份上了，你还给我装傻充愣，看来你真的不想说实话了。"

刘秋林擦着脑门上的汗，又结结巴巴地说："我……我……"

　　李剑锋继续道："张玉山根本就没有死，那天炸死的只是张玉山的替身，真正的张玉山早在龙城解放的前一天晚上就已经出了县城。"

　　刘秋林一听，顿时吓得面如土色，一下跪在了地上，不住地磕着头："我该死，我该死。我坦白，我交代。千万别杀我。"

　　李剑锋将手枪一下顶住了刘秋林的脑门儿厉声喝道："刘秋林，你必须如实交代，再敢说瞎话，我让你吃不了兜着走。"

　　赵雪梅也厉声道："看你表面上老实巴交的、人模狗样的，没想到你满肚子都是坏水儿呀，不讲实话，我现在就一枪毙了你，你信不？"

　　刘秋林吓得一哆嗦："我交代，我交代。龙城解放的头一天晚上，张玉山把我叫到他的办公室，当时他正在收拾东西，办公桌上还有一套老百姓的衣服，看样子是想跑。他见到我后，苦笑着问我：'龙城守不住了，你打算咋办？'我说：'我听您的。'张玉山当时想了想，给我拿出了好多现大洋，说：'你跟了我这么多年，我也没啥值钱的东西，现在龙城眼看就守不住了，这些东西都是你的。'我当时就问：'张县长，您打算今后咋办？'他突然掏出了手枪，说：'我想为党国尽忠。'我就说：'好死不如赖活着，您为党国尽忠，那蒋总裁也不知道呀，还不如找个地儿眯起来呢。'在我的再三解劝下，张玉山才收起了枪，对我说：'这样吧，我先找个地儿藏起来，看看形势再说，如果今后能有翻身之日，我一定找你，你还跟着我，敢不？'我当时也哭了，说：'今后您有用得着我的地方，我一定随叫随到。'然后他就跟我商量，怎么逃才不被发现，他就给我出了这个诈死埋名的主意。"

　　"张玉山现在在什么地方？"李剑锋厉声问道。

　　"政府，我真的不知道呀。我只听说，他经常在张家口一带贩运木头，具体住在哪里，我也不知道。"

　　李剑锋追问道："你们最近有联系吗？"

　　赵雪梅拍了拍刘秋林的肩膀道："放聪明点，刘秋林，你敢要滑头，有你好果子吃。"

　　刘秋林擦着满头大汗，战战兢兢地说："龙城解放后，我们就再没联系过，不过前些日子，他托人给我带来口信儿，说要成立什么纵队，让我在家等信儿。"

　　李剑锋继续追问道："这是什么时候的事儿？"

刘秋林想了想："好像有一个月了，对，是一个月了。"

李剑锋又问道："带信儿的人叫啥？"

刘秋林一哆嗦："我……我不敢说。"

李剑锋一拍桌子："说。"

"是侯有林。"说完这话，刘秋林低下了头。

听了这话，李剑锋顿时明白了一切，他和赵雪梅把刘秋林押上车，返回了县城。

回到县局，李剑锋把刘秋林的情况向专案组作了汇报。但张家口尚未解放，对张玉山的侦查只能暂时放下．李剑锋把全部精力转移到侯有林和那个赵连长的调查上。

几经侦查，公安队终于在龙城县和北原县交界的金鸡岭发现了土匪的踪迹。军分区和公安处立刻组织部队和龙城县以及北原县的县大队进行清剿。经过一个月的清缴，除了侯有林、张二愣和赵特派员三人漏网外，其余二十几个土匪全部被消灭。

"没想到，又让侯有林这个老狐狸跑了。"听到这个消息，李剑锋气得直拍桌子。

经过对匪徒的审查，证实：侯有林越狱案、训练班的纵火案都是金鸡岭的土匪头子张二愣带人干的，但是每次都是一个叫六爷的人送的信，口音好像不是龙城人。

这个六爷究竟会是谁？这个赵特派员会不会就是那个赵连长呢？李剑锋连续审问了几个土匪，也没审出一个结果。

李剑锋离开审讯室，走出了看守所。他看着远处的山峦，长长出了口气，李剑锋在院子里一边活动着自己的胳膊，一边盘算着下一步的工作。

忽然，李剑锋看到赵雪梅正在院子里擦拭着摩托车，便好奇地走了过去，笑道："雪梅，你又不会开这玩意儿，擦它干什么？"

赵雪梅擦好了摩托车，竟然骑了上去，还试着扭动了几下车把，回头冲着李剑锋笑了笑："我不会开，有人会开呀。剑锋，土匪的案子审的怎么样了，侯有林有下落了吗？"

李剑锋摇了摇头:"唉,这个侯有林,简直比泥鳅还滑,我审了好几个土匪,也没问出一点线索来。"

"剑锋,局长不是说了吗,干活儿悠着点。这抓特务也不是一天两天的事儿,走,你带我出去兜兜风,顺便教我开这摩托车。咋样?"说着,她歪着头看着李剑锋。

李剑锋看了看太阳:"我看还是算了吧,要出去兜风你自己去,我还有事儿呢。"

赵雪梅跳下摩托车,拉着李剑锋的胳膊,有点心疼地央求着:"走吧,我陪你出去散散心,看把你愁的。"

李剑锋瞪了一眼赵雪梅:"别拉拉扯扯的,这是在单位,成什么样了,让人家看见笑话。"

赵雪梅一看有门,嬉笑道:"谁爱笑话谁笑话去,反正我不怕,身正不怕影子斜。"

李剑锋看了一眼摩托车:"咱们的油有限,要出去还是骑自行车吧。省得人家说闲话。"

赵雪梅爽快地说:"那也行。"

35

已经是深秋时节,玉米地早已被收割完毕,田埂上仍有几朵小花在悠闲自得地开着。

李剑锋和赵雪梅走在田间小路上。两人谁都不说话,各自想着自己的心事。

李剑锋的心思依旧在敌特身上。最近的剿匪行动虽然取得了进展,但是侯有林和那个赵连长却逃跑了。那个侯有林十分狡猾,很难对付,而那个赵特派员极有可能是国民党军统派来的,更是难对付,如果真是这两个人狼狈为奸,还不知道他们下一步将会进行怎样的破坏活动呢,必须早点破案,要不然龙城县将会鸡犬不宁。想到这儿,李剑锋点了一支烟,慢慢地吸着,双眉不由得又皱在了一起。

　　赵雪梅则不然，她在琢磨着李剑锋对自己的感情。上次在庆和饭馆她借酒和李剑锋大吵大闹，完全是捍卫自己的爱情。赵雪梅虽然在表面上大大咧咧可却有着丰富的内心世界。特别是在对待与李剑锋的爱情上，也是动了一番脑筋的。在她看来，李剑锋才是自己的理想爱人。用父母的话讲，两个人在一个单位工作，往后遇见事儿彼此也有个照应，是打着灯笼难找的好事儿。尽管自己几次向他暗示，可李剑锋却没有明确表态，这让她十分不安。她担心李剑锋经不住胡玉兰的诱惑，会离自己而去。这次赵雪梅把李剑锋约出来，就是想逼他表态，把两个人的关系确定下来。

　　赵雪梅看了一眼李剑锋，见他仍旧沉浸在思考之中，好像旁若无人。为了吸引李剑锋的注意，赵雪梅故意把盘在脑后的长发散开，还有意识地向上伸了伸胳膊。长发很快被秋风吹开，漫散在她脸庞，在落日的余晖下煞是好看。赵雪梅又从路边掐了一朵盛开的菊花，插在了头发上，然后用肩头碰了一下李剑锋："哎，剑锋，我知道你这个人很要强，从来不服输。可这个案子太大了，一时半会儿也不会有结果的，别整天愁眉不展的了。咱们是出来放松的，高兴点。我这样好看吗？"赵雪梅说着冲着李剑锋挤了挤眼。

　　李剑锋从沉思中醒悟过来，漫不经心地看了一眼，说道："你看你，哪还有一点儿公安干部的形象？还戴了一朵花，你就臭美吧！"

　　赵雪梅噘起了小嘴，嘟囔着："啥叫臭美？谁说咱们公安干部就不许打扮了，赶明儿我还涂胭脂抹粉呢！"停了停，她见李剑锋不说话，又用手捅了捅李剑锋："哎，跟你说件事。"

　　李剑锋转过头来，看着赵雪梅问道："啥事儿？"

　　赵雪梅悄声说："我爸想见见你，和你谈谈。"

　　李剑锋顿时醒悟过来："哦，他和我谈啥？"

　　赵雪梅猜想，李剑锋肯定是故意在装傻，便用手指着李剑锋的脑袋，没好气儿地说："你就装吧。"

　　李剑锋笑了笑："我有什么可装的，你爸是县长，我一个普通的公安干部，没什么好谈的。"

　　赵雪梅一想，干脆把这件事情向李剑锋挑明了，看他还能装到什么时候。于是便愠怒道："你个榆木疙瘩脑袋啊，是脑袋进水啦，还是脑袋被驴踢了？我爸要问一下，你对咱俩的事儿的态度，给一个痛快话，行，还是不行？"

李剑锋看了一眼赵雪梅，有些不高兴地说："咱俩能有啥事儿，不是好好的吗？再说了，这都啥时候了，特务还没有抓到，我哪有闲工夫搞对象。我就纳闷了，你爸爸是个县长，怎么能鼓励你这样做呢？"

赵雪梅一听顿时急了，冲着李剑锋嚷道："好哇李剑锋，我都这样了，你还跟我打官腔了，还埋怨起我爸来了。你说我可以，但是不许你这样说我爸爸。你再说，我就和你急。"

李剑锋说完这话后，也知道自己言多语失，赶忙纠正道："实在不好意思，我说错了，请你理解。"

"李剑锋，既然你把话都说到这个份上了，让我怎么理解你？我就纳闷了，你李剑锋有什么了不起的，不就是抓住一个侯有林当了英雄吗？我老爸看你是个人才，还想提拔你，结果你把人家的一片好心当成驴肝肺了。"赵雪梅的话一句紧似一句，气得胸脯一鼓一鼓的。

见赵雪梅真的生了气，李剑锋顿时也软了，轻轻揽住赵雪梅的腰，央求道："好啦，好啦，雪梅，以后我再也不这么说了，行吧！"

赵雪梅挣脱了李剑锋，气急败坏地说："不行，你得起誓，从今往后，你不能再乱说我爸的坏话了，一句也不行，你得对得起我，要不然我不理你了，永远都不理你。"

李剑锋顿时笑了，他举起了手，准备发誓："我李剑锋起誓，今后再也不说赵县长的坏话了。"

赵雪梅这才破涕为笑。良久，她仰着脸，一本正经地说："剑锋，有一件事情，你帮我参谋一下，好吗？"

李剑锋笑道："啥事儿，你说说看？"

赵雪梅眼珠一转，说道："我认识一个小偷，明知道他偷了人家的东西，但每天还在为他担惊受怕的，你说我该咋办呢？"

李剑锋停了下来，认真地说："那就是你有问题了，你怎么和小偷混到了一起呢？"

赵雪梅笑了笑："我也不想和他混在一起，可是我心不由己呀！"

李剑锋道："这可是一个原则问题啊，我劝你还是认真考虑考虑，一失足成千古恨呀！"

赵雪梅突然用手戳着李剑锋的脑门，俏皮地大笑了起来："我说的这个小偷就是你，是你偷走了我的心，我还蒙在鼓里。"她说着，两只手在李剑锋的身上使劲儿地捶着，眼泪也一下子下来了。

李剑锋的情绪也被赵雪梅强烈感染起来，一下子紧紧抱住了她，和她亲吻起来。

他们就这样紧紧地相拥着，感受着彼此的心跳。良久，赵雪梅说："剑锋，你能告诉我一句实话吗？"

李剑锋一愣："你说。"

赵雪梅低着头问道："你觉得胡玉兰这个人咋样？你说实话。"

"挺好的呀！"李剑锋不紧不慢地说着。

"那你告诉我，她好在哪儿？你是不是要和她好了，不要我了？"赵雪梅终于说出了自己多日来所担心的话。赵雪梅扳过了李剑锋的脸，她想搞明白胡玉兰在李剑锋心中占有多重的位置。

李剑锋笑了笑："雪梅，你这是哪儿跟哪儿呀！没想到你的心眼儿这么小，整天疑神疑鬼的。"

赵雪梅扒着李剑锋的耳边大声说道："你当我看不出来吗？你每次见到她，我都感觉不正常，你说，你是不是被她勾走魂儿了？"

"我和胡玉兰，不是你想象的那么回事儿。你咋隔着门缝看人，都把我给看扁了。"李剑锋涨红着脸说。

赵雪梅盯着李剑锋的脸一字一板地说："我把你看扁了？你们俩的事儿，瞎子都能看得出来，你从来没用那种眼神看过我。"

李剑锋看到赵雪梅的小脾气又上来了，便安慰道："你又来了不是，我再告诉你一遍，我和胡玉兰压根儿就没有啥事儿。我向你保证，我和胡玉兰接触，是因为别的事情，这下你放心了吧！"

赵雪梅疑问道："为了别的事情，那你说说看。"

李剑锋笑了笑："我总感觉胡玉兰这个人是个谜，内心很不简单。我接近她的目的就是想了解她，看她这么急于和咱们打交道，究竟抱着什么目的。"

"啥目的？我看没有什么好目的。"赵雪梅偷着看了一眼李剑锋的表情，当看到李剑锋有点儿服软的时候，便想一不做二不休，彻底消除李剑锋对胡玉兰的感情。想到这儿，她严肃地说："反正我觉得这个人有点问题。她虽然长得好看，但她动不动就往咱公安局跑，还总爱打听咱们内部的事情，她心里一定有鬼。还有，那天我和她握手的时候，感觉她的手劲儿比你的手劲儿还大！前几天，我通过五区的公安员调查了她一下，这个人的背景很复杂。她十年前跟他舅舅去了张家口，一直没有音讯，为啥龙城刚一解放她就回来了，肯定没有好事儿。"

赵雪梅的一席话让李剑锋不得不陷入沉思。不错，自己曾经问起过胡玉兰的身世，胡玉兰说自己是被张家口的老舅接走后，一直在万全县的姥爷家生活，后来在张家口上完学后，又去了北平读书，再后来在张家口教书，听说龙城解放了，才投奔解放区教书的。

胡玉兰说的这个理由成立吗？李剑锋本想自己去查证这一切的，但一想到赵雪梅因为对胡玉兰有个人成见，便私自对胡玉兰开展调查，有可能打乱他的整体侦查计划，甚至会引起胡玉兰的戒备，便不高兴地说："你这不是私自调查别人吗，谁给你的权力？"

赵雪梅也不含糊，大声嚷道："我没别的意思，就是不想让她勾引你，怕你犯错误。"

李剑锋生气道："别说了，越说越没谱了，她还能把我吃了？"

"你——"赵雪梅顿时扶在旁边的一棵树上，嘤嘤地哭了起来。

看到赵雪梅哭了，李剑锋刚开始还保持着男子汉的尊严，可过了一会儿，便走过去解劝起来，并掏出手绢递给她，耐心地解释道："瞧你这点出息。我是为你的安全着想，万一出点什么事情，我就成千古罪人了。"

听到这里，赵雪梅终于明白了，她一下子紧紧抱住了李剑锋，进而撒着娇，说："反正我不许你理她，我无论咋看，她就像个女特务，她是从敌占区来的，会害你的。"

"好了，咱们回去吧。"李剑锋抚摸着赵雪梅的一头秀发，无语了。

李剑锋和赵雪梅骑着车走到县城十字街口的时候，看到穿着风衣的胡玉兰正抱着两本书低头朝这边走来。两个人赶忙下了车，李剑锋问："玉兰，你这是去哪儿？"

胡玉兰看了一眼李剑锋和赵雪梅，笑了笑："原来是李股长和赵姐呀，我刚下课。对了，剑锋、雪梅，我中午刚买了点儿菜，今天晚上，我请你俩一块儿吃饭吧！行吗？"

李剑锋笑了笑说："实在不好意思，最近我真没有时间。大家都在忙，我晚上还有个会，改日吧。"

胡玉兰瞥了赵雪梅一眼，拉着她的手笑道："赵姐，咱俩好长时间没见面了，你没生我的气吧？"

"哪会呢？胡老师，我还想跟你道歉呢，我这个人就是太任性了，李股长已经批评我了，是吧？"她说着冲着李剑锋一笑。

正在这时，一辆带篷的汽车从南街开来，穿过玉皇阁大街，向西开进了县公安局大院。胡玉兰看到汽车上旋转的天线后，脸色顿时一变。

赵雪梅把这一切全看在了眼里，眼珠一转，有点戏谑地说："玉兰，你怎么了？"

"没什么，我突然想起了一件事儿，一会儿学校也要开会。明天咱们再聊吧！"说完，胡玉兰急匆匆地走了。

第十六章   树上开花

36

木林森带来一个重要消息，张玉山已经潜回了龙城县，正准备和侯有林等人接头。平绥纵队的重要成员终于出现了，专案组人员感到既兴奋又紧张。可唯有李剑锋高兴不起来，因为敌人太狡猾了，而张玉山和侯有林接头的地点恰好又选在了火神庙街，时间还选在了一个集日。赶集的人一定很多，人员的成分也很复杂，不仅不利于抓获，搞不好还容易发生枪战，稍有疏忽，都会导致行动的失败。搞不好还会伤及无辜百姓。但如果取消集日，就会打草惊蛇，说不定张玉山从此就会销声匿迹，再也不回龙城了。

专案组经过反复研究，最后决定：让公安队封锁龙城县城，实施便衣蹲守，争取活捉张玉山等人。

龙城县的火神庙街是一条南北走向的街道。虽然只有二里地长，但却是集日里最为繁华的地方。龙城县的集日定在每月逢五逢十，也是县城最为热闹的时候，有驾马车、赶驴车的，有赶着牲口驮子的，还有推车、挑担的商贩们早早赶来，将货物运进城内，抢占地理位置好的地方作摊位。在龙城的集市上，各种物品也是应有尽有：五谷杂粮、干鲜水果、大锄薅锄以及劈柴木炭，等等。赶集的也是什么人都有，不仅十里八乡的，就连附近北原县的商贩也经常来凑热闹，卖一些土特产什么的。

集市上聚满了人，两边临时搭建的摊铺一个挨着一个，那些挑着担子，喊着锯锅、锯碗、锯大缸的小炉匠，甚至还有变戏法的、打把式卖艺的、说书的纷至沓来。与此同时，集市也是小偷和无业游民关注的地方，有的趁机在此捞上一笔，也有的想在此找到新的发财机会。

三十多名公安干部和战士全部化了装，混迹于火神庙这条只有二里长的集市上，只等着目标的出现。王树生和公安处的张处长站在玉皇阁的阁楼上，不时地用望远镜观看着什么。李剑锋和赵雪梅则是一对情侣打扮，在火神庙街的南口附近佯装逛街。

赵雪梅的手里拿着一串糖葫芦，一边说笑着，一边用眼睛注视着每一个人，生怕漏过可疑目标。陡然，赵雪梅戳了一下李剑锋的胳膊，李剑锋顺着她的目光看去。只见胡玉兰也在集市上闲逛。她今天穿了一件小碎花的外套，正在和一个卖毡子的戴瓜皮帽的年轻男子谈论着什么，不知这个男子说了些什么，胡玉兰爽朗地笑了起来。李剑锋小声说道："那个男的叫王石头，是庆云杂货行的老板。你注意外面的人，千万别走神儿啊。"

赵雪梅不解地问道："胡玉兰怎么会在这里呢，她不会是来接头的吧？"

李剑锋冲着赵雪梅笑了笑："我看不像，哪有她这样接头的。"

赵雪梅白了李剑锋一眼，带有几分醋意地说："你就会替她说话，反正我看这个人不怎么样，就像个女特务。"

李剑锋看了一眼赵雪梅，然后悄声说："我说雪梅同志，你先别过早下结论，咱们先看看再说。"

赵雪梅仰起头看了看李剑锋，紧接着使劲儿拉扯着李剑锋，把自己的头贴在李剑锋胸脯上。她感觉此时的自己是那样的幸福，自己和李剑锋才是天生的一对，她要让全龙城县城的人都看到，李剑锋在和自己处对象。不料，李剑锋很快就感觉到了赵雪梅的企图，悄声对她说："我说，咱俩这是在执行任务，不能太张扬了，千万别成为别人关注的目标。"

赵雪梅瞪了李剑锋一眼："我就要这样嘛，这样才像搞对象呀，要不然咱俩该露馅了。"

李剑锋不再说什么了，任凭赵雪梅挽着自己的胳膊，在人群里钻来钻去，但两个人的眼睛始终在观察着周围可疑的人。

大概胡玉兰和卖毡子男人谈好了价钱，她付了钱，抱着毡子头也不回地向北走去。

赵雪梅刚想拉着李剑锋跟上去，猛地听到背后有人在喊："雪梅！你干吗呢？"她回头一看，原来是母亲。母亲今天穿了一件蓝色的新衣服，还包了头巾，显得十分精神。再定睛一看，父亲赵海山也在旁边，只见他手里还拿着一个蓝布帽子，样子有几分滑稽。

母亲看了看赵雪梅，又看了看李剑锋，然后问："这就是李剑锋吧？"

李剑锋点了点头："伯母好，赵县长好！"

母亲端详了李剑锋一会儿，然后高兴地笑道："不错，是个好后生，长得挺精神的。"

赵雪梅红着脸说："妈，您说什么呀！"

母亲凑近赵雪梅的耳边悄声说："这搞对象呀，如果看准了，就赶紧追，要是晚了，就让别人给追跑了。"

赵雪梅难为情地说："妈，看您，净瞎说。"

大概母亲发现了什么，上下打量着赵雪梅："雪梅，你今天怎么这身打扮？"想了想又笑了："对，搞对象嘛，就得穿成这样，时髦点。"

赵雪梅也立刻回过味儿来："妈，您看您，我这是在执行任务。您和我爸来干什么？"

母亲笑了笑："你爸今天休息，我就让他陪我来看戏，说今天要演整本的河北梆子《蝴蝶杯》，是包公的戏。"

赵雪梅向父亲那边看去，只见李剑锋正和赵海山说得热闹，便走了过去："爸，我看您和我妈今天还是先回去吧。"

赵海山看了看赵雪梅，又看了看李剑锋，立刻露出了不悦之色："我好不容易才腾出时间陪你妈看戏，你怎么让我回去呢？这是怎么回事儿？"

赵雪梅看了看李剑锋，支支吾吾地说："不为什么，我让您回去，您就回去吧，这里不安全。"

母亲不解地问："这大天白日的，咋就不安全了？你可别蒙妈。"

李剑锋解劝道："雪梅说得对，外面乱哄哄的，我看您二位还是先请回吧！下个集日您再来看戏。"

赵海山不解地看着他俩："雪梅，今天你们是不是有什么行动，我看到你们局好多人，都化了装，不细看都认不出来了。"

"这……爸，您还是回去吧。"赵雪梅显得十分为难。

赵海山立刻有些愠怒了："怎么，你们连我也信不过，我也是受党教育多年的，再说我还是咱们县的县长！"

李剑锋笑了："赵县长，雪梅说得对，这件事我们局长下了死命令，谁都不让说，否则按照泄密处理，我们俩没有这个胆量呀，请您二老多多理解。"

赵雪梅的母亲推了赵海山一把："你当县长有啥了不起的，再说了，你怎么跟两个孩子耍态度呢，瞧你那点出息！"

赵海山看了看手表，对着老伴说："这样吧，你先回去吧，我呢，回县委还有点事儿，想着啊，今天晚上给我做红烧肉。"说着丢下老伴儿，独自向县委大院的方向走去。

听了这话，赵雪梅和李剑锋都笑了。李剑锋吐了下舌头，笑道："没想到，赵县长还挺馋的，喜欢吃红烧肉。"

赵雪梅瞪了李剑锋一眼："你以后慢慢就知道了，咱们赵县长喜欢的还不止这些呢！"

母亲看着远去的赵海山，叹了一口气，自言自语道："这个赵海山，整天疑神疑鬼的，就跟谁欠了他似的。"说完冲着赵雪梅无奈地笑了笑，向家的方向走去。

在火神庙的侧面是一个戏台，此时正唱着戏。由于是农闲季节，城外四里八乡的人纷纷来到这里看戏，今天唱的正是河北梆子《蝴蝶杯》，舞台上，扮演田玉川的演员正在声情并茂地唱着：

……

江夏县站在公堂上

　　　　诸位大人听端详

　　　　卑职官居江夏县

　　　　随带家眷到任前

　　　　所生奴才独生子

　　　　起名就叫田玉川……

　　伴随着慷慨悲壮的唱腔和演员的唱念做打，台下的人们不时报以热烈的掌声和喝彩声，还有一些看客向旁边的钱笸箩放着赏钱，场面好不热闹。

　　一晃时间已经过了小半天。李剑锋和赵雪梅在火神庙街的集市上已经转了两个来回，也没见到张玉山和侯有林的影子。难道张玉山改变计划了，还是木林森提供的情报有问题，但他想了想，说不定此时侯有林正躲在县城的某个角落里，等待着接头呢。

　　李剑锋看了看天色，已经临近中午了，心中不免有些着急。正在这工夫，他看到商人打扮的贺国珍走过来，便迎了过去。

　　贺国珍四下看了一眼，凑到李剑锋面前，悄声说道："局长让你们继续等待。"说完后就匆匆离去了。

　　李剑锋和赵雪梅示意了一下，两个人迈着四方步来到一个视线较好的小吃部前，他们要了几样小吃，当他俩拿起了筷子刚要吃的时候，一个头戴毡帽戴着大墨镜满脸麻子的中年人赶着一辆小驴车走进了他的视线。

　　李剑锋的眼睛顿时一亮："张玉山。"尽管张玉山这身打扮，但是李剑锋还是一下就认出了他。李剑锋和赵雪梅立刻放下筷子跟了过去。

　　张玉山赶着小驴车来到了粮食摊前，拴好了驴车，从车上搬下几口袋粮食，然后拿出秤，便吆喝了起来："快来买呀，快来看，这是口外的小米、莜面、红小豆、绿小豆，很便宜啊，快来买呀。"不多时，便围过来几个当地的农民。有的从口袋里抓出一把粮食，仔细观看着，有的开始讨价还价。张玉山一边用秤称着粮食，一边收着钱，干得十分卖力气。工夫不大，几口袋小米、小豆就卖了一多半。张玉山点燃一袋烟，和临摊儿的人说着米面的行市。

　　一个衣衫褴褛的乞丐背着褡裢来到了近前，冲着粮食摊群的商贩们挨个儿作着揖，乞要着粮食。乞丐几步来到张玉山面前，冲着他嘿嘿一笑，说道："红小豆、绿小豆，我都要，莜面、小米，我也要。"说着把装有小豆的口袋弄翻，然后用要饭的盆子舀了半盆小豆就跑，边跑边喊着"红小豆、绿小豆，我都要，莜面、小米，我也要。"

"小子，穷疯了吧，老子的东西你也敢动，快给我把粮食放下。"张玉山站起身，丢下小驴车和粮食，疾步追了过去。

那个乞丐越跑越快，转进了小胡同，张玉山也追进了小胡同，一转眼就不见了。

看到张玉山一副训练有素的样子，李剑锋感觉有情况，拔出了枪，拉着赵雪梅也追了过去。附近的侦查员一看，也追了过去。

李剑锋和赵雪梅相互掩护着一路前行，看到张玉山和乞丐钻入一条胡同，又过一条街，居然不见了。李剑锋和赵雪梅正在犹豫的时候，忽然听到了两声清脆的枪响。两人循着声音追进了一个院子，被眼前的一切惊呆了。只见那个乞丐和张玉山全都倒在了地上，两个人都是头部中枪，而且几乎是在同一个部位。

李剑锋四下扫视了一眼，命令随后赶来的战士迅速封锁现场。

经过勘察，现场没有发现任何有价值的线索，但李剑锋却发现，张玉山的毡帽不见了。李剑锋再看一下周围的环境，不禁大吃一惊：胡玉兰租住的房子就在附近。

当李剑锋带着赵雪梅等人敲开胡玉兰的家门时，胡玉兰好像刚刚洗过澡，湿漉漉的秀发上还扎着一个花手帕，浑身上下透着一种淡淡的清香。胡玉兰看到李剑锋和赵雪梅站在一起时，显得有些不高兴，便倚靠在门框上："李股长，你们找我有事儿吗？"

赵雪梅二话不说，提着枪就要往里闯，但被胡玉兰伸手拦住了："赵姐，你这是？"

赵雪梅严肃地说："对不起，我们要例行检查。"

胡玉兰眼皮一抬："我要是不让你们检查呢？"

赵雪梅道："你心里没鬼，就不要拦住我们。"

胡玉兰有些生气了，两手往腰间一叉，生气道："你怎么不讲道理呢！"

李剑锋看赵雪梅和胡玉兰要掐起来，赶忙打着圆场："玉兰，听我一句话，我们就是看看，你也配合一下，这样我们回去也能有个交代。"

胡玉兰挪动了一下身子，慢条斯理地说："这还差不多，你们查吧。"说着高傲地向赵雪梅瞟了一眼。

这是李剑锋第一次到胡玉兰的房子里。房子虽然很小，但收拾得一尘不染。地上是一张方桌，摆着几本书和学生们的作业，靠墙是两个皮箱子。炕边的煤火上还熬着小米粥，炕上铺着兰花格的床单，上边放着织了一半的红毛衣。李剑锋看着胡玉兰，问道："刚才你这儿有人来过吗？"

胡玉兰看了一眼李剑锋，话里带刺地说："没有。再说了，谁能到我这个教书匠的家里来？"

李剑锋赶忙说："不好意思，我们在执行任务，你刚才听到有什么响声没有？"

赵雪梅也盯视着胡玉兰的脸，满腹狐疑地说："玉兰，你刚才看到有人进来没有？我们这是为你的安全着想。"

胡玉兰的脸顿时红了，解释道："我买毡子刚回来，回来后就插上门儿了。对了，刚才我听见好像有人在街上放炮仗，挺响的。"

赵雪梅手里晃着手枪急赤白脸地说："啥放炮呀，那是打枪的声音，都死了人了。"

听到死了人的消息，胡玉兰突然抱着头蹲在地上，体似筛糠地看着赵雪梅："你的枪？"

赵雪梅一看胡玉兰害怕的样子，赶忙吐了下舌头，收起了枪："胡老师，不好意思，你别生气啊，没吓着你吧！"

胡玉兰摸着自己的胸脯，上气不接下气地说："赵姐，没事儿，听你这么一说，我心里怪害怕的。"

李剑锋四下看了看："你一个人在家，千万要小心。"

胡玉兰脸色有些苍白："我一定小心的，唉，我不小心又能咋样！就我一个弱女子。"

李剑锋和赵雪梅对视了一眼，赶忙冲出了小院。

37

胡玉兰和韩老七再次来到了龙王庙。当她看到接头安全的暗号后，轻轻走进了院子，来到佛龛前，然后击了三下掌。佛龛后面也回应了三下，接着便传出来那个沙哑的声音："水仙，章鱼对你目前的工作很满意，他已经请示张家口站，对你进行奖励。"

胡玉兰冷冷地说："张玉山已经死了，我现在就要面见章鱼，有重要事情和他商量。"

对方沉吟道："我已经说过了，章鱼现在不会见你的，你有什么事情，我可以替你转告他。"

"我来龙城已经三个月了，他为什么躲着不见我，也忒够不意思了吧！现在的情况非常紧急，我一定要见到他。"胡玉兰仍有些不死心。

对方冷冷地说："我说过，章鱼身份极为特殊，现在不方便见任何人，你回去吧。"

胡玉兰在屋里来回走着，焦急地问道："张玉山已经死了，那份名单在哪里呢？"

屋里又传出一阵沙哑的笑声："共产党以为张玉山就是章鱼，其实真正的章鱼还活着，赵克辉拿走的那份名单也是假的，真正的名单仍在章鱼的手里，哈哈。"

胡玉兰心中一怔，原来张玉山和乞丐是赵克辉杀的。但她权当不知道，故意问道："为啥？"

沙哑的声音继续在龙王庙回荡着："不为啥，你回去问问你舅舅就全明白了。哈哈！"

胡玉兰将信将疑地回到家。她刚刚进到屋里，忽然被两只胳膊牢牢地抱住了。胡玉兰吓了一跳，刚要喊，嘴也被别人捂住了。胡玉兰感觉到一阵热浪袭来，本能地想挣扎，任对方把她越抱越紧，使得胡玉兰透不过气来。过了好久，对方才松开她，原来此人正是赵克辉。

赵克辉急促地说："玉兰，想死我了，我真受不了了，给我一次机会，就一次，行不？"

胡玉兰重重地打了赵克辉一记耳光，然后带着哭腔骂道："赵克辉，你他妈的混蛋！"

赵克辉揉着自己的脸，皮笑肉不笑地说："我又怎么啦？"

胡玉兰指着赵克辉骂道："你他妈的在我的家门口把章鱼杀了，这不是把共产党往我身上引吗？"

赵克辉冤枉道："章鱼不是我杀的。"

胡玉兰不满地问："不是你是谁？"

"好啦，不说这个啦，你看这是什么？"赵克辉从怀中拿出了一个小本子在胡玉兰眼前晃了晃，然后又装进了自己的衣兜。虽然只是一眼，但胡玉兰分明看到了封面上的字迹，正是平绥纵队潜伏小组名单。

赵克辉扳正了胡玉兰的身子，贴着她的耳朵说道："师妹，别生气好不好。甭管是谁杀的，反正章鱼已经死了，潜伏名单也到咱们手里了。我要回张家口了，你也跟我一块回去。这也是你舅舅李副站长的意思。"说着他拿出了张家口站发来要求他返回的电文。

"我舅舅的意思？"胡玉兰接过电报看了看，满腹狐疑地看了赵克辉一眼，冷冷地说："我不撤离。你愿意走你就走，这不关我的事儿。"

赵克辉冷笑道："玉兰，你来龙城的这三个月，局里发生了多少事儿，你知道吗？"

胡玉兰疑惑地看着赵克辉，问："都发生了什么事情？"

"前不久，国防部二厅厅长侯腾任命傅家俊、张之程新成立了'华北督察室'。这两个月，傅家俊正准备对张家口站进行整改。师妹，也许你还不知道，毛局长对你舅舅已经不信任了。而且可能还有麻烦，你我应该马上返回张家口，助你舅舅一臂之力。现在我已经把龙城的潜伏小组名单拿到手了，这是咱俩的资本呀！"

胡玉兰有心告诉他假名单的事情。但转念一想，这有可能是赵克辉设下的一个骗局，便冷冷地说："我在龙城还有点事情没处理完。这样吧，你先回去，我处理完后，马上就回。"

"我……"赵克辉还要说些什么，胡玉兰下了逐客令："赵克辉，给你脸了不是，别不识抬举，我要休息了。"

赵克辉只得恋恋不舍地走出了胡玉兰的房间。

待赵克辉离开了，胡玉兰一看和老舅联系的时间到了，便拿出了电台，刚要打开，又犹豫了一下——自打在公安局门口发现了共产党的测向车后，每次发报她都变得小心翼翼。她知道，长期大量地发报，说不定哪天共产党就会找上门来。但现在已经顾不上那么多了，胡玉兰打开电台，调好了频率，开始与老舅联系。很快，老舅那边有了消息，确实和赵克辉所说的那样，华北督察室正准备对张家口站进行整顿，以配合张家口的战役。老舅在电报中告诉她，最近一个时期赵克辉与傅家俊等人频繁联系，让她注意赵克辉的行踪。

胡玉兰向老舅汇报了赵克辉得到平绥纵队假名单的事情。李宝库让她在龙城继续潜伏，一定要拿到真正的名单，然后再返回张家口。

胡玉兰又把赵克辉准备返回张家口的消息告诉了老舅，让老舅时刻提防着，免得被赵克辉等人暗算。发完电报，胡玉兰和往常一样，倒了一杯红酒一边慢慢喝着，一边回味着刚才在龙王庙接头的情况，以及老舅的叮嘱。章鱼究竟是谁？她回想着与自己接触过的每一个人，但都没有找到答案。

陡然，她想起了一个人，这个人不仅掌握着电台，而且对自己和张家口站的一切联系了如指掌，而且很可能他对章鱼有所了解，想道这儿，胡玉兰心里打了一个冷战。

庆和饭馆的密室内，木林森正在全神贯注地发着电报。忽然，他感觉到一个幽灵正在缓缓向他逼近。他扭头一看，胡玉兰正站在自己的身后。他吃惊道："你……你怎么来了？"

胡玉兰呵呵笑道："我怎么不能来呢？我来看看你，难道你不欢迎？"

"咱们下面说话。"木林森恭恭敬敬地说，然后一按墙壁上的开关，地板霎时打开了一个口，木林森带着胡玉兰走了下去。

当走进地下室，对保密局电台熟知的胡玉兰才发现，这里的电台才是与张家口联系的那种电台。

木林森战战兢兢道："李组长，你应该知道保密局的规矩，咱们俩是不能直接见面的。"

胡玉兰在木林森身边坐下，冲着他妩媚一笑："规矩是人定的，人可是活的呀。这是在龙城县，又不是在张家口，咱们俩聊聊吧。"

看着胡玉兰猩红的嘴唇和冷酷的眼神，木林森心里顿时发毛了："咱们俩没什么好聊的，你放过我吧！"

胡玉兰盯视着木林森，不紧不慢地说："怎么会没的可聊呢？咱们共同的话题有的是，比如平绥纵队，再比如章鱼。"

木林森一边收拾着电文，一边装作漫不经心地说："你想知道什么？我这里的东西对于你没有任何价值。"

胡玉兰站起身在屋里走动着，满腹狐疑地说："是吗？按说咱俩也是老朋友了。最开始的时候，我们俩在电台上联系，现在呢，我的情报也是通过你发给张家口的，我真的要好好感谢你才对。"

"李组长，咱俩还客气个啥，都是为党国工作嘛！您的事儿就是我的事儿，我一定会百分之百地去办，不会有半点差池的。您就把心放在肚子里吧。"木林森不知道胡玉兰葫芦里卖的什么药，只得满脸堆笑，按照胡玉兰的话顺杆爬。

"章鱼的情报也是通过你传递吧！"胡玉兰突然站起身，拍了拍木林森的肩膀。

听了这话，木林森的汗顿时下来了："没有，章鱼的情报从来不用我传递。"

胡玉兰呵呵笑道："看把你吓的，我就是随便问问。"说着她又在木林森的身边坐下，笑道："那你说说这个章鱼的情报是怎么传递的。"

木林森摆出一副无奈的样子："我估计章鱼自己有电台，他从来没有联系过我。"

胡玉兰眉毛一扬，慢慢说道："木林森，你在龙城潜伏已经三年了吧？那你说说，这三年你都干了些什么？"

木林森仔细一想："是呀，我是在龙城潜伏三年了，可是我没有做过半点儿对不起党国的事儿呀！"

胡玉兰话锋一转："做没做，你心里清楚。"

木林森见软的不行，摆出了一副无赖相，他挺直了腰板，龇着明晃晃的大金牙说："我在这里潜伏了三年，三年呐！我天天给共产党装孙子，看他们的脸色行事，但还是给你们搜集了很多共党的情报，我受的罪你们清楚吗？你们给过我一分经费没有？"木林森说着，偷眼看了看胡玉兰的表情，继续道："再说了，您让韩老七转给我的情报，我可是一份没少，全都转发给张家口站了。您说需要一个电台，我不是也给您搞来了，你还要我怎么样，凡事要讲个良心。"

胡玉兰眉毛倒竖，厉声道："你在给我讨价还价吗？"

"不是，我是说……"木林森看到胡玉兰发怒了，顿时感到腿肚子都有些发软，他极力想要辩解。

可是不等他把话说完，胡玉兰却一拍桌子："够了，木林森，我告诉你，我到龙城来，一个主要的任务，就是监督你的。我会把你在龙城的一举一动告诉上峰的，到时候可别怪我没有警告你。"

木林森顿时软弱了下来："组长，自从李站长让我配合您的工作，我对您可是唯命是从呀，您说咋办我就咋办，从来没做什么出格的事情呀！"

谁知，胡玉兰根本没有听进去他喋喋不休的话语，而是打量了一眼桌上的电台，呵呵笑着："那么，这么长时间，你就没有监听到章鱼的电台波段？"

木林森站起身，哆哆嗦嗦地说："没有，真的没有。"

"你看这是什么？"胡玉兰收回目光，突然掏出了一张照片，甩在了桌面上。木林森定睛一看，只见照片上的一个中年妇女正搂着一个小女孩，背景是张家口的大境门。这正是自己的老婆和孩子呀。木林森一下跪在了地上："水仙，你饶过我吧，我真的不知道章鱼的情况呀！"

胡玉兰皮笑肉不笑地说："看把你吓的，怎么说，咱们俩也是同一战壕的，实话告诉你，你老婆和孩子在张家口生活得好好的！她们也在盼望着一家团聚呢。"

"一家人团聚。"木林森自言自语地说着。陡然他想起了上次赵克辉对自己说过的话，万分恐惧地说："李组长，那您想让我怎样呢？"

胡玉兰突然眼睛一瞪："木林森，我给你一个任务。"

木林森用袄袖子不停地擦着脸上的汗，结结巴巴地说："您说，我一定照办，决不会说出半个不字。"在他看来，胡玉兰简直就和恶魔一样，如果不按照她的要求去做，她什么事都会干得出来。

胡玉兰一字一板地说："我让你千方百计监听章鱼的电台，一旦有了消息，第一时间向我报告。"

木林森小心翼翼地说："章鱼不是死了吗？"

胡玉兰一字一板地说："你给我听好了，章鱼活得好好的。"

听了这话，木林森一下子跌坐在了地上。

胡玉兰继续道："给你一周的时间，木林森，你如果胆敢给我动心眼，你是知道后果的。"

木林森绝望地看着胡玉兰，因为胡玉兰交给自己的这一项任务，是几乎不可能完成的。很长时间以来，自己就想知道章鱼的情况，但是几经努力，都没有实现。让自己用一周的时间找到章鱼，无异于把自己逼上了绝路。看着胡玉兰扬长而去的身影，木林森想说什么，但最终没有说出来。

夜已经很深了，公安局还在开会。抓捕张玉山的行动失败了，大家心里都很难过。特别是局长王树生，他蔫头耷脑地坐在一旁抽着闷烟，等待接受吴自成书记的批评。

吴自成看了一眼王树生："大家都振作起来，不要唉声叹气的，这次抓捕行动虽然失败了，但张玉山毕竟死了。现在的问题是，究竟是谁开枪把张玉山打死的，为什么要打死他。这说明这个人比张玉山更阴险，在龙城潜伏得更深。"

王树生按灭烟蒂，说道："大家想想，一定是哪个环节出了问题，被敌人发现了。"

李剑锋想了想，站了起来："这次抓捕行动，我们可是严格保密的，怎么会泄露出去呢？从敌人逃跑的路线分析，他们是精心设计的。那一带全是小胡同，很方便逃跑。"

贺国珍也站了起来，说道："为了防备敌人狗急跳墙，这次行动前，我们重点加强了对县城主要街道的巡逻，同时加强了对出入龙城县城人的检查。枪战发生后，我们又是第一时间封锁了县城。经过我们的调查，没有发现可疑人出入县城呀，这说明了什么？"

李剑锋道："这说明开枪打死张玉山的人在县城有藏身之处，或者说，这个人就住在县城。"

正在这时，军区电讯处的刘科长急匆匆走了进来："报告，我们刚刚在县城侦测到了可疑电波。"

王树生一听就急了。他嗖地站了起来："怎么回事儿？"

刘科长道："我们在县城北街的方向，发现了可疑电波。发报的时间很短，我们赶到附近时，电波就消失了。"

王树生道："现在形势越来越复杂了。张玉山死了，敌人还在发报，而且那个杀死张玉山和叫花子的凶手极有可能还在县城。剑锋，说一说你调查的情况。"

李剑锋看了看吴自成："抓捕失败后，我们对敌人逃跑的路线进行了认真的勘察，发现有两个地方比较可疑。"李剑锋拿起了两个烟灰缸，摆成了示意图，然后比画着说道："你们看，这是火神庙集市。这是张玉山死亡的现场。这几条是小胡同。穿过城隍庙街，你们看，这是什么地方？"

"县委会。"李剑锋的一席话在会场上激起了不小的浪花，在座的无不睁大了惊讶的眼睛，纷纷把目光投向了吴自成。

吴自成的脸上顿时挂不住了。他"啪"地拍了一下桌子："你在怀疑特务藏在县委会？李剑锋，你好大的胆子，我问你，你要干什么？"

会场立刻紧张了起来。

王树生拽了一下李剑锋的衣角，示意道："剑锋，你说话要讲证据，不要瞎猜，更不要怀疑革命同志。"

李剑锋道："我不是怀疑，这只是推测和判断。"

吴自成站起身来，激动地说："那也不行。县委的同志我最了解，你说特务分子在县委，那你把我抓起来好了。"

沉默。李剑锋的话让大家无不震惊。大家谁也不相信，特务分子会藏在县委会，李剑锋的胆子也忒大了，竟敢怀疑县委的领导。大家都替李剑锋捏了一把汗。

王树生看了看吴自成，又看了看大家，站起身笑道："吴书记，我看还是先让李剑锋说说他的根据吧。如果李股长判断得有道理，我们可以向地委请示，对全县的干部进行大排查，一定要把这个特务挖出来。"

吴自成瞪了李剑锋一眼，没好气地说道："你说吧。"

李剑锋站起身："我还没有完全想好，大家可以想一想，为什么我们的计划敌人会提前知道呢？另外，在抓捕张玉山的行动中，我们在大街上安排了那么多的人，又封锁了县城，枪响之后，大家都奔那儿去了，敌人是不可能马上逃走的，当然更出不了县城。这就说明，敌人根本就没打算出城，而且很可能就住在我们的眼皮子底下。换言之，这个内鬼对我们的情况了如指掌。所以我们当务之急，就是先把这个内鬼揪出来。"

李剑锋的话还没有说完，值班室的干部来到会场，和王树生耳语了几句。

王树生嗖地站了起来："吴书记，木林森自杀了，我先去看看。"

吴自成一愣："木林森？哪个木林森？"

王树生头也不回地说："我回来再向您汇报。"

李剑锋听后也大吃一惊，赶忙跟着王树生跑了出去。

对于庆和饭馆，李剑锋再熟悉不过了，这是一个两进的四合院。前面是一排的门脸儿，后院的东西配房和南房是饭馆的雅间。在第二进的东配房是饭馆的仓库，西配房是厨房，南房则是木林森和伙计们的居所。李剑锋经常出入木林森的后院，知道在木林森房间的密室里有一部电台，那是专门用来接收国民党消息的电台。

李剑锋带着侦查员对木林森的密室进行一番认真的搜查，结果大大出乎他的预料。在木林森密室的桌子底下，李剑锋发现，居然还有一个地下室。走进地下室，里面不仅藏有一部电台，而且还有金条、银圆。在放有电台的桌子上，还有一把手枪和一封没有开封的信。

据庆和饭馆的伙计反映：昨天下午，木林森从外面回来后，就把自己关在屋里，一直到晚上，也没有出来吃饭。伙计做好饭，敲了半天门，木林森才从里面把门打开。伙计发现，平日里喜眉笑眼的木林森此时却一声不吭，神色也不对劲儿。最可疑的是，木林森平时很爱干净，而此时却把屋子弄得乱七八糟的，满地是烟头。伙计要帮着收拾一下，却遭到了木林森的斥责。到了第二天一早，伙计再次来到了木林森的房间敲门，敲了半天也没人理。伙计感觉不太对劲儿，用力撞开门，发现木林森吊在屋子的门框上了。

李剑锋拆开了桌上的信封，看着看着，眉毛不禁拧成了一个大疙瘩。只见上面写道：

李股长：

　　当你看到这封信时，我已经离开了这个世界，虽然我不想死，但我不得不死。因为我是个十恶不赦的特务。

　　几年来，承蒙你对我的信任，但我却对不起您。你肯定不会想到，我在给你提供国民党情报的同时，也把你们的情报提供给了别人，我没有办法，别无选择，因为我的家人全在他们手里。

　　俗语道，鸟将死，其鸣也哀，人将死，其言也善。临死之前，我再向你提供一个重要情报，龙域县的内部确实存在着保密局人员。

看完信，所有在场的人全都惊呆了。

第十七章　疑心重重

38

李剑锋把木林森的绝命书交给了吴自成和王树生，两个人看完信后也大吃一惊。

吴自成说："看来李剑锋说得有道理呀，说不定这个敌特分子还真在咱们内部。"

王树生给吴自成点了一支烟，然后笑道："你刚才可还要撤他的职呢，现在后悔了吧？"

吴自成拍了拍王树生的肩膀，不好意思地笑了笑："刚才我那是气话。你想呀，县委的这些同志都是从枪林弹雨中闯过来的，在来县委前，都是经过严格政审的，怎么会有特务呢！"

王树生想了想："那也不好说呀。龙城解放前夕，咱们斗争的形势太残酷了，每天都在钻山沟，敌人千方百计地进行威胁利诱，又是金钱又是美女的，保不齐有哪个干部经不住诱惑，投敌叛变了呢！"

　　吴自成看了看王树生，点了点头："那就查吧，反正'身正不怕影子斜'，我对县委的干部还是相信的。"

　　王树生盯视着吴自成的眼睛，有些激动地说："其实，我也不相信咱们内部有问题。但是，吴书记，您想一想，在咱们内部如果真藏着敌特分子，咱们的一举一动都会被泄露出去。特别是咱们的土改和支前工作，一旦被泄露了，很可能遭到土匪的袭击呀，我的吴书记！"

　　大概由于情绪激动，吴自成急促地抽着烟，同时在紧张的考虑着。过了好长时间，他才把烟蒂捻灭，询问道："你打算怎么查？"

　　王树生笑道："当然了，咱们的调查不会兴师动众，大张旗鼓的，必须暗中进行，要严格保密。我打算成立一个专案组，这个专案组直接对您和我负责。成员也必须忠诚可靠，我们要对龙城县机关单位所有人员进行一次彻底的排查，一个也不能漏掉，我想一定会有收获的。"

　　吴自成想了想，一拍桌子："好，就按你说的办。"停了停，他又问："这个庆和饭馆的木林森又是怎么回事儿？"

　　王树生道："这个庆和饭馆，原来是李剑锋一手建立起来的情报站。当时为了解放龙城，这个情报站还搜集了不少敌特的情报，出了不少力。龙城解放后，这个情报点就一直没有撤，可是……"

　　"可是什么？"吴自成见王树生欲言又止，赶忙问道。

　　王树生叹了一口气："没承想，这个木林森狗改不了吃屎，是个两面特务。这个木林森一死，很多线索又断了。"

　　看到王树生愁眉不展的样子，吴自成道："难道就没有其他办法了！你可是咱们龙城县的智多星呀。"

　　王树生看了看吴自成，笑道："我相信，李剑锋肯定会有办法的。"

　　吴自成点了点头："看来李剑锋这小子破案是把好手，对案子的判断能力很强啊，不简单嘛！"

　　王树生补充道："我不是已经向您推荐过，准备让李剑锋担任副局长嘛！专门管侦查破案。对了，还有一个情况你有所不知，他很快就要成为赵海山县长的乘龙快婿了。"

　　吴自成顿时明白了，笑了起来："你的媒人吧！"

王树生点了点头："李剑锋从小就成了孤儿。年纪也不小了，再说了，他又不是咱们龙城人，我得替他考虑呀。"

吴自成呵呵笑道："看来你这个公安局长不白当呀！还当起了媒婆了。"王树生笑了笑，然后认真地说："吴书记，对机关干部清查的事情关系重大，我看您还是请示一下地委吧！"

吴自成道："我看这次咱们不光要查全县的机关干部，还要清查彻底了，以绝后患。"他说着拿起了电话，向地委做了请示。得到的答复是：宁可信其有，不可信其无。要对龙城县的所有干部和工作人员进行全面的排查，一个一个过筛子，一定要查出这个内鬼。

按照地委的指示，龙城县委责成县公安局对全县所有的机关干部进行了全面的清查。龙城县的县委会和县政府各个部门的干部有三百多人，清查小组对每一个干部，不仅要研究他的个人历史、寻找证明人、查看现实表现，还要对照全县所有的敌伪档案，逐一进行梳理，看是否有关联，最后才写出结论。由于这次清查的标准过于严格，为了保密起见，按照吴自成书记的要求，清查行动由他和公安局长王树生直接负责。

李剑锋从局长王树生屋里出来，天已经很晚了，他没有丝毫的睡意，从档案柜子拿出了几份干部档案，独自把自己关在斗室里，开始翻阅起档案来，然后摘录着什么。

门开了，赵雪梅探头看了看，当看到李剑锋一个人时，一侧身挤了进来。她的手里提着一个饭盒，冲着李剑锋嘿嘿一笑："剑锋，我就知道你在这里，这都快半夜了，快吃点吧！"

李剑锋头也不抬地说："你不是也没休息吗？快点儿休息去吧，明天你还有很多事儿呢。"

赵雪梅发现李剑锋看材料的姿态很是耐看，就搬了个方凳，坐在了李剑锋的对面，端详了一会儿，然后扑哧一笑："剑锋，快趁热吃了吧，吃饱了再干活儿。"

李剑锋笑了笑："谢谢你！先放在那儿吧，我一会儿就看完。"

赵雪梅说着走了过去，看到李剑锋正拿着一张登记表，她定睛一看，原来是胡玉兰的登记表，只见登记表上的胡玉兰甜甜地笑着。但赵雪梅怎么看怎么觉得不顺眼，便推了一下李剑锋，嬉笑道："李股长，看什么呢，是想人家了吧，要不要我把她给你叫来？"

李剑锋白了赵雪梅一眼："我发现你这个人怎么这样呢，动不动就吃醋，雪梅，我这是工作，你别胡思乱想啊。"

赵雪梅半开玩笑地说："我吃醋？李剑锋，我看你才是胡思乱想！我这不是吃醋，是中毒，中毒很深，都不可救药了。"

李剑锋合上档案卷宗，站起身来到桌子旁，一边吃着饭，一边说："那你小心走火入魔。"

赵雪梅提醒道："我可听说了，这个胡玉兰经常往咱们干部家里跑，说是去家访，可是经常问一些案子的情况，还问过支前的事情。我想，这个人肯定有问题。"

李剑锋倒了一杯水："我说赵雪梅同志，这就是你的不对了，没有根据的事情请不要乱说，你怎么老是跟人家过不去呢？"

赵雪梅一听就火了："这事儿你得说清楚，我咋和她过不去了？股长同志，只要我一说胡玉兰这人可疑，有问题你为啥就起急呢？你站在谁的立场上去了？"

"我就站在这个立场说话了，你怎么着？"李剑锋顿时火了，"咣"地一声，把饭盒扔在了一旁。

见此情景，赵雪梅突然哭了，捂着脸跑出了房间，关门的时候重重甩出了一句话："李剑锋，你会后悔的。"

李剑锋看了看赵雪梅的背影，不可思议地摇了摇头。其实，凭着职业的敏感，李剑锋早就对胡玉兰产生了怀疑，而且已经暗地里对胡玉兰开始了调查，只不过他不想更多的人知道罢了。

平心而论，刚开始的时候，李剑锋对胡玉兰的印象是蛮好的。胡玉兰聪明漂亮，特别是那双会说话的大眼睛，很讨人喜欢。而她的职业也让李剑锋羡慕不已。自己虽然在公安局工作，但是常年在枪林弹雨中生活，认识的字并不多，特别是审问起犯人来，有很多字都不会写，让他十分的苦恼。自打遇到胡玉兰之后，李剑锋看到了希望，特别是胡玉兰让自己讲战斗故事，并答应给自己补习文化课的时候，他高兴得好几天没睡好觉。在随后的日子里，自己搜肠刮肚地给胡玉兰讲一些战斗故事，而胡玉兰也不含糊，接长不短地给他补习文化课。

那段时间，李剑锋感觉自己好像明白了好多事情。通过那段时间的接触，李剑锋也隐隐约约感觉，胡玉兰对自己好像有那么点儿意思，特别是那天晚上，自己差一点就亲了她。

但随着认识的加深，李剑锋渐渐感觉到，胡玉兰所做的一切好像有点装，像是在演戏。李剑锋受伤之后，胡玉兰几次来医院看他，李剑锋开始感觉到，在胡玉兰伤感的背后好像隐藏着另一张脸。尽管李剑锋不知道胡玉兰的本来面目，但他隐隐约约感觉到，胡玉兰很不简单。强烈的好奇心驱使李剑锋对胡玉兰进行了秘密调查。但胡玉兰却好像泥鳅一样滑，李剑锋无法抓到她的把柄。上次张玉山在李家胡同被杀的时候，李剑锋第一时间就想到了胡玉兰有可能有问题。

夜半时分，李剑锋换好便装，带上手枪，悄声出了公安局大院。三拐两拐，李剑锋来到胡玉兰家附近的胡同。由于内鬼的出现，让李剑锋产生了多疑，他担心白天反复勘查现场会引起敌人的注意，会打草惊蛇，所以他把现场勘查的时间改在了晚上。

李剑锋先在张玉山倒地的位置观察了一阵儿，然后一路小跑穿过了两个胡同，来到了胡玉兰租住的小院外，跳上墙头观察了一会儿，然后跳了下来，沿着胡同来到县委的后墙外面，仔细观察着，并在心里反复计算着时间。因为白天的时候，他就发现，平常一直锁着的县委后墙小角门有开过的痕迹，他猜想敌特分子一定是通过这个小角门出入县委大院的。

就在李剑锋看完现场，准备离开时，忽然听到了沙沙的脚步声，便赶忙隐蔽起来。

月光下，一个黑影由远及近，动作异常敏捷。等黑影走近了，李剑锋定睛一看，不由得一愣，来者竟然是胡玉兰。这么晚了，胡玉兰干什么去了？李剑锋躲在暗处，想看个究竟。

胡玉兰没有发现黑暗处的李剑锋，迈着轻盈的步子向着自己租住的小院走去。当走到门口，又突然转过身来，警觉地四下看了一眼，然后打开街门，进了小院。

李剑锋刚要跟踪，忽然发现对面又来了一个黑影，也在跟随着胡玉兰。那个黑影见胡玉兰进了院子后，先是贴着墙观察了一会儿，然后"嗖"地一下，蹿上了墙头，藏了起来。

从模样看，这个黑影也是一个女的。这么晚了，究竟是谁在跟踪胡玉兰呢？他紧走几步，想看一个究竟。不料，只听墙头上的一块儿砖头"咣"的一声掉了下来，紧接着就传来了胡玉兰的声音："谁呀？"随之就是开房门的声音和脚步声。

那个女的赶忙"嗖"地跳下墙头，顺着来路跑了。

胡玉兰打开了街门，左右看了看。见没有任何情况，然后"咣当"一声关上门，回屋了。

这个黑衣人是谁？怎么会有这种事情？一连串的事情让李剑锋百思不得其解，他感觉疑虑重重。忽然，一个念头在李剑锋头脑中一闪，他赶忙跑回公安局，来到了后院，当看到赵雪梅宿舍仍亮着灯的时候，便轻轻敲了敲门："赵雪梅。"

赵雪梅在屋里问道："谁呀？"

李剑锋轻声说："赵雪梅，你出来一下。"

赵雪梅懒洋洋地说："我睡下了，有事儿明天再说吧。"

李剑锋想了想，使劲儿敲着门，大声道："赵雪梅，你给我出来，你再不出来，我就砸门啦！"

"你还让不让人家睡觉啦？'赵雪梅说着，打开房门，走了出来，身上还穿着尚未脱去的夜行衣。她见到李剑锋后，没好气地说："出来就出来，吼什么吼，你也不怕影响。"

看到赵雪梅如此打扮，李剑锋带有几分讥讽地说："可以呀，赵雪梅，整个一个夜行侠呀！"

"我……"赵雪梅像犯了错吴一样，一声不吭。

李剑锋怒视着赵雪梅："赵雪梅，合着我刚才说了半天等于白说了，你知道吗，你今天晚上的行为是什么行为吗？"

赵雪梅反唇相讥道："我怎么啦？"

李剑锋怒气冲冲地说："还用我说吗，你看你，连衣服都还没有来得及换呢，简直太不像话了！"

赵雪梅先是吐了下舌头，然后不满地说："你别一天到晚疑神疑鬼的，我是穿着玩的。"

李剑锋冷笑道："编，你接着编。"

赵雪梅见自己的谎话被戳穿了，嘟嘟囔囔地说："剑锋，我这是为你好，真的没有别的意思。"

李剑锋严厉地说道："那你咋不为你自己想想，出了事儿咋办？"

"我……我……"赵雪梅猫眼看了看李剑锋，紧咬着嘴唇，什么话也不说了。当她听出李剑锋为自己担心的意思后，心里一阵激动，看来他的心里还是有自己的。赵雪梅的眼睛有些湿润了。

不料，李剑锋却狠狠地说道："明天你给我写检查，写一份深刻的检查，不，你现在就给我写。"

"写就写。"赵雪梅白了李剑锋一眼。

李剑锋和赵雪梅还想说什么，忽然听到前院响起了急促的脚步声。两个人便赶忙跑了过去，看到贺国珍正要带着几个侦查员出大门，便一把拉住了他："国珍，这是咋回事儿？"

贺国珍头也不回地说："有人进了民为天粮油店的仓库。"

赵雪梅问："啥时候的事儿？"

李剑锋一听就急了："人抓住了没有？"

贺国珍说："没有，民为天的伙计把他惊跑了。剑锋，反正人都跑了，你也不值班，我们去看看吧。"

李剑锋感到事情严重，便追了过去。赵雪梅赶忙换掉夜行衣，也追了出去。

民为天粮油店的仓库内，谢长发正在向几个伙计发火："你们几个是干什么吃的，连个贼也抓不着。"

伙计们战战兢兢地站在那里，任凭谢长发谩骂，直到看到李剑锋等人进了院子，谢长发才消了气，讪笑道："李股长、贺股长，没想到这么晚了，还把你们给惊动了。"

李剑锋询问了几个伙计后，得知半夜时分，一个伙计出来解手时，忽然发现仓库的门开了一道缝，他感觉事情有些不对劲，便来到仓库察看，结果听到仓库有异常的声音。这个伙计多了个心眼，赶忙喊醒同屋的伙计，准备抓贼。

正在这时，忽然看到一个黑衣人从仓库里跑了出来，伙计刚喊了一句"来人"，就见黑衣人甩出了一把尖刀，然后翻墙跑了。幸好伙计躲得及时，没有被尖刀刺中。

李剑锋看了看仓库的围墙，足有两米多高，一般的人是不可能很轻易翻过去的，他暗自琢磨到：这个贼既然进了仓库，为什么不偷东西呢？于是李剑锋立刻让贺国珍带着粮油店的伙计在仓库进行认真的搜查，搜查的结果让李剑锋大吃一惊：贺国珍在仓库里搜出了一颗定时炸弹。看到定时炸弹，李剑锋心中顿时一怔。他和王树生对视了一眼："这可不是一般的贼，是特务的爆炸阴谋，我建议，马上全城戒严，搜查这个特务分子。"

傍晚时分，胡玉兰刚刚躺下，忽然窗外传来了急促的敲门声，紧接着是赵克辉的声音："师妹，快开门。"

胡玉兰顿时心里一怔，怎么会是他？她有心不开门，但仔细一琢磨，还是打开了屋门。

赵克辉上气不接下气地跑了进来："快把我藏起来！"

胡玉兰看着狼狈不堪的赵克辉，问道："怎么回事儿？"

赵克辉不甘心地说："真没想到，他们这么快就发现了。"

胡玉兰惊奇地问："发现什么了？"

赵克辉说："炸弹呀。"

胡玉兰越发奇怪了："什么炸弹？"

赵克辉不慌不忙地说："李站长让我配合你，炸掉民为天粮油店呀。"

胡玉兰顿时感觉如同五雷轰顶："你去炸民为天粮油店了？"

赵克辉看了一眼胡玉兰，反问道："是呀，你没接到李站长的命令吗？"

胡玉兰顿时明白了一切："不，赵克辉，你不能这样。"

赵克辉盯视着胡玉兰："师妹，难道你想违抗李站长的命令？"

胡玉兰的眼泪顿时下来了："可是，如果炸掉民为天粮油店，龙城的很多人就会吃不上饭了呀！"

赵克辉奸笑道："我顾不得那么多，我接到李站长的指令是炸毁民为天粮油店，然后带着你返回张家口。"

胡玉兰怒不可遏地说："你！……"

正在这时，外面突然传来了敲门声，紧接着是谢丹的声音："胡姐，你在家吗？"

赵克辉拔出了手枪，急切地说："赶快把我藏起来，他们追过来了。再不藏，就来不及了。"

胡玉兰环视了一下房间，无奈地说："我这里没法藏你呀。"

赵克辉仔细看了一眼，见确实无处藏身，便打开房门，藏到了窗台下的一捆柴火下。

胡玉兰见赵克辉藏好了，才慢吞吞地把门打开。

谢丹一闪身进了院子，一下子就把胡玉兰抱住了："胡姐，怎么这么半天你才开门？"

胡玉兰呵呵笑道："我都睡下了，没想到你来了。走，快进屋。"胡玉兰把谢丹领到了屋里。

刚一进屋，谢丹便拉住了胡玉兰的手，说道："胡姐，你说咱们姐俩关系咋样？"

胡玉兰有些纳闷道："不错呀，龙城完小谁不知道咱俩好的就跟一个人似的。谢丹，你今天咋啦？"

谢丹有些不放心地看着胡玉兰，脸色一沉，说道："既然这样，胡姐，你可要跟我说实话呀。"

胡玉兰有些哭笑不得地说："你今天这是咋了，疑神疑鬼的。"

谢丹想了想说："我爸说，不让我跟你在一起了。"

胡玉兰问："那是为啥？"

谢丹看了一会儿胡玉兰，然后喃喃道："昨天晚上，我们家仓库里进去贼了？"

谢丹的话，证实了赵克辉刚才的话。胡玉兰装作十分惊讶的样子说道："民为天仓库进去贼了，丢东西没有啊？"

谢丹道："东西倒没丢，可是却发现了定时炸弹。"

听了这话，胡玉兰心里不禁暗暗叫苦。她勉强地笑了笑："谢丹，看来你是怀疑我了？"

谢丹看了看胡玉兰，慢慢从衣兜里拿出了一个纸条。看到纸条，胡玉兰脸上的笑容顿时凝固了。一直以来，胡玉兰经常以到图书馆还书为由，和韩老七在那里交换情报。可有几次，胡玉兰竟然在图书馆发现了赵雪梅的影子。她怀疑自己被跟踪了。后来为了避免引起共产党的注意，胡玉兰便让谢丹替自己去图书馆还书。没想到，谢丹居然在书的夹层中发现了情报，看来谢丹已经知道了书中的秘密。胡玉兰脸色顿变："谢丹，这是什么？"

谢丹嘟嘟嚷嚷地说："胡姐，张班长说了，这可能是特务联系的情报。特务都这么联系。"

胡玉兰接过纸条看了看，果然是自己写给韩老七的情报。胡玉兰笑道："怎么能证明这是情报呢？这样吧，明天咱把它交给李剑锋股长吧。"

"好……"谢丹道。

胡玉兰笑道："这件事情还有谁知道？"

谢丹道："只有张班长知道。"

胡玉兰想了想又说道："其实这书也不是我借的，是前些日子从一个朋友那里拿来读的，读完便替他还了。这样吧，过两天，你约一下张班长，我会跟他解释清楚的。对了，谢丹，我还给你们俩买了结婚的礼品呢。你看，这是我托人从张家口给你们俩买回来的丝绸被面，你喜欢吗？"胡玉兰说着拿出了一个鼓鼓囊囊的包装袋。

听了胡玉兰的解释，又看到了送给自己的崭新的丝绸被面，沉浸在热恋中的谢丹露出了一丝笑容。她又和胡玉兰说了一些关于结婚的话题，然后带着丝绸被面高兴地走了。

赵克辉见谢丹走了，回到房间，看到胡玉兰的表情异常紧张，赶忙问道："你这是怎么啦？"

"我……没什么。"胡玉兰胡乱地说着，眼睛里流露出一丝恐惧之色。

赵克辉看着胡玉兰，关切地说："是不是谢丹看出破绽啦？"

听了这话，胡玉兰一下子炮哮起来："都是你，要炸什么粮库，现在倒好，谢丹找上门来了，我现在就是跳进黄河也洗不清了！"

赵克辉看了一眼胡玉兰："炸毁民为天粮库是上峰的意旨，你不是也收到了吗？既然谢丹知道了你的身份，咱们就一不做二不休，杀了谢丹，然后回张家口复命去，反正名单已经拿到手了。"

胡玉兰想了想:"谢丹对我只是怀疑,我的解释也合情合理,再说了,当我拿出丝绸被面给她的时候,她还是很高兴的。"

赵克辉道:"师妹呀,你就是心肠太软了。心肠太软是做不了特工的。听我一句话吧,留下谢丹是后患,谢丹不死,共产党的侦缉队就会找上门来的,到时候你哭都来不及。"

胡玉兰想了想,说道:"我不许你伤害谢丹,她是无辜的。"

赵克辉脸色一变:"师妹,这件事情由不得你,咱们俩该回张家口复命了。"说着,赵克辉上前一把抓住了胡玉兰的手,厉声道:"你舅舅说了,今天你必须跟我回去。"

胡玉兰一转身,使劲儿打了赵克辉两个大耳光,然后指着街门说道:"你混蛋。你给我滚!"

39

第二天一早,胡玉兰刚到学校,就看到几个公安干部来到了学校,她的心一阵紧张。时间不长,李校长把她叫到了校长室。

胡玉兰进了校长室,看到李剑锋、贺国珍、赵雪梅都在,一个个表情严肃。她冷静地说:"李股长、贺股长你们来啦。来,我给你们倒点水。"

李剑锋冷冷地说:"胡老师,我们今天来找你,是调查一件事,你要实话实说。"

见李剑锋一本正经的样子,胡玉兰顿时有些慌张,她不敢正视李剑锋的眼睛,低着头说:"你们问吧。"

赵雪梅快言快语地说道:"谢丹死了。"

胡玉兰知道,这一定是赵克辉干的。她猜想肯定是李剑锋他们发现了什么证据,才找上门来的。她装着又吃惊又难过的样子说:"雪梅,怎么会呢,昨天晚上我们还见面呢。是谁把谢丹害了?"

李剑锋道:"你们昨天晚上还见过面?那你说说,昨天晚上的情况。"

胡玉兰想了想,说道:"全学校的人都知道,我和谢丹相当好,无话不说。

昨天晚上，天很晚了，谢丹来找我，告诉我说，有贼进他们家仓库了，吓得她不敢回家睡觉，要跟我睡。我当时想，不就是进去一个贼吗，反正也没丢东西，就安慰了她几句话，还送给她一套丝绸的被面，让她回去了。"

李剑锋道："你没有送她吗？"

胡玉兰的脸一红："我这几天来那个了，感觉身上发冷。我要送谢丹，谢丹看见我难受，就没让我送，我想，反正县城有路灯。谁想到会……"胡玉兰说着捂着嘴哭了。

贺国珍从包中拿出一个丝绸被面，问道："胡老师，是这个吗？"

胡玉兰擦掉泪水，点了点头："对，就是这个被面。"

贺国珍又拿出了一个京剧脸谱一样的面具，问道："胡老师，你见过这个吗？"

看到面具，胡玉兰心里一怔，这个面具是韩老七的呀，怎么会跑到公安局人手中？难道杀害谢丹的凶手是韩老七？但胡玉兰很快就否定了自己的判断，韩老七胆子小，还没有独立搞过暗杀活动。想到这儿，胡玉兰摇了摇头："没见过。"

贺国珍道："这是我们在现场发现的。"

胡玉兰把目光转向李剑锋："李股长，能告诉我吗，谢丹是在哪里被害的？"

李剑锋想了想说："在北关村的龙王庙附近，是强奸杀人。"

听了这话，胡玉兰的眼前立刻浮现出这样的场面：谢丹从胡玉兰家里出来不久，就被韩老七跟踪了。谢丹发现韩老七后，韩老七把谢丹骗出了城。当谢丹走到黑暗处时，赵克辉头戴面具，把谢丹吓晕，或者掐死，然后伪造成强奸杀人的现场。

胡玉兰装成害怕的样子，拉着李剑锋哆哆嗦嗦地说："怎么会这样呢，是谁杀的？凶手抓住了没有？"

李剑锋道："还没有，我们正在全力破案。"

听到这话，胡玉兰悬着的一颗心似乎放了下来，但她仍哭着说："谢丹和张班长搞对象，还是咱俩给介绍的呢！这人咋说没就没了呢！呜呜……"

看到胡玉兰难过的样子，赵雪梅的眼睛也湿润了。她从衣兜里掏出手绢，递给了胡玉兰。

李剑锋看了一眼李校长，又看了看胡玉兰："请李校长放心，我们会尽快破案的。"

傍晚时分，赵雪梅回到了家，看到父亲赵海山正在看书，便一头钻进了自己的房间。

母亲感到赵雪梅有点异常，赶忙推门走了进来，看到女儿正趴在床上，便问："闺女，你这是咋了？"

赵雪梅翻了个身，赌气道："妈，没事儿。"

母亲看到赵雪梅脸上有不悦之色，赶忙喊道："老头子，快来看看，谁欺负咱们宝贝闺女啦？"

赵海山放下书，走进屋，看了看赵雪梅，关切地问："咋啦，又和李剑锋闹别扭了不是？"

赵雪梅坐起身，嘟着嘴说："我才不稀罕他呢。"

赵海山呵呵笑道："看把你妈吓的，没事儿就好，快帮你妈做饭去。"

赵雪梅答应了一声，懒洋洋地走出了房间。

这时，母亲已经把饭做好，刚用酒嗉子给赵海山斟好酒。不料，赵雪梅却端起酒杯，把酒干掉。然后冲着母亲嘿嘿一笑，她从母亲的手中抢过了酒嗉子，又满了一盅酒端起来，还要喝。

母亲一看顿时急了："你这孩子是怎么回事，大姑娘家家的，乱喝个啥酒？这么不着调。"

赵雪梅笑嘻嘻地说："我就要喝嘛！"说着又端起了酒盅。

母亲一下子夺下了赵雪梅手中的酒盅，蹾在了桌子上："雪梅，你抽什么风呀！"

赵海山猜想女儿肯定有心事，便呵呵一笑："雪梅，最近在单位忙什么呢？"

赵雪梅本想把最近的情况告诉父亲，但一想到王树生局长的嘱咐，便冲着父亲呵呵一笑，淡淡地说："也没啥，就是整天整理档案什么的。还有就是抓特务呗！"

赵海山又笑眯眯地问："剑锋最近忙什么呢？"

赵雪梅卖了个关子："不告诉你。"

母亲看了看赵海山，又看了看赵雪梅，不满地说："你们爷俩儿这是唱的哪一出呀！还打起了哑谜，先别说了，吃饱了饭，攒足了力气再说。"

赵海山见女儿在和自己卖关子，并不气恼，便激了她一句："公安局的保密做得太好了，都保密到家里来了。算了，你不说我也知道，他也在整天忙着抓特务呢。你们公安干部呀，干什么都神神秘秘的，生怕泄密，其实呢，这件事县委吴书记早就和我说了。"

赵雪梅白了父亲一眼："知道了还问我？再说了，上次在集上，您和我妈不是都看到了吗？"

母亲瞪了赵雪梅一眼："雪梅，怎么和你爸说话呢！真是越来越没规矩了。"

听了母亲的话，赵雪梅不再言语了。

赵海山呵呵笑道："雪梅的心思我知道，等过了这段时间，龙城县消停了，再说吧，这两天，咱闺女还有那个李剑锋都在抓特务呢。对了，我听说庆和饭馆的老板也死了！"

母亲急忙问："咋死的？"

赵海山道："听说是别人杀死的，对吧，雪梅？"

赵雪梅点了点头，又摇了摇头，她本想把民为天粮油店发现定时炸弹的事情和谢丹被害的事情也说出来，但想起王树生千叮咛万嘱咐的死命令，便低着头说："这个案子没让我参与，是剑锋他们搞的，究竟是咋回事，我也不清楚。"

母亲无不担心地说："我的娘哎，你说这龙城怎么了，都解放这么长时间了，怎么就这么不安定？不是这个被炸了，就是那个被杀了，听着都瘆得慌，闹得晚上大家都不敢出门了。"

赵雪梅看了一眼母亲，拉了母亲的衣襟一下："妈，都是那些特务分子闹的。不过您放心吧，我们局长说，我们很快就会把这些特务抓住。到那时候，您可以随便在龙城县城逛街。"

母亲欣喜地说："那可太好了。闺女呀，你说我不识字，也没个工作，又不敢上街，整天待在家里，多闷得慌啊。"

赵海山意味深长地说："是呀，也真难为你们了！一个侯有林和一个张玉山把个龙城搅得鸡犬不宁。"

赵雪梅突然停止了咀嚼："爸，我听剑锋说，死的那个张玉山是假的，不是章鱼。"这句话是临下班时，李剑锋让她故意回家去说的。当时赵雪梅还为此和李剑锋吵了一通，嫌他对自己的家人都不信任了。

听了这话，赵海山的脸色有些阴郁了。他点了一支烟不停地吸着，呛得母亲直咳嗽："老赵，你就少抽两口吧，我们都跟着你受罪。"当她看到赵海山不悦的神色时，又马上转移了话题："雪梅，等剑锋忙过这段时间，你把他带回家里坐坐，上次我在街上就看出来了，你们俩挺般配的。"

赵雪梅撇了撇嘴："还不知道咋样呢！他整天忙着呢！"

母亲见雪梅有些不好意思，便推了推赵海山："老赵，过去打游击的时候，我就看出来了，剑锋是个好孩子。现在进城了，你就该找人给咱家雪梅撮合一下，咱不能让孩子们老等着。"

赵海山看了老伴儿一眼："这事我都和他们局长说过三次了，他也满应满许了，这个你就不用操心了。"

不料，赵雪梅把筷子一放，生气地说："你们别说那个李剑锋好不好，人家都烦死了！"

听了这话，母亲顿时犹豫起来："老赵，这是咋回事儿？"

"这……"赵海山也丈二和尚摸不着头脑。

母亲道："莫不是李剑锋有对象了？老赵呀，这个你得过问一下，咱们不能让咱闺女吃亏。"接着，又对赵雪梅说："雪梅，当娘的也得说你两句，有些事情我和你爸能出面，有些事情还得靠你自己。俗语说得好，一个巴掌拍不响，这两个人搞对象，还用我们教你呀，不能太矫情了，你们得相互随和着。"

第十八章　保密局里的枪声

40

　　察哈尔省会张家口。

　　一切都那么熟悉，潺潺流淌的清水河，霸气十足的德王府，堡子里、武城街、大境门。那是李云芳学习和玩耍的地方，也埋藏了她少女纯真的梦想。可如今行走在清冷的街道上，在李云芳看来，一切都显得那么陌生。当她看到大境门牌匾上"大好河山"几个字时，心中甚至感觉到有些凄凉。

　　中秋的张家口早已有了一丝冷意。李云芳来到了保密局张家口站外。此时的张家口站早已今非昔比了，出出入入的很多面孔她大多都不熟悉。北平城被包围两个月了，北平和张家口的联系几乎全被切断了，大家都在为即将到来的大战做着最后的准备，到处都是表情紧张惶惶不可终日的军人、商人和疾驰而过的军车。

　　接到了玉梅发来的电报，得知李宝库遭人暗算的消息后，李云芳万分着急，便找了一个借口，急匆匆地赶回了张家口。

　　回到张家口后，李云芳本打算直接去保密局，但是理智提醒了她，赵克辉一定安排了自己的爪牙在盯着自己，这样进去等于飞蛾扑火。李云芳考虑了半天，最后决定先找自己的好朋友玉梅问明情况，再作打算。玉梅毕竟和自己共事三年，平日里自己对玉梅不错，如同亲姐妹一般。可当她见到玉梅的那一刻起，便感觉到了气氛的不对。昔日阳光灿烂爱说爱笑的玉梅现在面黄肌瘦的，脸上已经有了浅浅的皱纹，说起话来也不像当初那样满脸带笑了。

　　两个人是在玉梅家附近的小饭馆见的面。等上好了饭菜，李云芳端起酒杯，本打算和她叙一叙这三个月离别之情，不料，玉梅刚刚端起酒杯便一阵阵恶心，赶忙跑进了厕所。

　　平日里玉梅没有这种情况啊，怎么会突然这样呢，李云芳感觉有些不对劲儿，待玉梅从厕所出来后，李云芳问了半天，玉梅开始还遮遮掩掩的，到了后来眼泪扑簌簌下来了："云芳姐，按说咱们姐俩在保密局里关系最好，可是我，我现在已经没脸见你了。"

　　李云芳感觉玉梅可能有难言之隐，便安慰道："玉梅，你如果信任姐姐，就把事情的原委告诉我，姐姐我给你做主。"

　　玉梅呜呜地哭了："云芳姐，不是我的过错，都是赵克辉那个王八蛋干的，我对不起你。"

　　李云芳一下子明白了事情的八九分，她拉着玉梅的手，急切地问："到底是怎么回事儿？你说呀！"

　　玉梅止住了抽泣，泪流满面地说："姐，你不知道，你走的这仨月，我受了多大的委屈！这个赵克辉是个人面兽心的东西。你走后的第二天，他就把我强暴了。"

　　听了这话，李云芳感觉有些天旋地转，好半天才稳住了神，恶狠狠地骂道："赵克辉，这个王八蛋！"

　　玉梅哭诉道："我本想找站长去告发他，那个家伙一把鼻涕一把眼泪地央求我，说以后会对我好，还说要娶我。我看他一副可怜的样子，就原谅了他，可没想到的是，他一而再再而三地欺负我。现在我怀上了他的孩子，他却把我甩了……"

　　听了这话，李云芳的眼泪也下来了。同病相连的两个姑娘紧紧相拥在一起，痛哭不止。好久，玉梅才把泪水擦干，推了一把李云芳："云芳姐，现在赵克辉一天到晚地想当什么张家口站副站长呢，你说这有可能吗？"

李云芳咬牙切齿地说："他那是白日做梦，任何一个领导都不会喜欢他这种吃里扒外、两面三刀的小人的。"

玉梅拉着李云芳的手，提醒道："对了，他还暗地里整你舅舅的黑材料呢，想告发他，只可惜李副站长还被蒙在鼓里。"

听了这话，李云芳的肺险些气炸，她急促地说："玉梅，你快告诉我，我舅舅的伤是怎么回事儿？"

"这段时间，李副站长每天都陪着张文蔚站长到张家口城防司令部，和第十一兵团司令长官兼张家口城防司令孙兰峰等人一起研究城防。前天晚上，李副站长从警备司令部出来后，没有回保密局就直接回家了，结果李副站长刚下车，就被别人在暗地里开枪打中了左腿。"

听了这话，李云芳心里一车难过："我离开张家口站一段时间了，我对现在的情况不是很了解，你能帮我判断一下，究竟是谁加害我舅舅的吗？"

玉梅摇了摇头，又点了点头："一定是那个赵克辉干的。"

李云芳想了想，赵克辉充其量比自己早回到张家口十天，他就是再有野心，也不至于这么快就对李宝库下毒手呀。想到这儿，她摇了摇头："我舅舅是他的恩师呀，他为啥要加害我舅呢？"

玉梅想了想说："前几天，赵克辉从龙城回来的时候，经常带着一帮人去喝酒。有一次他喝醉了，说你舅舅手里有一份平绥纵队潜伏小组的名单，他准备拿着这份名单去向北平站的王蒲臣献宝。"

对于王蒲臣，李云芳曾经听人说过。1948 年 6 月，毛人凤把北平站马汉三抓捕以后，王蒲臣当上了北平站的站长，他上任后的第一件事儿就是扩充了特务组织，布置秘密潜伏人员，看来王蒲臣也盯上了平绥纵队。李云芳知道，李宝库手里掌握着除了龙城县以外其他几个潜伏小组的所有名单，赵克辉很可能想用这份名单去邀功。李云芳心想，必须马上把这个消息告诉老舅，让他认清赵克辉的狼子野心，早有防备。但是老舅现在还在医院，如果自己贸然去医院的话，极有可能被张文蔚和赵克辉发现，一旦他们知道她私自返回张家口，反而对舅舅不好了。特别是赵克辉，一旦知道她回到了张家口，还不知道能生出啥幺蛾子呢！想到这儿，李云芳说："玉梅，我不方便去医院，你帮我打听一下，我舅啥时能出院。"

玉梅道："好，一有消息，我马上告诉你。云芳姐，你不回站里看看吗，姐妹们都想你呢。"

李云芳淡淡一笑："既然赵克辉敢害李站长，他也一定会防备着我。玉梅，你可要替我保密哟。"

玉梅爽快地答应了："没问题，咱们姐俩谁跟谁呀！"

李云芳笑了笑："玉梅，最近站里还有什么变化？"

玉梅想了想，说："反正最近一个时期，站里的变化挺多的，乱七八糟的。特别是赵克辉，一天到晚瞎折腾，最近，他连着破了几个地下共党的案子，抓了几个人，上峰对他又是嘉奖又是表彰的，他现在简直是目中无人。"

李云芳呵呵笑道："小人得志。还有什么情况？"

"还有就是，我不是负责机要嘛，从南京发来的电报中就能看出，毛人凤对咱们张家口站的工作好像是不太满意。"玉梅偷眼看了看李云芳，小心翼翼地说。

李云芳的眉毛一挑："那你说说看？"

玉梅喝了口水："一言难尽呀，你刚走的时候，共产党还没有围城，再加上你舅舅从中斡旋，南京对咱们站的工作还算满意。可是最近一段时间，共军兵临城下了，傅长官没听委座南撤的命令，还在坚守北平。而张家口的孙司令一天到晚行动诡秘。我看到南京发来的好几封电报，都是在质问李站长，为什么不掌握情况，没有及时向南京报告。我琢磨着，一定是赵克辉这些人搞的鬼，他们在背后捅李站长的刀子。"

李云芳点了点头，突然问："毛人凤在电报中有没有提到过平绥纵队的事情？"因为她知道平绥纵队才是李宝库手中最主要的王牌。

玉梅想了想："怎么会没有呢，我看到毛局长和李站长来往的电报中，提到过好几次呢。"

听玉梅这么说，李云芳心里得到了一丝安慰："还有呢？"

玉梅道："还有就是赵克辉最近和行动处处长林树河走得很近。这两个王八蛋，没有一个好鸟，云芳姐，你可要小心了。"

李云芳的眼前立刻浮现出一个秃头、贼眉鼠眼的家伙。对于行动处处长林树河这个人，李云芳简直太熟悉不过了。林树河一直是个势利小人，就和墙头上的草一样，哪头风硬偏向哪头。原来的时候，总在张文蔚和李宝库之间飘来飘去，现在居然抛开了张文蔚和李宝库，完全倒向了什么都不是的赵克辉。更没想到这两个人会狼狈为奸，合起伙来算计李宝库。李云芳不禁为舅舅捏了一把汗。

一连三天，李云芳住在朋友家里，如坐针毡。白天她连街门都不敢出，生怕被赵克辉等人发现行踪。直到第三天晚上，玉梅终于带来了好消息，李宝库出院了。

<h1 style="text-align:center">41</h1>

李宝库的家。温馨的小院，柔软的灯光渗透着浓浓的情愫。李云芳在这里度过了几年美好的时光。在这个小院，她从求学到走向社会，迈出了人生关键的第一步，从单纯的乡下妹子成长为城市姑娘。她感谢舅舅，给了她优厚的生活环境，给了她从书本学不到的人生经历。虽然最近自己对舅舅的信仰产生了怀疑，怨恨无休无止的战乱，更怨恨保密局那些道貌岸然心怀鬼胎的家伙，但是就家庭而言，她是满足的。

直到夜很深了，来探视李宝库的客人才走光。李玉芳才从暗处走了出来，四下观察了一下，然后向大门走去。

"什么人？站住！"卫兵大声喝道，并拉动了枪栓。

"我，云芳。"李云芳不紧不慢地说到。

"是小姐，小姐回来了。"其中一个卫兵认出了李云芳，立刻收起了枪，恭恭敬敬向她敬了一个礼。

"是小姐回来啦，太太，小姐回来了！"用人张妈欣喜地大声喊了起来。

舅妈赶忙迎了出来，一下拉住了李云芳："让舅妈看看，这段时间云芳瘦了没有？这个死老头子，把你派那么远的地方去执行任务，而且一去就是两三个月。唉！"

"我舅咋样？"李云芳焦急地问。

"看看你就知道了。"舅妈说着带李云芳来到了李宝库的寝室。只见李宝库正歪在床上，戴着一副老花镜看着报纸，腿上伤口处缠着绷带。李云芳一进屋再也憋不住，扑到舅舅的身上哭了起来。

李宝库见到李云芳后，放下手中的报纸，笑道："你哭啥，作为军人，哪有不受伤的？"

李云芳仔细看过李宝库的伤势，肺都要气炸了，她突然杏目圆睁，咬牙切齿地说："我去杀了那个狗东西！"

李宝库看了一眼李云芳："你去杀谁？"

李云芳恶狠狠地道："赵克辉。"

李宝库呵呵笑道："你凭啥说是赵克辉下的手？这件事情警察局已在调查，你就别管了。好啦，你既然回来了，就在家好好陪我两天，顺便汇报一下龙城的情况。"

李云芳拿了个小凳坐在了李宝库的床边，一边削着苹果，一边笑着向李宝库汇报了自己在龙城的情况。李宝库听着听着，不由得皱起了眉头："云芳，我怎么听着，你像是在替共党做宣传，你不是被他们赤化了吧！"

李云芳安慰道："舅舅，您就放心吧，无论咋样，到什么时候，我都是您的外甥女，我怎么会被他们赤化了呢？可是老舅，张家口肯定是守不住了，我得替您着想呀！"

"够了，你不要再说了。"李宝库把吃了半截的苹果扔在了一旁，"你这是在家中说这种话，如果在站里，我会停你的职的。"停了停，他又说："连委座都认为共军在华北地区难以对国民党军队主力形成真正的威胁。更何况我们的城防工事固若金汤，坚守三个月不成问题；再者，傅长官也不可能坐视张垣失守而不管的。云芳呀，有些事情你还不知道。这三个月，国军在张家口的防务发生了很大变化，重型武器又增加了不少，张家口的城防工事又加固了许多。退一万步讲，即使北平和张垣都失守了，毛局长也已经给咱们俩安排好了退路。"

李云芳没想到，李宝库这么顽固，看样子目前根本劝不动舅舅转变思想，但舅舅目前的处境确实不怎么好。再说了，张文蔚对舅舅已经不再像以前那样信任，说不定哪天会对舅舅下手。前两天的枪击案不就是很好的证明吗！想到这儿，她笑了笑："我相信舅舅，可是有些事情舅舅不得不防呀，比如说……"

李宝库自信地笑了笑："云芳，现在时局动荡，人心叵测，对谁都不可全信，也不能不信。我知道，现在张家口站内部有人在做我的文章，想把我搞垮，取而代之。但是你要相信舅舅的能力，现在他们不敢把我怎样，至于那个赵克辉还嫩了点。"

李云芳将信将疑地看着李宝库。她在想，舅舅虽然老谋深算，但也有大意的时候呀！于是便说："老舅，我听说，赵克辉和北平的王蒲臣联系挺密切的，您可要小心了。"

李宝库笑道："卖主求荣的东西！他一直在打平绥纵队的主意。前几天，他从龙城回来后，就千方百计地向我打听平绥纵队名单的情况。你是知道的，平绥纵队就是沿着平绥铁路察南以及绥远十个县的潜伏小组，其余几个县的名单一直在我手里，只有龙城县的潜伏名单还在章鱼的手里，这也是我把你派回龙城县的真正目的。幸亏前几天你的提醒，他拿到的那份名单是假的。没想到呀，章鱼这只老狐狸还留着一手。"

李云芳道："那现在咱们该咋办呢？"

李宝库看了看李云芳："所以无论如何你要找那龙城县的潜伏名单，拿到完整的名单后，咱们爷俩就可以带着整个潜伏计划去南京了。"

李云芳点了点头："舅舅，您放心，我一定会拿到龙城县那份名单的，等我拿到名单，就回来找您，不过，您先把其他名单藏好了，千万别落在赵克辉这些人的手里。"

李宝库摸着李云芳的秀发，呵呵一笑："放心吧，这份名单我不说，别人谁也找不到的。"

李云芳问道："那您对我也保密？"

"傻丫头。"李宝库想了想说道，"是呀，名单是咱们爷俩的护身符，一旦我发生意外，我最担心的就是你。"

李云芳说："舅舅，您千万别这么想，实在不行咱们投共吧！"

李宝库瞪了一眼李云芳："混账话，你怎么能和那个不争气的晓雨说出同样的话。我李宝库追随委座那么多年，手上沾满了共党的血，让我去投奔共产党，他们能饶过我吗？"

听了这句话，李云芳急切地问："这么说，晓雨姐回来过？"

李宝库艰难地一笑："算了，不提她了，随她去吧。"

舅妈进来了，看了看李宝库，又看了看李云芳："云芳，我把饭给你做好了，你先吃点饭，一会儿你们爷俩儿再聊。"

为了掩人耳目，李云芳白天躲在闺房里闭门不出，晚上陪李宝库说话唠嗑。这几天她想了很多很多，但想得最多的是如何能确保李宝库的安全。

42

这天晚上，李宝库提出要到院子里走走。李云芳怎么劝也劝不住，便搀扶着李宝库走出了房间。

深秋的张家口虽然有些寒意，但对于近十天没出门的李宝库来说充满了诱惑。他站在院子里望着满天的星斗显示出无比的兴奋，竟然扔下拐杖，向街门走去，想出去看看武城街的夜景。

李云芳担心出事，拿了件衣服马上追了过去。但就在这时，突然传来一声枪响，李宝库一头栽倒在地上。

李云芳听到枪声后，知道大事不好，立刻冲到李宝库的身边大声喊了起来："舅舅，舅舅，您醒醒，您怎么啦？"

两个卫兵听到枪声后，赶忙跑了过来，手忙脚乱地帮着李云芳把李宝库抬进了屋里。

舅妈和张妈见李宝库伤了，拍着大腿哭天抢地起来。

李宝库满嘴冒着血，颤巍巍地说："云芳，看来他们是不会饶过我的。你赶快到我的办公室拿上潜伏小组的名单，带着你舅妈离开张家口，走得越远越好。"

看到昔日疼爱自己的舅舅连续被暗算，李云芳眼中充满怒火，她拔出了手枪，想冲出去为舅舅报仇，但感觉自己的腿被人抱住了，定睛一看，原来是舅妈。

李云芳急了："舅妈，你？"

舅妈哭着说："云芳，就听你舅舅一句话吧，咱们斗不过他们的，他们人多势众，心毒手狠。前几天，赵克辉还来咱们家，逼你舅舅交出名单呢。孩子，你快走吧。"

李云芳看着舅妈问道："舅妈，这事儿你咋不早说呢？"

舅妈擦着泪水，颤巍巍地说："你舅舅不让我说。"

李云芳给舅妈擦干泪水，说道："舅妈，您就告诉我吧。"

舅妈止住了哭泣，慢慢说道："你舅舅受伤前一个礼拜的一天晚上，赵克辉来找你舅舅。我在里间屋里听见，你舅舅向他问了一些你在龙城的情况，接着两个人就聊起了平绥纵队的事情，我听着，他们俩说着说着就吵起来了。你舅舅说：'平绥纵队的潜伏计划是张家口站的最高机密，只有接到毛局长的指令，才能实施。'赵克辉说：'我是您的学生，您对我还不放心吗，再说了，云芳已经答应我了，说过几天她从龙城回来，我就来求婚，反正这个名单也不会泄露出去的。'你舅舅说：'你和云芳的事情是私事儿，平绥纵队的事情是公事儿，这件事情我只听毛局长的。'我当时怕他们俩吵翻了，就从里屋出来，想去劝劝。没想到，他们两个人的眼都红了，一个个都跟凶神恶煞似的。你舅舅骂他忘恩负义，赵克辉说你舅舅不识时务，而且是一副气急败坏的样子。我怀疑你舅舅的死一定和他有关。"

李云芳声嘶力竭地喊："我要杀了赵克辉，我要杀了他。"

舅妈哭着央求道："云芳，就算舅妈求你了，你这样死了，不值，真的不值呀！"

李云芳擦去了脸上的泪水，站起了身。冷静下来一细想，也是，如果现在去找赵克辉报仇，自己单枪匹马的，一定会吃大亏，不如先……

李云芳安顿好舅妈等人，然后悄声来到了保密局张家口站。

李云芳很快就进入了保密局张家口站，她四下看了看，然后直奔二楼，用钥匙打开了李宝库的房间，按照李宝库的指点，从密室中拿到了潜伏小组的名单。就在她刚要出门的时候，忽然觉得自己的后背被枪口顶住了。

"师妹，我在这里等你多时了。"赵克辉出现在了她的面前。

李云芳怒不可遏地看着赵克辉："你……"

赵克辉冷笑着："云芳，这么晚了，到单位干什么？"

李云芳也不含糊，冷冷地说："我舅舅被一个白眼狼给害了，我来取药给他疗伤。"

"呵呵，取药，我看是来取潜伏计划的吧，举起手来。"赵克辉用黑洞洞的枪口指着李云芳。

李云芳料定赵克辉是不会放过自己的，她晃了晃手中的药瓶，莞尔一笑："真的，你连我也不信吗？不信你看。"

赵克辉仍用枪口对准李云芳："师妹，跟我走吧。咱们别在张家口待了，到北平去，然后咱们去南京。"

李云芳故作惊奇地问："到北平去，到北平去做什么？是去卖主求荣，还是去献宝？"

赵克辉认真地说："王蒲臣站长已经答应我了，如果能提供平绥纵队的潜伏名单，他就给我个副组长干干。王站长还说了，他也不会亏待你的，最起码也是个处长啊。"

李云芳恶狠狠地说："做你的梦去吧！我不会跟你去的。"

赵克辉仍不死心："师妹，要不咱们做个交换，你把名单和潜伏计划给我，我出十根金条，怎么样？"

李云芳想了想："赵克辉，我问你一件事情，你要如实告诉我。"

赵克辉狞笑着，说道："问吧，甭说一件了，就是十件，我也回答你。"

胡玉兰道："龙城小学的谢丹是不是你杀的？"

赵克辉笑道："是我又怎么样，我还不是为了掩护你嘛！再说了，她的小模样又挺俊的。"

胡玉兰怒不可遏地说："所以你就强奸了她，又杀害了她，还让她暴尸荒野？！"

赵克辉狠狠地道："难道我们对共产党还要讲恩慈吗？"

胡玉兰强压怒火，继续道："我再问你，我老舅、你的老师是不是也是你下的黑手？"

赵克辉装出一副可怜相："云芳，这你冤枉我了。你可要相信我呀，李站长是我的恩师，我怎么会干那种事儿呢！一定是有人在栽赃陷害我。"停了停，他又说："师妹，反正李老师他已经那样了，张家口也被共军包围了，咱们就……"

李云芳厉声呵斥道："住嘴，你终于说实话了，你个人面兽心的东西，白披了一身人皮。我老舅千辛万苦培养你，你却对他三番五次下毒手，你还是人吗，早晚要遭到报应的！"

赵克辉突然一阵奸笑："李云芳，是我干的又怎样，你也不看看，今天你还能跑吗？放聪明点儿，好好和我合作，如果胆敢反抗，就别怪老子不讲情面。"

李云芳道："赵克辉，你简直是个疯子。"

赵克辉冷笑道："李云芳，我就是个疯子，我的疯是被你逼出来的。当初你如果肯嫁给我，李宝库，还有你何至于有今天。"

李云芳道："赵克辉，你做梦去吧。"

赵克辉嬉笑道："师妹，那你就别怪我不客气啦，来人！"

不知何时，身穿军装的玉梅出现在赵克辉的身后，她冲着赵克辉笑道："赵站长，你这是要干吗呀，发这么大的火？"

赵克辉一看是玉梅，便冲着她道："玉梅，你来的正好，赶快帮我把李云芳抓起来。"

玉梅先是拉着赵克辉的手，笑道："赵站长，云芳姐也不是外人，她大概在龙城待的时间长了，还不了解站里的情况，我来劝劝她。"然后玉梅转过身，站在了赵克辉和李云芳之间，冲着李云芳笑了笑："云芳姐，我也听说你手里有一份名单，反正张家口也守不住了，不如咱们三个人拿着名单一块儿到北平。"玉梅一边说着话，一边使眼色，示意李云芳赶快跑。

李云芳顿时明白了玉梅的意思，立刻改口道："那容我好好想想。"说着慢慢向门口移动着脚步。

陡然，玉梅从怀里掏出一把匕首，一转身向赵克辉刺去，然后一把抱住了赵克辉，同时大声喊道："云芳姐，你快跑。"

赵克辉躲闪不及，被刺中了胳膊。他疼得一声惨叫，推开了玉梅，朝玉梅开了一枪，然后要追赶李云芳。

李云芳本想冲上前去和赵克辉进行博斗，但玉梅披头散发地死死抱住了赵克辉的腿，声嘶力竭地喊着："云芳姐，你快跑呀。云芳姐！"

"玉梅，玉梅！"胡玉兰望着与赵克辉博斗的玉梅，不顾一切地喊叫了起来，她想扭身来救玉梅。

"云芳姐，你快走，再不走就来不及啦！"玉梅用尽了全身力气，一头撞向赵克辉。

"玉梅，你为啥这样呀，我要杀了你！"赵克辉又向玉梅连开了两枪。

玉梅的身子一软，倒在了地上，口吐着鲜血说道："克辉，我求你就饶了云芳吧！我已经怀了你的孩子！"

"啊！"赵克辉"咣"地把枪扔在地上，一下跪倒在玉梅面前，声嘶力竭地喊着："玉梅，我不要你死，不要，不要！"然后抱起玉梅，快步向院子跑去。

李云芳强忍住眼泪，快步出了保密局张家口站，发动了汽车，消失在茫茫夜色中。

第十九章　**特殊照顾**

43

张家口之行，使胡玉兰对保密局彻底绝望了。她厌倦了保密局内部的钩心斗角、尔虞我诈，更对那些失去人性的特务充满了敌意。特别是眼见着舅舅中弹倒在自己怀中却不能相救，使她渐渐产生了一种仇恨。可以说，舅舅为了党国奋斗了一辈子，可最后的结局呢，还不是被谋杀了。胡玉兰的这种仇恨是对保密局的，同时也是对自己的。每每想起自己的所作所为，胡玉兰便有一种罪恶感。

胡玉兰本打算把那份罪恶的名单烧掉，但当她仔细研究完这本厚厚的名单后，又感觉到了事情的重大。这是一份察哈尔省和绥远十个县的特务潜伏名单和潜伏计划：按照甲乙丙丁戊己庚辛壬癸的顺序排列。一共是五百名潜伏人员，唯有龙城县的名单是空白的。一旦把龙城县的潜伏名单搞到手，这可是一支不可小觑的潜伏力量。也可以说，这份名单决定着五百人的死活。怪不得老舅把它当成自己的护身符，难怪赵克辉对这份名单觊觎这么久，而且不择手段地把老舅杀害了。

现在老舅已经死了，看样子张家口也已经不保了，今后自己的出路在哪里呢？胡玉兰绞尽脑汁琢磨自己今后的路。陡然，她想到了这份名单的现实价值。既然保密局和共产党都想得到这份名单，自己为何不把它交给共产党呢？这将是一份不错的厚礼。但她很快就打消了这个念头，这样不是不打自招吗？到那时，共产党能绕过自己吗？胡玉兰又想到了李剑锋，她已经明显感觉出，李剑锋对自己流露出的爱恋。可他一旦知道了自己在保密局做的那些事儿，也一定不会饶过自己的。胡玉兰把自己关在屋里哭了整整一天，最后擦干泪水，把名单藏了起来。

胡玉兰没敢把张家口真实的一切告诉母亲，只是谎称姥爷去世了，然后陪着母亲哭了几次，烧了一些黄表纸，向着西北的方向祷告了一番。在随后的日子里，胡玉兰每天帮助母亲做些家务，陪着母亲说说张家长李家短的闲话，再有就是跟着母亲学习针线活儿，以此缓解心中的苦闷怨恨。

在人们的盼望中，杨树沟村的秋天来了。这是土改后的第一个秋天，充满了农民翻身后的喜悦。胡玉兰家土改的时候分的五亩土地和一亩果树园，经过父亲大半年的精心照顾，收成不错。

一大早，父亲和哥哥胡庆林要去收割谷子了。胡玉兰也早早起来，准备跟随父亲和哥哥一起出发。此时的她已经活脱脱一个农村妇女的打扮。

哥哥胡庆林看着胡玉兰有点心疼地说："玉兰，你这手是捏笔杆子的，怎么能干这粗活儿呢！听哥的话，你跟咱娘在家做家务吧，陪咱娘多说说话，地里的粗活儿，是老爷们儿干的，你就别跟着瞎掺和了！"

胡玉兰笑着说道："让我去吧，我还没到咱家的地里去过呢。"她说着拿起镰刀，走到了院子里。

嫂子铁梅风趣地说："小妹，看你这身穿扮确实像个农民，但一走路就露馅了。你这哪像是下地干活的，简直是游山玩水的。"说完后笑了起来。

胡玉兰辩解道："我咋不像？"

铁梅笑了笑："反正走路和俺们农民不一样。"

胡玉兰看了看自己的一身打扮，也不自然地笑了。

铁梅说道："人跟人就不一样，我们是土里刨食吃苦受累的命。你是在城里当阔太太的命。小妹呀，你难得回来一趟，就在家帮妈做做饭，顺便帮我带一带孩子吧。"

"姑姑，姑姑，我要你教我认字。"侄女杏花手里拿着纸和笔跑了过来，一双大眼睛天真地看着胡玉兰。

胡玉兰放下手中的镰刀，勉强答应了下来。

杏花跳着喊着："姑姑教我认字喽！"

胡玉兰辅导了杏花一会儿文化课，不知怎的，脑海里又突然出现了舅舅那血淋淋的伤口，她不由得又流下了眼泪。

杏花看到胡玉兰哭了，赶忙跑进屋里，喊道："奶奶，奶奶，我姑她哭了。"

母亲一听，赶忙跑了过来："闺女，你这是咋的啦，哪里不舒服了，要不要请大夫来看看？"

胡玉兰脸色苍白，勉强笑了笑："娘，我没事儿，刚才那是风吹的。"

母亲心疼地说："玉兰，这样吧，你不是要去咱家的地里看看吗？反正也快中午了，你就带着杏花，去给你爹他们送饭吧。"

"好。"胡玉兰回到堂屋，和母亲准备好饭菜，又把饭菜装到小筐里，然后拎着小筐，领着杏花向村后自家的庄稼地走去。

这是胡玉兰十年来第一次看到秋收，也是她在解放区第一次看到的秋收场面。她不由得又想起了十年前的情景。那时候，杨树沟村的地几乎都集中在地主李万才家，村民们只能租种他家的地。开始的时候，有的人家私自在山坡上开荒，后来也被李万才家巧取豪夺地给抢走了，所以杨树沟村没有真正意义上的秋收。而现在就不同了，从人们喜气洋洋的眉梢和忙碌的身影中，就能看出他们喜悦的心情。

胡玉兰一手拉着杏花，一手拎着装有饭菜的小筐，高高兴兴地朝着自家的地里走去。边走边和收割的乡亲们打着招呼。

胡玉兰正走着，背后忽然传来一个熟悉的声音："玉兰，你啥时候回来的？"

该死的，怎么会是他？胡玉兰心里骂了一句，回头一看，果然是胡三元，此时他正扛着大枪，和三个民兵站在一起。

看到有其他人在场，胡玉兰便阴沉着脸说道："我回来好长时间了。"

胡三元走过来，笑了笑："你这是干啥去？"

胡玉兰斜着眼睛："我爹和哥哥在收割庄稼，我去给他们送饭，你们这是？"

　　胡三元笑道："我们在护秋呀，一来防备阶级敌人的捣乱破坏，二来防备野猪什么的。"

　　一听到野猪，胡玉兰立刻想到了上次桃条沟之行，她的脸顿时更加阴沉了："那你们忙吧，我走了。"

　　胡三元走到胡玉兰面前："别介呀，咱俩聊聊！"

　　胡玉兰不耐烦地说："改日吧！我爹他们还等着呢。"说完头也不回地向前走去。

　　胡庆林家的谷子地和果树园紧挨着。已经快中午了，父亲带着儿子和媳妇割完了一趟谷子，正在树荫下歇着，看到胡玉兰带着杏花送饭来了，他赶忙磕掉烟锅里的灰，把烟荷包绳往烟袋杆儿上绕了绕，往腰间一别，然后干咳几声，站了起来："闺女，道上不好走吧？"

　　胡玉兰微笑着："没事儿，有杏花呢。"她把小筐的饭菜一样样拿出，让父亲和哥哥嫂子趁热吃饭，自己则打量着自家苹果树上红红的苹果："爸，这都是咱家的吗？这么多！"她顺手摘了一个，甜甜地吃着。

　　父亲扬了扬手中的玉米面饼子，笑得合不拢嘴："这得感谢共产党呀，是他们带着咱们斗倒了地主李万才，咱们才有了今天的这好日子，闺女，你看咱家的谷穗儿有多长，苹果有多大呀！"

　　"爷爷，爷爷，你们快看。"杏花的小手向谷地的另一头指去。大家回头看去，只见胡三元带着两个民兵正在帮他家收割着谷子。

　　胡玉兰满脸不悦地说："我去告诉三元他们，咱家的地不用他们帮忙。"说着转身就要去。

　　胡庆林纳闷道："这个胡三元的葫芦里卖的是啥药？前些日子，总是有事儿没事儿往咱们家里跑。"

　　嫂子铁梅说："前一段时间，胡三元还向我打听你呢。他还让我告诉你，他很快就要调到区里去了，还说往后到县上开会的时候，没准儿还要找你去坐坐，让你别嫌弃他。"

　　父亲看了看胡三元，没好气地说："这人心隔肚皮，你知道他是人还是鬼？反正我看这段时间，三元好像有心事儿。"

　　胡玉兰生气道："我去和他们说说去。"

　　父亲瞪了胡玉兰一眼："不许去！"停了停又说："闺女，收割完庄稼，明天你回县城吧，杨树沟不是你待的地方。"

胡玉兰闹了个大红脸，看着闷头抽烟的父亲，心里很不是滋味儿。

胡庆林向胡玉兰使了个眼色，说道："玉兰，我看还是算了。也许三元是顾念旧情。"

"我找他去。"胡玉兰说着跑到胡三元的面前，"三元哥，你别干了。"

胡三元停下手中的活儿，用胳膊擦了擦汗，笑道："玉兰，你这是咋啦？"

胡玉兰说："你回去吧，这点活儿，我们自己能做，不用你帮忙，你走吧。"

胡三元依旧笑呵呵地说："三兰，瞧你说的，都是乡里乡亲的，相互帮个忙，都是应该的。再说了，我们家的地也早就收割完了，我闲着也是闲着。庄稼人嘛，出点儿汗舒服，咱就是做活儿的命。"说着他向正在干活儿的两个民兵说："你们俩说，我说的对不？"

一个民兵应和着说："就是嘛，我们待着也是待着，庄稼人出出汗，浑身上下还能爽快点儿。"

另一个说："三元哥还说，今天一定要帮你们家把庄稼收完呢。"

听到两个民兵的一唱一和，胡玉兰气便不打一处来，她猜想，这个胡三元很可能把他们俩的事情说出去了。

胡三元冲着胡玉兰挤了挤眼，笑道："玉兰呀，我看你还是回家做饭去吧。你不是干这庄稼活儿的料，等哪天我到县城开会，说不定还要去找你呢！"

民兵见胡三元对胡玉兰说话很随便，起哄道："胡老师人长得漂亮，做的饭来也一定很香。"

"胡老师，你回去给我们准备下酒菜去吧，给我们烫好酒，晚上我们也跟着三元哥去你家解解馋。"

听了这话，胡玉兰火冒三丈。

44

第二天早上，母亲搬出了半袋玉米，带着胡玉兰来到了碾坊。母亲先把玉米倒在碾盘上，接着一边赶着毛驴围着碾道一圈一圈走，一边用笤帚不断地扫着碾盘，以便把碾盘上的玉米面收到簸箕里，然后再倒在床上反复罗着。时间不大，母亲的脸上溅满了棒子面。

胡玉兰则是一个村姑的打扮。头上包裹着一块绿色的头巾，穿着蓝花的大襟夹袄，在帮母亲罗面。但干着干着，胡玉兰就有点心烦了，一个劲儿地发呆。母亲见胡玉兰半晌不说话，用笤帚敲了一下她的肩头："丫头，你这是咋了，一声不吭，是不是有啥心事？"

胡玉兰一笑："娘，我想一个人待会儿。"她说着拽下头巾，走出了碾坊。

翠萍抱着孩子走了过来，她的脸用围巾包了个严严实实，如果不细看根本就认不出来。

当翠萍来到胡玉兰近前，胡玉兰这才看清，翠萍的脸肿得很难看："翠萍，你这脸是咋弄的？"

翠萍掩饰道："没……没什么。"

玉兰妈听到胡玉兰大呼小叫，也着急忙慌地跑了出来。当她掀开翠萍脸上的围巾："我的老天爷呀！翠萍，你这脸是咋回事儿，是谁欺负你了，把你打成了这样？"

翠萍怨恨地看着地上，然后向胡玉兰瞥了一眼。胡玉兰顿时明白了一切，特别是当看到孩子的小手在抓挠着翠萍红肿的脸的时候，她的心像被什么揪了一下，胡玉兰感觉此时的翠萍是那样的可怜无助，便低声问道："是三元打的吗？你是他的媳妇呀，他怎么能对你这样呢！简直太过分了！"

玉兰妈抱怨地说："这个三元子又撒酒疯了不是！昨天晚上，三元子在俺家喝酒的时候，我就嘱咐他，让他少喝点儿，你看看你看看，真是的，这个三元子真没记性！"

翠萍看了一眼玉兰妈，苦笑着说："大娘，您忙您的去吧，我跟玉兰姐有话说。"

玉兰妈叹息道："这两口子居家过日子，虽说是没有马勺不碰锅沿的，可三元子也忒犯蛮了，咋会把你打成这样！等哪天我还得劝劝他。两口子没有隔夜的仇，都拉家带口的了，咋还一天到晚的跟三青子似的。"

玉兰妈走后，翠萍一把抓住了胡玉兰的手，哭着央求道："玉兰姐，我求你了，你赶快走吧，你再不走，胡三元非打死我不可，昨天晚上，他差点把我掐死了。"

胡玉兰纳闷地问："翠萍，这究竟是咋回事儿，你跟我说呀！我就是走，也不能不明不白地走呀。"

翠萍忍住泪水，缓缓说道："玉兰，胡三元的魂儿已经被你勾走了。他现在满脑子都是你。我知道，以前你们俩好过，可这事儿都快十年了，你就饶过我和两个孩子吧。"

看到翠萍可怜巴巴的样子，胡玉兰有些难过又感觉有些好笑，她故作惊奇地说："怎么会这样呢？我怎么会勾走他的魂儿呢？"

翠萍继续道："这些日子，三元看我鼻子不是鼻子，脸不是脸的，总是找我的碴儿，反正我做什么都不对。最可气的是，昨天晚上胡三元回到家里，非要和我做那种事，我来那个了，没同意，他对我又是掐又是打的，还说要休了我，然后娶你。我一听就急了，要和他闹，没想到，他竟然拿起了枪赶我走，要不然就要打死我。这大黑的天，我往哪里走呀！再说了，我也丢不起这人呀！玉兰姐，现在只有你能救我了。只要你走了，胡三元就会回心转意的，我俩毕竟有了两个孩子呀，玉兰姐，我求你啦！呜呜……"

胡玉兰这次彻底惊呆了。她没想到胡三元竟对自己这样痴情。她又想起了上次的桃条沟之行。胡玉兰原以为经历了那次，胡三元会对她死心，没想到他竟然贼心不死，而且还拿翠萍出气。想到这儿，便安慰道："翠萍妹子，姐对不起你，我明天就走，再也不回来了。"

听了这话，翠萍擦了擦泪水："玉兰姐，是我对不起你，当初是我抢走了你的三元哥。可是那不怪我呀，你一走，三元的心都碎了，那年要不是我爹救他，他早就死了。"

听了翠萍的诉说，胡玉兰的眼泪也下来了，两个女人抱在一起，哭成了一团。

"哇哇——"翠萍怀中的孩子哭了起来。

正在这时，胡三元正带着一群人说说笑笑地朝这边走来。

翠萍见到胡三元，如同老鼠见到猫一样，顿时吓得体似筛糠："不好，玉兰姐，胡三元带人找我来了。我得赶紧躲起来。"翠萍说着，抱着孩子很快藏了起来。

胡玉兰定睛一看，来的不仅有胡三元，还有龙城完小的李校长等五六个人。李校长的手里还拎着两包点心。

李校长看到胡玉兰后，笑呵呵地说："真想不到呀，小胡老师，你的家好难找呀！"

胡玉兰赶忙满脸堆笑："原来是校长来了，这么远，您咋来了？"

寒暄过后，胡玉兰不好意思地说："实在对不起您，我一连气歇了这么长时间，学校的一切还好吧？"

李校长笑了笑："不要紧，不要紧。玉兰呀，我今天来，一是来看你，二来呢，昨天县文教办来电话了，让你写一份材料。"

胡玉兰听了这话，立刻警觉起来，她本能地问："县文教办让我写材料，啥材料呢？"

"就是让你把到张家口的经过全都写清楚，不能向组织隐瞒，要实话实说。"胡三元说完朝胡玉兰努了努嘴。

听了这话，胡玉兰暗自寻思着，是不是自己暴露了，还是哪点让他们产生怀疑了？如果真是这样的话，还是逃命要紧。胡玉兰偷眼向胡三元看去，她相信，既然胡三元对自己如此痴情，如果是来抓她的，胡三元是不会袖手旁观的。但她转念又一想，如果是来抓自己的，为什么没有公安局的人呢？她断定自己还没有暴露。

李校长哈哈笑道："玉兰呀，你可为咱们龙城完小争光了，你要被调到县里工作去啦！"

听了这话，胡玉兰悬着的一颗心终于落地了，她的内心虽然美滋滋的，但仍然含而不露地说："李校长，不会吧，怎么可能呢，我连老师都当不好，怎么能调到县里工作呢？"

李校长凑近胡玉兰的耳边说："听说是赵县长推荐的，呵呵。"停了停，他又兴奋地说："玉兰，你还不知道吧，解放军已经把北平和张家口包围了，张家口眼看也要解放啦。"

"是吗，那可太好了！"胡玉兰欣喜地说。

母亲不知道啥时候跑了过来，拉住李校长的手激动地说。"咋地，张家口要解放了？这得好好谢谢你们了，这回我就可以回娘家了。"

李校长笑道："老嫂子，你不要谢我，这得感谢共产党，咱们的解放军。"

胡玉兰成了县文教办的一名干部。她每天的工作不是很忙，主要是组织全县的一些文化活动，然后就是下乡去检查识字班。一个月下来，她几乎把老舅的事情忘记的差不多了。

这天下午，主任张振海急匆匆地找到胡玉兰，告诉她领导要找她谈话，胡玉兰纳闷地说："张主任，你不是领导吗？"

张振海笑了笑："我算什么领导，去了你就知道啦。"

胡玉兰忐忑不安地走过主任办公室一看，不由得一愣。原来张振海说的领导竟然是县长赵海山。自己虽然上次在医院里见过赵海山，但这么近距离和他坐在一起，还是第一次。胡玉兰看了看赵县长，尴尬地站在了一旁，不知道说什么好。

张振海悄声对胡玉兰说："玉兰呀，你知道吗，你到文教办来工作，是赵县长安排的，你还不赶紧感谢赵县长。"

胡玉兰赶忙冲着赵海山深深地鞠了个躬，然后又拘束地站在了一边。

赵海山欣赏地看了一眼胡玉兰，微笑道："小胡同志，你坐呀。"

胡玉兰有点拘谨地坐在了一旁的椅子上。

赵海山点了一支烟，笑眯眯地看着胡玉兰："小胡同志，千万别这么紧张，咱们见面也不是一次了，你对这个工作还满意吧！"

还没等胡玉兰说话，张振海就抢着说道："胡玉兰同志自打到文教办工作以来，经常加班加点，工作可积极了。大家都反应，她待人热情，乐于助人。"

赵海山微笑着点了点头，然后冲着张振海说："振海同志，我和小胡同志有些话要讲。"

"那您先忙，您先忙。"张振海识趣地离开了。

等张振海出去，赵海山又端详了一会儿胡玉兰，半晌才说："小胡同志，今天我找你，是想和你说点私事。"

胡玉兰迟疑了一下："谈私事？"

赵海山笑道："你也知道，我是雪梅的父亲，她经常提起你，说你不仅长得好看，也挺有文化的。"

胡玉兰不好意思地笑了笑："我哪有赵姐好！"

赵海山呵呵笑道："小胡同志，有对象了吧？"

胡玉兰听了这话，立刻感觉到了强大的压力，但她还是说出了实话："工作要紧，我还没考虑呢。"

赵海山笑眯眯地看着胡玉兰："我听雪梅说过，你好像跟他们单位的李剑锋也很熟悉吧！"

胡玉兰如梦初醒，她猜想，一定是赵雪梅在赵海山面前说了自己和李剑锋的坏话。想到这儿，她的脸霎时变得通红。

"我……我……"胡玉兰一时不知该说什么，她下意识地拿起暖水瓶给赵海山满水，一不小心把赵海山的茶杯弄翻在地上。

胡玉兰赶忙弯腰去捡。不料，赵海山已经先她一步，站起身把茶杯捡了起来，放到了茶几上。就在这时，胡玉兰惊呆了，因为她发现在赵海山的右手臂上有一个月牙儿的红痣。

此时胡玉兰顾不得多想，赶忙找来抹布，把洒在地上的水擦干净，重新给赵海山满好水，然后坐在凳子上，心怦怦跳个不停，她感到如芒在背。

赵海山好像没事儿人一样，重新坐好，一边安慰着胡玉兰，一边点燃一支烟，慢慢地吸着。

良久，两个人都没有说话。

大概赵海山看出了胡玉兰的心思，没有再多说什么，只是说了几句鼓励她好好工作的话，便起身告辞了。

45

保密局北平站。站长王蒲臣正拿着一封电报，在室内一边踱着步子，一边看着电文。看着看着，不禁哈哈大笑起来。

密电是毛人凤发来的，毛人凤告诉他，张家口站的李宝库被杀，平绥纵队的名单下落不明，要他迅速派人找到名单，确保这些潜伏人员的安全。

"报告。"门外传来一个男人清脆的声音。

"进来。"王蒲臣把密电放进了抽屉。

北平市保密局第三情报组副组长梅凤祥走了进来。他快步走到王蒲臣的近前，认认真真敬了一个礼："第三情报组副组长梅凤祥奉命报到。"

王蒲臣打量了一下梅凤祥，呵呵笑道："你就是梅凤祥呀？"

梅凤祥不知道站长为什么突然召见自己，他战战兢兢地站在那里，不敢多说一句话。

王蒲臣盯视着梅凤祥，问道："你是张家口人？"

"报告站长，卑职是张家口宣化人。"梅凤祥小心翼翼地回答着。

王蒲臣阴沉着脸，说道："好，王组长，我派给你一个绝密任务，你收拾一下，马上出发。"

梅凤祥道："请站长吩咐。"

王蒲臣点了一支烟，慢慢说道："事情是这样的。半个月前，张家口站的副站长李宝库遇害，他手中的平绥纵队潜伏人员的名单失踪。你的任务是，尽快找到这份名单，确保这些潜伏人员的安全。"

"这……"梅凤祥迟疑了一下，"站长，只有我一个人吗？"

"我认真研究过你的资历，作为中央特训班的高材生，我相信，你一定会完成这个任务的。这可关系到党国几百个潜伏人员的生命呀！"王蒲臣重重地拍了拍梅凤祥的肩膀。

梅凤祥想了想，说道："站长，我正在收集北平那些学生组织的情况，事情刚刚有点儿眉目了。"

王蒲臣笑道："这我都知道。北平的情况目前还比较稳定，副长官那边在积极备战。中共地下党和那些流亡的学生，充其量就是闹闹学潮，游游行，绝绝食，煽动蛊惑一下民众而已，暂时还闹不起大风大浪来。唯一让我放心不下的是这个平绥纵队。这也是南京毛局长最为关心的。这份名单一旦落到共产党手里，对党国将是巨大的损失啊。这样吧，你回去后，马上把手头的事情交接一下，明天就出发。"

"是。"梅凤祥恭恭敬敬地敬了一个礼，出去了。

"回来。"王蒲臣厉声喝道。

梅凤祥刚走了一半，听到王蒲臣的招呼后，赶忙跑了回来，先是敬了一个礼，然后结结巴巴地说道："请站长明示。"

王蒲臣笑了笑："记住，我们只要潜伏计划和名单，平绥纵队只属于北平站，不属于张家口站。那个赵克辉太可恶了，居然对我狮子大开口。"

梅凤祥道："属下明白了，一定不会留下任何活口的，以确保平绥纵队的安全。"梅凤祥说着做了一个杀头的动作。

王蒲臣笑着点了点头。

夜深了，胡玉兰找了一个借口，又回到了租住的那个民房。

曾几何时，对电台深爱至极的胡玉兰现在只要一看到电台，心里就会一阵哆嗦。但她还是准时地接收着来自张家口的指示，或把搜集到的情报发出去。有时候发完电报，她想大哭一场，因为她明白，此时李宝库已经看不到自己所发的电文了。

她每发一次电报，就感到自己的罪恶又深了一层，一串串电波犹如晴天霹雳，一遍遍地在头顶炸响。每当这时胡玉兰便越发憎恨保密局的每一个人。可奇怪的是，她心里明明满是憎恶，可是一见到保密局的指令，她又无法抗拒。就这样，她一次次下定决心改邪归正，一次次又去做特务的差事。

特别是这些日子，胡玉兰一直处于忐忑不安中。自己虽然正式参加了革命工作，同事对自己的印象也还不错，但她知道，世界上没有不透风的墙。一旦张家口解放了，保密局张家口站那些人如果落到共产党手里，就可能会把自己供出来，到那时，自己的一切努力都是徒劳的。这么想过后，一股冷气"嗖"地从脑后冒了出来，她感觉好像有一柄利剑始终悬在她的头上，不知道哪天会落下来。事到如今，她真后悔当初自己加入了国民党。

自打白天看到赵海山后，她的心绪就再也不能平静了。因为老舅说过，章鱼右手臂有一个月牙形的红痣，这是章鱼的特殊标记。赵海山手臂上有月牙形的红痣，可他是共产党的县长呀！难道这是巧合吗？如果赵海山是章鱼，那他一定知道她就是水仙。那么章鱼是怎么混到共产党内部的呢，又是如何伪装得这么成功，藏得这么深呢？章鱼会不会把自己供出来呢？她不得而知。

就在胡玉兰被胁迫着、心惊胆战地做着特务的时候，她不知道，危险正在悄悄地向她逼近，而且危机四伏。一次，当她刚刚侦查完解放军在龙城县的驻地，就被哨兵发现了，吓得她赶忙钻进玉米地跑了。当她上气不接下气地钻出玉米地的时候，恰好碰到了赵雪梅。赵雪梅见到胡玉兰慌慌张张的样子，顿生好奇地问："你怎么会在这里？"胡玉兰支支吾吾地编了一通瞎话，才算把赵雪梅支走。还有一次，当胡玉兰刚架好电台，电报发了一半，忽然传来了汽车的声音。胡玉兰还没反应过来是怎么一回事，就听到一阵杂乱的脚步声，接着就是重重的敲门声。她赶忙把发报机关掉，藏了起来。当她装作睡眼惺忪地打开房门，发现来人是赵雪梅，身后还跟着两个背着测向天线的解放军战士。

胡玉兰把赵雪梅让进了屋子，战战兢兢地问："赵姐，你们这是？"

赵雪梅看了看炕上凌乱不堪的被窝，又满腹狐疑地看了看胡玉兰，冷冰冰地说："这屋子就你一个人？"

胡玉兰讥笑道："赵姐，我就一个人住呀，如果不信，你就搜吧。"

赵雪梅没有做任何解释，环顾了一下屋子，见没有问题后，才说："你休息吧，玉兰，别的我什么都不说了，你好自为之，如果发现什么可疑情况，找我找剑锋都行。"

赵雪梅走后，胡玉兰不禁倒吸了一口凉气，共产党一定是发现了什么可疑之处，特别是赵雪梅身后那两个背着电台测向天线的战士，肯定已经侦测到了自己屋内的电台，要不然他们是不会这么迅速赶来的。

最让胡玉兰感到焦虑的是，她总感觉有人在跟踪自己。于是她做任何事情都倍加小心，生怕露出破绽。

这天是休息日，胡玉兰照例要到集市上去买一些生活用品。可在她刚出门不久，就感觉自己好像被人跟踪了。胡玉兰边走边回头看，七拐八拐地穿过几条街，来到了集市上。

胡玉兰先在集市上买了点蔬菜和日用品，又来到卖锅的摊位前。当她问好了价钱，拿起一个小锅开始挑选时，锅面上现出一个男人的模糊的影像。为了看得更清楚些，她掏出小镜子对着身后一看，果然有一个穿风衣的男子在看着自己，那男的好像也发现了胡玉兰在窥视自己后，立刻转过身去，并用衣领遮住了脸。

胡玉兰心里顿时咯噔一下，这个男的会是谁呀，是赵克辉派来追杀她的，还是共产党派来监视她的？她放下小锅，赶忙踅进了附近一户人家，然后出了院子的后门，向家中跑去。

当胡玉兰上气不接下气地跑到自己的家门口，背后突然传来一声"请问，你是胡小姐吗？"

她回头一看，那个穿风衣的男子正在冲她笑着。

"你认错人了，我不认识你。"胡玉兰转身想去开门。

风衣男子低声说道："我叫梅凤祥，是从北平来的，我找你有要事。"

听了这话，胡玉兰立刻想到了北平站站长王蒲臣。难道他们也在找自己吗？一种不祥之感掠过胡玉兰的心头，如果真是那样的话，可就麻烦了。胡玉兰想了想，说道："有什么事，就在这儿说吧，家里不方便。"

梅凤祥笑了笑："我今天找你，是有好事儿。咱们还是进屋说吧，这种事儿在外边说也不方便。"

"那好吧，进来吧。"胡玉兰带着梅凤祥进了院子，但在心里却盘算着，如何对付眼前这个人。

梅凤祥进屋后，也不客气，直接坐在了椅子上，掏出香烟，点了一支，环视着室内，兴奋地说："胡小姐这里好难找呀！"

胡玉兰警惕地问道："你跟踪我好久了吧？"

梅凤祥笑着点了点头："不愧为党国的精英，反跟踪能力还很强嘛。"

胡玉兰已经彻底明白了来者的身份，但她仍装作若无其事的样子，不冷不热地说："看来你是国民党特务了，你可知道，龙城已经解放了，现在正满大街抓特务呢，难道你不怕？"

"难道你不是特务吗？"梅凤祥依旧笑呵呵地说："别以为你混进共产党内部了，就能洗白自己！"

见自己被揭了老底，胡玉兰顿时蔫了："我现在已经和你们断绝关系了。"

梅凤祥微笑道："你以为你能洗干净吗？"

"怎么不能，我胡玉兰又没有杀过人。"胡玉兰狡辩道。

梅凤祥盯着胡玉兰的眼睛问道："胡玉兰，胡小姐你好像不姓胡吧？"

胡玉兰心中一激灵："我不姓胡姓啥？"

梅凤祥笑道："胡小姐的本名叫李云芳。"

胡玉兰强调道："我不叫李云芳。"

梅凤祥道："你骗不了我，我还知道你是保密局北平中央特训部的学员。在下也是，我现在的身份是北平站特别行动组组长。"

胡玉兰看了一眼梅凤祥，问道："你找我有什么事儿？"

梅凤祥笑道："我找云芳小姐做一笔买卖。"

胡玉兰警惕地问："什么买卖？"

　　梅凤祥从衣兜里掏出了五根金条，"哗啦"一声放到桌上，笑道："咱们明人不说暗话，你手里有一份平绥纵队的名单，你把它交给我，怎么样？这个数可以吧？"

　　胡玉兰看了一眼桌上的金条，暗自琢磨道，梅凤祥是从哪里得到这个消息的呢？一定是赵克辉出卖了自己，也许他们是一伙儿的。

　　梅凤祥继续道："其实呢，王蒲臣站长十分器重云芳小姐。如果你想到北平站去，王蒲臣站长会重重提拔你的。"

　　胡玉兰瞪了一眼梅凤祥，不客气地说："金条确实不少，可惜我没这个福分。因为我手里没有你要的名单，你走吧，权当我们没见过面。"

　　梅凤祥满以为胡玉兰见了金条一定会动心的，不料却遭到了拒绝，他的脸色顿时阴沉下来了，半晌才说："李云芳，我劝你一句话，作为党国军人，要时刻以党国利益为上，不要闹小孩子脾气。"

　　如何对付眼前这个梅凤祥呢，既不能把名单交给他，又不能让他暴露自己的身份，唯一的办法就是除掉他。想到这儿，胡玉兰突然笑道："梅组长，情况是这样的，我手里确实没有名单，不过我听说李宝库站长那里有这份名单，我想这份名单一定还在张家口，过几天，我到张家口取来就是了。"

　　梅凤祥现出阴鸷的笑容："胡小姐，李宝库死后名单失踪，你以为我不知道吗？北平站的人是这么好糊弄的吗？"

　　胡玉兰不紧不慢地说："给我十天时间，到时候我一定会把名单交给你的，对了，您住在哪里？"

　　"胡小姐，你最好不要跟我耍花招！"梅凤祥警告道，"我住南顺城街10号。怎么胡小姐对我住处很感兴趣，要么你也搬到我那里去住？"

　　胡玉兰笑了笑："梅组长请放心，十天之内，我会把名单送上门去的。"

　　梅凤祥把一根金条推到胡玉兰面前："这个你先拿着，其余的一手交钱，一手交货。"说完，梅凤祥拿上其余的金条走了。

第二十章　约会

46

胡玉兰经过再三考虑，决定开始杀人了，而且杀的还不止一个。她要杀的第一个人是梅凤祥。

傍晚时分，胡玉兰来到了南顺城街 10 号院门前，敲了敲门。

开门的正是梅凤祥。梅凤祥见后胡玉兰后，顿时喜上眉梢："胡小姐真是守时呀，快请。"

胡玉兰跟着梅凤祥走进了院子，边走边环顾着院子的一切。其实早在两天前，胡玉兰就已经对这个小院进行了反复侦察。这个小院地处县城的南关，向南不远就是城门，出入县城十分方便。院子不大，只有三间北房。以前，小院一直锁着。看到梅凤祥对小院如此熟悉的样子。胡玉兰猜想，这里也许是北平保密局的一个秘密联络点吧。

十天的时间过去了，胡玉兰已经准备好了一切，她要把梅凤祥送上西天，因为梅凤祥拿到名单后，很有可能会把自己干掉。关于如何置梅凤祥于死地，胡玉兰设计过几个方案。首先是刺杀，但胡玉兰不知道梅凤祥的身手如何，也不知道他究竟有几个同伙；胡玉兰想到了借共产党的手除掉他，但这样一来，又怕把自己暴露了。思来想去，胡玉兰想起了韩老七，两人商议半天，最终定下一条妙计。

胡玉兰进屋后，笑道："梅组长等久了吧？"

梅凤祥掏出一支烟点燃后，笑道："是呀，王站长催了我好几次了。怎样，名单带来了吗？"

胡玉兰笑了笑："着什么急呀，梅组长，实话跟你说，我已经把名单取回来了。"

梅凤祥一听，心中顿时乐开了花，他从怀中掏出了金条："太好了，快把名单给我，这些是你的。"

胡玉兰从包中取出一分名单："梅组长，这是其中的一半，你看看。"说着把名单递给了梅凤祥。

梅凤祥接过名单，仔细地看了起来，边看边不住地点头，并流露出兴奋的神色："太好了，那另一半名单呢？"

"为了安全起见，我只带了一半，另一半在我的队员身上。"胡玉兰看着梅凤祥，笑道。

梅凤祥焦急地问："他什么时间能回龙城？"

胡玉兰想了想："大概明天吧！"

梅凤祥点了点头："太好了。对了，胡小姐，你去北平的事情，考虑得怎么样了。"

胡玉兰笑道："再容我想想，这样吧，明天我一定给你答复。"停了停，又说道："梅组长，要么咱们庆贺一下？"

梅凤祥道："庆贺什么？"

胡玉兰笑道："庆祝咱们合作成功呀！"

"对，应当庆祝一下。"梅凤祥的眼睛笑得眯成了一条缝。

胡玉兰带着梅凤祥来到了城外的一家饭馆。两个人要了个雅间，点了几个小菜，边喝边聊。

也许是梅凤祥过于高兴了。工夫不大，一瓶酒就见了底儿。两个人又要了一瓶。梅凤祥给胡玉兰满上酒，语无伦次地说："胡小姐不愧为党国的精英，人长得美，酒量也好，只要你跟着我回北平，我一定会在王站长面前保举你的。"他说着用手来摸胡玉兰的脸。

胡玉兰哆声哆气地呻吟了一声，轻轻推开了梅凤祥的手，媚笑道："让我想想嘛。"

梅凤祥急不可待地一下子抱住了胡玉兰："有什么可想的，这里穷山恶水的，有什么可留恋的。到了北平，我一定会让你吃香的喝辣的。"

胡玉兰笑道："好，咱们一言为定。"她说着端起了酒杯，和梅凤祥碰了一下，然后把一大杯酒干掉了。

梅凤祥也很快把杯中的酒喝掉。胡玉兰又拿起了酒壶给梅凤祥倒酒，就在刚倒了一半的时候，稍不留神，把酒杯碰到了地上，梅凤祥见状，赶忙俯下身子去捡酒杯。

胡玉兰瞅准机会，很快从衣兜里掏出了蒙汗药，倒在了酒壶里。待梅凤祥从地上捡起酒杯，胡玉兰给他杯中倒满酒后，端起酒杯媚笑道："梅组长，我再敬梅组长一杯，喝了这杯酒，咱们回城吧。"说着笑吟吟地把酒杯递给梅凤祥。梅凤祥美滋滋地把酒喝掉。"等明天拿到那一半名单后，咱们一定尽兴，胡小姐真是好酒量呀。"

两个人结完账，摇摇晃晃地出了酒馆，向城里走去。

刚刚走到离酒馆不远处的一片小树林，蒙汗药的药性发作，梅凤祥踉跄了几步，便倒在了地上。

胡玉兰一看倒在地上的梅凤祥人事不知，赶忙从他身上搜出了名单，然后拍了两下巴掌，韩老七从一棵树后闪了出来。

"把这个人做了，做干净点，别留下痕迹。"

"组长，您放心吧。"韩老七用手使劲掐住了梅凤祥的脖子。梅凤祥蹬了几下腿就不动了。韩老七把死尸拖到了树林深处掩埋。

韩老七把梅凤祥的尸体处理掉之后，胡玉兰又带着韩老七向城西跑去。

通过多方面调查，胡玉兰已经推断出，几次在龙王庙里说话声沙哑的那个男人，就是上次在耿家堡遇到的点传师。这个点传师一定知道章鱼的真实身份。为什么不通过点传师找到章鱼呢？找到了真正的章鱼，一切也就真相大白了。为此，胡玉兰密令韩老七对这个点传师进行了跟踪。前两天，韩老七终于在李家胡同找到了点传师的住处。原来，这个点传师叫李凤起。他每天白天到各地去讲道，骗取钱财，晚上便回到李家胡同的家中与那三个女三才鬼混。昨天下午，韩老七通过女三才，得知李凤起今天会到离家二十里外的宋家营去讲道，回来比较晚。

胡玉兰和韩老七坦伏在李凤起必经的树林，等了足有一个小时，才看到李凤起骑着小毛驴从远处走来。他依旧是一身道袍，手里拿着一个拂尘，嘴里哼着小曲。

胡玉兰见李凤起走近后，一挥手，戴着面具的韩老七猛地站起身，冲到了李凤起面前。

李凤起看到面目狰狞的面具，顿时吓得一声大叫，从驴身上摔落到地上，他跪在地上，哆哆嗦嗦地说："请问您是何方神圣，我可没做什么亏心事儿呀！"说完，冲着韩老七一个劲儿地磕头。

韩老七先对李凤起进行了搜身，从他身上搜出了一把手枪。韩老七把枪递给了胡玉兰，然后把李凤起邦在了一棵树上。

蒙面的胡玉兰走到近前，用手枪对准了李凤起的脑袋，厉声道："你是点传师李凤起？"

"对，我是李凤起，您是？"李凤起睁大眼看着胡玉兰。

胡玉兰道："你为什么装神弄鬼，骗人钱财？"

对方虽然蒙着面，但听说话的声音，李凤起断定来者也是普通的人，便阴阳怪气道："您这么说可冤枉我了。我没有骗他们的钱呀。他们都是自愿交的。再说了，我把钱都交给总坛了，没有贪污一分钱呀！"

胡玉兰道："难道说，让女道徒陪你睡觉，也是她们自愿的？"

李凤起想了想："是呀，她们都巴不得陪我睡觉呢！说陪我睡觉，能得到神灵的保佑。"

胡玉兰骂道："简直是歪理邪说！李凤起，你用什么花言巧语诱骗她们上当的？"

李凤起苦笑道："我没有骗她们呀，真的，不信您去问问她们呀，她们都是自愿的，我要是说一句瞎话，不得好死。"

胡玉兰掂着刚才收缴的手枪，问道："我再问你，你的枪是哪里来的？"

李凤起道："是别人送的。"

胡玉兰道："谁送的？"

李凤起道："这个……我不敢说。"

胡玉兰恶狠狠地说："看来，你是不见棺材不落泪了。给他点颜色看看。"胡玉兰向韩老七挥了挥手。

韩老七上前一把抓住了李凤起的头发，把他的头使劲儿往树干上撞。

"啊——"李凤起发出了一声惨叫。

胡玉兰不想再和他做过多纠缠，继续道："说，在王庄龙王庙里装神弄鬼的是不是你？"

李凤起一看被揭了老底儿，顿时急了："这，您可冤枉我了，我哪去过那里呀，您一定记错了。"

胡玉兰把枪塞到了李凤起的嘴里，恶狠狠地说："说不说？不说，老娘一枪打死你。"

李凤起见胡玉兰动真格的了，吓得一下尿了裤子："我说，我说。"

胡玉兰继续道："说，章鱼在哪儿？"

李凤起拼命摇着头："我真的不知道呀，都是他们让我冒充章鱼的呀！"

胡玉兰疑惑道："他们，他们是谁？"

"他们是……"

突然传来一声枪响，李凤起一句话没说完，便脑袋一歪，死了。

看到李凤起死了，胡玉兰心中大惊。她赶忙和韩老七四处环视着，生怕遭到暗算。

过了好一阵儿，胡玉兰也没有发现可疑情况，她便和韩老七向县城跑去。

47

这是一个金色的季节，群山以最艳丽的颜色吸引着人们的目光。一队接亲的队伍敲锣打鼓地来到了胡玉兰家的门前，正中则是身穿新郎装骑着高头大马的李剑锋。在胡玉兰的闺房内，胡玉兰也被嫂子铁梅盖上了大红盖头，等着接亲的队伍。当李剑锋带着礼盒走进胡家的大门，杏花等几个小孩子追逐着他，索要着糖块儿。李剑锋费了好大的力气才进了胡玉兰的闺房，又经过一番嬉闹之后，胡玉兰被李剑锋抱进了一个八抬大轿。紧接着，接亲的队伍吹吹打打地走出了大山，走过山中蜿蜒的小路，走过宽阔的马路，然后来到了县城的一个四合院前。伴随着"噼里啪啦"的鞭炮响声，胡玉兰头顶着大红盖头，在两个女人搀扶下，下了轿子。

在司仪一声声响亮的吆喝声中，胡玉兰走过红毡、跨过马鞍，和李剑锋双双跪在天地桌前，行了三拜九叩大礼，最后两人被搀进了洞房。李剑锋的家人看着胡玉兰靓丽的身影不住点着头，孩子们则围着李剑锋和胡玉兰跑动着，场面好不热闹。可就在胡玉兰坐在床上，等着李剑锋给自己揭盖头的时刻，自己的大红盖头突然被别人揭了去。出现在眼前的居然是赵克辉。只见他手里举着手枪，正狞笑着看着自己，然后拉起胡玉兰向房外跑去。胡玉兰死死抓住门框，吓得大喊大叫起来："剑锋，你快来呀，剑锋！"随着赵克辉的一声枪响，胡玉兰倒在了血泊中⋯⋯

胡玉兰惊醒了，原来是一场梦。她惊魂未定地一骨碌从床上坐起来，先是擦了擦脸上的虚汗，然后拿起茶缸子"咕咚咕咚"喝了几口水。待心绪平静下来，又点了支烟慢慢吸着。

以前常听老人说，梦都是相反的。但刚才那个梦是真真切切的，而且梦到了自己和李剑锋成亲的样子，每个情节是那么具体，只不过最终的结局却完全不是自己的心思。胡玉兰暗自寻思，难道自己和李剑锋真的没有那个缘分吗？她不敢想下去。

到县文教办工作，胡玉兰变得格外勤快。每天上班前，她都把办公室打扫得干干净净，然后打好开水，等待着同事们的到来。下班的时候，她也是最后一个离开办公室。用主任张振海的话讲，胡玉兰毕竟是光棍一条，每天吃住在单位，多干点工作对自己的前途有好处。而胡玉兰则想用自己辛勤的汗水来洗刷自己的罪恶。

那天县里召开公开审判大会，胡玉兰第一次亲眼看到了共产党枪毙犯人的场面。刑场设在一个叫苇子坑的地方，是在一个大土崖子下面，地上长满了杂草。

那天上午，当张振海带着胡玉兰她们几个来到这里的时候，刑场上早已经聚集了很多的人。现场围了足有几千人。

审判台是临时用木板搭建的，足有一米多高，上面挂着"龙城县公开审判大会"的横幅，一旁的树上写满了红红绿绿的标语。

一个当官模样的人说道："今天龙城县人民政府在这里召开斗争大会，对反革命杀人犯李玉刚等人进行公判。下面进行第一项，把反革命杀人犯李玉刚、土匪头子张成林、王守仁和地主婆王孙氏押上来。"话音未落，几个荷枪实弹的公安队员把四个五花大绑、戴着镣铐的犯人押上台。

当官模样的人又说："下面开始控诉。"

几个衣衫褴褛的人走上台，指着台上的几个人控诉起来。每上台一个控诉的人，台底下就响起一阵响亮的口号声。

当群众一把鼻涕一把泪地控诉完后，县委书记吴自成对几个人做了宣判，台下立刻出现了骚动，愤怒至极的群众纷纷怒吼："把李玉刚崩了！把狗日的铡了！"

"打倒恶霸地主王守仁！"

"打倒反革命杀人犯李玉刚！"

"保卫革命胜利果实！"

台下群情激奋。伴随着群众的一声声呐喊，几个人被推到了土崖子下面。随着几声枪响，三个还乡团头子被击毙。那个陪绑的王孙氏吓得"嗷"的一声怪叫，顿时瘫在了地上，后来被几个公安队的战士押回了大牢。

而此时，胡玉兰感到无数的目光在看着自己，就好像自己的衣服被扒光在大街上示众一样。不知是由于受到惊吓，还是因为什么，胡玉兰回到办公室，便感到一阵阵发冷，浑身上下直打哆嗦。

张振海看到胡玉兰面色苍白，赶忙跑过来安慰："小胡呀，看把你吓的，脸都变色了，以后这种活动你就别参加了。"

张姐用手摸了摸胡玉兰的脑门："哎呀，小胡发烧了！"她赶忙去给胡玉兰倒了一杯水，劝道："快喝点热水，回宿舍休息吧！不然会更严重的。"

小刘也劝道："胡姐，你快点休息去吧，别硬撑着了。"

胡玉兰说："没什么，是因为天气太冷了，我穿的又少，大家放心吧，我没事儿。"

公判会后，胡玉兰连着几天都在做噩梦。一闭眼就是死人的身影。她曾不止一次地想过，如果有一天自己的真实身份被揭穿了，她也会被共产党押到那个刑场，落得和他们同样的下场。

这天早上，胡玉兰又一大早起床，洗漱完毕后，准备早点儿到办公室去打扫卫生。当她打开宿舍的门——自打梅凤祥闯到自己家里之后，为了避免他再来纠缠，胡玉兰就把家搬到了单位，看到地上有一封信。胡玉兰赶忙又关好了门，打开信封抽出了信纸，一看，脑袋顿时大了。只见信上只有短短一句话："你即将暴露，停止一切活动。"落款是章鱼。

胡玉兰越发感觉到事情的蹊跷，但也理不出个头绪。有一条可以肯定，不管赵海山是不是章鱼，章鱼既然能够找到这里，说不定哪一天，赵克辉就会找到这里，李剑锋也会带人来抓她。想到这儿，胡玉兰浑身起了一层鸡皮疙瘩，一阵阵发冷。

对，一定要找李剑锋聊聊，一来探探他的口风，自己好早做打算，二来自己确实想李剑锋了。她曾不止一次地幻想着，一旦李剑锋娶了自己，就等于有了靠山。到那时，即便有人查到自己的头上，李剑锋也会偏向自己的，说不定还会放自己一马的。

中午时分，他给李剑锋打了一个电话，约他见个面，说有点事情向他请教，李剑锋很爽快就答应了。

下班后，胡玉兰认真地打扮了一番，浅浅地化了个妆，然后又从箱子底找到那瓶特殊的香水，在自己的内衣上喷了几下，兴冲冲地出了宿舍。当她走到院门口，看到老孙头正在打扫传达室，便打了个招呼："孙大爷，你忙着呢？"

大概老孙头年纪大了，耳朵不好使，他直起了身子看了看胡玉兰，又看了看挂在墙上装信件的布袋，笑道："姑娘，别看了，今儿个没有你的信。"

48

当胡玉兰走进阳春饭馆包间的时候，李剑锋早已等候在那里了。此时的李剑锋看上去脸色略显得疲惫，胡子也没来得及刮。但看到了胡玉兰后，仍露出了一丝笑容："早听说你到县里工作了，这下胡老师可有用武之地了。"

胡玉兰淡淡一笑："你就别挖苦我了。我到机关工作没多久，有很多事情还都两眼一抹黑呢。"

两个人点了几个菜，又要了二两白酒。胡玉兰倒满两盅酒，然后端起了酒盅，笑道："剑锋，咱俩好久没见了，来，我敬你一杯。"说着，她用征询的目光看着李剑锋。

李剑锋端起杯，和胡玉兰碰了一下，把酒喝干净。"玉兰，到县里工作习惯吗？"李剑锋问道。

胡玉兰点了点头："还好吧，大家对我都挺好的。特别是那个张主任，对我也特别照顾的。这半个月，他教了我不少东西。现在我才感觉到，在文教办工作和当老师确实不一样。"

李剑锋问："有啥不一样？"

胡玉兰有些不满地说道："接触的事情虽然多了，可都是杂七杂八的小事儿，没完没了的，烦死了。"

李剑锋一本正经地说："你千万不能产生这样的思想啊，现在有多少人都想到机关工作呢，你能有这个机会，已经很不容易了，一定要珍惜。"

胡玉兰撒娇道："知道啦，我的李大股长。"少顷，她又说："对了，张主任还说，要让我们编一个小话剧呢！你帮我拿拿主意呗！"

李剑锋问："是什么内容的？"

胡玉兰想了想说："是宣传土改的。"

李剑锋高兴道："这不是小事儿，如果演好了，一定能把群众发动起来，对咱们县的土改工作一定帮助很大。再说了，这也是你一个表现的机会呀，我相信你有这个本事！"李剑锋这样说着，用欣赏的目光看着胡玉兰。

胡玉兰看着李剑锋，认真地说："剑锋，我还想了解一下你们办的一些案件，想把这些编进话剧里去，你看行不？"

"这……"李剑锋心中一沉，如果自己真的按照胡玉兰说的去做，那么她就可以堂而皇之地向自己要这要那了，到那时，很多的情报就有可能泄露出去。

见李剑锋犹豫不定，胡玉兰又端起了酒杯："看把你为难的，这件事情以后再说。剑锋，刚才光说我了，你最近咋样？还忙吗？"

李剑锋笑了笑："还是老样子。"

胡玉兰扑闪着大眼睛："那为啥我总看不见你呢？打电话也经常找不到你，不是有意躲避我吧？"

李剑锋解释道："你这话可是冤枉我了。干俺们这一行的，时间由不得自己。再说了，现在各个区都在搞土改，我们经常下乡去办案，有时好几天也不回来，没办法。"

胡玉兰点了点头，忽然问道："剑锋，对了，那天在我们家附近的杀人案破了吗？那天可把我吓坏了，到现在我还后怕呢！"

李剑锋什么话都没说，掏出烟来独自点了一支，笑吟吟地看着胡玉兰。

胡玉兰喝完酒后，把酒盅在手指间转着玩。此时，她内心深处一直在盘算着，如何尽快征服李剑锋。她抬起头，含情脉脉地看着李剑锋。渐渐地，她的心里潮湿了起来，一种陌生的欲望像风一样灌进身体，她觉得喘不过气来。看着眼前李剑锋俊俏的脸蛋，胡玉兰的眼神逐渐迷离起来。

李剑锋抬起头，凝视胡玉兰的眼睛，有一种激情在心中汹涌澎湃着，他像是被温情击垮似的歪在椅背上，沙哑地说道："玉兰，你怎么了？"

"哦，没什么。"胡玉兰如梦初醒，嗫嚅着："剑锋，今天晚上，咱俩在一块儿好吗，我都准备好了，真的，我……"

李剑锋摇着头，眼睛始终躲避着胡玉兰："玉兰，咱们不要太儿女情长，好不好，说点别的吧。"

胡玉兰的激情顿时滑落下来。她整理了一下思绪，说："行，那我就说说赵姐。一天晚上，我刚躺下，她带着人到我家检查去呢，最近是不是又出了什么大事儿？"

胡玉兰说的，李剑锋比谁都清楚是怎么回事，因为这一切都是他亲自安排的，目的就是对胡玉兰敲山震虎，让她露出马脚，看看这个胡玉兰是人还是鬼。但据赵雪梅汇报，胡玉兰的表现还算正常，可李剑锋还是对胡玉兰放心不下。李剑锋没有回答她的问题，只是笑了笑："来，吃菜，这些菜是我专门给你点的。"

看到李剑锋没有反应，胡玉兰丝毫没有感觉到意外。她偷眼看了看李剑锋，当看到他一脸正气的样子，不免又多了几分爱恋。和这样的男人生活一辈子，哪怕只有一天，也是自己的福分。所以，无论如何也要把他搞到手。胡玉兰轻咳了一声："李大股长，人家问你话呢，你怎么能这样呢？"

李剑锋停住了夹菜："我说玉兰，公安局有很多规矩，很多事情是不方便说的。"

　　胡玉兰自知讨了个没趣儿，也不再说话，埋头吃起菜来。但在内心深处仍在想如何打破眼前的僵局。少顷，她梳理了一下自己的刘海，冲着李剑锋甜甜地一笑："剑锋，咱们认识好几个月了吧！"

　　李剑锋停下了筷子："嗯。"

　　胡玉兰凑到李剑锋面前，软绵绵地说道："说说，这几个月，你对我有啥感受？"

　　李剑锋想了想，说道："我感觉你这个人，有文化，热情，懂事。"

　　"我和赵姐相比呢？"胡玉兰追问了一句。

　　听了这话，李剑锋不好意思地笑了笑："你们俩咋比呢！她呀，就是个马大哈，你们俩不是一路人。"

　　胡玉兰追问道："剑锋，你究竟是喜欢我，还是喜欢赵雪梅？"

　　李剑锋一下子被胡玉兰的话问住了，想了半天，才说："你们俩都很优秀，我都喜欢。"

　　胡玉兰一听急了，嘟着小嘴说："李剑锋，你别打马虎眼，我让你在我们俩之间选择，你到底喜欢谁？"

　　李剑锋顿时明白了，胡玉兰这是在逼自己就范。他转念一想，自己何不借此机会，试探一下胡玉兰的底细，于是说道："我喜欢的是你。"

　　不料，胡玉兰听了这话，竟然忘乎所以地一下子扑了过来，抱住李剑锋，深情地看着他："是真喜欢还是假喜欢？"

　　李剑锋被逼进了死胡同，沉吟了片刻："玉兰，我这个人从不说谎。"

　　"那你喜欢我哪点？"胡玉兰站起身，解开了自己的外套。

　　不知是酒精的作用，还是什么原因，李剑锋渐渐闻到了一种奇特的香味儿。再看此时的胡玉兰简直貌若天仙，他感到自己的心在狂跳不止。

　　胡玉兰从李剑锋急促的呼吸中，已经感觉出李剑锋有些把握不住自己了。便夸张地呻吟了一声，然后闭上了眼睛，静静地等待着李剑锋的亲吻。

　　然而，李剑锋并没有亲吻胡玉兰。一想起今天的真正目的，李剑锋很快抑制住了自己膨胀的情绪。

　　胡玉兰见李剑锋没有什么反应，慢慢睁开眼睛，上前一步用手轻抚着李剑锋的脸颊，心中有一种莫名的疼痛……

第二十一章　绑架

49

胡玉兰做梦也没有想到，自己能够参加土改工作队。

那天早上刚上班，张振海就把她叫到了办公室。当胡玉兰看到他一脸严肃的表情时，心中不免打起了小鼓，她预感到要发生什么事，迅速回想了一遍自己最近的工作，看有没有失误的地方。

张振海先是给她倒了一杯热水，然后严肃地说："玉兰同志，你已向党组织递交入党申请书了吧？"

胡玉兰点了点头："嗯。"

张振海端详了一会儿胡玉兰："有一个十分重要的任务，你马上去办。"

胡玉兰说："主任，有什么任务，您就只管说吧。"

张主任点了一支烟，慢慢说道："玉兰同志，事情是这样的。四海镇的土改工作队遇到了一点儿困难，让咱们帮忙。"

胡玉兰急促地问："啥困难呢？"

张振海不好意思地笑了笑："其实，这些问题在你看来也不是问题。情况是这样的，你也知道，土改工作队的人大多数都是大老粗，打仗、与地主斗争什么的，都没问题，可难就难在了斗大的字不识几个，他们在分地主的土地和浮财的时候，有很多从地主老财那里搬来的生产生活用品，比如犁杖、镢头、薅锄、连枷、笸箩，还有一些坛坛罐罐什么的，能叫得上名字，但不会写这些字，自然无法登记造册。工作队队长求助于赵县长，赵县长把这项任务直接派给了咱们。文教办嘛，咱们这是全县最有学问的地方，我想来想去，你去最适合，怎么样，有困难吗？"

这对于自己简直是一个天赐的良机。听完张振海的话，胡玉兰心花怒放："能亲身参加土改运动，斗地主分田地，简直太好了！"

张振海道："小胡同志，你先别高兴得太早。四海镇是山区，那里的生活条件比较艰苦，我担心你吃不消呀。"

胡玉兰看了一眼张振海："主任，您不要把我瞧扁了。别人能生活，我怎么不能生活？你别忘了，我的老家也在山区，而且在深山区。"

张振海呵呵笑道："小胡同志，说实话，这也是党组织对你的一次考验。我相信，你不会让组织失望的。对了，过两天，赵海山县长还要去四海镇检查土改情况，所以，你到了那里后，要配合工作队的同志，迅速开展工作，争取早出成绩。"

按照县委的统一安排，胡玉兰也穿上了土黄色的军装，只是没有帽徽和领章。说实话，当胡玉兰刚刚领到这身衣服时，她想起了自己在保密局穿的呢子军服。土黄色的解放军服装和笔挺的美国呢子军服相比，寒酸了许多。但想起自己在张家口的不幸遭际，胡玉兰便格外喜欢起这种土黄色的军服来。当换好军服后，对着镜子照个不停。还专门化了淡妆，穿着军装到照相馆照了相。

四海镇距离县城足有三十公里的路程。胡玉兰经过简单的准备，坐着马车出发了。当胡玉兰经过大半天的颠簸，赶到四海镇的土楼村时，天已经快黑了。

土楼村是龙城县东部山区一个比较大的村。整个村子坐落在一很大的土围子里面。据说这个土围子是明朝建的，虽然被战火损坏了不少，但保存相对比较完整。土围子只有东西两个门洞。当胡玉兰刚刚进入土楼村的城门洞，便远远看到从村中的街巷涌出了很多的群众。胡玉兰下了马车，放眼望去，只见人群的最前面是几个戴着红袖标拿着枪的土改工作队的队员，后面是五花大绑的几个男人和一个三十几岁的女人，最为奇怪的是那个女人的胸前还挂着两只硕大的白鞋。

胡玉兰本能地回头问道："这是怎么回事儿？"

赶车的队员小李答道：'他们在斗争地主呢。您看见没有，那两个老家伙，一个姓高，一个姓孟，都是罪大恶极的地主。他们欺压穷苦百姓好几十年了。现在咱们穷人翻了身，就是要把他们斗倒了，把他们的土地和浮财分给穷苦百姓。"

胡玉兰又问："那个女的是怎么回事儿？"

小李笑了："她呀，就是个破鞋。您看到没有，她胸前的两只白鞋，她的外号叫大白鞋。别看土楼村偏僻，这个大白鞋可神通广大着呢！"

胡玉兰不解地问："她咋神通广大了？"

小李道："我听王大胡子说，这个大白鞋不仅和日本鬼子的大乡长有来往，而且还和国民党的那些大乡豆子的关系也相当好。"

胡玉兰有些吃惊地问："和大乡长都有联系？"

小李道："是呀，开始的时候，大家都不知道。后来，听王大胡子讲了一个故事，大家才知道是怎么回事儿。"

胡玉兰问："啥故事呢？你说说看！"

"这个土楼村地理位置十分重要，是通往北原县的要道，历来是兵家必争之地。大白鞋原来是孟家的一个媳妇，但她很是不守妇道。抗战时期，日本鬼子就在这里设着一个据点，还设着为大乡，一来二去，这个大白鞋凭着自己的姿色，很快就巴结上了大乡长。大乡长接长不短地到大白鞋家住，还送给她不少吃的和用的。日本鬼子被赶走后，国民党来了，这个大白鞋又很快巴结上了还乡团的头子，成了还乡团队长的相好。"

街道旁，几个坐在大石头上做针线活的农村妇女看着大白鞋的狼狈相，纷纷指着她的背影，议论道："有胳膊有腿的，干什么不能养家糊口，偏偏要靠这个吃饭，丢人现眼呀！"

"咳，你说在土楼村找谁不行，偏偏去找那些个大乡豆子。真不要脸，把祖宗八代的脸都丢尽了，我看孟家现在还有什么说的。"

"人要脸，树要皮，我要是她呀，早就一头撞死了。"

伴随着此起彼伏的口号声，游行的队伍走了过去。在队伍的最后，雄赳赳气昂昂走来一个长着络腮胡子的中年男子。

"胡老师，我们的队长来了。"小李赶忙紧跑了两步，向他敬了一个礼："报告队长，我把胡同志接来了。"

王队长见到胡玉兰后，爽朗地笑了起来："小胡同志，可把你给盼来了。"说着，边走边向胡玉兰介绍着有关情况。

看到王队长如此热情，胡玉兰也有点热血沸腾了。吃完饭，胡玉兰马上来到了仓库。当她看到仓库里堆积如山的各种东西时，顿时来了兴趣，和王队长商量，连夜进行登记造册。王队长一听，更是心花怒放，不仅派来了十多个棒小伙子帮忙，还送来了自己的棉大衣，生怕胡玉兰着凉。

整整一个晚上，胡玉兰都在忙，她认真查看每一件生产生活用品，并逐一进行登记，然后让队员们分类集中。一直忙到后半夜，胡玉兰等人才把大半个仓库的物品清点完，建立了一本厚厚的账册。

王队长担心胡玉兰等人着凉，特地送来了姜糖水。当王队长看到账本上清秀的笔迹时，心里顿时乐开了花："账本上的字就和小胡的脸蛋一样漂亮。"接着，他又对着文书小韩不高兴地说："小韩呀，你看看人家小胡同志的字，多漂亮，再看看你写的，长胳膊长腿的，蜘蛛爬似的，难看死了。你们今后可得和小胡同志好好学。"

"小胡姐姐是队长请来的先生嘛，肯定比我们这个刚认识几个字的写得好。"文书小韩也是个姑娘，看到王队长这样奚落她，面色十分难看。

"我也是来学习锻炼的。"胡玉兰谦虚地说道。

小韩拉着胡玉兰的手说道："小胡姐姐，您给我们当先生吧，教我们认字。"

"这……"胡玉兰犹豫了一下，刚要说什么，王队长接过话茬儿："对呀，小胡同志，你就在咱们工作队搞一个识字班，给大家培训一下，我们这个工作队分为十个组呢，住得又很分散，你一个人根本跑不过来。"

胡玉兰一想，对呀，这倒是一个不错的方法，便爽快地答应了。于是她以所登记的物品名称为蓝本，搜肠刮肚地找了一百多个生产生活用品的名称，给十个小组的文书进行了培训。不知是胡玉兰培训有方，还是文书们学习用功，不出三天，十个文书居然全学会了。

胡玉兰白天教文书们认字，晚上和小韩住在一个房间里，小韩缠着胡玉兰给她吃小灶。胡玉兰也不推辞，认真地帮助小韩补习功课，小韩则把土改工作队的一些事情讲给胡玉兰听。几天工夫，两个人如同亲姐妹一般。

第四天早上，王队长要到否树沟村去检查土改情况。临动身的时候，他要求留守的队员们加强驻地的警卫，防备土匪和地主的袭击。一切安排就绪后，他又来到了胡玉兰和小韩的房间，认真检查了房间的门和窗子，最后对小韩说："你必须确保小胡同志的绝对安全。"说着他把自己的手枪递给了胡玉兰："小胡同志，拿着它，关键时候能派上用场。"

胡玉兰红着脸说："王队长，我认字算账还凑合，可是打枪我真的不会呀！"

看着胡玉兰的一脸窘态，王队长哈哈大笑地收起了枪。

王队长走的当天晚上，胡玉兰还真的出事儿了。

工作队驻地是一个独立的小院，相对比较封闭。为了安全起见，在院子外面安排了两个岗哨。胡玉兰和小韩住的是北房，也是最为安全的房间。晚上后半夜，胡玉兰感觉有点内急，要到房后的厕所去小解。她刚刚解完手，正要站起，头突然被别人蒙住了，接着就是重重的一击，便失去了知觉。

小韩醒来后发现胡玉兰不见了，便大喊大叫起来。战士们听到喊叫声，赶忙冲了进来，得知情况后，到处寻找，最后在厕所入口处找到了胡玉兰落下的一只鞋子。

胡玉兰被绑架了。队员们急了，便朝天上开了一枪。

李剑锋接到胡玉兰出事的消息后，顿时急了。他带着赵雪梅等人连夜火速赶往土楼村。当他们赶到土楼村时，天已大亮。闻讯赶回来的王队长正在冲着战士们吹胡子瞪眼，小韩则木然地站在那里，听着王队长的斥责。

"这么多人，连一个女同志都保护不了，都是干什么吃的！赵县长过几天就要来这里检查咱们的土改情况，难道这就是我们的成绩？"王队长边说边不停地在院子里走动着。

李剑锋认真检查了胡玉兰和小韩住的房间，没有发现任何可疑情况，然后来到了后院的厕所前。那是一个非常简易的厕所，面积不大，墙也只有不到一人高，在厕所的入口处。李剑锋的目光慢慢地落在了与厕所相连院子的后墙上。墙是土坯垒砌的，有一人高，在墙头上，有明显的攀登痕迹。李剑锋判断，胡玉兰一定是从这里被敌人劫走的。李剑锋登上土坯墙，跳到了墙外面察看，北面有一个胡同，一直通往村子的主街道。

土楼村只有东西两个城门洞，而且都有民兵把守，昨天晚上没有发现可疑人员出入。土围子的南北两面是数百米高的山峰，几乎无路可走，种种迹象表明，胡玉兰应该仍然被藏在土楼村的某个角落。李剑锋把王队长叫到了一旁："王队长，根据我的判断，胡玉兰很有可能还在村子里，我们应该挨家挨户进行排查。"

王队长听后立刻就要指挥战士们出发，但被李剑锋一把拦住了："王队长，先不要着急行动，我们需好好研究一下。"说完，又问道："村长来了吗？"

一个戴草帽的中年男子跑了过来："我是这个村的村长，叫孟春阳。"

李剑锋道："你给我介绍一下这个村的情况。"

经孟春阳介绍得知：土楼村一百五十二户人家，五百二十三口人，是四海镇最大的一个村子，也是敌情最为复杂的村子之一。全村有四户地主、六户富农，都被斗争了，地也被分了。另外由于紧靠大山，在龙城县解放前有二十多个常年当土匪的。龙城县解放后，这些土匪虽然下了山，但是平时游手好闲。

李剑锋问："这十个地主富农会不会报复咱们？"

孟春阳想了想说："我们村这四个地主，其实罪恶并不大，平常对穷人还可以。六个富农呢，也都还安分守己。在分他们的土地和浮财前，考虑到这些人可能会出来捣乱，我们便提前都做了工作，他们并没有什么抵触情绪。"

"难道这些土匪和地主就没有任何问题了？"李剑锋问道。

"这……"李剑锋的一句话把村长问住了，他想了半天，才说，"肯定有，李股长，您不知道，土楼村这一百五十二户人家，只有两个姓——姓孟和姓高。您看见没有，村子东边的人家都姓孟，西边的住户都姓高。两姓人家平常明争暗斗，解放前，两家都和土匪有联系，还发生过绑票案呢。直到龙城解放了，两姓才停止争斗，但暗地里还在较劲。"

看来这个土楼村的情况还真不一般呀！孟春阳的一席话，引起了李剑锋的深思。他和王队长经过研究，决定兵分两路，对土楼村的孟高两姓人家进行全面的摸排。

一连三天过去了，线索一点点上来了，又一条条被否定了。第四天一早，县长赵海山来到了土楼村。陪同的还有公安局长王树生。赵海山没有听取四海镇的土改情况汇报，而是直接找到了李剑锋，厉声问道："李剑锋，我问你，胡玉兰同志的案子到什么程度了，啥时能有结果？"

李剑锋立刻感觉到，全屋人的目光都像锥子一样，向他扎来。他涨红着脸说道："我们正在调查，很快就会有结果的。"

"赵县长，不能怪李股长，您不知道，这个土楼村的情况忒复杂了。"王队长也在解释。

50

夜深了，明月照在土楼村的上空。

李剑锋走出房间，想冷静一下自己发涨的大脑。

陡然，他的肩膀被重重拍了一下，扭头一看，原来是赵雪梅，她的身后还跟着一个十来岁的孩子。李剑锋有点不解地问："雪梅，你这是？"

赵雪梅把那个半大的孩子拉到李剑锋面前，说道："剑锋，这小孩叫三邦子，他说有重要情况报告，我就把他给你带来了。"

李剑锋看了看三邦子，然后拍着他的肩膀说："你姓什么？"

三邦子看了看李剑锋，小声说："我没有姓，是野种。"

李剑锋不禁一愣："这究竟是怎么回事儿？"

赵雪梅说："几十年了，土楼村的高家和孟家是不通婚的。三邦子的娘姓孟，他娘生下他后，村里人都怀疑她是偷了高家的男人才有的他，一直被村里人瞧不起。三邦子五岁那年，他娘上吊死了，三邦子的姥爷家不认他，高家人也不认他，和他大小相仿的孩子都骂他是野种，三邦子是吃百家饭长大的。"

李剑锋看了看三邦子："你来找我有什么事儿？"

三邦子凑近李剑锋的耳边悄声说："长官，这事儿你得给我保密。"

李剑锋拍着胸脯说："你放心，说吧。"

三邦子悄声说道："我知道你们那个解放军被谁绑了。"

据三邦子介绍，胡玉兰出事儿的那天晚上，三邦子正在村里闲逛，当逛到城门口时，看到一个外乡人急匆匆地跑进了高万丈的家。出于好奇，三邦子就跟了过去，当他来到高万丈的窗户底下，听到屋里面高万丈和另一个人正在争吵什么。工夫不大，就听见了拉枪栓的声音，紧接着，高万丈就告饶了："不就是绑一个丫头片子嘛？我可以给你绑来，但啥时候你把人弄走呢？"另一个人说："先放在地窖里，等几天风声过了，再把她弄出山去，交给赵组长。"

三邦子还想听下去，忽然没声音了。他正在纳闷，房门突然开了，三邦子躲闪不及，被高万丈发现了，他撒丫子就跑，高万丈追出了老远。由于三邦子怕被高万丈抓到，就露宿在村边的一个窝棚里。由于几天没吃饭，三邦子都已经饿晕了，幸亏被赵雪梅发现了。

那天晚上，当胡玉兰清醒过来时，自己已身处一个地窖之中。她仰脸向上看去，地窖足有十多米深，只能透过一两缕阳光。

胡玉兰挣扎着想站起来，但她的手脚被牢牢捆着，挣扎了几下，又倒在了地上。究竟是谁绑架了自己，绑架自己的目的又是什么呢？胡玉兰不得而知，于是胡玉兰大声喊着："你们是谁？为什么要绑架我？你们这些土匪，赶快出来。"

胡玉兰喊了半天，也没有人理会她。胡玉兰认真思索着自己被绑架的原因：他们绑架自己究竟是为了报仇还是为了劫色，还是其他原因？如果单纯是为了报仇，自己初来乍到，没有和那些地主和富农有过直接的接触呀；为了劫色，绑架的人为什么一直没有露面？胡玉兰的心忽然一颤，莫不是为了平绥纵队的名单？如果真是这样，那绑架自己的极有可能是赵克辉。

洞口开了，首先伸下来一个梯子，紧接着下来一个蒙面男人。蒙面人来到胡玉兰面前，掀亮手电。

胡玉兰盯视着蒙面人，真想一把扯下他脸上的面罩，看看究竟是什么人。但她的手脚被绑着，根本无法做到这一点。胡玉兰便假装哀求道："大哥，你能告诉我，你们为什么绑架我吗？我和你们往日无仇，近日无冤呀！"

蒙面人低声说："这个姑娘，我也是没有办法呀，我也不想和共产党作对，可我不绑你，我的一家老小就被他们绑了呀！"

胡玉兰问："他们，他们是谁？"

蒙面人为难地说："这个，我不能说，你在外面一定得罪什么人了。"

胡玉兰苦笑道："这位大哥，你一定搞错了，我一个女孩子能得罪什么人呢？您就行行好，放了我吧，我会感激您一辈子的。"

蒙面人摇了摇头，道："这个可不行，把你放了，我就没命了，不过姑娘，我听他们说，你手里有一份名单，很重要，他们还说，过几天要把你送到一个地方去。"

胡玉兰断定是赵克辉派人绑架了自己。

从上面伸下来一个水桶，蒙面人从里面拿出了饭菜和水，递到了胡玉兰面前："胡小姐，委屈你了，你先吃点东西吧。"对方的语气中流露出无可奈何。

胡玉兰早已饥肠辘辘了，她摇晃了一下双臂："你们绑着我的手，让我咋吃饭？"

蒙面男人说："我可不敢，他们说你会武功，不让我放你。"

胡玉兰保证道："这位大哥，我真的不会跑的。再说你们手里有枪，借我一千个胆，我也不敢跑。"

蒙面人想了想，掏出手枪对准了胡玉兰，然后低声道："我可以给你解绑，但你必须听话。"

胡玉兰点了点头："你放心，我不跑。"

蒙面人慢慢解开了绑着胡玉兰手脚的绳子："你慢慢吃吧，吃饱了喝足了，好好在下面待着。"说完，蒙面人上去了。

胡玉兰借助微弱的光线，摸索着端起了饭菜，艰难地吃着。胡玉兰吃饱喝足之后，打量了地窖四周的环境，想找一件可以攀爬的东西。一旦自己能够爬上洞口，一般的对手自己是能够对付的。但胡玉兰找了半天，也没有找到任何东西，她沿着光滑的洞壁攀爬了几次，但都没能成功。

土改工作队队部，赵海山和王树生正在听取李剑锋的情况汇报。

李剑锋说："根据我们的调查，胡玉兰确实被人绑架。绑匪应该是两个人，其中一个人是土楼村的高万丈，另外一个是陌生人。这个高万丈原来在这一带山上为匪，三个月前才下山务农。据村里人反映，高万丈性情古怪，不愿和村里人多说一句话。胡玉兰出事儿的头一天晚上，土楼村的孤儿三邦子看到，高万丈在家和一个陌生人商量绑架胡玉兰的事情。至于绑匪的目的，到目前为止还不清楚。"

赵海山疑虑道："小孩子的话可信吗？"

赵雪梅补充道："三邦子发现高万丈和陌生人商量绑架胡玉兰后，担心被追杀，就没敢在村里待着，住在了村外的窝棚里。我发现他的时候，他都快被饿死了。"

赵海山瞥了一眼李剑锋："土楼村只有巴掌大的地方，我就不信了，他们会把胡玉兰同志藏得那么严实？"

王树生道："剑锋，下一步你打算咋办？"

李剑锋道："昨天，我们对全村孟高两姓人家的所有地窖都进行了搜查，没有发现三邦子说的那个地窖。"

赵海山指着李剑锋的鼻子说道："这说明你们搜查的还不彻底。"

李剑锋道："请两位领导放心，如果不出意外，明天你们就可以见到胡玉兰同志。"

正在这时，屋外传来一声枪响，屋里的人顿时大吃一惊。

一个战士慌慌张张跑了进来："报告首长，我们在村南发现了可疑情况。"

李剑锋站起身："怎么回事儿？"

战士道："刚才我们巡逻到城门口时，看到有两个人赶着马车要出村，就上前去盘查。结果马车没停，还向我们开了一枪，然后就闯卡跑了。马车跑得太快了，我们没有追上。"

李剑锋问："马车朝哪个方向跑了？"

战士道："出山的方向。"

李剑锋顿时笑了："果然不出我的所料。"说着他拔出了手枪，对赵雪梅说："咱们出发。"

赵海山看了看王树生，又看了看李剑锋，纳闷道："李剑锋，你们这是怎么回事儿？"

李剑锋回头冲赵海山笑了笑："赵县长，您就等我们好消息吧！"

土楼村通往山外的盘山路上，一辆马车正在狂奔。车上的两个人流露出惊恐不安的目光。

昨天晚上，从山外来的陌生人老乔找到了躲藏在地窖中的高万丈，商量如何把胡玉兰运到山外，交给赵克辉派来的特务，并带来了一百多个现大洋。见到钱，高万丈顿时高兴了。到了后半夜，高万丈先把胡玉兰的嘴堵上，然后捆好后装进了麻袋，接着套上马车，两个人赶着车向村外走去。没想到被巡逻的民兵发现了，就在民兵对马车检查时，老乔开枪打倒了一个民兵，指挥高万丈赶着马车夺路而逃。

高万丈赶着马车正在狂奔。猛然听到后面传来一阵阵马达声，紧接着几束灯光照过来，他向老乔喊着："不好了，他们追来了，这可怎么办呀。"

老乔回头看了看："别理他。过了这个山嘴儿，前面就到大马路了。"

高万丈用鞭子狠狠抽打着牲口。马匹一路狂奔着。

后面的马达声越来越近了。高万丈绝望地喊着："快看，前边也有人拦着，咱们过不去了，后边的快追上了！"

老乔向前看去，果然过来一群手持火把的民兵。他见无法冲过去了，突然喊道："停车。"

马车停下后，两个匪徒把胡玉兰弄下车，然后用匕首狠狠朝马屁股刺了一刀。马一声嘶叫，拉着空车向前跑去，没跑多远，便连车带马掉下了山涧。

李剑锋追到近前，与王队长率领的堵截队伍会合到一处，然后兵分两路，一路下山涧查看马车坠落的情况，另一路人马沿着山路仔细搜索。

天光渐渐放亮，赵雪梅一眼发现了山坡上架着胡玉兰逃跑中的两个匪徒，便不顾一切地追了上去。

李剑锋大声喊道："雪梅，你回来，危险。"

赵雪梅头也不回地说："我去救玉兰。"

李剑锋见状，率领战士也追了上去。

正在逃跑中的土匪看到赵雪梅越来越近，感觉无法脱身，赶忙回身向赵雪梅开枪射击。

赵雪梅赶快隐蔽到一块岩石后面，对准高万丈开了一枪，高万丈"啊"的一声，滚下了山坡。

看到同伴死了，老乔一边押着胡玉兰，向赵雪梅射击，一边向赵雪梅的身旁迂回。

赵雪梅从岩石后面探出了身子，完全暴露在匪徒的视线之内。

"雪梅，快趴下。"李剑锋快速跑到了赵雪梅的身边，一下子把赵雪梅扑倒在地上。

赵雪梅看了看李剑锋，紧紧拉住了李剑锋的手："剑锋，你没事吧？"

李剑锋有些生气地说："你傻呀，枪子不长眼睛！"

赵雪梅微微一笑："有你在，我什么都不怕。"

李剑锋左右观察了一下，说道："你就待在这儿，千万别动，我去救玉兰，我有经验。"

赵雪梅拉住了李剑锋："我和你一起去。"

李剑锋顿时火了："这是打仗，不是过家家。你就待在这里，哪儿也不许去。"说着，他借助岩石的掩护，探出身子向前看了看，然后一点一点匍匐着向前爬去。

陡然，匪徒老乔发现了李剑锋，举枪就要向李剑锋射击。赵雪梅顿时站了起来，声嘶力竭地喊道："剑锋，危险。"

老乔转身对赵雪梅开了一枪，赵雪梅顿时栽倒在地上。

李剑锋见赵雪梅受伤了，顿时急了，冲着老乔连开几枪，老乔一声惨叫，滚下山去。

"雪梅。"李剑锋大喊着朝赵雪梅的方向跑来。

胡玉兰见绑架自己的两个匪徒被打死了，挣扎着站起身，向赵雪梅的方向跑了过去。三个年轻人紧紧抱在了一起。

第二十二章　告密

51

经历了土楼村的生死考验之后，胡玉兰对李剑锋和赵雪梅有了更深的了解。尤其是赵雪梅，平时因为李剑锋总是跟自己过不去，没想到，关键时刻，居然会冒着生命危险来救自己。回到县城以后，胡玉兰几次给李剑锋打电话，想去探视一下赵雪梅的伤，但都被赵雪梅给拒绝了，弄得胡玉兰总感觉欠着赵雪梅什么似的，但也想不出好的办法来补偿。怎么才能报答李剑锋和赵雪梅对自己的大恩大德呢？胡玉兰思来想去，只有痛改前非，才能对得起这两个人。

胡玉兰找出一张报纸认真看了看，然后找来了剪刀，开始剪裁，然后找来胶水。不一会儿，用单个汉字拼出一个情报来。这个情报是她刚从电台中监听到的，胡玉兰要向李剑锋证明，自己正在努力改变一切。

那个情报通过特殊方式送给公安局后，胡玉兰忽然心神不宁起来，做事情开始丢三落四的，搞得同事们都觉得很奇怪。

张姐好像看出了胡玉兰的心事，瞥了她一眼，笑道："小胡开始搞对象了吧，干活儿开始心不在焉了，肯定是等人呢！"

小李也笑道："这叫相思病，要不就打个电话？"

胡玉兰粲然一笑，掩饰道："张姐净拿我开心，我这是脚疼。"

下午时分，胡玉兰心里感到一阵阵烦乱，便偷偷跑到了传达室给公安局打了个电话，得到的答复是：李剑锋正在东山剿匪。

自从赵雪梅为了营救胡玉兰负伤之后，李剑锋开始对她刮目相看了。没想到赵雪梅和胡玉兰平时话不投机，关键的时候还真能冲得上去。从土楼回来后，李剑锋马上把赵雪梅送到医院，把子弹取了出来。

李剑锋提着一篮子水果走进了病房，见赵雪梅正坐在桌前，看着一个子弹头发呆，便笑道："看着它干吗？"

赵雪梅放下子弹头，站起身，走到李剑锋面前："扔了还行！我还要找人用它做个项链，天天戴着。"

李剑锋道："我看还是算了吧！天天看着它，心里不硌硬呀！"

赵雪梅瞟了李剑锋一眼："我要时时刻刻记着，这个子弹是怎么来的。"

李剑锋在内心深处感激着这个好姑娘，如果不是她替自己挡了一枪，那这会儿躺在病床上的就是他李剑锋了。

赵雪梅半开玩笑地说："剑锋，你可给我记好了啊，我这一枪是替你挨的。我又救了你一次，你琢磨一下，该怎么报答我吧！"

李剑锋笑了笑："你想让我咋报答你呢？要么请你吃一顿？"

赵雪梅瞪了李剑锋一眼："谁稀罕的饭！"接着她腼腆地一笑："剑锋，我让你抱抱我。"

"这还不容易。"李剑锋说着，紧紧地抱住了赵雪梅。让他始料不及的是，赵雪梅竟然把头扎在了自己的怀里，两只手紧紧地抱住了自己的腰，好像生怕自己跑了似的。好久赵雪梅才抬起了头，深情地望着李剑锋："剑锋，我要你娶我，行吗？"

"这……"赵雪梅的一句话把李剑锋问住了，他干张嘴说不出话来。

见李剑锋没有反应，赵雪梅急了，大声喊道："李剑锋，我说的话你听见没有，我让你娶我！"

李剑锋一时犯了难："雪梅，你先养伤，这事儿等你伤好了再说，行吗？"

良久，赵雪梅失落地说："看把你难的。"

李剑锋看到赵雪梅失落的样子，有点于心不忍，于是在赵雪梅的脸上亲了一口。

赵雪梅的情绪立刻被调动了起来，双手勾住李剑锋的脖子，和他亲吻起来。李剑锋感到，赵雪梅的嘴唇是那样的有力。

正在这时，门被推开了，赵海山和雪梅妈走了进来，看到赵雪梅正在和李剑锋亲吻，顿时吓了一跳，想退出去已经来不及了。

赵雪梅看到父母，立刻松开了李剑锋，坐到了病床上，脸色通红地说："爸，妈，你们来啦？"

李剑锋尴尬地站在了一旁，恨不得地上有道缝钻进去。

母亲先说话了："雪梅，你的伤怎么样了，让妈看看。"

赵雪梅笑了："早好了，这点伤算什么，不信您看。"说着她把手臂举得老高，还用力晃了两下。

赵海山笑道："行了行了，别逞强了，快放下。你没事儿就好，我单位还有点儿事，和你妈先走了。"

雪梅妈仍旧有点不放心："雪梅，明天妈再来看你啊。"

赵雪梅笑道："妈您就放心吧！有剑锋照顾我呢！"

看着父母走了，赵雪梅的嘴又嘟了起来："你说咋办吧？"

李剑锋抓了抓头皮，犯难道："这可咋办呢，我犯错误了。"

赵雪梅难为情地说："我爸和我妈都看见咱俩亲嘴了，你再赖账，我爸妈也不答应。"说完这话，她不好意思地笑了。

52

从土楼回来后，李剑锋又一头扎进了档案堆里。这些日子，他带着专案组每天都在翻看着那些干部档案和敌伪时期的档案，希望从那里面找出一些蛛丝马迹，尽快找到章鱼的下落，彻底粉碎敌特的阴谋。因为这个章鱼对龙城县的威胁太大了，如果不能尽快找到他，说不定哪天他又制造出爆炸案来。

电话响了，李剑锋拿起了话筒。电话是局长王树生打来的，让他到办公室去一趟。

当李剑锋推开王树生的门，看到吴自成正在和王树生说话，刚想回避，不料王树生立刻站了起来："剑锋，有一件事情，你要马上去落实。现在就出发。"王树生一边说着一边拉开办公桌的抽屉，从里面拿出了一封信，递了过来："剑锋，你先看看这个。"

这是一封已经打开的信件。李剑锋抽出信纸一看，顿时愣住了。信是用报纸上的字剪裁后贴成的。"侯有林等人准备袭击五区物资仓库"十几个字赫然在目。信的结尾没有姓名。

这分明是一封检举信。李剑锋认真翻看了几遍信纸，信纸是极普通的那种。李剑锋又看了看信封，信封也是那种在大街上就可以买到的，上面连半个字也没有。

看完信，李剑锋满腹狐疑道："这是什么人干的？我想他是害怕咱们认出他的笔迹，才这样做的。咱们要不要先调查一下这封信的来历，辨别一下真伪？"

王树生笑呵呵地说："据传达室的同志讲，信是昨天晚上一个小男孩隔着墙扔进院里的。信是贺国珍第一个打开的，他感觉事情重大，就直接送到了我这里。现在我正让贺国珍带人查找这个小男孩呢。"

李剑锋想了想："局长，要么把这件事情交给我们侦缉股，我敢保证，用不了三天就查出结果来。"

王树生笑了笑："剑锋啊，这封信的真伪固然需要去查，但信的内容更重要，时间不等人呀！如果等咱们把信的真伪查清了再去剿匪，那黄花菜也凉了。这样吧，咱们宁可信其有，不可信其无。我已经通知了县大队，派出去一个排的兵力，前去增援，你呢，马上带领公安队的两个班赶到五区的区公所，配合县大队行动。最主要的是抓住侯有林，实在不行，就把他当场击毙。"

李剑锋斩钉截铁地说："局长请放心，我保证完成任务，只要侯有林胆敢来，我就叫他有来无回。"

吴自成严肃地说："剑锋同志，侯有林可是你的老对手了，这次说什么你也不能让他跑了。"

"这个老狐狸，这次我一定要抓住他。"李剑锋给吴自成敬了一个礼，转身要走。

王树生一把拉住了李剑锋，拍了拍李剑锋的肩膀，叮嘱道："剑锋呀，侯有林是个亡命徒，又很狡猾，几次都让这小子给跑掉了，这次也恐怕是来者不善呀，你得处处小心，不能有任何闪失。"

区公所坐落在王家堡村的村边，院子周围拉着铁丝网。在区公所不远处有几排平房，那便是粮库。里面不仅存有几十万斤公粮，还有大车队和担架等物品。在仓库北面的小山上，还有一个天然的山洞。那里是全县的武器仓库，藏有大量的战备物资。距离区公所不远处，便是通往县城的盘山大道，一直通向北原县。在区公所北面是一个几十米的小山包，山虽不高，但却是附近的制高点。如果居高临下对区公所和仓库进行袭击，后果不堪设想。

李剑锋和县大队的张排长观察完地形后，两人一商量，把队伍一分为二，张排长带领县大队一个排负责小山包的警戒，李剑锋带公安队的一个班负责粮食仓库的警戒，另外一个班加强物资仓库的警戒。为了不暴露目标，所有人员在白天除了流动哨外，其余人员全部集中在区公所休息，晚上再进行埋伏。

天阴冷阴冷的，整整一个下午，区公所对面的公路上除了几辆运粮食的小驴车很少有人经过。到了晚上，居然飘起了雪花，战士们紧裹着大衣趴在雪地里，艰难地等待着。

战士们一直埋伏到天亮，也没见到土匪的踪迹。张排长找到李剑锋："李股长，天气这么冷，咱这样等也不是办法呀。"

李剑锋拍了拍张排长的肩膀："这个侯有林是有名的土匪头子，鬼点子很多。前两次被咱们打怕了，没有把握，他是不会轻易下手的。现在咱们没有别的办法，只有等了。"

李剑锋和张排长正研究着敌情，忽然看到对面的马路上过来两辆小驴车，赶车的都穿着白茬皮袄，戴着皮帽子，车上装得鼓鼓囊囊的，不知道是什么东西。李剑锋便拿起望远镜，观察起来，看着看着，他突然笑了起来："侯有林来了。"说着把望远镜递给了张排长。

张排长接过望远镜顺着李剑锋手指的方向看去，透过纷飞的雪花，果然看到了侯有林那张脸。尽管侯有林几经化装，但还是满脸流露出狡猾与奸诈。此时，正和一个留着小胡子的土匪在说着什么。

"我这就组织人去抓他。"张排长说着掏出了枪。

李剑锋拦住了他："先不用着急，后面一定还有人，而且来的还不少呢！"

小驴车在仓库附近突然停了下来，侯有林和小胡子下了车，向仓库这边张望了一会儿，忽然向旁边的树林走去。

两个人刚走几步，仓库巡逻的区小队的两个战士走了过来："站住，干什么的？"

侯有林指着旁边的树林说："我们内急，实在憋不住了，想在这里解个手。"

两个战士打量了一番赶车的男人："对不起，这里是军事禁区，你们不能进去。"

侯有林又是作揖又是说好话，但战士们仍然拦住不放。

张排长走了过来，简单地问了一下情况，然后批评战士道："咱们解放军怎么能跟老百姓耍态度呢！"

侯有林和小胡子满脸堆笑："就是嘛，解放军就要爱护老百姓呀！"说着走进了树林。

过了好半天，侯有林和小胡子才从树林里出来。当走到张排长面前时，小胡子指着区公所说："这是啥地方？"

张排长道："五区的区公所。"

侯有林问："这里距离龙城县城还有多远？"

张排长道："六十里路。"接着他向小驴车看了一眼，随口问道："老乡，你这车上拉的是什么东西呀？"

侯有林笑了笑："后天不是咱们龙城县的集日吗，我们这是去赶集。车上拉的是小米和毡子。"接着，他又仰头看了看天："哎呀，这么远呢！又下这么大的雪。长官，我和您打听一下，这附近有没有大车店，俺俩今天住一晚上，明天再去龙城县城赶集。"

张排长向县城的方向指了指："向前五里路，有一个大车店，可以住宿。"

侯有林和小胡子向张排长道过谢后，赶着马车走了。

待马车走远，李剑锋走了过来，和张排长对视了一眼，两人哈哈大笑起来。

两个人的笑声把战士们搞蒙了。

　　李剑锋拍了拍战士的肩膀道："你们注意警戒，今天晚上他们一定会来的，你看。"说着他朝远处的大道上努了努嘴。果然，大道上又三三两两地过来一些行人，李剑锋屈指一算，有差不多二十人。

　　傍晚时分，雪越下越大，不到两个小时，已经下了有半尺来厚。李剑锋等人紧裹着大衣，埋伏在仓库外，不敢有一丝大意。

　　到了后半夜，李剑锋听到树林的方向有响动，接着就是脚踩在雪上的声音。他举目望去，只见十几个黑影儿隐隐约约向仓库的方向摸来。来人弓着腰，很快接近了仓库外的铁丝网。

　　就在黑影刚要剪断铁丝网的时候，仓库里突然射出十来道手电光。哨兵问道："什么人？站住！"

　　来人正是侯有林和张二愣等人。原来，侯有林在清剿金鸡岭土匪的战斗中逃跑以后，赵克辉让他暂时先躲藏起来，等自己回到张家口后，马上把他武装起来，继续和共产党周旋。走投无路的侯有林爽快地答应了。赵克辉也没有食言，不出半个月，就给他送来了活动经费和三十多支枪。看到赵克辉送来的都是清一色美国造的冲锋枪，侯有林心中乐开了花。他迅速招募了三十多个土匪，准备东山再起。赵克辉还专门派来了联络官，送来了电台，负责给他传递情报。

　　前天晚上，联络官找到侯有林，传达了赵克辉的指令：根据在龙城县潜伏的章鱼提供的情报，在五区有一个共军很大的物资仓库。仓库里的物资是用来攻打张家口的，要不惜一切代价把这个仓库炸掉。事成之后，再奖励大洋五百块。侯有林接到指令后，立即派人进行侦查，果然发现了这个仓库。于是，他带着全部土匪化装后，从几个方向向物资仓库聚集。当全部人马在大车店住下后，妄想利用大雪天掩护，对仓库进行突袭。

　　匪徒们看中了埋伏，顿时脱掉了翻毛皮袄，亮出了冲锋枪，向仓库疯狂扫射起来。

　　李剑锋和张班长带领队员们奋起进行还击。

　　侯有林带着匪徒们一边射击，一边一次次向仓库发起冲锋，妄图冲进仓库院内。而李剑锋带领战士们也越战越勇。伴随着激烈的枪声，不时传来匪徒们中弹后的惨叫声。

　　侯有林见无法靠近仓库，便命令土匪往仓库里扔手雷。但由于距离太远，根本炸不到，气得侯有林嗷嗷怪叫。他站起身，端着冲锋枪发疯一样扫射着。

战斗进行了半个多小时，侯有林见仍无法突围，便命令匪徒向仓库后面的小山包撤去，结果刚走出不远，又被打了回来，还丢下了几具尸体。

天光渐渐放亮，偷袭的匪徒全都暴露在雪地之中，战士们借助掩体，把侯有林等十来个人团团围住。侯有林和张二愣看着带来的土匪一个个倒下，后悔不迭，当确定无法突出重围时，他们互相对视了一眼，同时用手枪对准了自己的太阳穴，扣动了扳机。

53

中午刚上班，赵雪梅来到了李剑锋的办公室，笑着说："我妈说了，今天晚上，要你到我家吃个饭。"

李剑锋露出了为难之色："晚上我还有事儿。"

赵雪梅用近乎央求的口气说："剑锋，我妈都说了好几次了，你就给我这个面子吧！算我求你了，你别这么折磨我，好吗？"

李剑锋笑道："谁折磨你了？赵雪梅同志，今天晚上我真的有事。局长说晚上要开会，要研究案子。这是真的，不信你问问局长去。"

赵雪梅顿时火了："莫不成龙城县公安局离开你李剑锋就不破案了？你牛气什么？"

李剑锋合上档案，扬了扬脸，笑道："你算说对了，龙城县公安局离了我还真就不转了。我就牛了。"

看到李剑锋对自己如此冷漠，赵雪梅的眼泪一下子就下来了，但她很快就擦掉了眼泪："那好，李股长，既然你公事公办，我找局长去。你有什么了不起的，我又不是嫁不出去了，用不着低三下四地求着你。李剑锋，到时候你别后悔。"说着赵雪梅摔门而去。

李剑锋有些自我解嘲地笑了笑，然后摊开稿纸，拿起了蘸水笔，稳了稳神，开始写起了报告。

从王家堡剿匪回来后，王树生局长让他写一个破案报告。这下可把李剑锋难住了，平常抓人破案无论有多难，他都不在乎，但要动起笔墨来，他还真有点发怵。他又想起了赵雪梅。刚才自己对赵雪梅的举动，是不是太不近人情了？他这样心猿意马地想着，思路始终理不顺，写了半页后，感觉不满意，赌气撕掉，团成一团扔在了地上，又写了几行字，感觉还是不满意。不多时，地上扔满了废纸。而真正的破案报告却一个字也没写出来。后来李剑锋干脆把蘸水笔一扔，站起身和自己生气起来。

局长王树生推门走了进来，看到地上的废纸，又看了看冥思苦想的李剑锋，拉了一把椅子坐下来，问道："剑锋呀，你的破案报告写得咋样了？"

李剑锋苦笑了一下："局长，您还是饶了我吧，我肚里没有墨水，文化水平低，您让我侦查破案抓特务还行，让我写破案报告，那不是赶着鸭子上架吗？您还是让秘书股的同志写吧。"

王树生呵呵一笑："这次咱们一下打死了二十个土匪，最主要的是，这次把侯有林这个土匪头子给干掉了　战果赫赫呀！地委还要奖励咱们呢。这报告材料一定要写好。对了，一定要加上举报信的内容，还有县委吴书记准确判断了举报信的真伪，作出了正确决定。"

李剑锋皱了皱眉："这么复杂呀？"

王树生继续道："另外要尽快找出那个写举报信的人。对这个人也要进行表彰。"

李剑锋唉声叹气地坐了下来："您这是在给我出难题呀！说实在话，这个报告我真的写不了。"

王树生扫了一眼档案室："小赵呢，让她写呀，她不是能写吗？"

"她在大办公室呢！"李剑锋不假思索地回答。说完这话，他猛然醒悟王树生局长这个时候来找他，肯定跟赵雪梅有关。

果不其然，王树生接着便问："剑锋呀，你们俩的事儿进展到啥程度了？"

李剑锋明知故问道："谁俩？"

王树生笑道："好小子，你别揣着明白装糊涂。我跟你说正事儿呢，甭给我嬉皮笑脸的。你和赵雪梅的事儿怎么样了，赵县长问了我好几次了，我总得给人家一个回话呀。"

李剑锋的脸色一下子阴郁下来了："我俩能有什么事儿。"

　　王树生立时被噎住了："怎么，你们俩吵架了？李剑锋同志，这我可要批评你几句了。咱们男子汉要有肚量，搞对象呀，千万不能搞大男子主义。再说了，雪梅的爸爸是县领导，你怎么也得给人家留点面子呀。"

　　李剑锋说："局长，不是这么回事儿，我跟她真的不合适。您也知道，我这个人，本来就没啥本事，不值得您这么关心。"

　　王树生笑了笑："可是全县上下对你还是蛮认可的。吴自成书记、赵县长好多次都表扬过你。"

　　李剑锋呵呵笑道："局长，我现在还不想考虑个人情感问题，只想赶紧把这个案子破了，把特务分子抓住了，这样，龙城县才能太平，龙城县的老百姓才能信服咱们政府。"

　　王树生想了想："你小子考虑得很周到嘛，我也是这么想的。"停了停，他又说："可是这个影响你和雪梅谈恋爱吗？"

　　李剑锋笑道："当然有影响啦！您想呀，搞对象肯定会耽误时间，可是抓特务咱等不起呀！"

　　王树生点了点头，又摇了摇头："看来我小瞧你了！说话还一套套的呢，我就纳了闷了，让你搞对象，你却拿出这么一大堆理由来搪塞我。李剑锋，你心里究竟是怎么想的？"

　　李剑锋有点为难地说："没有，赵雪梅确实是个好姑娘，为人热情，疾恶如仇，可是……"

　　王树生顿时反应了过来："可是什么？李剑锋，你当了英雄就翘尾巴啦，说你胖，你还给我喘上了！"说完，王树生重重地哼了一声。

　　李剑锋冷冷地说："局长，不是您想象的那样。"说完就要走。

　　王树生顿时一拍桌子："你要干什么去？回来，还反了你了！"

　　李剑锋回头冲王树生一笑，然后吐了一下舌头："局长，我去请赵雪梅同志，让她帮助写破案报告。"

　　王树生被气笑了，指着李剑锋道："你呀你呀，简直把我气饱了。"

第二十三章　智斗

54

这天当胡玉兰收拾文件，准备下班的时候，门突然开了，赵雪梅穿着一身便衣走了进来。

胡玉兰赶忙停下手中的活儿，高兴地说："赵姐，你怎么有时间到我这里来了？我还正想找你呢，快请坐。"

赵雪梅坐了下来，冷冷地看着胡玉兰："你找我有啥事儿？"

胡玉兰给赵雪梅沏好茶，然后搬了个凳子坐下，拉着赵雪梅的手说道："感谢你的救命之恩呀。"

赵雪梅笑了笑："哦，我还以为什么事呢。剑锋说了，这是我们应该做的，不必客气。对了，你今儿个下班准备去哪儿？"

胡玉兰不太明白赵雪梅此行的真正目的，但当赵雪梅把李剑锋的名字和自己连到一块儿说出来后，感觉心里有些不是滋味，但此时又不好和她争执，便随口说道："晚上我也没啥事儿，就是想去图书室还几本书。"她说着从抽屉里拿出了几本书，想证实给赵雪梅看。

赵雪梅冲着胡玉兰狡黠地一笑："这样吧，反正你也没什么大事儿，我请你喝酒。咱们俩痛痛快快喝两盅，咋样？"说完，赵雪梅直视着胡玉兰。

胡玉兰故意卖着关子："赵姐，可是我不太会喝呀。"

赵雪梅伶牙俐齿道："得了吧，你别装了，谁信呢！我可记得，上次在庆和饭馆，你都把我喝多了。你那点心思我还不知道？今晚六点，咱们在阳春饭馆见，不许不去呀。"说完，赵雪梅站起身，急匆匆地走了。

赵雪梅走后，胡玉兰心里犯起了嘀咕：赵雪梅为啥请自己吃饭？是为了李剑锋吗？她有心不去，但考虑再三，还是决定去看个究竟。

傍晚时分，胡玉兰按照约定来到了阳春饭馆。当她走进房间时，赵雪梅正独自一人端坐在那里，显然早已恭候多时了。只见她穿了一身便服，光洁的脸上显得容光焕发，黑色的头发瀑布般垂下。

胡玉兰今天穿了一件驼色的大衣，配着白色的围脖，仍然一身典型的女学生打扮。

赵雪梅见到胡玉兰后，呵呵笑道："玉兰，你今天打扮得真美啊，不愧为文化人。"

胡玉兰也笑着说："我哪能和你比呀！女公安干部，县长的大小姐，多威风呀！"

"玉兰，你最近很忙吧？"赵雪梅转移了话题。

"还行吧，反正就是一些杂事，整天整理档案什么的。赵姐，剑锋呢，他怎么没来？"

赵雪梅满脸不悦地说："他呀，一直在忙案子呢，这两天一天到晚忙得脚打后脑勺，饭都顾不上吃。"

听了这话，胡玉兰心里不禁感到好笑。看样子，李剑锋和赵雪梅有可能发生了问题。她笑道："不至于吧，龙城都解放这么长时间了，哪有那么多案子。"

待酒菜上齐，赵雪梅倒了满满两杯酒，然后端起其中一杯："玉兰，咱不管李剑锋。咱俩好久没一块儿吃饭了，来，咱俩喝一杯。"

看着满满一大杯白酒，胡玉兰假装为难道："赵姐，我虽然不太会喝酒，但是为了答谢你在土楼村的救命之恩，我干了。"说着端起酒杯一饮而尽。

赵雪梅也把酒喝掉。胡玉兰又把酒满好，站起身："来，赵姐，我再敬你一个。"说完，又喝了大半杯。

"好，够朋友！"赵雪梅也一下子就喝了多半杯。由于喝得太猛，呛了一下，眼泪头儿都快下来了。

胡玉兰一屁股坐下，装作有了几分醉意的样子："赵姐，我真不行了。"

看着胡玉兰的窘态，赵雪梅感觉很好笑。她捶了一下胡三兰的胳膊，口无遮拦地说道："姐不是吹，姐喝半斤酒照样能打仗。"

胡玉兰心里嘲笑道，上次在土楼村都受伤了，还吹什么牛！胡玉兰早已经看出，此时的赵雪梅内心十分难受。

酒是话的头。两个女孩的话题从上次在土楼村的营救行动聊到各自的工作，再从龙城县的奇闻轶事聊到了女孩子的穿着打扮，又从当前的老百姓的吃喝穿戴聊到了龙城县的小吃，最后聊到最为敏感的话题——李剑锋。两个女孩都不言语了。最终，还是胡玉兰打破了沉默："剑锋他，还好吧？"

赵雪梅看着酒盅，醉眼蒙眬地说："我已经好多天都没见到他了。"

胡玉兰追问道："不至于吧　你们都是一个单位的，不是都在一起办公吗，哪会不知道的？就咱姐俩，你还跟我打埋伏？"

赵雪梅苦笑了一下："真的不是这样，玉兰，你不知道自打我上次受了伤之后，李剑锋就一直瞧不起我，嫌我说话办事不靠谱，这不，现在做什么事情对我都保密。"听了这话，胡玉兰猜测李剑锋已经怀疑到赵海山身上了。想到这儿，她端起了酒杯，笑道："赵姐，说起来，我还要好好感谢你呢！"

赵雪梅正夹起一筷子菜往嘴里送，听到这话，赶忙停了下来，问道："谢我什么呀？"

胡玉兰笑道："是赵县长给我安排了工作呀！"

赵雪梅看了一眼胡玉兰："咳，我还以为啥事儿呢，我爸那是爱惜人才。回家后，他经常跟我说起你，看人家胡老师，又有学问，人长得又漂亮，刚到龙城完小三个月，就把工作做得呱呱叫，老师和学生家长都很满意，哪儿像你呀，不思上进。"

"是赵县长过奖了，我只不过做了一个老师应该做的。"

赵雪梅端着酒杯，神秘地说道："玉兰呀，我还要告诉你一个好消息，你听了一定高兴。"

胡玉兰催促道："快说，是啥好消息？"

赵雪梅把酒喝掉："昨天晚上听我爸讲，大军要入关了。准备攻打张家口，咱们县要组织支前团。"

胡玉兰听了这话，心中一怔，但很快又装作高兴的样子："太好了，等张家口解放了，我一定带你到万全县我姥姥家去看看，那里紧挨着张家口，有好多小吃，比咱们龙城热闹多了。"

赵雪梅笑道："还有呢，我爸说了，县里要组织一个宣传队，要抽调你，随着支前的队伍去张家口呢！"

听了这话，胡玉兰吓得手中的酒杯一下掉落在地上。

55

龙城县公安局会议室，正在召开表彰会。县长赵海山在宣布表彰决定："……鉴于公安局在这次剿匪战斗中的出色表现，龙城县人民政府决定，给龙城县公安局侦缉股全体干部记大功一次。给此次战斗中作出突出贡献的侦缉股长李剑锋、治安股长贺国珍、公安队副队长张成、侦缉股干部赵雪梅各记大功一次。下面请李剑锋、贺国珍、张成、赵雪梅上台领奖。"

伴随着热烈的掌声，李剑锋、贺国珍和赵雪梅等人穿着崭新的制服，兴高采烈地走上了主席台。

县委书记吴自成、县长赵海山和公安局长王树生把大红花挂在李剑锋、贺国珍、张成和赵雪梅的身上，给他们一一颁发了证书，然后又和他们握手。李剑锋等人分别向主席台上的领导和会场的同志们敬礼。

紧接着，县委书记吴自成作了重要讲话，他首先对龙城县公安局在剿匪和社会治安管理中取得的成绩表示祝贺，特别对战士们在剿灭侯有林等匪特的几次战斗中，表现出来的大无畏的英雄气概给予了充分的肯定。接着，他的话锋一转："同志们，侯有林等土匪已经被彻底剿灭了，但是，我们也应该看到，张家口还没有解放，龙城的社会治安仍然不稳定，一些暗藏的敌人仍然在蠢蠢欲动，一刻也没有停止他们的破坏活动。县委希望你们，发扬不怕疲劳和连续作战的作风，继续加大剿匪力度，不给敌人喘息的机会，同时不断加强社会管理的力度，为党和人民再立新功。"

吴自成的话引起了会场一阵又一阵的掌声。

表彰会散会后，李剑锋和赵雪梅回到了侦缉股办公室。贺国珍也跟了进来。一进门，贺国珍就神秘地冲李剑锋一笑，说道："你和雪梅那才是真立功，我这个只是沾了你们的光。"

李剑锋笑道："看来今天得宰你一顿了，一会儿你请客啊！"

贺国珍道："好说好说，以后有这样的好事儿多想着我点儿。到那时，甭说吃一顿了，就是吃上十次八次的，也没问题。"

赵雪梅仍沉浸在刚才表彰大会之中，她意犹未尽地端详着立功证书，还不时把它摆在胸前，脸上流露着幸福的笑容。这毕竟是她第一次立功。

李剑锋看了她一眼："别臭美了，快把证书收起来，贺国珍说了，一会儿要请咱俩吃饭！"

赵雪梅笑了笑："放心吧，保证耽误不了吃饭。"

正在这时，电话响了。门卫告诉李剑锋胡玉兰来了，正在大门外等着，让李剑锋去接人。

李剑锋放下电话，话也顾不上多说一句，就跑了出去。

赵雪梅瞥了一眼李剑锋的背影，没好气地对贺国珍说："听到胡玉兰的名字，魂都没了。"

贺国珍冲着赵雪梅神秘一笑："不至于吧，我看李股长和胡玉兰的关系挺正常的。"

赵雪梅撇了撇嘴："得了吧，他什么时候对我这么用心了，每次都不拿正眼看我。"

贺国珍呵呵笑道："吃醋了不是？雪梅，我可要说你两句了，李剑锋现在是龙城县的英雄，不知道有多少姑娘都在打他的注意。你可得盯紧了，别到时候，煮熟的鸭子再飞了，你会后悔一辈子的！哎，你们俩进展到什么程度，不妨说出来我听听，顺便帮你出谋划策。"

听了这话，赵雪梅的脸顿时阴郁了下来，喃喃地说："还说呢，我们俩八字还没有一撇呢。"

　　贺国珍叹了一口气："咳，我还以为就差领证了呢！没事儿，一会儿吃饭的时候，我劝劝他，我的话他还是听的。到时候你也得配合一下啊。"

　　工夫不大，李剑锋便带着胡玉兰回来了。胡玉兰只是简单地和赵雪梅打了一声招呼，就跟着李剑锋进到里间屋。

　　赵雪梅隔着门玻璃看到，李剑锋和胡玉兰在里屋嘀嘀咕咕地说了好久，两个人还边说便指手画脚。最后，李剑锋还拍了胡玉兰的肩膀一下，两个人都会心地笑了。过了好大一阵，大概两个人谈完了事儿，李剑锋和胡玉兰才有说有笑地走出了房间。

　　胡玉兰红着脸向赵雪梅摆了摆手，走出了房间。

　　等送走了胡玉兰，李剑锋提出出去吃饭。赵雪梅使劲瞪了李剑锋一眼："你们去吧，我不去了。"

　　李剑锋一下子怔住了，瞪着两眼对赵雪梅说："你今天是怎么回事儿，刚才还好好的呢，这会儿又犯起大小姐脾气了？"

　　赵雪梅把证书放进了抽屉，背对着李剑锋："不去就是不去嘛，我哪那么贱。"

　　李剑锋道："哟呵，我听着你这可是话里有话呀！"

　　赵雪梅没好气儿地说："我哪儿敢呢。"

　　贺国珍看了看赵雪梅，又看了看李剑锋，感觉两个人可能发生了不愉快，赶忙解劝："我说你们俩这是咋回事儿，还没结婚呢，就闹成了这样，等赶明儿结了婚，还不吵翻了天？"

　　赵雪梅回头瞪了贺国珍一眼："跟他结婚，你问问他，他也配！本小姐好歹也是县长的闺女，咋也找个门当户对的吧！"

　　听了赵雪梅的话，贺国珍顿时蒙了："我说雪梅，你没病吧，怎么刚才好好的，咋说变就变呢？你不跟剑锋结婚，那还跟谁结婚？"

　　赵雪梅："我这辈子都不结婚了。"

　　贺国珍表现出了一副无奈的样子："你们俩的事儿，全局上下都传遍了。我说赵大小姐，你的脾气能不能改改？"接着他把目光转向了李剑锋："剑锋，你是不是欺负雪梅了？"

　　李剑锋看了看赵雪梅，心中感到好笑，他随口说："我哪敢欺负县长的千金呀，到时候甭说给我穿小鞋了，就是给我紧紧鞋带儿，我也受不啊。"

贺国珍把李剑锋拉到了一边，悄声说："还不多少说几句好话，雪梅可能是为了你刚才和胡玉兰见面的事情，吃醋了。"

李剑锋突然哈哈笑道："真是的，她愿意吃就吃去，反正我没病不怕冷干饭，她爱咋地咋地。"

不料，李剑锋的一句话触怒了赵雪梅。赵雪梅擦了擦眼泪，迅速拉开房门，"咣当"一声，摔门而去。

56

赵雪梅断定，胡玉兰一定是个特务。如果让一个女特务把自己心爱的人抢走了，这既是对自己的不负责任，更对不起李剑锋。她发誓，一定要抓住胡玉兰是敌特分子的铁证，揭露她的本来面目。于是，赵雪梅把注意力全部放在跟踪胡玉兰身上了，并且悄悄地安排了眼线。

这天傍晚时分，赵雪梅突然得到密报，胡玉兰要出城了。赵雪梅心中一阵暗喜，她穿好了便衣，悄悄跟了上去。

正值月明星稀时分，胡玉兰只身一人出了县城的南门，一直向河边走去，并不时回头看上一眼。

下班的时候，胡玉兰接到一个奇怪的电话，对方是一个男子拿腔捏调的声音，说章鱼约她晚上七点到河边的小树林里见面。当胡玉兰追问对方的姓名时，对方却挂断了电话。

胡玉兰来到了河边，在一片草丛前停了下来。然后从挎包中拿出一沓报纸，垫在屁股下坐了下来，又点燃一支烟，慢慢吸着。她静静地等待着接头人。章鱼为什么把接头的地点放在这儿呢，和她接头的目的是什么呢，难道是为了平绥纵队的名单吗？胡玉兰不得而知。

后面跟踪的赵雪梅看到胡玉兰居然抽上烟了，心里暗自骂道，真不嫌臊。看来胡玉兰一定是个女特务。她以前听剑锋说过，很多女特务都抽烟，看来今天算胡玉兰倒霉，能够落在自己手里。赵雪梅这样想着，找了一棵大树隐蔽起来。

树林中突然传出了三声击掌的声音。胡玉兰站起身，向树林里张望了一会儿，也拍了三下手掌。一个黑衣男子慢慢从树林里走了出来。胡玉兰仔细打量了一下来人，从走路的姿态看，竟然似曾相识。这个人会是谁呢，她来不及多想，立刻向树林跑了过去。

赵雪梅看到胡玉兰要进树林，心里盘算道，胡玉兰一旦进入树林，再跟踪就困难了，于是她大喊一声："站住，举起手来。"随后就冲了过去。

胡玉兰一看有人跟踪，快速向树林里跑去。她跑的速度之快，让赵雪梅大吃一惊。赵雪梅紧追不放，她一口气追出了几十米，然后朝天上打了一枪："再不站住，我就要开抢了。"

胡玉兰停住了脚步，慢慢转过了身，笑道："原来是赵姐呀，你追我干什么呀？"

"干什么？狗特务！说，刚才和你接头的人是谁？"赵雪梅恶狠狠地说。

"赵姐，你一定是搞错了，我没和什么人接头，你听我解释。"胡玉兰极力辩解着。

"我不会搞错的，你到公安局去解释吧！"赵雪梅上前给胡玉兰戴上了手铐，然后押着胡玉兰回到了局里。

公安局审讯室。胡玉兰戴着手铐坐在凳子上，一言不发。此时她在回想着刚才发生的每一个细节，赵雪梅怎么会出现在接头的地点呢？究竟是谁走漏了消息？

赵雪梅和小郭坐在审讯桌前，盯视着胡玉兰。此时，赵雪梅抑制不住满脸的兴奋。这次终于可以揭穿胡玉兰的真面目了。她厉声问道："说吧，你见了我，为什么要跑？"

胡玉兰装出一副可怜巴巴的样子，说："听到枪声，当然要跑了，我还以为你是坏人，要打劫我呢！"

赵雪梅围着胡玉兰转了一圈，反问道："简直是笑话，我是坏人？胡玉兰，你放聪明点儿，刚才和你接头的人是谁？"

胡玉兰狡黠地看着赵雪梅："赵姐，你误会了。"

赵雪梅啪地一拍桌子："你住嘴，我不是你的赵姐，我是龙城县公安局的侦查员，你是一个女特务，今天你必须如实交代自己的问题。"

不料，胡玉兰听后竟然没有丝毫害怕的意思，依然微笑着："既然这样，咱们就公事公办。赵雪梅，你说我是特务，请拿出证据来，你要拿不出证据来，我就告你去，你这是诬陷。"

赵雪梅冷笑道："哟嗬，你还有理了？告诉你胡玉兰，这旦是公安局，由不得你胡来，上次我可以救你，现在我还可以逮捕你。"

胡玉兰慢条斯理地说："我要见王树生。"

赵雪梅冷笑道："你没那个资格，你以为你是谁呀？"

胡玉兰又说道："我要见李剑锋。"

"他没在。"赵雪梅站起身来到胡玉兰的面前，厉声道，"胡玉兰，我告诉你，现在你找谁也没用，谁也救不了你，你唯一的出路，就是老老实实交代自己的问题。"

胡玉兰判断，刚才那个在树林里的蒙面人有可能是李剑锋。难道李剑锋是章鱼？如果李剑锋是章鱼的话，那他一定会救自己的。胡玉兰迅速回想着自己和李剑锋接触的每一个场面，越想越觉得李剑锋就是章鱼，于是她晃动着戴着手铐的双臂，扯着嗓子拼命地喊道："李剑锋，你跑哪儿去啦，我有话对你说。"

审讯室的门开了，李剑锋一身便衣出现在门口。看到胡玉兰狂躁的样子后，不恼也不怒，而是笑着对赵雪梅说："雪梅，你怎么把胡玉兰给抓起来了，赶快把她放了。"

赵雪梅瞪了一眼胡玉兰，没好气地说："胡玉兰是个特务，她今天是和敌特分子接头来着，被我抓了个现行。"

李剑锋笑道："真有这么回事儿？"

赵雪梅肯定地说："千真万确。我再晚一点，就让她跑了。"

不料，胡玉兰却大吵大闹起来："李剑锋，你快跟她说，是她搞错了，我不是特务。"

李剑锋看了看胡玉兰，又看了看赵雪梅，把赵雪梅拉到了一边："赵雪梅同志，你瞎折腾个啥？简直是胡闹！"

赵雪梅道："我胡闹？她就是个特务嘛！"

胡玉兰冷笑了一声："我说赵雪梅，看来跟着什么人沾什么光呀！我跟你们交朋友，倒交出罪来了，你居然把我给抓了起来，说我是什么特务。难道你们公安人员就是这样破案的吗？你说我是特务，我还说你是特务呢，你把我是特务的证据拿出来呀，拿出来呀。"

赵雪梅被问得张口结舌。

李剑锋也冲着赵雪梅问："你知道今天和胡玉兰接头的是谁吗？"

赵雪梅道："不知道呀！"

李剑锋呵呵一笑："今天和胡玉兰接头的是我，那你把我也抓起来吧！"

李剑锋的一句话让在场的人无不感到震惊。

赵雪梅睁大眼睛，惊讶道："剑锋，怎么会是你呢！你怎么能和她接头呢？你不要为她开脱。"

李剑锋笑了笑："我怎么不能和她接头呢？是我给胡玉兰打电话，约她在河边见面的。"

胡玉兰顿时也明白了，看来打电话的是李剑锋无疑。难道李剑锋真的是章鱼吗？如果真是那样的话，那么赵海山胳膊上月牙儿形的红痣又怎么解释，难道李剑锋和赵海山是一伙儿的？要是那样，真是老天爷在帮忙。想到这儿，胡玉兰冲着赵雪梅挤了挤眼："就是嘛，你不能把搞对象的人说成是特务吧。"

"你们俩真无耻，恶心。"赵雪梅看了看李剑锋，又看了看胡玉兰，怒气冲冲地甩门而去。

"股长，我……我……"小郭张口结舌地看着李剑锋。

李剑锋冲小郭努了努嘴："这里没有你的事儿，你走吧。"

小郭慌慌张张地跑了出去。

李剑锋上前给胡玉兰解开了手铐："玉兰，真没想到呀，这场误会闹出这么大动静！"

胡玉兰斩钉截铁地说："我不走，赵雪梅必须给我道歉，要不然我就去找你们局长告她，简直太没王法了。"

李剑锋笑呵呵地说："我看还是算了吧！再者说了，她也不知道咱俩的约会呀！"

胡玉兰揉了揉手腕子，红着眼圈儿说："我憋屈。"

李剑锋笑了笑："我这是跟你开了一个小小的玩笑，没想到冒出一个赵雪梅来。”

胡玉兰一下扑在李剑锋的怀里，嗔怒道："你真坏，竟然跟我开这样的玩笑，多险呀，我差点被赵雪梅一枪给打死了。"

李剑锋心里疑惑到，胡玉兰究竟是怎么辨别出自己的呢，于是他试探地问："你咋听出是我的声音呢？"

胡玉兰道："你说第一句话我就听出来了。就你，还跟我还拿腔捏调，真有你的，我落到现在的地步，都是你害的。"

李剑锋顿时明白了一切，正是由于自己的疏忽，才露出了破绽，让胡玉兰产生了警觉。看来这个胡玉兰确实不简单，于是他笑了笑："我也没想到，赵雪梅会把你当成特务给抓了起来，走吧，没事儿了。"

当胡玉兰和李剑锋离开审讯室的时候，赵雪梅依然叉着腰站在审讯室外喘粗气。她不明白，和胡玉兰接头的人居然会是李剑锋，难道李剑锋也是个特务？如果真是那样的话，可就麻烦了，赵雪梅不敢想下去。

直到晚上，李剑锋才把赵雪梅叫到没人的地方，告诉她，这一切是自己特意安排的。目的就是试探一下胡玉兰的真实身份。赵雪梅这才恍然大悟，事情并不是她想象的那样。但赵雪梅仍然不买他的账，冲着李剑锋嚷嚷道："那你早说呀，刚才多悬，我要是开了枪，伤着你咋办？"

李剑锋埋怨道："雪梅，我跟你说过多少次了，遇事要动脑子，不要见风就是雨的，现在倒好，做什么事也不和我打招呼，把我的计划全给打乱了。"

赵雪梅嘟囔道："现在你做什么事儿不也都瞒着我吗，还怪我！特别是你和胡玉兰的关系都搞成这样了，你让我怎么能平静下来。"

李剑锋瞪了赵雪梅一眼："怎样了，那是工作的需要。"

赵雪梅担心地说："你是不是做了对不起我的事情了。"

李剑锋道："笑话，咱俩什么关系，我告诉你，咱俩就是工作关系。"

听了这话，赵雪梅顿时哭了："你……"

李剑锋道："我怎么啦？"

"你真不要脸。"赵雪梅流着眼泪跑远了。

第二十四章　欲擒故纵

57

　　1948 年 11 月 23 日，按照中央军委部署，东北野战军主力由锦州、营口、沈阳等地出发，隐蔽向北平、天津、唐山、塘沽地区开进。12 月 5 日，东北野战军先遣兵团在行进途中攻克密云，歼灭国民党军第 13 军 1 个师，而后主力继续南进，次日，数万大军抵达了龙城县。

　　此时龙城县县委会议室，正在召开紧急会议。吴自成正兴高采烈地讲话："同志们，现在华北兵团已包围了张家口，东北野战军也已经入关，察哈尔的省会张家口解放在即。根据地委指示，支前是我们当前的首要任务，地委要求我们迅速征集三十万斤粮食，还要组织一个五百人的担架队，跟随大部队出发，配合做好张家口的解放工作。为了确保支前工作的万无一失，县委决定，立即成立龙城县支前团，由我担任政委，县长赵海山担任团长，马上动员各区的民兵，三天后集结完毕，准备跟随大军行动。县公安局成立保卫部门，抽调侦缉股长李剑锋担任保卫部部长，负责内部保卫工作；另外，县文教办张振海主任组织一个宣传队，沿途给大家加油、鼓劲儿。"吴自成停了停，环视了一下会场，然后又说："下面请华野的武营长介绍一下具体任务。"

精干的武营长站起身，先敬了一个礼，然后嗓音洪亮地说道："同志们，我军按照党中央的战略部署，即将完成对华北重要城市张家口的战略包围，也就是说，张家口即将解放啦。"听到这里，会场上所有的人无不感到欢欣鼓舞，纷纷鼓起掌来。

武营长挥了挥手，继续道："战役的目标不仅仅是要抢占城市，更主要的是消灭敌人的有生力量，不让敌人南逃，为最终解放北平打好基础。根据军区首长指示，由我负责先遣兵团与龙城县支前工作的联系。我们的具体任务是，把三十万斤粮食和担架队带到张家口附近的沙岭子附近。我们测算了一下，从龙城县到沙岭子，大概三百里路。支前团按照每天六十里的速度前进，大约需要五天的时间，才能到达指定位置。"说着，他拿起了指挥棒，在墙上的地图上比画着。

武营长的话还没说完，会场上开始议论起来。

"这么远的路呀！我可从来没有出过远门儿。"

"大冬天的，这么冷，可怎么走呀！"

吴自成一拍桌子："怎么，大家都怕啦？同志们呀，你们可都是革命干部，共产党员，现在怎么都跟个娘们儿似的，就这点儿觉悟呀？想当初，咱们整天钻山沟，担惊受怕的，是解放军帮助咱们解放了龙城。现在党中央提出了'打倒蒋介石，解放全中国'的口号，我们一定要按照党中央的战略部署，全力做好支前工作，这是咱们龙城县的光荣，也是咱们龙城县露脸的时候，谁都不能给我认尿了。"

听了吴自成的一席话，大家立刻不言语了。

散会后，李剑锋被王树生叫到了办公室。刚一进门，李剑锋就急切地问："局长，难道平绥纵队的案子不破啦？"

王树生呵呵笑道："谁说不破了？你呀，你呀！"

李剑锋被王树生一下子问愣了："我都去支前了，那谁来破案？"

王树生指着李剑锋的鼻子说："典型的个人英雄主义。离开你，这平绥纵队的案子就破不了啦？我给你一天时间，把所有的案件材料移交给贺国珍他们，你给我认认真真地支前去。"

李剑锋看了看王树生，不解地摇了摇头。

王树生问："怎么，有意见呀？"

李剑锋辩解道："我哪敢对您有意见呀！当初我已经给您立下了军令状，两天给您结果。"

王树生这才露出了一丝笑容："你那点儿主意还能瞒得了我！实话告诉你，调你去支前，也是县委吴书记的意思。"

李剑锋有些不解地问："不会吧，吴书记怎么也是这个意思？"

王树生呵呵一笑："你呀，可真是一勇之夫。你也不想想，大军已经入关了，整个龙城县都在支前，一百多辆大车、三十万斤粮食，还有五百人的担架队，那是多大的队伍呀！这么大的动静，那敌人能坐得住吗，一定会千方百计跳出来进行捣乱和破坏。所以说，此次支前你是担负着双重任务呀，既要确保支前队伍和粮食的绝对安全，又要及时发现章鱼，把他抓捕归案，一举破获平绥纵队案，对你也是一个考验呀！"

李剑锋嬉笑道："这么说，咱们军令状不算数啦？"

王树生一瞪眼睛："你别给我打马虎眼啊，谁说不算数了。军令状的时间可以顺延，但是你要记住，等支前工作结束之后，你得立马给我兑现，要不然我饶不了你。"

听了这话，李剑锋的脸立刻红了，他恭恭敬敬地给王树生敬了一个礼："我一定完成任务！"

王树生还想说什么，突然传来了敲门声。

王树生道："进来。"

贺国珍兴高采烈地走了进来，当看到李剑锋也在场时，兴奋地说："王局长，您为啥不安排我支前去呢？"

王树生瞪了贺国珍一眼："这次支前我都想去，可是县委不批呀！吴书记说了，大家都走了，县城咋办。"

贺国珍呵呵笑着，从桌子上拿起了王树生的香烟，毫不客气地抽出一支，点燃后深吸了一口："确实是好烟。"然后转向李剑锋："剑锋，你去支前了，那雪梅咋办？"

李剑锋笑了笑："还能怎么办？我把她交给你了，让她帮助你整理材料呀。"

王树生看了看贺国珍："国珍，剑锋支前去了，有两句话我可当着你俩的面说清楚了。"

贺国珍看到王树生一脸严肃的样子，赶忙说："局长，您说。"

王树生道："你可给我看好了赵雪梅，这个丫头平时风风火火的，说风就是雨的，你要给我把她看好了，一定让剑锋踏踏实实去支前；二来呢，也是对你和赵雪梅说的，就是反特工作的特殊性，千万给我把嘴捂实了，这一点，你要向剑锋同志学习，有些事情，就是县领导问起来，也要守口如瓶。"

贺国珍惊奇道："这……"也说着向李剑锋看去。

李剑锋笑了笑："局长，您就放心好了，贺股长百分之百没问题，会随机应变的。"

王树生若有所思地说："我是担心这个赵雪梅呀，上次她把胡玉兰给抓了，把事情搞得很被动。要不是剑锋处理得及时，说不定就把我们的侦查计划给暴露了。"

李剑锋笑道："一会儿我下去和贺股长交代一下，应该没问题的。再说了，我支前也就这么几天，很快就回来了。"

王树生点了点头："好。"

由于支前，龙城县城一下子聚集了接近一千人，小小的县城顿时热闹了许多。为了确保支前的队伍中不混入敌特人员，所有人员都按照各区被编成了连，县大队又派来了一个连的战士，来负责保卫支前队伍的行动。

按照县委的安排，县大队对支前各个小组的五十名骨干人员进行实弹射击培训，以便应付突发情况。

夜深了，李剑锋把自己关在屋里，认真查看着指挥部送来的花名册。当李剑锋仔细看过参加培训的名单之后，不由得皱起了眉头，因为在花名册里赫然写着胡玉兰的名字，在职务一栏中，写着：宣传队队长。

李剑锋点燃了一支烟，慢慢地吸着，他暗自琢磨到：文教办为什么会把她派来呢？他想起了平绥纵队的章鱼，想起了自己在夜晚勘查现场的情况。特别是上次在小树林的接头，胡玉兰十分可疑，要不然，她怎么会贸然到河边的小树林去约会呢？李剑锋本想把这个情况向赵县长汇报一下，但当他拿起电话时，忽然想起了王树生说过的话，便立刻改变了主意。李剑锋灵机一动，放下电话，拿起笔，在胡玉兰的政审表里填写了同意的字样，他想看一看胡玉兰实弹射击的基本功究竟咋样。

第二天，按照县大队的方案，五十多名原来没有摸过枪的干部被集中到了一起。县大队的侯连长在讲解完枪械知识和射击要领后，被带进了临时射击靶场。临时靶场设在县城的东关，所有的靶子都被穿上了国民党士兵的衣服。几轮射击后，轮到几名女同志了，李剑锋走出了房间。他一眼就看到了胡玉兰。

这身土黄色解放军的军装穿在胡玉兰的身上，昔日的柔弱的教书先生的形象荡然无存。如果再加上帽徽和领章，完全是一个解放军战士的形象，甚至比女战士更精干。李剑锋不禁自言自语道，这是昔日那个文文弱弱的胡玉兰吗？

当李剑锋出现在胡玉兰面前时，胡玉兰感到非常高兴。通过上次小树林的那一幕，胡玉兰对李剑锋有了新的认识——李剑锋很有可能就是章鱼，这使她对保密局失望的心顿时又充盈了起来。如果真是那样的话，和自己心爱的人一块儿战斗在共党的心脏，这是多么有趣儿的事情，自己一定会干出惊天动地的大事的。想到这儿，她呵呵笑道："李股长，真巧，你也在这儿。"

李剑锋冲着胡玉兰扬了扬下颏："是呀，我是咱们支前的保卫部长，不来行吗？怎么样，你以前打过枪吗？"

胡玉兰摇了摇头，装成很害怕的样子："我一个小学老师出身的，哪儿见过什么枪啊，更甭说放枪了。"

李剑锋呵呵笑道："咱们这次是去支前，什么情况都有可能遇到，说不定还可能与敌人遭遇，我们每一个人必须学会打枪，到时候最起码能够保护自己。"

胡玉兰点了点头："剑锋，要么你教我吧，我真的不敢放枪。"

李剑锋又给胡玉兰讲了一遍枪械的常识，然后装弹上膛，打开保险，对着靶子打了两枪，随后把枪递给了胡玉兰，命令道："听我的口令，装弹，举枪，准备射击。"

胡玉兰接过了枪，装作十分害怕的样子，双手握着枪，把枪口对准了目标，当她看清了靶子是国民党的衣服时，心中有一种说不出的感觉。是呀，自己毕竟还是保密局的特工，如果把枪口对准国军的弟兄，自己算什么呢？想到这儿，她的眼睛湿润了，便放下了手枪。

"胡玉兰，你在干什么呢，开枪射击。记住，前面就是敌人，你只有把他消灭掉，才能保护自己。"李剑锋毫不客气地命令道。

胡玉兰二次举起了手枪，紧闭着一只眼打了两枪，子弹打在自己的脚下附近，溅起一团尘土。

李剑锋一下子夺下了胡玉兰手中的枪，有些生气地说："你简直太笨了。记住，你拿的是枪，不是绣花针。学不会打枪，你就别去了，我这就找吴书记去说。"

胡玉兰一下子抱住了李剑锋的腰："剑锋，我求你，千万别去找吴书记，你看你，还当真了，我就想和你在一块儿。"

在场的人看到胡玉兰在大庭广众之下竟然和李剑锋搂搂抱抱，哄堂大笑起来。李剑锋一下推开了胡玉兰，严肃地说："胡玉兰，你太不像话了！从现在开始，你是一个支前团的战士，为了你自己的安全，你必须学会打枪。"

胡玉兰嘟着嘴儿，装作天真地说："好，也为了你。"说着他从李剑锋的手中接过了枪，胡乱比画着。

李剑锋一看，顿时急了，连忙制止了她："胡玉兰，你这是干什么？拿着枪乱比画个啥？那是枪，不是烧火棍，弄不好会伤人的。"

胡玉兰吐了下舌头，赶忙按照李剑锋口令，把枪口对准了天空。

李剑锋扶着胡玉兰拿枪的手腕儿，说道："刚才我不是说过了嘛，打枪的时候，要时刻牢记射击的要领，就是站稳脚跟，气要稳，心要沉，胳膊不要僵硬。视线、准星、目标三点成一线。"

胡玉兰冲着李剑锋笑了笑，半开玩笑地说："我笨嘛，剑锋，你再说一遍。"当她看到李剑锋一脸严肃的样子，赶忙收住了笑容，认真地打起枪来。

李剑锋生怕胡玉兰在射击的时候发生意外，便站在了她的侧面，指导着胡玉兰的射击动作。

58

　　贺国珍开着摩托车急速驶进了临时靶场。下车后，当他看到李剑锋正在指导胡玉兰射击，便冲着他招了招手。李剑锋放下手中的枪，快步来到了贺国珍面前："怎么回事？"

　　贺国珍风风火火地说："发现敌特分子，局长让你马上回去一趟。"说完后，他的眼睛还向胡玉兰瞟了一下。

　　不料，胡玉兰竟然拎着枪向这边走来，兴奋地说："贺股长，您怎么也来射击场呢？看我打枪的动作怎么样，合格吗？"

　　贺国珍朝李剑锋努了努嘴："李股长是龙城县公安局第一神枪手，指哪儿打哪儿，好好跟他学，肯定错不了。"他又冲着胡玉兰笑了笑："这次你得好好表现表现。"

　　李剑锋也冲着胡玉兰笑了笑："你的动作可以过关，但还要继续练习。好啦，你好好练，我回局里有点事儿，一会儿就回来。"李剑锋坐上了摩托车，和贺国珍一起走了。

　　当贺国珍拉着李剑锋回到公安局时，屋里坐满了人。局长王树生道："根据军分区和公安处的可靠情报，在苏子街发现了敌特的电台。下面请公安处的张处长介绍一下情况。"

　　张处长站起身，向大家敬了一个礼："根据军分区电台侦测和我们侦查的结果，在苏子街的方向刚刚发现了可疑电波，经过我们的进一步侦查，这里很可能是敌特的一个重要情报点。"

　　王树生也站起身："为了确保支前工作的万无一失，今天晚上，我们必须端掉这个情报点，下面我安排一下具体的抓捕计划……"

　　子夜时分，万籁俱寂。李剑锋带着一队人马悄声包围了龙城县城苏子街的一所民宅。

　　这是一个极普通的四合院。南北各有五间正房、东西三间配房。据城关派出所的同志介绍，里面住着三家做买卖的小贩，其中正房的三个男子形迹可疑。他们都是刚从张家口来的，说话的口音有点儿侉，根据侦查，电台极有可能藏在那里。

李剑锋问派出所所长："三个人现在都在里面吗？"

派出所所长说："里面只有一个，另外两个傍晚的时候出去了，说是出去买东西。"

李剑锋刚要说话，忽然从街道上传来"沙沙"的脚步声，他赶忙示意队员们隐藏了起来。

对面来了两个男人。两个人鬼鬼祟祟地来到街门前，前后左右看了看，然后轻轻拍了拍门。工夫不大，门开了，从里面出来一个戴瓜皮帽的男子。那男子四下看了看，然后抱怨地说："你们俩怎么才回来？"

对方的声音有点儿侉，典型的张家口口音："碰见公安局的巡逻兵了。他妈的，简直邪性了，刚买的猪头肉跑丢了。"

戴瓜皮帽的男子安慰道："咱们初来乍到，在这里人地两生，不能瞎跑。"

"快进去，赵站长有新指示了。"

"蠢货，先进来再说。"戴瓜皮帽的男子把两个人拽进了门，从里面把门插好了。

又过了半个小时，李剑锋感觉时间差不多了，便和贺国珍带着人翻墙进入了民宅。从里面打开了街门，抓捕人员鱼贯进入院子，直奔正房。李剑锋带着人悄声接近敌特藏身的正房，侧耳听了听，没有听到任何的动静，于是抽出匕首拨动房门的插棍，打开了屋门。

就在李剑锋带人进屋的一刹那，猛然感觉有些不对劲，赶忙退出了正房。房间里突然传出一声枪声。

李剑锋看了一下地形，赶忙带人隐蔽好，然后冲着里面高喊："里面的人听好，你们已经被包围了。现在你们唯一的出路就是放下武器。"说完后，李剑锋静耳细听。

对面没有任何声音。李剑锋站起身，又把刚才的话喊了一遍，并向屋内开了一枪。

对方依旧没有回音。就在李剑锋带着人准备强攻的时候，屋里面突然传出了一阵枪响。紧接着，传来一个战战兢兢的声音："长官，请饶命。我投降，我投降。"接着从窗子扔出了两支手枪。

李剑锋带着人冲进了屋内。

手电光下，倒着赤身裸体的两具死尸。这两个人正是刚才进屋的那两个人，另外那个头戴瓜皮帽的男人正跪在地上，惊恐万状地看着李剑锋。

李剑锋打着手电看了一眼，在正屋的桌子上摆着一部电台。地上的一个洗脸盆中还有未烧完的电报纸。

公安局审讯室。那个头戴瓜皮帽的男人垂头丧气地坐在那里。

已经审讯多时了，那个人除了交代自己的姓名叫"和顺"之外，对于其他情况一概不说。问急了，就摆出死猪不怕开水烫的劲头："我反正落在了你们手里，要杀要剐，悉听尊便。"

李剑锋感觉，这是一个十分顽固的特务。没有证据，他是不会轻易开口的。经过对现场的搜查，除了一部电台和被几页被烧得差不多的电报纸之外，没有任何证据。但他也预感到，这个人很可能与代号"章鱼"的特务有关。支前队伍马上就要出发了，敌特分子很有可能在打支前队伍的主意。一旦敌特分子得到支前队伍的行动路线，将会直接威胁到这支队伍的安全。

审讯前，他已经料定敌特分子不会轻易招供的。经过与王树生和张处长商议，决定采取敲山震虎的方式进行审讯。想到这儿，李剑锋和张处长对视了一下，盯视着对方的眼睛，一字一板地说："你不是想找章鱼吗？我可以负责任地告诉你，我们早已经掌握了章鱼的一切活动，只不过还没有动他而已。"

听到章鱼的名字，和顺的眉毛一动，但很快又恢复了正常："我不知道你在说什么，我也不认识你们说的章鱼。"

张处长一拍桌子："和顺，你别执迷不悟，张家口解放在即，甭说是平绥纵队救不了你，就是保密局也救不了你。我劝你还是想清楚点儿。"

李剑锋笑了笑："我们现在给你一个立功赎罪的机会，你可千万别错过呦。"

听了这话，和顺的汗顿时下来了。他挣扎了几下被手铐紧扣的手，慢慢说道："长官，我交代。我们三个是刚从张家口过来的。"

李剑锋问道："谁派你来的？"

和顺道："保密局张家口站副站长赵克辉。"

听了这话，李剑锋倒吸了一口凉气："你们来了几个人？"

和顺交代说："一共来了三个人。那两个人被我打死了。"

李剑锋问："你们到龙城的目的是什么？"

和顺道："我们来龙城县的目的，一是搜集支前团的任务和具体的行动路线，二是刺杀。"

听了这话，李剑锋心中一怔："刺杀谁？"

和顺眼皮不抬地说："龙城县县长赵海山。"

李剑锋不解地问："为什么要刺杀他？"

和顺嘟嘟囔囔地道："长官，赵克辉这样交代我们的。具体的原因我们也不知道。"

李剑锋一拍桌子："你给我听好了，现在摆在你面前的只有一条路，就是把一切都交代清楚了。敢跟我玩花花肠子，看我怎么收拾你。你到龙城县的联系人是谁？"

和顺战战兢兢地说："我在龙城县的联系人是韩老七，是他给我们租好的房子。"

李剑锋问道："韩老七是谁？"

和顺皱着眉头道："我也不知道。我们是昨天刚到的。本打算要和韩老七接头的，没想到你们查得太严了，就根本不敢出门。本来今天约好了，要去接头的，没想到被你们抓了。"

"韩老七住在哪里？"

"他住在西顺城街 10 号，他是庆云杂货行的老板。"

派出所所长立刻带领李剑锋等人马不停蹄地赶到了韩老七的住处，但还是晚了一步。只见韩老七的室内一片狼藉，好像是刚刚逃跑的样子。李剑锋猜想，一定是什么人又给韩老七通风报信了。

天亮时分，王树生和李剑锋把这个消息报告给县委书记吴自成，吴自成顿时大惊失色："他们为什么要刺杀赵海山呢？"

王树生的眉头也拧起了一个大疙瘩："这几个杀手是保密局张家口站赵克辉派来的。究竟为什么要刺杀赵海山，我们还在查。"

李剑锋道："赵县长马上要去支前了，这样是不是更危险了？"

吴自成想了想："赵县长肯定是要支前的。咱们大风大浪都闯过来了，难道还害怕他几个杀手。这样吧，剑锋，我命令你，一定要做好保卫工作，确保人员和支前物资的安全。"

"是，请吴书记放心！"李剑锋敬了一个礼，刚要走，县长赵海山推门走了进来。他看到王树生和李剑锋都在屋内，呵呵笑道："吴书记，大家都在呀，龙城县支前团已经整队完毕，您看咱们啥时候出发？"

吴自成看了看王树生，又看了看李剑锋，呵呵笑了起来。

王树生和吴自成耳语了几句，吴自成点了点头，冲着赵海山道："按时出发。"

听了这话，李剑锋刚想说什么，却被王树生一下拉住了。

赵海山呵呵笑道："吴书记，那我就去准备了，到时候，你给大家做战前动员吧，给大家鼓鼓劲儿。"

吴自成爽快地答应了。

第二十五章　支前

59

在一片鞭炮声中，龙城县的支前队伍出发了。这是一支庞大的支前队伍，前面是县大队的骑兵，中间是一百辆大车，再往后是五百人的担架队，绵延足足有一公里，最后还是县大队的骑兵。

尽管有县大队保护，但李剑锋还是不放心。他开着摩托车在队伍之中反复穿插着，生怕中途发生什么问题。支前队伍走走停停，这天晚上来到了白山县一个叫西水峪的小山村。

李剑锋和赵海山一商量，决定在这里露营。

由于队伍的人数太多，征来的民房不够用，除了年岁稍大的和女同志住进了民房外，其余人全都在村边搭起了帐篷。一时间，小小西水峪村的外面，人嘶马叫，蹄声杂沓，顿时沸腾了起来。吃罢晚饭，队伍休息后，李剑锋看到县大队安排好岗哨，便带着保卫干部走出了帐篷。越是这个时刻，越不敢有丝毫的大意，这可是关系到近千人安全的大事儿。

毕竟已经进入冬天了，天气有些寒冷。再加上越刮越紧的西北风，李剑锋冷得有些哆嗦。他紧搓了两下手，带着保卫干部开始了查岗。他首先检查了一遍村边宿营的队伍，因为在野外，支前的队伍很容易遭到敌人的袭击。当他看到县大队的岗哨都很负责任，便放心地走进了村子。

李剑锋一连检查了十来个院子，看到院子里的粮食和牲畜安然无恙，又逐一检查了房屋里的民夫，看到没有任何问题后，他来到了一个院子。这里住着支前指挥部和宣传队的女同志，老远就在听到打竹板的声音。当李剑锋刚刚走到门楼前，对面便射来两束手电光和哨兵严厉的声音："口令？"

李剑锋答道："张垣。"

对方看到口令没问题，便灭掉了手电。

李剑锋刚刚走进院子，不料却被一个黑影拦住了："剑锋，你查岗怎么查到这里来了？"

李剑锋定睛一看，原来是县长赵海山。只见赵海山正披着羊皮大衣，手里还拿着点燃的香烟。

李剑锋看了看赵海山："赵县长，这大冷的天，您这是……"

赵海山朝一旁的小跨院努了努嘴："这些宣传队的女孩子，也够辛苦的。"

李剑锋静耳细听，小跨院的房间里正传来胡玉兰甜润的声音："同志们，刚才听赵县长介绍，明天咱们的路更难走，这正是需要咱们宣传队给大家鼓劲儿的时候，也是考验咱们的时候，大家有没有信心？"

"有。"女宣传队员们异口同声地回答着。

胡玉兰继续道："好，下面咱们再练习一下快板。来，听我的。'……叫同志，向前看，前面就是宣化县，宣化城边站一站，吃完午饭继续赶，咱把粮食送前线，让解放军战士吃饱饭。吃饱饭，吃饱饭，把敌人的计划全打乱……解放战争大发展，贫苦农民大翻身……'"

听着宣传队员悦耳动听的快板声，李剑锋也不禁笑了起来："这个胡玉兰，搞宣传还真有一套。"

赵海山点着头，呵呵一笑："这个小胡同志确实不简单呀！走，到我的屋里坐坐。"

"这……"李剑锋有些犹豫了，"赵县长，一会儿吧，我还要去查岗呢。这样吧，我先去查岗，一会儿我去找您。"

赵海山沉吟道："让他们查岗去吧！我知道，你们这些人都是属夜猫子的。正好，其他几个领导也都在，大家商量一下明天行走路线。"

李剑锋想了想，让随行的几个公安干部继续查岗，自己则跟随着赵海山走进了指挥部。

指挥部设在一间简易的房间。头顶上是一只高高挂起的马灯，正面是个大通炕，大炕上摆着一个炕桌，上面摆了一张地图，旁边是一排还没打开的背包。桌子边上的几个人见到赵海山和李剑锋进来了，赶忙给他俩让了个空。

赵海山也不客气，脱鞋上炕坐在了正面："同志们，今天是咱们支前的第一天，支前团走了五十里路，按照今天这个速度，咱们肯定无法准时到达军分区的指定位置，所以咱们必须加快速度，每天再多走十里路。大家看，这样行吗？"

赵海山的话音刚落，民政科的马科长就说话了："我看悬，现在的风沙这么大，今天有的老乡就开始发牢骚了，还有的掉了队，如果明天再多走十里路，恐怕该有逃兵了。"

赵海山解释道："要告诉各区带队的领导，向老乡们做好解释工作。不能因为我们行动迟缓，把敌人放跑了，影响解放张家口的进程。诸位看看，还有没有其他的问题？"

马科长想了想，又说："现在饮水是个问题。这个村子本身就小，咱们一下子来了这么多人，人吃马喂的，把老百姓的水井都淘干了，恐怕明天早上大家该吃炒豆了。"

有人附和着："是呀，人还可以克服一下，可那些牲口每天必须得饮呀！"

"这个……"赵海山环视了一下四周，"大家说，咋办？"

李剑锋想了想，说道："刚才宿营的时候，我到村边侦察了一下。在村子北面二里的地方，就是桑干河，那里有水。"

"可现在已经都封河了，咋运回来？"

李剑锋想了想："咱们砸开冰窟窿，让车老板拉着牲口去饮，然后把冰块儿拉回来，做饭。"

赵海山想了想，带头鼓起了掌："没想到李剑锋观察得这么仔细，不愧为侦察兵出身，就按照他说的去办吧。明天一早，大家一块儿去凿冰取水。"

这是一个十分壮观的场面。桑干河畔一下子来了近百人，人们牵着牲口拿着水桶来到河边，砸开了冰封的河面，然后饮着马匹，最后担着水向村里走着。队伍如两条长龙一般。

胡玉兰选择了一块最干净的地方，用纤细的胳膊举起来了镢头，很用力砸在冰面上。冰面上出现一个核桃大的白点，几片细小的冰屑沾在镢头上。她再次举起了镢头，摇摇晃晃砸了下去，冰面上又出现一个白点。就这样，胡玉兰足足砸了十几下，冰面上依旧只有一个不大的白点。可胡玉兰已是气喘吁吁了，嘴里喷出的白汽又粗又长，鼻尖上汗珠亮晶晶。胡玉兰挣扎着举起镢头，等镢头落地时，她也筋疲力尽地倒在了冰面上。胡玉兰看了看一旁正在砸冰的人们，又一骨碌爬了起来，往手心里啐了几口唾沫，重新抓起镢头柄，举起镢头摇摇晃晃地砸了下去。

"哗啦"一下，冰块被砸破，露出了清澈的河水，胡玉兰扔掉了镢头，和几个女孩儿用水瓢把水桶灌满，拎到了岸边。有一个女孩们由于心急，没有站稳，一下子滑倒了，水桶里的水洒在了冰面上。

"哎呀！"胡玉兰一下子叫出了声。她懊丧地踢了水桶一下。水桶在冰面上滑出了老远，发出了刺耳的声音。

正在这时，河岸上传来一个男人的声音："胡队长，你们几个快上来。女孩子怎么能干这种活儿呢！"胡玉兰举目看去，只见赵海山和李剑锋等人正朝这边走来，说话的正是赵海山。此时，他们的胡须、眉毛、眼睫毛和皮帽子的前檐上，结着一层白色的霜花。

胡玉兰很认真地答道："您不是经常这样教育嘛，不要娇生惯养，要敢于吃苦。"

赵海山笑道："我那是说给别人听的。你们把手冻坏了，还怎么打快板？快快快，让她们几个都上来。"

李剑锋想了想，说："胡队长，现在正是需要你们的时候呀，还不赶快说一段……"

胡玉兰好像一下子明白了过来，从怀中掏出了快板儿，兴奋地喊道："姐妹们，咱们上呀。"说着带头打起了快板，宣传队的女队员也纷纷从怀中取出了快板，两人一组，说开了快板：

　　　　叫同志，向前看，前面就是宣化县，

　　　　宣化城边站一站，吃完午饭继续赶，

　　　　咱把粮食送前线，让解放军战士吃饱饭。

　　　　吃饱饭，吃饱饭，把敌人的计划全打乱……

　　听到快板的声音，取水的民工们先是向这边张望了一下，紧接着更加卖力地干了起来。

　　就在胡玉兰带着队员眉飞色舞地表演快板的时候，天边忽然传来了巨大的轰鸣声。紧接着，几架飞机飞了过来。

　　"不好，是敌机，大家快卧倒。"赵海山对着河道中取水的人们大声喊着。

　　敌机好像发现了河谷中取水的队伍，在人们的头顶上盘旋了一圈儿后，很快就俯冲下来，对着取水的人们疯狂地轰炸和扫射着。河边上，取水的队伍中顿时硝烟四起，人仰马翻。县大队战士很快架起机枪，朝着天上的敌机射击起来。大概敌机由于担心被地面上的机枪击中了，胡乱轰炸了一阵儿之后，朝别处飞去了。

　　胡玉兰苏醒过来，试着移动一下身体，感觉身上很重。扭头一看，原来是李剑锋正趴在自己的背上，是刚才敌机轰炸的关键时候，李剑锋用身体在掩护着自己。

　　看到胡玉兰醒了，李剑锋从胡玉兰的身上爬起来，拍打了几下身上的土，不好意思地说："别介意啊，打仗的时候，我们都是这样相互掩护战友的，你没事吧？"

　　胡玉兰说："我介意什么呀，感谢你还来不及呢，是你救了我。我没事儿。"接着她向一旁看去，只见队员小风倒在血泊之中，马上跑了过去，大声呼叫起来："小风……小风……"

　　李剑锋向河边看去，只见赵海山正躲在一棵干枯的老树下，瑟瑟发抖地看着天空，便跑了过去："赵县长，您没事儿吧！"

　　赵海山站起身，对着天空骂道："该死的蒋匪军，王八羔子，不得好死！"骂完后，他抖了抖身上的尘土，对李剑锋等人说："快回村子，还不知道那里的情况咋样呢！"

当人们跑回宿营区，看到了一个谁也不想看到的场面。村子大部分的民房都已经被炸塌了，到处是残垣断壁。有的房子还冒着火苗。全村的男女老少灰头土脸地来到了村外，在隆冬中孤立无援地站着，眼里充满了仇恨。那些小孩躲在大人的怀里，哇哇哭着。

赵海山甩掉了身上的皮大衣，命令着："县大队的同志注意警戒，其他的人跟着我快去救火。"说着他带头冲进了村子。

直到中午时分，大火才被扑灭。看着满村的残垣断壁，大家都说不出话来。经过清点，西水峪的民房被炸毁了接近一半，支前队伍被炸死了十二个民夫，炸死五匹马，另外还跑掉了十匹马。好在粮食没有受到大的损失。

一个村长模样的老者来到赵海山面前，跪了下来，苦笑道："这位长官，我是这个村的村长。蒋匪军把村子祸害成了这样，可都是因为你们呀！你们不来，那些蒋匪军的飞机就不会来轰炸，你们可不能看着不管呀！"

见此情景，西水峪村的百姓也七嘴八舌地议论开了："是呀，现在我们既没有住处，也没有吃的。你们拉了这么多的粮食，分给我们一点儿吧！"

"就是嘛，你们不能见死不救呀，可怜可怜我们吧。"

赵海山看了看寒风中瑟瑟发抖的村民，动情地说："大家都不要着急，外面风大，大家先到院子里面避避风。我们已经通知了你们县的民政部门，他们会解决的，我们押送的粮食是龙城县送给解放军的粮食，公家的粮食谁也不能动。我知道大家困难，我们可以把我们自己的口粮分一些给你们。"

村长为难地说："你们把粮食分给我们了，那你们吃什么呢？"

赵海山呵呵一笑："我们已经给大家带来不少的麻烦。你们也做出了很大的牺牲呀，就这样吧。"

"那可不行！赵县长，我们怎么能要你们的粮食呀。"大家举目向一旁看去，只见李剑锋带着一个干部模样的人跑了过来。大概两个人路上走得急，都已经出了不少的汗。

李剑锋吁吁带喘地说："各位乡亲，这是你们县公安局的王副局长，他要和你们说几句话。"

王副局长登上了一个高处，高声说道："乡亲们，龙城县的支前队伍路过咱们县。他们已经走了两天，这么冷的天气，风沙又这么大，确实不容易呀，他们的任务是给咱们解放军送军粮，支援咱们解放军去解放张家口。如今，他们遇到困难了，咱应该支持他们才对，千万不要难为他们呀！"

赵海山惊奇地看着讲话中的王副局长，又看了看满头大汗的李剑锋，满意地笑了。

为什么白山县公安局的干部会突然出现在这里呢？胡玉兰猜想，一定是李剑锋在别人救火的时候，趁机跑出去求援的。想到这儿，她往前凑了凑，很快就站到了李剑锋的身后，从后面一下子挽住了李剑锋的胳膊。李剑锋回过头，一看是胡玉兰，会心地笑了笑，但很快从她的手中抽出了自己的胳膊。

联想到今天早上，李剑锋为了掩护自己，趴在自己的身上，胡玉兰感觉到李剑锋可能已经对自己动心了。她暗下决心，一定要在支前工作结束前拿下李剑锋。想到这儿，她从后面又一下抱住了李剑锋的腰。

这次李剑锋没有躲闪。

工夫不大，西水峪村又来了一批人，还牵来二十多匹骡子。支前队把那些被炸死的马匹剥了，炖了几大锅肉，分给了西水峪的村民，然后继续赶路。

起风了。隆冬季节，塞外的风格外的硬，刀子似的"嚓嚓"地割着民夫们的脸。不仅如此，其中狂风里还夹杂着沙子，打得人们睁不开眼睛。支前队伍在狂风中艰难地行进着。由于风沙太大，马匹咴咴地叫着，任凭民夫的抽打，再也不肯走了。为了减轻马车的重量，赵海山下令，马车上所有的人都下来步行。遇有沟沟坎坎车轮被陷住不能走的时候，人们推的推，搬车轱辘的搬车轱辘，在狂风中艰难地前进着。

这天下午，支前队伍正在行走，忽然看到对面掀起滚滚的烟尘，马达轰鸣。侦察的人员跑来报告，前面发现了敌人。赵海山一听就急了，赶忙让队伍停顿下来，然后自己乘坐李剑锋的摩托车赶到了队伍的最前面。

李剑锋找了个隐蔽点停好了摩托车，用望远镜一看，也吓了一跳。只见广袤的大地上从东面开过来几百辆军用汽车，车上坐满了国民党兵，有的车后面还牵引着大炮。看着看着，李剑锋把望远镜交给了赵海山："赵县长，您看，这是从哪儿来的那么多的汽车和国民党兵呀，我长这么大，可从来没有看到过这么多的汽车。"

赵海山用望远镜看了看说："我也是第一次看到这么多国民党兵，得有好几万人吧！"

李剑锋道："这些国民党要到哪里去？"

赵海山笑了笑："张家口呗，前几天武营长不是说过吗，傅作义正在向张家口增兵。看来这是一场大仗喽，咱们在龙城都是小打小闹，哪儿见过这种阵势。"

李剑锋兴奋地说："今天算是开了眼界了。要是能亲自参加这种战斗，一定很过瘾。"

赵海山收起了望远镜，指着李剑锋笑道："你呀，就别胡思乱想了，咱们现在的主要任务，是快点把粮食交给大军，早点儿回龙城。说不定，雪梅她们正在想咱们呢！"

李剑锋不好意思地低下了头，没有再说什么。说实在的，从龙城县出来已经好几天了，他还时刻在挂念着敌特的案子。侯有林虽然死了，可章鱼还没有抓到。他不知道这几天来，县城会发生什么情况，贺国珍和赵雪梅调查得怎么样了。他最不放心的就是赵雪梅。这个姑娘，一心只想把章鱼尽快抓到，可在方法上还有些毛糙，别再捅出篓子来。李剑锋这样想着，不由得向赵海山看了一眼，赵海山还趴在地上，用望远镜在看着敌人的车队。

足足过了一个小时，国民党的车队才消失在滚滚狼烟之中，大地重又静了下来。

60

张家口。新任保密局张家口站中校副站长兼执法队队长赵克辉正带着执法队的官兵行走在张家口的大街上。身后跟随着十来个荷枪实弹的士兵。

此时的赵克辉正是春风得意马蹄疾，壮志凌云与天齐。在乱世之中刚刚上任的赵克辉经历过短暂的兴奋之后，开始有些不安分了，虽然他凭借一时的聪明扳倒了李宝库，当上了梦寐以求的副站长，但就目前的局势而言，他感到了一种无形的压力。在党国危难之际，他要迅速做出一番事情，才能体现出自己的价值，证明给远在南京的毛局长看。

自打傅作义派第 35 军配属第 104 军第 258 师增援，并亲自到张家口指挥并击退解放军后，傅作义在张家口召开军事会议，会上他认为防守张家口毫无意义，决定将部队撤回北平，以加强北平的城防。

山雨欲来风满楼。傅作义的这一决定立即给那些在张家口苦苦支撑两个月的国民党军官打了一支强心剂。整个张家口顿时乱了套，军官们纷纷收拾起金银财宝，做好撤退前的准备，根本没有心思进行防守。他们知道，在这里只能等死，早回北平一天早安全一天。而老谋深算的张文蔚又给予了赵克辉新的任务——在搜捕张家口地下党的同时，对于利用战乱临阵脱逃的军官进行抓捕，以稳定军心。

当赵克辉带人走到武城街一个皮货店的时候，忽然听到里面一片嘈杂之声。他举目望去，看到一个军官正拎着一个大箱子从店里面跑出来。紧接着，一个穿着红皮衣的女人追了出来："你个该死的，快把东西给我放下。"屋里还传来男人的谩骂之声。

赵克辉停住了脚步，然后一挥手，执法队的官兵拦住了这个军官的去路："站住，把东西放下。"

这个军官见赵克辉的军衔比自己低，一瞪眼："你是谁呀，敢到这儿来撒野？快滚一边去，别挡老子的道。"

赵克辉又一挥手，执法队的士兵拉动了枪栓，把枪口齐刷刷地对准了这个军官。

红衣女人见军官被拦住了，一把抓住了他手中的箱子："该死的，你把东西给我放下。你跑了，我和肚里的孩子咋办？你这个挨千刀的。"当红衣女人看到了赵克辉，立刻哀求道："长官，你是执法队的吧，我求求你，千万别把这个白眼狼放走了。"

赵克辉不解地问："怎么回事儿？"

红衣女人一把鼻涕一把泪地说："我跟了他两年了，我供他吃，陪他睡，现在还怀了他的孩子。这不，傅长官刚刚说要撤退，他就不要我了，还抢走了我的全部首饰。"

赵克辉怒视着军官："她说的是真的吗？"

军官放下了手中的皮箱，嬉笑道："是又怎么样！这年头，谁不为自己着想？谁没几个相好的？只有傻子才他妈的去打仗呢！"

赵克辉怒斥道："你再说一遍。"

军官讥笑道："哟嗬，看样子你还想动动老子，你动动看。"他见赵克辉没有反应，又皮笑肉不笑地说："再说一遍又怎么样，小老弟，你也赶快去和你的老相好告个别，做好撤退的准备吧。"军官说着拎起皮箱要走。

"把皮箱还给她。"赵克辉一字一板地说道。

"给她，门儿都没有，现在这都是老子的东西。"军官回头冲着赵克辉一笑，然后摆了摆手。

赵克辉掏出了手枪，冲着那个军官后背就打了一枪。

军官立刻倒在了地上，还想掏枪反抗，执法队的官兵一通扫射，把这个军官打成了筛子。

赵克辉走过去，拎起了皮箱，走到红衣女人面前："拿着你的东西走吧，张家口已经守不住了。"

红衣女人早已被吓得魂飞天外，顾不得自己的皮箱了，大喊大叫地跑进了皮货店。

赵克辉怒气冲冲地回到了察哈尔省国民党保密局张家口站。此时张家口站也已经乱成了一锅粥。楼道里满是忙忙碌碌的军官和士兵，有的装箱子，有的在收拾文件，大家也在做着撤退的准备。赵克辉回到办公室后，一屁股坐在昔日李宝库的宝座上，点了一支烟慢慢吸着。其实，他早就做好了撤退的准备，不仅想撤到北平去投靠王蒲臣，甚至还想有朝一日回到南京，因为他也不止一次对华北战局做过分析，只有到了南京，自己才算安全。

"报告。"女机要员拿着文件夹快步走了进来，敬完礼后，递过了文件夹，"站长，南京的密电。"

赵克辉打开文件一看，顿时大吃一惊。只见电文纸上赫然写着：兹任命赵克辉为平绥纵队队长。从即日起，在张家口执行潜伏任务。落款为毛人凤。

机要员出去了，赵克辉一下跌坐在了沙发上。好久他才站起身来，拿起了电话，对着话筒机械地说道："把韩老七给我叫过来。"

时间不长，韩老七慌慌张张地跑了进来："站长，您找我？"

赵克辉收起自己的思绪，冲着韩老七笑了笑："我想派你再回一趟龙城。"

韩老七一听，吓得差点哭出了声："站长，这都什么时候了，您还让我去龙城，您还是饶了我吧！上次要不是章鱼及时送来情报，说不定我这会儿已经被他们抓起来了。"说完，他两只绿豆眼偷偷看了看赵克辉，继续道："站长，您不是说，带着我去北平吗？怎么现在又变卦了呢？"

赵克辉叹了口气："老七呀，实不相瞒，现在咱俩走不了了。毛局长让你我在张家口就地潜伏下来，领导平绥纵队。"

韩老七顿时哭出了声："站长，咱不干了还不行吗？您现在让我去龙城，不是去送死吗？"

赵克辉有些气急败坏地说道："这事儿由不得你我。没有名单，我他妈的领导谁去？"

韩老七道："上次您不是已经把龙城县的名单拿到手了吗？"

赵克辉苦笑道："他妈的，上次章鱼给我的名单是假的。再说了，其他各县的名单还在李宝库的手里。"

韩老七惊愕地望着赵克辉："我求您，放过我吧，反正我真的不敢再去龙城了。那里的共产党太厉害了，特别是那个李剑锋。"

赵克辉咬牙切齿地说："只可惜呀，李宝库这个老东西死了，平绥纵队的潜伏名单究竟在哪里呢，让我无从下手呀！"

韩老七提醒道："您不是说，这份名单现在在李云芳的手里吗？"

赵克辉眼中的光芒慢慢消失了，自语道："没想到这个师妹呀，性子这么刚烈，软硬不吃，上次让她从我手里跑了。"

韩老七两只小眼看着赵克辉："站长，北平站的人也在找这份名单。"

"什么？北平站的人也在找名单？"赵克辉一把抓住了韩老七的衣领，瞪大眼睛问道。

韩老七道："他们派来一个叫梅凤祥的来找胡玉兰，胡玉兰用一份假名单来糊弄他，还把他灌醉了，准备让我弄死他。"

赵克辉问道："结果呢？"

韩老七小心翼翼地说："我多留了一个心眼，留了他一条命。"

赵克辉松开了韩老七，自语道："真想不到呀，北平站不相信咱们了，他们自己下手了。"停了停，他又说："昨天，你说李剑锋正在朝着张家口而来，而且还带着一千人的支前队伍，李云芳也在其中，这可是一份大礼呀。老七，你去收拾一下，咱俩马上出发，我就不信收拾不了李云芳。咱们决不能让北平站把名单拿到手。"

韩老七道："您打算亲自去呀？"

赵克辉打开了墙壁上的地图，拿起了指挥棒："龙城县的支前队伍是啥时候出发的？"

韩老七屈指算了一下，笑道："已经出来几天了。"

赵克辉的指挥棒在地图上缓慢移动着，当移动到新保安的附近时停了下来："他们运送粮食用的是马车和手推车，走得快不了。按照一般速度，明天最快只能走到这里。咱们就在这里设伏，我就不信，她这次能够逃得出我的手心。"

韩老七补充道："站长就是高明，这里紧挨着国军 35 军的防地，一旦发生情况，他们可以支援咱们。"

赵克辉不屑地看了韩老七一眼："闭上你的乌鸦嘴。"

而此时，在保密局北平站，侥幸回来的梅凤祥正蔫头耷脑地站在站长王蒲臣面前，接受着站长的训斥："简直是废物，你简直就是猪脑子，堂堂保密局北平站的脸都让你给丢尽了，你还有脸回来见我！"

梅凤祥委屈地看着王蒲臣，喃喃地说道："那个胡玉兰实在太厉害了，要不是那个叫老七的手下留情，我恐怕见不到您了。"

王蒲臣看着梅凤祥可怜巴巴的样子，觉得很好笑却又笑不出来。现在北平的潜伏工作已经安排得差不多了，唯独平绥纵队的名单还没有到手。张家口很快就要落入共军手里，如果不尽快拿到名单，那么那几百个潜伏特务就很可能落入共军手里，到那时他将无法向毛局长交代。想到这儿，王蒲臣脸色阴沉地说："你确定，潜伏名单一定在胡玉兰手里？"

梅凤祥咬牙切齿地说："我都看到名单了。只怪我太轻敌了，才上了胡玉兰的当。站长，您再给我一次机会吧，我一定把名单拿到手，然后把那个胡玉兰千刀万剐了。"

王蒲臣安慰道："你的心情我理解，你先养伤去吧。"

梅凤祥鼓了鼓勇气，央求道："站长，您再给我一次机会吧！我一定要把潜伏名单拿到手，我梅凤祥自从到北平站以来，可从来没有给咱们北平站丢过人呀。"

王蒲臣道想了想，说道："这样吧，这次我给你一个班的国军，配合你行动，无论如何也要拿到潜伏名单，最好也把那个胡玉兰带回来，我倒要看看，这个胡玉兰是怎样一个人。"

"我保证完成任务，不成其便成仁。"梅凤祥一下子给王蒲臣跪下了。

王蒲臣笑道："我要你活着回来，我还要看一看，这个胡玉兰究竟是不是长着三头六臂。"

"是。"梅凤祥敬了一个礼后，慌慌张张地向门外跑去，差一点和推门而入的女机要员撞个满怀。

第二十六章　暗杀

61

　　傍晚时分，支前队伍来到了一个叫作黑风口的村子。由于风沙太大，赵海山和李剑锋费了好大的力气，才把支前队伍安顿好。队伍吃罢晚饭，开始准备休息。

　　自打参加宣传队以后，胡玉兰确实对几个女队员照顾有加，处处表现得像一个大姐姐的模样。她也很得队员们的爱戴。胡玉兰琢磨，她们毕竟是跟随自己一块儿来的，更何况她们大多还都是孩子，又都是临时从各个区抽调来的，也不容易。胡玉兰不仅教她们打快板，而且抽出时间帮助她们补习文化知识。每天晚上，胡玉兰都是看到队员们都睡熟了，自己才去睡觉。

　　北方的隆冬早已经滴水成冰，到了夜里更是出奇的冷。胡玉兰担心队员们被冻病了，便穿上大衣出了门，到院子里找了一些劈柴，准备把屋里的火弄旺一些。当她抱着劈柴走到屋门的时候，突然一个小砖块儿扔到了她的脚下。胡玉兰拿起砖块儿一看，上面还捆绑着一个纸片，胡玉兰回头四下看了看，见周围没有任何人，便快速进了屋，借助马灯的光看了下去，上面写着：今晚十二点，村东小树林。落款是章鱼。

胡玉兰顿时明白了八九分，因为刚才在吃饭的时候，赵海山来过宣传队的房间，还冲着胡玉兰一个劲儿地了献殷勤。那眼神好像是有话要说，让胡玉兰很是意外。

胡玉兰看了看熟睡的队员，换好了夜行衣，悄声走出了门。她躲过了岗哨，然后一路小跑向村外跑去。按照约定，胡玉兰来到了村边的小树林，刚刚走进小树林，胡玉兰忽然有一种不祥的预感，赶忙抽出了手枪，然后推弹上膛。正在胡玉兰四处张望的时候，忽然从树林中蹿过来三个黑影，把她围在了中间。为首的用手枪顶住了胡玉兰的后背："不许动，敢动一下，就打死你。"

胡玉兰乖乖地举起了双手。对方下了胡玉兰的手枪。

胡玉兰心中一沉，低声问道："你们是什么人，要干什么？"

"我们是谁并不重要，我们是来要你性命的。"为首的黑衣人亮出了闪亮的匕首。

胡玉兰纳闷道："我和你们素不相识呀！能告诉我吗，你们为什么要追杀我！"

为首的冷笑道："没有这个必要。"

一个人对付三个，胡玉兰感觉到了眼前的形势对自己很不利，看样子自己是很难逃脱了，她四下扫了一眼，顿时计上心来："反正我也跑不了了，你们让我死个明白吧？"

"好，我就让你死个明白。"为首的摘掉了面罩。

胡玉兰定睛一看，原来此人是警卫班的班长马子跃。胡玉兰知道，这个马班长不但枪法好，而且还有一些武功。据说，这个马班长打起架来，两三个棒小伙子都到不了他身边，看着眼前的一切，胡玉兰不免叫苦不迭。

马班长道："胡队长，按说咱们都不错，我们也没有什么过节儿，可是我也没有办法呀，今天你必须得死！"

胡玉兰问道："是赵县长让你杀我的，还是李剑锋？"

马班长有些为难地说："胡队长，你不要逼我。"

胡玉兰笑了笑："马班长，我跟你商量一下，你给我一把刀，让我自己了断，行吗？"

马班长想了想，把匕首扔到了胡玉兰的面前。

胡玉兰从地上拿起匕首的时候，顺手抓起了一把沙土，突然喊道："赵县长，您怎么也来了？"

马班长听到胡玉兰在喊赵县长的名字，本能地迟疑了一下。就在他走神的一刹那，胡玉兰把手中的沙子洒向了马班长，紧接着，胡玉兰挥舞着匕首向他刺来。马班长躲闪不及，匕首深深刺进了他的前胸。胡玉兰刺死马班长后，一转身冲向旁边的黑衣人。黑衣人还没有回过味儿来，早已经被胡玉兰撂倒。胡玉兰一脚踏在了那人的身上，黑衣人惨叫了一声，便昏死了过去。第三个黑衣人一看胡玉兰实在太厉害了，转身就跑。

胡玉兰正打算追上去结果他的性命，不料背后传来了两声枪响，那个黑衣人踉踉跄跄地倒在了地上。

听到枪声后，胡玉兰顿时一愣，她本能地意识到，对方除了这三个人之外，暗处还有人。于是胡玉兰不敢怠慢，从马班长身上找到自己的手枪，就往回跑去。果不其然，当胡玉兰回到屋内，刚刚躺下不久，就传来了急促的敲门声和凌乱的脚步声。

"开门。"胡玉兰一听是李剑锋的声音，疑窦顿生。他来干什么？她装作迷迷糊糊的样子打开了房门。

赵海山和李剑锋等人一步跨了进来。

女队员们都不知道发生了什么事，不知所措地站在了一旁。

胡玉兰看了看赵海山和李剑锋，装作打了一个哈欠："赵县长、李股长，你们找我有事儿？"

李剑锋看了看胡玉兰，又和赵海山耳语了几句，随后说："胡队长，赵县长对你们宣传队的同志很关心，他怕发生意外，特地让我来查查岗，既然没有什么事儿，大家都睡觉吧！"

赵海山也呵呵笑道："我刚才出来的时候，听到院子里有响动，怕你们这里发生情况，就让李股长过来看看。"

由于宣传队每天都和指挥部的人一块儿吃饭，第二天一早吃饭的时候，李剑锋发现警卫班的马班长不见了，便问："赵县长，马班长他们呢？"

赵海山不自然地笑了笑："这个嘛，昨天晚上，我派马子跃紧急回龙城去了。"说完，赵海山的眼睛向胡玉兰看来。

李剑锋问："赵县长，是不是有什么情况？"

赵海山头也不抬地说："其实也不是什么急事儿，是给吴书记报个信儿，报告一下咱们这里的情况。"

胡玉兰低下了头，她心里暗自骂道："赵海山这个老狐狸太狡猾了。"同时，也为自己捏了一把汗，因为她不知道，赵海山下一步还会有什么更加险恶的计划。

由于距离新保安越来越近，已经零零星星地听到了一些枪声，李剑锋感觉到，关键时期到了，他的心几乎提到了嗓子眼，生怕支前队伍发生问题。他判断，既然在支前队伍中有可能隐藏着敌特人员，那他一定会有所行动的。等支前团与解放军接上头，完成了交接，敌人再想破坏可就没有机会了。

晚饭后，李剑锋走进了指挥部。此时，赵海山正独自在指挥部里抽烟，脸色有些铁青。看来他已经抽了好长时间，屋子被弄得乌烟瘴气。他看到了李剑锋后，掐掉烟蒂，笑了笑："剑锋，有事儿？"

李剑锋道："赵县长，我们现在快到新保安了，距离敌人的防线越来越近了，我在担心咱们支前团的安全。"

赵海山一手叉着腰，一手拿着烟，若有所思地说："是呀，咱们现在离敌人越来越近了，我也在担心这个问题。刚才大军的同志说，眼下我军部队兵力正在包围张家口，抽不出人手来，让咱们支前团先等一等，后天才能和咱们进行交接！"

李剑锋想了想："赵县长，现在正是敌我交战的时期，支前团的安全是第一位的。"

赵海山叹了口气："这些天我也在为这件事情提心吊胆呢！这可是关系着三十万斤粮食的大事呀！咱们都走出这么远了，已经走了好几天了，眼看就要送到了。怎么着，咱们队伍里有什么情况吗？"

李剑锋想了想说："暂时还没有。赵县长，咱们对这里的情况不是很了解，人生地不熟的。我想，咱们还是应该加强一下内部防范！"

赵海山递给了李剑锋一支烟："你说说看。"

　　李剑锋点燃烟，看了一眼赵海山："我想咱们应该这样，前两天，每逢露营，就有民夫到附近的村子里买东西，有的还去打酒喝。天气冷嘛，这些都是可以原谅的。今天的情况不一样，我想现在就通知各连，今天晚上大家谁都不能外出，再坚持一个晚上，您说呢？"

　　赵海山沉吟了一下："剑锋呀，咱们是不是有点神经过敏了？这里的冬天这么冷，滴水成冰，大家喝点酒暖暖身子，也是可以理解的，如果不让大家出去，别整出意见来。"

　　李剑锋坚定地说："现在敌我情况不明，如果遇到敌人，或者土匪，咱们的战斗力有限，没有大军的保护，危险呀！我想，只要咱们跟大家解释清楚了，他们会理解的。"

　　赵海山想了想："好，就按照你说的办，警卫员，警卫员。"赵海山喊道。

　　一个警卫战士跑了过来。

　　李剑锋一看只来了一个战士，就问："怎么就你一个人，他们都干什么去了？"

　　警卫战士说："都到附近村子买东西去了。"

　　赵海山一听，顿时就火了："谁让你们去的，你，赶快把他们给我找回来。简直是乱弹琴！"

　　李剑锋看到战士委屈地看着赵海山，顿时明白了一切。他笑着对战士说："告诉你们班长，千万要保护好赵县长的安全。"接着又对赵海山说："我去看看。"说着离开了指挥部。

　　李剑锋离开指挥部的院子，刚走几步，就看到一个身影正向村边跑去。他感觉这个影子很熟悉，紧走几步，跟了上去。

　　那个黑影沿着街道走走停停，还不时回头看一眼，形迹十分可疑。当李剑锋距离那个黑影近了，他才看清，这个黑影居然是胡玉兰。这么晚了，她出来干什么？李剑锋心里犯起了嘀咕。

　　吃完饭的时候，胡玉兰突然看到村子的东南方向升起了两只钻天猴，顿时心中一惊：韩老七找自己一定有什么事情。因为出发前，她安排韩老七暗地里尾随着支前团，以防万一，燃放钻天猴是她和韩老七的联系暗号，不到万不得已的时候，两个人是不见面的。韩老七为什么急于要和自己见面呢，她不得而知。但胡玉兰做梦也想不到的是，韩老七早已经溜回了张家口，而且成了赵克辉的马前卒。

胡玉兰本来打算不去理会韩老七的。可没过一个小时，天空中再次出现了钻天猴。胡玉兰这下坐不住了，她猜想，一定是韩老七有紧急情况要和自己商量。于是，当胡玉兰看到支前的民夫三三两两地在村边的商店买东西时，便请了假，混杂在民夫中，朝着钻天猴升起的地方跑去。

胡玉兰三拐两拐，来到了村子北头的商店旁。她正在犹豫，忽然，从胡同里传来了击掌声。胡玉兰料想，韩老七一定在里面，便一闪身拐了进去。

当她走进一旁的小院，一下子呆住了。赵克辉带着十来个手持冲锋枪的人出现在她的面前。

赵克辉看到胡玉兰后，皮笑肉不笑地说："师妹，没想到吧，咱们能在这里见面，怎么着，已经穿上解放军的衣服了？"

见到赵克辉，胡玉兰的眼眶一下子就红了。她想起了老舅李宝库惨死时的样子，想起了自己在保密局被赵克辉追杀的情景。胡玉兰"嗖"地拔出了手枪，对准了他："赵克辉，姑奶奶今天跟你们拼了。"

令胡玉兰始料不及的是，那些便衣一拥而上，用冲锋枪对准了她。她的手枪被缴下了，两只手被那些人牢牢控制住。胡玉兰挣扎了几下，无济于事，便悻悻地瞪了赵克辉一眼，喘着粗气，随后又把目光转向了一旁的韩老七："韩老七，你个吃里扒外的东西。"

"组长，我……赵站长他……"韩老七低着头，不知如何向胡玉兰解释。

赵克辉哈哈笑道："师妹，这不关韩老七的事情，大概你还不知道吧，我现在是保密局张家口站的中校副站长。今后，你们俩的一切行动都要听我指挥，放开她。"

匪徒们松开了胡玉兰的双臂。胡玉兰揉了揉被弄痛的胳膊，又看着韩老七，低着头问道："你们找我有什么事儿？"

赵克辉皮笑肉不笑地说："师妹。我今天把你找来，就是要告诉你，别忘了自己的身份，你可是保密局张家口站少校副官，兼平绥纵队第五先遣队副组长李云芳。"

胡玉兰捂起了自己的两个耳朵："我不听，我不听。"

赵克辉冷笑道："不听也得听，这事儿由不得你。现在国军正在和共军决战，你胆敢违抗命令，我就会让共产党来收拾你，让你生不如死。你知道的，这可是咱们保密局的家法。"

当听到保密局的"家法"二字时，胡玉兰如同掉进了冰窖，感觉到彻骨的寒冷，但她仍声厉内荏地说："你敢！"

赵克辉摸了摸胡玉兰的脸蛋儿，笑了笑："放心吧，你在保密局的事情，我是不会告诉共产党的。乖乖，你放心，我不说，龙城县没有人会知道。只要你乖乖听我的话，我担保你没事儿，没人敢伤害你。如果不听上峰的命令，你知道我会怎么做的。"

胡玉兰借着月光看着赵克辉得意的神色，心中充满了仇恨，但她不敢发作，因为赵克辉击中了她的要害，尽管她气得浑身发抖，但也无可奈何。良久，胡玉兰才颤颤巍巍地说："你们想让我做什么？"

赵克辉冷笑道："交出平绥纵队的名单，然后，你继续在共党内部潜伏，随时等候我的命令。"

胡玉兰说："我没有名单。"

赵克辉笑了笑："没想到呀，师妹，这么长时间了，你还是那么拧。这样吧，名单的事情咱们暂且不提，我问你，这次支前，共军有多少兵力在护送？"

胡玉兰一听赵克辉要打支前团的主意，顿时急了："你要干什么？"

赵克辉恶狠狠地说："我要烧了这些粮食。"

胡玉兰近乎哀求道："赵克辉，你不要这样呀！就算是我求你了，千万不要烧了这些粮食！"

赵克辉"啪"地打了胡玉兰一记耳光："混蛋！我说呢，这么长时间你都不回电，闹了半天，你死心塌地投靠共党了。"

胡玉兰沉吟了片刻，说道："我没有向共党投降，赵克辉，不，赵站长，我答应你的条件。今后，我会按时给你发报的，这总行了吧！我求求你，千万别烧那些粮食。"

赵克辉想了想："看你可怜的样子，我暂且就放过你一马。老三，把枪还给李少校。"

那个叫老三的人把胡玉兰的枪拿给了赵克辉。

赵克辉鄙视地看了一眼："就这破枪，共产党发的吧，哪有师妹原来的勃朗宁好用！"说着把枪装在了胡玉兰的枪套里："你走吧，李云芳，你要时刻记住，你生是党国的人，死是党国的鬼。"

胡玉兰看了看赵克辉，又看了看韩老七，转身出了小院。然后一路小跑，冲出了胡同。

为了不引起李剑锋等人的怀疑，胡玉兰从商店里买了一些女人用的必需品，快速向宿营地跑去。

62

李剑锋一路跟踪胡玉兰来到村中的商店前，恰好赶上一群买东西的民夫从商店里出来挡住了他的视线。等民夫们走光了，也没看到胡玉兰的影子。他本想走进去，可当他来到胡同口，看到里面黑咕隆咚，便潜伏在了胡同口外。直到看到胡玉兰拎着大包小包离开了商店，他又观察了一下附近的动向，看没有别的情况，才尾随着胡玉兰向宿营地走去。

李剑锋暗道，胡玉兰刚才买东西为什么用了这么长的时间呢？这期间究竟发生了什么事？

此时，胡玉兰正处在极度的矛盾之中。她不知自己该如何是好，因为她太了解赵克辉了，知道赵克辉是不会善罢甘休的。如果赵克辉带着那些人跟着自己到了支前团的宿营地，是不会放过那些粮食的。更何况支前团的保卫力量这么少，一旦发生情况，肯定是一场激战。说不定县大队和李剑锋的保卫干部会全军覆没的。想到这儿，胡玉兰一阵阵害怕，一定要把这个消息及时告诉李剑锋，让他们早有防备。可是怎么告诉呢？一旦李剑锋问起了情报的来源，自己不就暴露了吗？

胡玉兰觉察出了背后有人跟踪，担心跟踪的人是赵克辉派来的，不由得加快了脚步。可她快后边的人也快，她慢后边的人也慢，始终与胡玉兰保持着十来米的距离。胡玉兰转过一个墙角，等跟踪的人刚刚露面，她"嗖"地拔出了手枪，用枪口对准了来人。当她看清来人，便一下愣住了，原来此人正是李剑锋。

李剑锋也把枪口对准了她，当看清是胡玉兰后，立刻放下了枪："玉兰，怎么会是你？"

胡玉兰也惊魂未定地长长出了一口气："你吓死我了！"她稳了稳神，收好枪，一下子扑在了李剑锋的怀里，嗔怪道："剑锋，我还以为你是国民党兵呢？"

李剑锋推开了胡玉兰，好笑地说："有我这样的国民党兵吗！对了，玉兰，你刚才干什么去了？"

胡玉兰拉着李剑锋的胳膊："买东西去了呀！"

李剑锋疑惑道："买东西去了？"

胡玉兰的头一歪，又摆出了一副天真的样子："我去给姐妹们买了一些女人用的东西，还有，姐妹们的手都冻肿了，我去买了几副手套，怎么啦？"

李剑锋笑了笑："现在是非常时期，千万别乱跑。刚才，我看到好多民夫都来买酒，怕你们出事儿，就跟来了。"

胡玉兰看着李剑锋，张了张嘴想说什么，但是最终没有说出来。

而此时，李剑锋对胡玉兰的怀疑又增加了许多。特别是刚才胡玉兰那个拿枪的姿态和满脸的杀气，根本不像一个新兵，倒更像一个久经沙场的军官。这使他联想起了胡玉兰那天晚上在河边走路的样子，再加上刚才走路的姿势，具有很强的反侦察能力，更让李剑锋心里画了个问号。要不要揭穿她呢？李剑锋想了半天，最后还是决定等等看，暂时不要打草惊蛇。于是，他笑了笑："现在新保安距离张家口已经很近了吧？"

胡玉兰点了点头："应该很近了吧，咱们都出来第七天了，刚才和姐妹们聊天还说这件事呢，怎么啦？"

李剑锋笑了笑："没什么，我随便问问。对了，记得上次我跟你说过章鱼的事情，你还有印象吗？"李剑锋终于说出了心存多日的疑虑，他要对胡玉兰的身份进行最后的试探。

李剑锋的话立刻引起了胡玉兰的警觉，但她很快镇定了下来，咯咯笑了起来："你让我说真话，还是假话？"

李剑锋道："你说呢？"

胡玉兰扭扭捏捏地说："如果说真话，我在电话中一下就听出了你的声音，我不管你是章鱼，还是鲤鱼，既然你约我了，我就要去赴约。没想到杀出一个赵雪梅来，真扫兴。对了，你是章鱼吗？"胡玉兰反问了一句。

"我那是逗你玩呢。"李剑锋将信将疑地点了点头，"其实我听说章鱼的肉挺好吃的，所以才蒙你的。好了，快点儿回去吧，外边不安全。"

"我……今天晚上……"胡玉兰又张了张嘴，但还是没说出口。

李剑锋感觉胡玉兰有话要说，沉吟了片刻，问道："玉兰，你今天晚上咋了？"

胡玉兰犹豫再三，说出了这样的话："我有点害怕，我怕再也见不到你了。"

李剑锋一听顿时急了，他猜想，胡玉兰一定有什么事情在瞒着自己，便一把抓住了她的胳膊："你说，究竟是啥事儿？"

冰冷的月光下，胡玉兰无声地哭了。她央求着李剑锋："剑锋，你亲亲我，我好想你。"

李剑锋笑了，他紧紧拉着胡玉兰的手，说道："玉兰，没事的，有我在呢，再过两天，咱们就回龙城了，一切等回到龙城再说吧！"

李剑锋把胡玉兰送回女宣传队的宿舍，看到赵海山的房间还亮着灯，想了想，敲开了赵海山的房门。

此时，赵海山正在和两个军人说话。看到李剑锋后，赶忙介绍道："这位是华北野战军第三兵团军需处的李东山股长。这位是我们龙城县公安局的李剑锋股长，负责支前队伍的内部保卫工作。真巧，你们俩都是李股长，看来是缘分呀！"

李剑锋和李东山的手紧紧握在了一起。

一番客套之后，李东山股长说："多谢地方同志的支持，一路支前走了这么远。我告诉你们一个好消息。"

李剑锋问道："啥好消息？"

李东山兴奋地说："现在，我们华北野战军的大部队已经把郭景云的 35 军团包围在了新保安，东北解放军的老大哥也及时赶到了。这下郭景云的 35 军就是插翅也跑不了了。"

李剑锋不解地问道："哪个 35 军？"

赵海山笑道："就是前天从北平赶来的，差点和咱们支前团遭遇的那个车队。"

李剑锋看了看赵海山，不禁吐了下舌头："我说的呢，清一色的机械化装备，咱们能打得过他们吗？"

李东山笑了笑："怎么不能　这个 35 军呀，是傅作义集团起家的部队，也是他的心腹，主力的主力，王牌中的王牌。现在郭景云和他的 35 军已经成了惊弓之鸟，瓮中之鳖，我军即将对新保安发起总攻。军团首长指示，我带领你们火速赶往新保安，支援新保安战役。"

李剑锋问道："咱们啥时候出发？"

李东山看了看表："明天一早。"

李剑锋兴奋地说："太好了，说不定咱们还能参加战斗，跟着正规军打蒋介石呢！"

赵海山也笑了笑："瞧把你美的，快点休息去吧。"

李剑锋敬了一个礼，离开了指挥部的院子。就在他刚走出不远，自己的腰突然被人抱住了，他用手一摸，软绵绵的，定睛一看，原来又是胡玉兰。李剑锋看到胡玉兰那忧郁的目光，笑了笑："你怎么回事儿，快点去休息，明天一早还要赶路呢！"

"我……我……"

正在这时，只听新保安的方向传来一阵阵的枪炮声，而且一阵紧似一阵，不时还有几个巨大的火球腾起，映红了半个天空。强烈的爆炸声震耳欲聋，大地都为之颤抖。

李剑锋望着新保安的方向，感叹地说："看来新保安的战役真的打响了，真过瘾呀！"

此时，一个念头掠过了胡玉兰的心头，看来国民党真的气数已尽，新保安战役既然已经开始，为什么不利用共产党的手，把赵克辉等人除掉呢，到那个时候，知道自己真实身份的人可能就只有章鱼一个人了。如果有机会再把章鱼除掉，那么以后就没有人知道自己的真实身份了，自己就可以放心地和李剑锋结婚生孩子了。想到这儿，胡玉兰又一次紧紧地抱住了李剑锋："我怕，剑锋，有件事情我想告诉你，但是我害怕。"

李剑锋拥着胡玉兰："说吧，一切有我呢。"

胡玉兰有些担心地说："还记得刚才我说，'我怕见不到你了'的话吗？"

李剑锋轻抚着胡玉兰的一头秀发，说道："怎么不记得？玉兰，今天你怎么了，疑神疑鬼的，是不是有什么事情瞒着我？"

胡玉兰凝望着李剑锋，说道："刚才我去买东西，听村里的老百姓说，有人想袭击咱们。"

听了这话李剑锋立刻意识到问题的严重性，焦急地说："这么重要的情报，你咋不早说？"

胡玉兰道："刚才我给姐妹们买东西的时候，听村里的两个老百姓在议论什么，就偷着听了下去。结果那两个老百姓说，村里刚刚来了一队国民党兵，化装成当地的老百姓，想袭击咱们的支前团。我以为，也许是老百姓说着玩呢，就没在意，刚才我再三琢磨，感觉其中可能有问题，才跟你说了这件事儿。"

李剑锋一下子明白了胡玉兰刚才话中的意思了，紧紧抱着胡玉兰："这事儿太重要了。走，咱俩报告去。"

黑风口的民房内。赵克辉正对着孤灯冥思苦想。此时，他在等着韩老七的消息。一旦韩老七侦察回来，他就带着队员们去袭击龙城县的支前团。

正在这时，新保安方向响起了激烈的枪炮声。而且越来越强烈，震耳欲聋。一种不祥的预感袭上赵克辉的心头，看来张家口战役真的开始了。赵克辉仰望着新保安的方向，顿时心乱如麻。

突然，门被撞开了，韩老七跌跌撞撞地跑了进来："报告赵站长，新保安打起来了。"

赵克辉瞪了韩老七一眼："废话，老子也不是瞎子，这还看不出来？支前团的情况怎么样？"

韩老七痛苦地说："我在黑风口转了好几个圈，共军的防范忒严了，根本进不去呀。"

赵克辉大声喝道："废物，我就不信，这几个土包子能有这么强的战斗力，大家集合，跟我走，去收拾那些土包子。"

那些手持冲锋枪的便衣迅速站成一排。赵克辉紧走几步，说道："弟兄们，大战在即，我们为党国建功立业的时机到了。现在，有一支共军的运输队就在附近，今天，我就带着大家把他给连窝端了，出发！"

赵克辉的话音刚落，院门再次被踢开。紧接着，就听见了激烈的枪声，前面的一排匪徒顿时倒在了地上，其余的人立刻卧倒在地，向外面开枪射击。

赵克辉大惊失色，一下子拔出了手枪，对准韩老七："韩老七，你敢诳老子，是你把共军引来的？老子枪毙了你！"

韩老七急切地辩解道："站长，我回来的时候，确实看过的，没有尾巴呀！"

枪声越来越激烈，赵克辉让国民党兵顶住，自己则和韩老七钻进了屋子里。

刚进屋，韩老七就把门插好。赵克辉见状，抄起了一支冲锋枪，恶狠狠地说："老子跟他们拼了。"说着就要往外冲。

韩老七眼珠一转："站长，咱们撤吧，刚才我在他们的宿营地看过了，全他妈的是共军。俗话说，留得青山在，不怕没柴烧。"

赵克辉想了想，说："现在四周全是共军，咱们怎么撤？"

韩老七奸笑道："今天下午咱们来的时候，我侦察过，咱这个房子的后面就是一个土墩台，再往北就是一大片树林子。"

赵克辉说："那管什么用，咱们出不了这个院子呀！"

韩老七从地上拿起了一个镢头："咱这房子的后墙是土坯垒的。"韩老七说着用镢头向后墙刨去，土墙果然掉了一大块墙皮。

赵克辉在屋内大声喊着："弟兄们，给我顶住，顶住。"回头一看，韩老七已经把后墙刨开了一个洞。

当李剑锋带着解放军冲进院子的时候，赵克辉和韩老七刚刚从屋子的后墙钻了出去。李剑锋带人冲进房间，但很快又跑了出来，李剑锋道："人已跑了，快去追。"

胡玉兰紧随着李剑锋进了院子，她本打算亲眼看到赵克辉和韩老七被击毙，以绝后患。当听说赵克辉逃跑了的消息后，顿时紧张起来，心想，这下坏了，如果真是那样的话，自己就暴露了。情急之下，胡玉兰走到一个已倒在地上尚在喘息的国民党兵面前，在黑暗中举起了手枪，朝自己前胸开了一枪，然后倒在地上。

院内正在搜索的战士听到枪声，赶忙惊叫了起来："有人受伤了。"

"是胡队长。"

"李股长，胡队长受伤了。胡队长受伤啦！"

李剑锋听到枪声，赶忙跑了过来。当看到胡玉兰倒在地上，便不顾一切地扑了过来，大声呼唤起来："玉兰，胡玉兰。你这是咋了，你快醒醒！"

胡玉兰艰难地用手指了指倒在一旁的国民党兵："我没事儿，赶快去抓特务。"说完昏了过去。

第二十七章　英雄

63

支前队伍返回龙城县的时候，张家口已经解放了。

胡玉兰受伤以后，经过部队野战医院的抢救，很快脱离了危险。待伤势稍微稳定之后，胡玉兰被转回到龙城县医院疗养。

胡玉兰在县城没有亲属。龙城县政府便派人把胡玉兰的母亲和嫂子接到了县城，负责照料她。而令胡玉兰没有想到的是，胡三元也跟随着来到了县城。

当见到胡三元的那一刻起，胡玉兰就隐隐约约感觉到，胡三元的精神有点不正常了。

由于没有伤到筋骨，胡玉兰在母亲的精心照料下，伤口很快就好了。不久，就能够下床走路了。

这天早上，胡玉兰吃罢早饭，正坐在床上和母亲谈论着家乡的一些琐事，门突然开了，县委书记吴自成和县长赵海山在文教办主任张振海的引领下，走了进来。胡玉兰看到一下子来了这么多领导，赶忙站了起来。张振海说："玉兰，县委吴书记和赵县长专门来看你了。"

胡玉兰高兴得又是倒水，又是让座。

吴书记拉着玉兰妈的手，高兴地说："老嫂子，你养了一个好女儿呀！我代表全县人民谢谢您啦！"

赵海山也笑呵呵地说："老嫂子，您在县城生活还习惯吧！如果需要什么，就跟他们说，千万别客气。"

玉兰妈用袄大襟擦着泪花，慢慢说："玉兰这丫头给长官们添了不少的麻烦。她哪儿做得不周全，你们多担待点。"

胡玉兰扯了一下母亲的衣襟，笑道："娘，这是咱们县的县委书记和县长，这里不兴叫长官，得叫领导。"接着，她又把目光转向了吴自成："我娘在山里待惯了，没见过什么世面，也不知道城里人的礼数，您千万别多心。"

吴自成笑了："我能多什么心啊，龙城县一大半是山区。咱们大家都是山里人啊。呵呵！"接着又说："小胡同志，让我看看，你的伤怎么样了？"

胡玉兰向吴自成敬了一个礼，兴奋地说："报告领导，我的伤全好了，很快就可以上班了。"

赵海山笑道："小胡呀，你可真够坚强的。那天把我们吓坏了。你受伤后，李剑锋抱着你跑了五六里路，才把你送到野战医院，最后还是李剑锋给你输的血。"

听了这话，胡玉兰立刻回想起了那个血色的黑夜。中枪后的她只隐隐约约听到李剑锋在呼唤着自己的名字，然后就是自己感觉被抱着奔跑的情景，再往后就什么都不知道了。当她在野战医院醒来后，医务人员告诉她，失了很多的血，如果来得再晚一点儿，就没命了。想不到，是李剑锋救了自己，还为自己输了血，看来，李剑锋对自己还真是很用心的。胡玉兰的眼睛有些湿润了，她一把拉住了母亲的胳膊，轻声叫了一声："娘。"

玉兰妈也笑了："这个李剑锋是谁呀？是他救了我闺女的命呀，你们能不能让我见见他，我要当面感谢他。"

赵海山笑着说："李剑锋是公安局的股长，也是咱们县这次支前的保卫部长。"

吴自成捶了赵海山一拳："你这个老赵呀，你咋不早说呢。李剑锋呢？快去把他叫来。"

赵海山想了想说道："王枢生前两天派他去执行一项特殊任务。按说，剑锋这两天也该回来了。"

吴自成有些疑惑道："特殊任务？"

赵海山摇了摇头："王树兰一天到晚神神秘秘的，我也不知道他在搞啥名堂。"

吴自成和赵海山光顾了谈论公安局的事情，以至于忘记了胡玉兰母女的存在。直到胡玉兰皱着眉头轻轻叹息了一声，才引起他们的注意。吴自成看了看胡玉兰，关心地问："小胡同志，你怎么啦？哪儿不舒服？你知道吗，地委还对咱们的支前团专门进行了表彰，地委领导还特地表扬了你呢！"

胡玉兰的脸顿时红了，半晌才说："谢谢领导的关心。"说完，也被感动得落下了泪水。

母亲拉着胡玉兰的胳膊说："闺女，你咋了？"

胡玉兰掩饰道："没事儿，我听到张家口解放的消息，高兴的，也就是说，我姥姥家万全县也解放了吧！"

"那还用说，万全县就在张家口边上，比张家口解放的还早呢！"吴自成又转向玉兰妈，"老嫂子的娘家是万全县的？"

玉兰妈点了点头："嗯，俺娘家在万全县，俺十六岁嫁到龙城。这一晃，三十年没回去了，也不知道家里变成什么模样了。"

吴自成笑了笑："现在老嫂子就可以回去看看了，你娘家还有什么人呀？"

玉兰妈叹了口气："前些日子，我爹去世了。这会儿娘家也没什么人了，只有一个远房的弟弟，唉！"

吴自成从张振海手中拿过来一个证书："胡玉兰同志，看我差点把正事儿忘了。来，小胡同志，鉴于你在支前工作中的出色表现，龙城县人民政府评选你为支前模范。"说着，吴自成双手把大红的证书递到了胡玉兰手里。

赵海山补充道："玉兰同志，这个荣誉可是相当珍贵的，你可要保管好了！"

胡玉兰接过证书，兴奋地给吴自成敬了一个礼："多谢吴书记，多谢赵县长。"

天黑了，母亲回旅馆休息去了。胡玉兰拿起证书，认真地端详起来。她在想，现在自己是龙城县的有功之人，完全有资格去追李剑锋，更何况自己的身上还流着李剑锋的血液。

　　突然，门"咣"的一声被撞开了。胡三元满嘴酒气跌跌撞撞地闯了进来。也许，酒喝得忒多了，胡三元衣服的扣子都没有扣好，帽子也是歪戴着。看到胡三元邋里邋遢的样子，胡玉兰吓了一跳，她惊呼道："三元哥，你这是咋地啦？怎么喝成了这样？"

　　胡三元眼睛直勾勾地看着胡玉兰，半晌才结结巴巴地说："玉兰，俺心里想你，就喝了点酒。"

　　胡玉兰刚要收起证书，不料，胡三元走上前来，劈手一把抢过了证书。他瞪大眼睛看了一会儿，突然欣喜若狂地喊了起来："这个证书应该是我的，我做梦都想立大功呀！"

　　"你嚷什么啊，快回旅馆睡觉去。医院的病人这会儿都休息了，你别吵着他们。"胡玉兰斥责着胡三元。

　　"我不走，今天我要和你一起睡在这里，反正你已经是我的人了，我怕什么？"胡三元一屁股坐在了凳子上，狂笑了起来。

　　胡玉兰白了一眼胡三元："三元，这不是在咱杨树沟，是在县城，你不能胡闹啊！"

　　大概胡三元喝得忒多了，结结巴巴地说："我不管，反正我就要和你睡。"说着，便饿狼般地扑了上来。

　　"啊！"胡玉兰被吓得惊叫了起来，在屋里东躲西藏。越是这样，胡三元越心急如焚，在屋里像老鹰捉小鸡似的追逐着胡玉兰。凳子被碰倒了，洗脸盆掉在地上了，屋里发出了一连串清脆的响声。

　　正在这时，房门开了，李剑锋一步跨了进来。当看到胡三元在追逐胡玉兰时，李剑锋一把抓起了胡三元，上去就是一拳，把胡三元打了一个趔趄。胡三元一看自己挨了揍，张牙舞爪地冲向李剑锋。李剑锋又照他脸上连打两拳，直打得胡三元满嘴是血。李剑锋掏出了手铐，很麻利地给胡三元铐上了。

　　看着眼前发生的一切，胡玉兰一下子被吓傻了。她既不敢看李剑锋，也不敢看胡三元。她担心，李剑锋一旦知道自己和胡三元所做的一切，恐怕自己这几个月的努力将会前功尽弃。到那时，自己就是浑身是嘴也说不清楚了，更别说和李剑锋结婚了。想到这儿，她低着头，一句话也不敢说，生怕李剑锋会对她刨根问底。

李剑锋一把搂过胡玉兰，关切地问："你没事儿吧？"

胡玉兰仰视着李剑锋，点了点头，但眼泪却扑簌簌地下来了。

李剑锋把目光转向地上的胡三元，厉声问道："说！你是谁？"

"我，我……"此时，胡三元的酒已醒了大半。他跪倒在了地上，刚要说什么，胡玉兰却突然对李剑锋笑了起来："剑锋，他是我们村的民兵队长，叫胡三元，我们一块儿长大，今天是跟着我妈来看我的。"

李剑锋看了看胡玉兰，又看了看胡三元，奇怪道："村里的民兵队长？跟着你妈一块儿来的？那你们刚才是……"

胡玉兰笑了笑："他见我一个人寂寞，刚才陪着我闹着玩儿的，剑锋，快把他放了吧！"

李剑锋的脸红了，上前给胡三元打开了手铐："敢情是我打错了，不过话说回来了，你们就是闹着玩儿，也用不着这样呀，我还以为有坏人了呢，多亏我没掏枪。"

胡三元懊丧地看了看李剑锋，又看了看胡玉兰欢天喜地的样子，心中有一种说不出的感觉。

胡玉兰指着李剑锋说："三元哥，这是县公安局的战斗英雄，叫李剑锋，也是你未来的妹夫。"

胡三元哆里哆嗦地冲着李剑锋说道："我说的呢，这么厉害，敢情是战斗英雄，妹夫，你好！"说着揉了揉疼痛的手腕。

胡玉兰道："三元哥，快点儿回旅馆去吧。你就跟我娘说，我对象来了，让她放心吧。"

"好，你们聊，我这就走。"胡三元说着拿起了帽子，慌里慌张向外走去，一不小心碰到了地上的洗脸盆，他赶忙弯腰把洗脸盆放到了凳子上，然后逃也似的离开了。

胡三元走后，李剑锋收拾起屋内东倒西歪的凳子，然后坐在了胡玉兰的床边，看着胡玉兰的脸，关切地问："怎么样，伤好了吗？"

胡玉兰满足地笑了笑："当然好了啊，你都给我输血了，如果再不好，也对不起你呀！"

李剑锋笑了笑道："来，让我看看，好了没有？"

胡玉兰嗔怪地扭动着身子："那可不行，不能看。"她想了想又说："好吧，反正我都是你的人了，看就看吧。"

李剑锋红着脸说："你啥时候成了我的人了，我又没碰你？"

胡玉兰抿着嘴儿笑着，站起了身，慢慢脱掉了棉衣，露出了粉色的衬衣。

就在胡玉兰还要继续脱衣服的时候，却被李剑锋拦住了："好了好了，玉兰，别脱了，快把棉衣穿上，小心着凉。"

胡玉兰正在脱衣服的手僵在了半空，不解地看着李剑锋："剑锋，你怎么了？"

李剑锋又想起了胡玉兰这些日子的种种表现，特别是刚才那个胡三元明明在欺负胡玉兰，可她为什么要撒谎呢？还有，就是在黑风口抓捕特务的时候，院子里的敌人本来早就消灭了，胡玉兰又是怎么受伤的呢，当时自己在情急之下，光顾了抢救她，事后，才感觉到这件事情有些蹊跷。

"剑锋，是不是我做错了什么，惹你不高兴了？"胡玉兰从背后搂着李剑锋的腰，撒娇地问着。

"没有，我是怕你冷，等以后吧。"李剑锋说着，把胡玉兰按倒在床上，给她盖好了被子。

胡玉兰挣扎着要起来，李剑锋又坐在了胡玉兰的床边，笑呵呵地刮了一下她的鼻子，说道："我听说，你被评为支前模范了。现在是大英雄了，把你冻坏了，我可担待不起啊。"

胡玉兰满足地笑道："剑锋，今天我真幸福，我要你永远这样陪我。好吗？"

李剑锋机械地点了点头。

64

按照胡玉兰妈妈的再三请求，龙城县政府安排胡玉兰回到了杨树沟村，继续调养身体。

令胡玉兰没有想到的是，当李剑锋和民政科的马科长把胡玉兰送回杨树沟的时候，受到了乡亲们热烈的欢迎。由于县委提前通知，从区里到村里，都流传着胡玉兰的英雄事迹。杨树沟村自古就偏僻少事，再加上县政府和区政府的刻意安排，杨树沟村的乡亲们对胡玉兰的回乡更是表现出了极大的热情，不仅在村子的大街小巷贴满了花花绿绿的标语，胡玉兰的家也被村干部装饰一新，甚至连顶棚都是刚用大白纸新糊的。胡家的门楼上还挂上了大红灯笼，并且专门做了一个"光荣人家"的大匾，挂在了堂屋的正中。一时间，胡玉兰家聚满了看望的人们。有拿着慰问品的区干部，还有三五里地之外拿着老母鸡和鸡蛋自发而来的乡亲们。一时间，杨树沟村锣鼓喧天，鞭炮齐鸣，乡亲们还扭起了大秧歌，欢迎着他们心目中的大英雄回家。

五区的张区长亲自到杨树沟村，迎接胡玉兰回村养伤。此时，胡玉兰的伤已经好了大半，只是身体还有些虚弱，但当她带着大红花下了摩托车，张区长立刻走上前来，和她握手。

哥哥胡庆林帮着老爸专门杀了一口猪。嫂子铁梅带着左邻右舍的妇女择菜的择菜，做饭的做饭，热热闹闹地招待县里和区里的干部。在这当中，最忙的要数胡三元了。他不仅自己跑前跑后地忙碌着，而且还让翠萍过来帮忙做菜，他俨然成为这个家里重要的成员。玉兰妈老早就把炕烧得滚烫，然后又铺好了崭新的挂了面的毡子。杏花则带着几个大小相仿的孩子在院子里跑来跑去，不时还嘻嘻哈哈地笑着。

当李剑锋和胡玉兰走进屋里，母亲穿着崭新的衣服迎了出来，喜眉笑眼地又是让座又是拿烟，真的就和招了乘龙快婿一样。总之，在胡玉兰全家人看来，今天真是双喜临门：一来胡玉兰成了全县的英雄；二来胡家能够找到这样的女婿，简直是烧了八百辈子高香才修来的。

村里的叔叔大娘们看到胡玉兰和李剑锋成双成对的样子，一个个羡慕不已："这个玉兰，眼光还真不赖，多么英俊的后生呀，真是郎才女貌。"

"就是嘛，听说小伙子是公安干部，还是个战斗英雄。这下，老胡家可一步登天了，有人给撑腰了。"

"你没看见吗，连胡庆林这两天都牛气起来了！"

当然了，这其中最高兴的要属胡玉兰了。在她看来，自己的一切目的都达到了。一来自己成了全县的大英雄，让乡里乡亲看看，胡玉兰可以光宗耀祖了；二来呢，把李剑锋隆重地介绍给全村的乡亲，看李剑锋到时候还有什么话说，真可谓一举两得。

　　李剑锋和民政科的马科长准备返回县城了。胡玉兰找了个借口，支开了众人，把李剑锋叫到了里间屋，一下子抱住了李剑锋，泪流满面地说："剑锋，你这一走，我们啥时候才能见面呢？"

　　李剑锋给胡玉兰擦掉了泪水，亲吻着她的脸颊："放心吧，咱俩很快就会见面的。"

　　胡玉兰仰起脸看着李剑锋说："剑锋，我家的情况你也看到了，就这个样子，我不知道你家对咱俩的事情是个啥态度。"

　　李剑锋紧紧搂着胡玉兰的腰，慢慢地说："过两天，我就和王局长请个假，回去找我的家人商量。我想他们会同意的。"

　　"我还是舍不得你走。"胡玉兰的眼泪又下来了。

　　正在这时，胡三元一挑门帘走了进来，当他看到李剑锋正和胡玉兰搂抱在一起，不好意思一笑："我没看到，你们俩聊吧。"说着转身出去了。

　　李剑锋有些担心地说："玉兰，估计你养伤需要一段时间，我最担心的就是你的安全问题了。我看这个胡三元，整天鬼鬼祟祟的，好像精神有点儿不正常，你得提防着他点儿，没事儿的时候，少和这种人来往。"

　　胡玉兰点了点头："你就放心吧，胡三元和我从小一起长大。我了解他，平常爱开个玩笑，他不会把我怎么样的。我担心的倒是你，天气冷了，你要学会照顾自己，遇事儿千万别逞强。"

　　李剑锋松开了胡玉兰，刚要出院门。胡庆林拿着两只狍子腿追了出来："李……李股长，快过年了，这是咱爹专门给你准备的狍子肉，带回去吧，俺们山里人，也没啥好东西。"

　　李剑锋推辞道："不用了，这已经给你们添了很多麻烦了。"

　　胡庆林兴奋地说："你就别推辞了，咱们很快就是一家人了，还客气个啥！"

　　胡玉兰也看着李剑锋："这是咱爹的一点心意，你就拿着吧。"

　　胡庆林把狍子肉放到了李剑锋的摩托车上。

　　吃完晚饭，胡玉兰无所事事，就在屋内的油灯下看书。母亲进来了，她先是把手伸到胡玉兰的褥子底下摸了摸，然后又悄没声地出去了，摸摸索索地来到了西厢房，划亮火柴，点着了墙边上那盏遍体污垢的麻油灯。昏黄的灯火不安地抖动着，尖尖的火苗上，缭绕着一缕盘旋上升的黑烟。母亲开始在屋里翻腾着。工夫不大，就翻出了一个黄色的狗皮褥子。然后，她抱着狗皮褥子回到了玉兰的房间："丫头，天越来越冷了，我把去年你爹给做的狗皮褥子找出来了，一会儿铺上它，省得冷。"

一见到狗皮褥子，胡玉兰的脸色突然变了。她赶忙接过了狗皮褥子，放到一边："娘，我没事儿，年轻轻的，火力壮，用不着这个。"

母亲嘟囔着："年轻力壮个啥，你是我心头上的肉。再说了，你又刚受了伤，伤筋动骨一百天呢，又是寒冬腊月的，我能不心疼你嘛！"说着把狗皮褥子铺到了炕上。

当狗皮褥子被打开后，母亲被吓得大惊失色。原来狗皮褥子里面紧裹着一把手枪和一颗手榴弹。

这些武器是胡玉兰前些日子藏到皮褥子里的，没想到，这么快就让母亲给翻了出来。看到这些，胡玉兰的表情立刻僵硬了，但很快就恢复了常态："娘，这些东西都是我刚刚放进去的。你闺女自打参加了支前团，就学会了打枪。我这次回来，县政府就是怕敌人报复咱们，才让我把这些东西带回来。"胡玉兰话虽然这么说，可内心深处却感觉有一种强烈的负罪感，自己为什么要蒙自己的娘呢？

母亲看着胡玉兰，半晌才说："闺女，听娘说一句话吧！打枪呀什么的，都是大老爷们的事情。咱们作为老娘们儿，最好别碰这些玩意儿。人们都说，枪子不长眼，再说了，女人耍枪弄棒的，不吉利，你让娘省点心好不？"

"娘，您放心吧，我会让你们二老省心的。"胡玉兰一下子搂住了母亲的脖子，把脸贴在了母亲的脸上。

母亲用手戳了一下胡玉兰的脑门儿："你呀，就是不让为娘的省心。对了，我和你爹看都过了，那个公安局的李股长长得不赖，又知书达理，俺们俩也没意见。另外呢，我也问过你哥和你嫂子了，她们俩也没意见。等过了年，你们就把婚事办了吧！我也好早一点抱上外孙。"

听了这话，胡玉兰有点羞涩地轻声喊了一声"娘"。

"玉兰，为娘的要和你说几句，你可给我记好了。"母亲看着胡玉兰，有些犹豫地说。

胡玉兰一看母亲认真的样子，坐了下来："娘，您说吧。"

"闺女呀，娘知道你心里放不下三元子，心里委屈。当初是为娘的狠心，拆散了你们。可话说回来了，三元子也结了婚，你呢，也有了李股长。往后呀，就少跟三元子来往点儿。"

听母亲这样讲，胡玉兰猜测母亲可能听说了她和胡三元的一些事情，她辩解道："娘，我跟他没有什么啊，不就是多说了几句话吗？您是不是听到了什么？"

母亲低着头说："胡家的上上下下、村里的里里外外都长着嘴呢，舌头底下压死人呀！咱家虽然不富裕，可我和你爹在村里从来没有得罪过人。你现在又是政府有功之人，大家都这么高看咱们，我可不想让人家在背后戳脊梁骨，让人家说闲话。"

母亲的一席话，让胡玉兰感觉脸烧得火炭一般，她极力辩解着："娘，我真的和三元没有什么，您别听那些人胡说八道。"

母亲瞪了胡玉兰一眼："我可把丑话说在头里，今后你如果再和三元在一起，别怪娘不认你。"

胡玉兰仍然想辩解什么，但一看到母亲脸色变了，顿时软了下来，喃喃地说道："我听娘的，您放心，和他断了就是。"

"这还差不多，娘信你。"母亲点了点头，欣喜地笑了起来。

65

在随后的日子里，胡玉兰每天帮助母亲做些家务，一来报答父母的养育之恩，二来借此机会，好好调养一下自己的身体。她每周给文教办的张振海打一个电话，汇报一下自己在村里的情况。每到这个时候，她都要顺便给李剑锋打一个电话，久而久之，胡玉兰已经逐渐忘记了自己曾经是一个国民党保密局的特务。

这天傍晚，胡玉兰穿了一件绣花皮坎肩，高兴地领着杏花向村公所走去。胡玉兰正低头走着，杏花忽然冲着胡玉兰喊了起来："姑姑，姑姑，你快看，来了一个货郎。"

胡玉兰举目望去，只见一个货郎挑着担子朝着这边走来。货郎发现胡玉兰后，故意把货架子往地上一放，先是摇了两下拨浪鼓，然后大声吆喝起来："顶针、锥子、针头线脑，烟袋、火镰、绣花荷包，镜子、油盒、梳子剪刀，洋袜子、手巾随便挑……"最后拉一个长声喊："贱买贱卖喽！"

杨树沟的村民们听到货郎的吆喝声后，纷纷来到街上，指着货物七嘴八舌地议论着，还有的和货郎讨价还价。货郎见有人要买东西，继续大声吆喝道："您随便拣来随便挑，不买瞧瞧也不恼！您瞧瞧，开开眼，您用着保准好喽！"然后又摇了摇拨浪鼓。

胡玉兰一边和村民们说着话，一边给杏花买了几把糖块儿和一串冰糖葫芦，然后，拉着杏花向村公所的方向走去。当她领着杏花走到村公所大门口的时候，胡玉兰忽然发现胡同对面来了几个人，这几个人每人都穿着大皮袄，戴着皮帽子，把脸几乎都盖住了。

由于太远，再加上正赶上黄昏时分，胡玉兰没看清对方的模样，当时也没多考虑，便拉着杏花走进了村公所。

村公所看门的老胡头对胡玉兰一直很敬重。每次胡玉兰来打电话，老胡头不仅好言好语地接待她，有时候还给她倒上热水。有时候，老胡头看到胡玉兰和胡三元在一起，或者胡玉兰给李剑锋打电话的时候，说些肉麻的话，都会主动回避。当然，胡玉兰每次来打电话的时候，都要给老胡头带上一点好吃的，有时候还带上一点酒。

胡玉兰进了屋，摘下了红色的大围脖，从皮坎肩里拿出了一盒烟，递了过去："胡大爷，给您这个。"老胡头接过香烟，乐得合不拢嘴，露着豁牙子嘻嘻笑道："闺女，你先打电话，我到外间屋去。"

胡玉兰先是给文教办的张振海打了个电话，汇报了自己这段时间身体的恢复情况，并说过两天就回县里去上班。张主任在电话那头呵呵笑着说："不用着急，赵县长专门交代过了，让你安心养伤，可以休上半年。你是咱们文教办的英雄嘛，也是龙城县的骄傲。"

胡玉兰着急地说："那怎么行，快过年了，单位那么多事儿，我怎么能待着呢，过两天就回去。"

给张振海打完电话，胡玉兰打开怀表看了看时间，又让总机把电话接到了公安局。不料，侦缉股的人告诉她说，李剑锋到张家口出差去了。听了这话，一丝阴影笼上胡玉兰的心头。

正在这时，突然听到了村中一声枪响。胡玉兰一激灵，拉着杏花出了村公所，向家里跑去。紧接着，村里就传来了敲锣的声音和胡三元喊话的声音："全体民兵注意啦，赶快拿上枪到胡庆林家去。"

街道上，胡玉兰看到几个背着枪的民兵在向村子西面跑，边跑边议论纷纷："胡队长说了，是胡玉兰家。"

"胡玉兰可是咱们全县的支前模范呀！她刚回咱们村没几天，能招惹下谁呢！这帮孙子也忒不是东西了！"

"不会是东山那帮土匪又回来了吧！一会儿咱们哥几个得小心点，别丢了性命。"

"亏你还是咱们杨树沟村的人，都乡里乡亲的，这样的话你都能说出口，还不快点走？"

胡玉兰拉着杏花，向着自己家的方向狂奔着。正跑着，耳边又传来了两声清脆的枪声。紧接着，就看到自己家的房子着火了，其中还夹杂着令人毛骨悚然的惨叫声。胡玉兰听得出，那是哥哥胡庆林的声音。当胡玉兰跑到自己家附近的时候，发现胡三元正趴在一个土塄下，向院子里观望着什么。院子里，一个男人正站在门楼前大喊大叫着什么。

胡玉兰赶忙紧跑几步，趴在了胡三元的身旁。她定睛一看，不禁愣住了。原来，那个张牙舞爪大喊大叫的男人正是赵克辉。回想起刚才在村公所前的情景，胡玉兰暗自懊悔起来。都怪自己一时粗心，没能及时认出他们来。

胡玉兰家房屋的大火越烧越旺，已经映红了半个山村。赵克辉仍在火场中歇斯底里地大喊大叫："胡玉兰，党国的败类，你以为你混进了共产党内部，共产党就会相信你吗？最终你还是一个特务。胡玉兰，你个婊子，老子饶不过你。我要杀了你的全家。有本事你就出来。胡玉兰，你出来。"赵克辉喊叫完后，举起枪向空中开了一枪。

胡玉兰如同被人当众扒光了衣裳一样，满面羞愧。既然被人家揭穿了老底，自己还怎么在这个世界上活着，不如冲过去和赵克辉拼一个你死我活。她想站起身冲过去，却被胡三元牢牢地按住了。胡三元瞪着血红的眼睛问道："玉兰，这到底是怎么回事儿？怎么回事儿？这个男人怎么会叫出你的名字，你怎么能招惹这种人到咱村呢？你说呀！"

胡玉兰的眼泪扑簌簌下来了，她大声辩解着："这个人是个精神病，我不认识他，我去问个明白，这个精神病是从哪里冒出来的，这么糟蹋我。"胡玉兰说着想站起身，却被胡三元紧紧压在了身下："你不能去，他们好几个人呢，你现在出去就等于是去送死。"

杏花哇哇地哭着："我要爹爹，我要奶奶！"

胡三元看了看左右，几个民兵都已经把枪口对准了院子，等待着他的命令。胡三元低声说："二胖，刚才我看清了，他们只有三个人。一会儿，我去和他们谈判，吸引住他们，你们瞄准了就开枪。"

二胖皱了皱眉："队长，我不敢开枪。"

胡三元把眼睛瞪成了牛眼："为啥？"

二胖犹豫道："我没把握，怕伤着你，要么咱们等着区小队吧。"

胡三元厉声道："等着区小队来，土匪早就跑没影了，以后，他们还会回来祸害咱村的。"说完话后，胡三元端着枪站了起来："这位好汉，你说你认识胡玉兰，那咱们能谈谈吗？我是这个村的民兵队长。"

见到有人站了出来，赵克辉停止了咆哮，提着冲锋枪走出了街门："那好哇，你过来吧！可是你不许带枪。"

胡三元把大枪交给了胡玉兰，然后叮嘱道："玉兰，那边无论发生什么情况，你也不许出来，记住了吗！"

胡玉兰哭得和泪人一样。

胡三元恋恋不舍地看了胡玉兰一眼，然后举着双手向胡玉兰家的院子走去。就在他刚刚登上院子的台阶时，赵克辉"啪"地打了一枪。子弹正打在胡三元的腿上，胡三元一声惨叫倒在了地上。

赵克辉狞笑道："有本事你就站起来。"

胡三元大声骂道："你个王八蛋。"他说着强忍疼痛，又站起了身，一拐一瘸地向前走去。

赵克辉又开了一枪，子弹打在胡三元的另一条腿上。"啊！"胡三元又是一声惨叫，但他仍然艰难地向前爬行着。

赵克辉气急败坏地说："胡队长，为了这么一个忘恩负义的贱货，你值得吗？"

胡三元强忍着疼痛，放声大笑起来："你可以打死我，但是我不允许你侮辱胡玉兰。"

这时候，院子里又出来了两个土匪，赵克辉一把抓起了胡三元，笑道："我就说了，你能怎么着？我还告诉你，老子早就把她睡了，哈哈，哈哈！"说完，又是一阵狂笑。

"我咬死你！"胡三元借助赵克辉的手的力气身体向前一蹿，一下子咬住了赵克辉的手。

赵克辉发出了一声号叫，举枪向胡三元打来。

"啊！"胡玉兰疯了一样站了起来，向院门口冲去，举起枪向赵克辉开了一枪。

赵克辉中枪后一下倒在了地上。

二胖等人见状，也举枪向两个匪徒射击起来。结果一个匪徒当场毙命，另一个匪徒从地上搀扶起赵克辉，没命地向村后的山里跑去。

天下起了一场大雪。大雪足有膝盖深。远处的山峦和近处的树木都不见了，到处是白茫茫一片。

大雪也掩盖了一切罪恶。

在山坡上，出现了四个新的坟头。分别是胡玉兰的父母和哥嫂。胡玉兰跪倒在雪野中。此时，她早已经没有了眼泪，不知道自己该做些什么。这两天，胡玉兰什么都想过了，甚至想到了死。是自己给这个安宁的小山村带来了灾难，又是国民党保密局毁了自己的全家，还连累了无辜的胡三元，自己还有什么脸面活在这个世界上！当胡玉兰举起手枪，把枪口对准自己的时候，又突然改变了主意——自己不能这么死掉了。赵克辉害死了自己的老舅、害死了自己的全家，这个十恶不赦的家伙活在这个世界上一天，自己就不能死，一定要亲手宰了这个杀人恶魔，为死去的亲人报仇雪恨。

想到这儿，胡玉兰站起了身，擦干了眼泪，从脖子上一把拽下了那个麻梨疙瘩的小葫芦，扔到雪地里，然后沿着蜿蜒的山路，向前走去。

第二十八章　相亲

66

李剑锋在张家口足足查阅了三天的敌伪档案，终于在 1948 年的最后一天返回了龙城县。

回到龙城后，他一刻也没有休息，立刻就赶到了龙城县公安局。当他刚刚回到侦缉股办公室，屁股丕没坐稳，房门便被撞开了。赵雪梅一步跨了进来，上气不接下气地说："剑锋，你可回来了，不好了，出大事儿了！"

李剑锋看了一眼赵雪梅，惊奇道："看你着急忙慌的，有啥急事儿，这么一惊一乍的？"

赵雪梅道："胡玉兰失踪了。"

"啊！"李剑锋顿时站了起来，焦急地问道，"胡玉兰究竟是咋回事儿？怎么失踪的？"

赵雪梅定了定神，急促地说："你可能还不知道，你到张家口去的当天晚上，咱们县发生了很多事情。五区的杨树沟村遭到了土匪的袭击，胡玉兰的父母和哥哥，还有她的嫂子全部被打死了，胡玉兰也失踪了。"

听了这话，李剑锋感觉如同掉进了深渊："怎么会发生了这种事情！"他一下子抓起了帽子，就要往外跑。

赵雪梅在后面喊道："剑锋，你去哪儿？"

李剑锋头也不回地说道："我去找她。"

赵雪梅追了出来："回来，现在那边大雪封山了，什么车都过不去，没有一个月的时间，你是过不去的。"

李剑锋头坚决地说道："那我也要去看看。"

"李剑锋，你给我站住，犯什么混。"王树生一撩门帘，走了进来，厉声喝住了李剑锋。

听到是局长王树生的声音，李剑锋机械地停了下来。

王树生走过来，拍着李剑锋的肩膀说道："剑锋，我本打算等你把这次去张家口调查的事情讲清楚之后，再把这件事告诉你。现在既然你知道了，我把事情的经过告诉你，你跟我来。"

李剑锋跟随着王树生进了局长室，木然地站在了那里。此时他心乱如麻。

王树生心情沉重地说："这件事情发生得太蹊跷了。就是在你出差到张家口的那天晚上，我们接到了五区区公所的报告，说是杨树沟村遭到了土匪的袭击。当我们赶到杨树沟村的时候，土匪已经逃走了，胡玉兰的父母，还有她的哥哥嫂子都死了。另外，杨树沟村的民兵队长胡三元也牺牲了，他是为了掩护胡玉兰牺牲的。"王树生说着，从衣兜里拿出一个本子，里面夹着一封信。他把信递给李剑锋后，声音沉重地说："这是在胡玉兰家找到的。我看上面有你的名字，就给你留了下来。"

李剑锋迫不及待地打开了信。

亲爱的剑锋：

也许你永远不会看到这封信的。这是我第一次这样称呼你，也是我这辈子第一次用这种口气称呼一个男人。不管你愿意不愿意，我都要这样称呼你，因为在我的心中，你永远是个大英雄。我相信，真正的男子汉、真正的英雄都应该有着一般人不具有的温柔情怀。

剑锋，从我和你认识的那天起，我就在冥冥中感觉到，你我的缘分早已注定。你在我心中占据了一个重要的位置，成了我生命中最重要的人，一个值得依赖和信任的人。

也许以后你会知道的，我是配不上你的，可你给我的印象是那样的深刻。现在，我的血管里流着你的血，你不仅仅给了我第二次生命，更让我感受到了你强烈的革命热情。

你大概还不知道吧，每当有一阵子见不到你，我总感觉周围全是你的影子。即使满世界地寻找，哪怕只是能看上你一眼，我也心满意足。有时觉得自己真的是疯了，满脑子全是你。我承认，自己是个胆小鬼，不敢真实地向你表白自己的心声。

剑锋，也许你会笑话我的多情。我知道我对你的爱最终是没有结果的，但我还是要说一声，"剑锋，我爱你！"

胡玉兰

1948 年 12 月 27 日

李剑锋看完信，良久，小心翼翼地把信纸塞进了信封，然后放进自己的衣兜里。

王树生道："胡玉兰失踪的事情，县委、县政府十分重视。已经专门作了安排，五区的张区长已经派人去找了，县民政科和文教办也在派人寻找。你放心吧，一有消息，他们会第一个通知我的。"

李剑锋踏着积雪，又来到了和胡玉兰最后吃饭的那家餐馆。当他刚刚摘掉帽子坐下来，就被老板认了出来："熟客呀，你不是……"

李剑锋没精打采地答应着："对，我来过。"

老板搭讪地一笑："今天怎么就您一个人，上次那个姑娘呢？"

李剑锋看了老板一眼，没有言语。

老板继续道："您吃点儿什么呢？"

李剑锋机械地答道："还和上次一样。"

时间不长，酒菜上齐了，李剑锋倒了一杯酒，他边喝边回想着和胡玉兰接触的前前后后。自己虽然和胡玉兰接触的时间不长，但每一件事情都深深刻在了他的脑子里。是胡玉兰教给自己文化课，是她给了自己恋爱的感觉。虽然自己怀疑她的身份，但却不能否认胡玉兰在自己心中正占据着越来越重要的位置。如今她到底是为何失踪？人在何方？李剑锋陷入了沉思……

67

李剑锋把自己关进房间，从档案柜里小心翼翼地取出了一本敌伪档案，又摊开了在张家口调查的材料，仔细研究起来。

前几天，李剑锋在地区公安处的张处长的带领下，到张家口市的有关部门，专门调取了国民党保密局张家口站的有关档案，没有发现多少有价值的线索。随后，他们又马不停蹄地深入到怀来、宣化、涿鹿等地的公安机关，进行调查，还提审了当地被抓获的一些特务，终于查到了有关平绥纵队的相关线索。但这些线索都是断断续续的。这些特务都是单线联系，只知道自己的直接上线，对于平绥纵队的更上层领导就不得而知了。陡然，李剑锋把目光落在了残缺档案的几行字上。他掐掉香烟，仔细看了下去。

这是一本被战火烧的残缺不全的敌伪政府档案，是县大队刚刚转过来的。档案上的每一个字，都深深触动着他的神经："……据在共匪卧底的章鱼报告，他们刚刚在龙城山开完会议，准备5月23日向县城发起总攻……"

看来，在龙城解放前，这个章鱼就已经存在了，而且还潜入了我党的内部。那么，这个章鱼是谁呢？能够接触到县大队作战计划的人，除了县领导和军分区的领导以外，就是县大队的领导。一般的中层领导，是不会接触到整个作战计划的。李剑锋按照这条线索想下去，想着想着，不禁大吃一惊。难道是他？李剑锋的眼前顿时浮现出赵海山的影子。很快，李剑锋就把龙城县这几起案件联系了起来。爆炸案发生后，自己和赵雪梅在集市上调查王黑子时，赵海山就在集市上出现过，就在李剑锋带着侦查员要去抓王黑子时，王黑子就突然被杀了；还有上次在集市上抓张玉山时，也看到了赵海山的影子。而且他走后不久，张玉山和那个乞丐在胡同里也神秘地被杀了，并且张玉山被杀的现场距离县委的大院这么近，赵海山有足够的逃跑时间。但联想到赵海山在支前团的种种表现，李剑锋又有些犹豫了，在整个支前团的行动中，丝毫看不出赵海山的可疑之处。那么，赵海山与胡玉兰一家被杀案是否有联系呢？

如果赵海山是章鱼，那么，下一步又该怎么办呢？赵雪梅该怎么办？赵雪梅对自己是那样痴情，一旦知道自己的父亲就是章鱼，还不急疯了！李剑锋看了一眼正在外屋办公室忙碌的赵雪梅，心里很不是滋味儿。李剑锋点了一支烟，慢慢吸着。是不是自己疑心太重了，也许是巧合吧，万一赵海山不是章鱼呢！李剑锋反反复复又考虑了小半天时间，也没有想出更好的办法。最后，他拿起档案，出了房间。

李剑锋抱着几本档案快步来到了局长王树生的门前："报告。"

"进来。"

李剑锋推门走了进去。

"剑锋，来，这边坐，我正有事儿找你呢。"王树生给李剑锋倒了一杯水。

李剑锋坐在了王树生的对面，说道："局长，我想跟您汇报一下这次到张家口市的情况。"

王树生从抽屉里拿出了笔记本："好，详细说说你这次去张家口的情况。"

李剑锋慢慢说道："这次，我和公安处的同志专程到张家口查阅了保密局的档案，又到涿鹿、宣化等县进行了调查，结合县大队刚刚已交过来的档案，我找到了一些线索。"

王树生道："这太好了。昨天晚上我还在考虑呢，眼下快过年了，这是龙城解放后的第一个春节，我们必须在年前把这些特务挖出来，让大家放心过年。"

李剑锋应道："是呀，过年这段时间也是老百姓最麻痹的时间，如果敌特分子出来搞破坏，很容易得手。所以我们必须迅速找到章鱼，不给他们可乘之机。"李剑锋说着，拿出了一本敌伪档案，翻了几页后递给了王树生："局长，我从咱们县的敌伪档案中发现了这些线索。我想，如果按照这条线索查下去，很可能很快能够找到真正的章鱼。您看！"李剑锋说着，把档案递给了王树生。

王树生接过档案慢慢看了起来。看着看着，王树生不禁倒吸一口凉气。因为他清清楚楚记得，那天晚上在龙城山开会的时候，只有三个人，分别是：县委书记吴自成、当时还是县大队大队长的赵海山，还有自己。半晌，王树生才低沉着声音说："这么说，章鱼在龙城县城解放前就存在了？"

李剑锋点了点头："应该是这样的。"

王树生继续道："你的意思是，赵海山是章鱼？"

李剑锋没有回答。

王树生重新看了看档案，自言自语道："如果赵海山有问题，那么龙城县城解放前五名县大队队员牺牲的案子，就可能有结论了。很可能是他告的密。当时我就猜想，县大队当时的驻地那么隐蔽，为什么敌人来得这么蹊跷，肯定是有人给告密了。"停了停，王树生的脸色突变："李剑锋，你在暗中调查赵县长？为什么不向我请示？"

李剑锋解释道："我，我只是怀疑。在没有拿到证据以前，我不想让任何人知道。"

王树生沉思了片刻："剑锋，此事关系重大，你不能自作主张，要等我向吴自成书记汇报后再说。"

"这，我担心……"李剑锋顿时噎住了。

"你要相信组织。记住，这件事情在没有得到组织批准以前，你必须停止对赵海山同志的调查。"

"这……"

王树生见李剑锋面有难色，说道："李剑锋，平时看你小子挺机灵的，怎么关键时候，脑袋里一团糨糊呢！"

李剑锋仰脸看着局长，干张嘴说不出话来。

王树生看了看李剑锋，突然笑了："剑锋，我现在派给你一项任务。"

李剑锋急问："啥任务？"

王树生笑呵呵地说："去赵县长家，赴宴。"

李剑锋一听，顿时惊住了，但仔细一想，又笑了。

68

傍晚时分，李剑锋穿了一身崭新的衣服，提着两包点心和两瓶酒，在局长王树生的陪伴下，走进了赵海山家的小院，这让赵海山一家人感到始料不及。

赵海山看了看王树生，又看了看李剑锋，笑呵呵地拉着王树生的手说："本来是家庭聚会，没想到把你也给惊动了。"

王树生笑道："怎么，不欢迎我，那我走好了。"

赵海山笑道："你千万别走，王局长，我请你都请不到呀，快请进。"

几个人坐定后，王树生指着李剑锋呵呵地笑着："这小子打仗、抓特务是把好手，可是搞对象却脸皮儿薄，抹不开面。最后还得我这个局长亲自出面。"

"不是一家人不进一家门，来来来，快请坐。"雪梅妈看着李剑锋乐得合不拢嘴，赶忙接过了李剑锋手中的东西，又是沏茶倒水，又是递烟。

最高兴的莫过于赵雪梅了。今天，她老早就请了假。回到家后，精心打扮了一下，还化了淡妆。毕竟是李剑锋第一次到自己家来，菜做得一定要丰盛一点，她还专门买了李剑锋最喜欢喝的老白干酒。然后系着围裙，帮助妈做了个龙城县最高级的"八八席"。就是九个凉碟、八大小碗、八个大碗。主食是莜麦面做的"搓鱼子"，还特地打了西红柿卤。赵雪梅兴高采烈地忙碌着，还不时哼唱着小调。

酒席摆上之后，赵海山和王树生等人落座。赵雪梅给大家满好酒，赵海山端起酒盅呵呵一笑："今天呢，一来欢迎王树生同志，我们是出生入死的战友；二来呢，欢迎剑锋同志，剑锋是雪梅的战友，他们俩也是并肩战斗多年了，也是解放后第一次到我们家来。来，我敬大家一杯。"赵海山说着一仰脖，把酒干掉，然后看了看赵雪梅："雪梅，你也坐吧，咱们边喝边聊。"

赵雪梅兴奋地看了一眼李剑锋，然后笑吟吟地给三个男人满好了酒，才搬了个小凳，坐在李剑锋的身边。

王树生赶忙纠正："赵县长，您说错啦！今天你们是家庭聚会，我只是来讨杯喜酒喝，凑凑热闹的。"

赵海山赶忙说："既然今天是家庭聚会，我也不是什么县长，你也不是局长，来，咱们喝酒。"说着，他端起了酒杯，又一饮而尽。

一家人边喝边聊，不知不觉，两瓶白酒喝完了。赵海山早已经面色酡红，王树生也有了几分醉意，两个人便共同回忆起了当年打游击的往事。

王树生兴奋地说："我们能在这里喝酒，说来真不易呀！想当初，敌人把我们追到了山沟里，要吃的没吃的，要喝的没喝的，很多同志都牺牲了。现在想起这些事儿，咱们真是太可怜了。"

赵海山的脸红成了猪肝色，点了一支烟："是呀，那时候，县大队和公安局就和一家人似的，我缴获的战利品分给你，你缴获的战利品分给我。那时候生活虽然苦，但是我们的心是甜的。"

王树生呵呵笑道："老赵，你还记得不？有一次，你到县城执行侦查任务，一个礼拜后，你带回来好多战利品，又是罐头又是洋酒的。我们公安局饱吃了一顿，我也是第一次喝到了外国酒，可算解了一次馋。那滋味儿到现在也忘不了呀！哎，老赵，我就纳闷了，你从哪里搞来那么多好吃的。"

听了这话，赵海山的眉毛一挑，愣了一下，但很快恢复了常态，兴奋地说："那算什么，那时候的我，在龙城县城简直就是平趟，没有干不成的事儿，没有收集不到的情报。"

"鱼来啦！"雪梅妈端着菜走了过来，她把鱼盘放在桌子上，瞪了赵海山一眼："你就吹吧，也不怕别人笑掉大牙。"

也许赵海山过于得意了，深深吸了一口烟，然后缓慢地吐出了烟圈："本来就是这么一回事儿嘛，反正大家又都不是外人。那时候我进城，哪次没有给大家带回好吃的？"

赵海山略微的神色变化没有逃过李剑锋的眼睛，他端着酒杯站起身，笑道："赵县长，您那时候在县大队当政委，经常化装去侦查，无论是多难搞的情报，您都能手到擒来，我一直很佩服您。来，我敬您一杯。"

王树生喝住了李剑锋："怎么说话呢？没大没小的，以后你得管赵县长叫爸爸才对。"

李剑锋的脸顿时红了。

赵海山赶忙打着圆场："现在为时过早，为时过早。来来，咱们一块儿喝酒，剑锋这是第一次到家里来，就别拘束着了。"

几杯酒下肚，赵雪梅早已满面桃红，再加上红色的毛衣，更显得俊俏了几分。她心里正美滋滋地想着好事，突然见到了李剑锋面有难色，赶忙站起身，端起了酒盅："爸，王叔叔，我们俩敬你们两位老前辈一盅。"

李剑锋见赵雪梅为自己解了围，心中顿时一热，冲着她淡淡一笑，也赶忙把酒喝掉。

　　饭后，王树生和赵海山喝茶闲聊。李剑锋则跟随赵雪梅来到了她的房间。一进门，赵雪梅醉眼蒙眬地望着李剑锋，她渴望得到李剑锋的亲吻，但等了半天，见李剑锋无动于衷，便主动扑进了李剑锋的怀里。一边不顾一切地狂吻着李剑锋，一边捶打着李剑锋的前胸，并嗔怪着："傻瓜，一点也不理解人家的心，人家都想死你了。"

　　李剑锋被赵雪梅突然的举动吓蒙了。他本想拒绝赵雪梅，但很快被她的激情点燃，两个人紧紧拥抱在一起。待激情过去，李剑锋发现赵雪梅早已经是泪水涟涟，赶忙掏出了手绢递了过去。

　　赵雪梅又深情地吻了一下李剑锋的面颊，然后破涕为笑："来，试试合身不？"说着，拿出了刚刚织好的红毛衣，然后帮他换好，又左右端详了一阵儿，满意地点了点头："人靠衣裳马靠鞍，穿这身更显得精神了。"

　　"咱们出去走走吧。"李剑锋抑制住了自己的情绪。

　　赵雪梅无不高兴地说："好呀。"她拉着李剑锋出了自己的房间，对正在聊天的赵海山和王树生等人说："爸妈、王叔叔，我和剑锋出去逛逛。"

　　母亲摸了摸赵雪梅的脸蛋，笑道："都这么大丫头了，还没羞没臊，疯疯癫癫的。穿暖和点，早点回来！"

　　"妈，您就放心吧！"赵雪梅在母亲的脸上亲了亲，然后拉着李剑锋出了门。

　　李剑锋和赵雪梅在大街上漫无目的地走着。赵雪梅时不时地看李剑锋一眼，但李剑锋毫不回应，惹得赵雪梅很不高兴。

　　李剑锋抽回了自己的胳膊，点了一根烟，慢慢吸着。他不敢把自己的猜测告诉赵雪梅，生怕她接受不了这严酷的现实。

　　赵雪梅见李剑锋没有说话，拽了一下他的胳膊："瞧你，都这会儿了，还整天拉着个驴脸，真没劲。"

　　李剑锋笑了笑："哪有呀！"

　　赵雪梅不依不饶地说："谁说没有呀，你这都写在脸上了。笑一个给我看看。"接着她撒娇道："剑锋，我有点冷，你抱抱我好吗？"赵雪梅停住了脚步，靠在了李剑锋的胸前。

　　李剑锋扶着赵雪梅的双肩，轻声问道："雪梅，告诉我，你爸妈对你怎么样？"说完这话，他竟有些后悔了。

赵雪梅诧异地望着李剑锋，又摸了摸他的脑门儿："剑锋，你没喝醉吧？我爸妈咋了，他们对我好着呢。"

李剑锋感觉自己说错了话，赶忙紧紧地拥抱着赵雪梅，他感觉此时的赵雪梅是那样可怜。

不料，赵雪梅却不依不饶起来："李剑锋，你今天是怎么啦？中午就开始闹驴脾气，现在倒好，又问起我的父母来了？我问你，你想干什么，整天疑神疑鬼的。"

"我……我是想，你的父母都在身边，你爸还是县长，我又是外地的，将来住哪儿？"李剑锋一看赵雪梅真的生气了，担心她刨根问底，赶紧编了一句瞎话。

听了这话，赵雪梅顿时高兴起来："我爸说了，将来你当了副局长，县里就给你分房子了。"

李剑锋看着赵雪梅得意扬扬的样子，心里却万分苦恼。

第二十九章　**圈套**

69

半夜时分，胡玉兰经过几天的艰难跋涉，终于回到了龙城县文教办的小院。此时的她早已经蓬头垢面，狼狈不堪。胡玉兰四下观察了一下动静，见没有异常，才稳了稳神，举起手来敲了敲门。

好半天，门里面才传出老张头的声音："谁呀？"

"张大爷，是我呀，胡玉兰。"胡玉兰冲着院里大声喊着。

老张头疑问道："胡玉兰？"

胡玉兰一边敲门，一边大声喊道："张大爷，我真的是胡玉兰，不信您开门看一下呀！"

老张头迟疑了一下，说道："你等着呀，我给你开门去。"紧接着院里传来脚踩积雪的声音。

门开了。当老张头看到狼狈不堪的胡玉兰时，竟一下子没有认出她来，老张头端详了好半天，才惊呼道："我的娘哎，闺女，你怎么成了这个样子！快点进来。"

胡玉兰哭丧着脸说："大爷，我刚从老家杨树沟回来。半道上，碰见劫道的了，东西全都被抢走了。我走了两天两夜，才回来。"

老张头心疼地说道："多悬呀，你人没事儿就行。闺女，还没吃饭吧？先到我的屋里来吧。"

胡玉兰难堪地从怀里掏出一个冻得梆硬的窝窝头，可怜巴巴地说："我的钱都让土匪给劫走了。"

老张头看到胡玉兰的这身打扮实在太可怜了。昔日的满头秀发变得乱蓬蓬的，脸上也满是灰土，他叹了一口气道："唉，闺女，你回来就好，你等着，我这就给你弄吃的去。"

老张头先把几块儿冷红薯放在炉火上烤着，然后又出去了。工夫不大，便端来了热腾腾的丸子汤，又拿来了一张烙饼："闺女，这深更半夜的，我也没地方给你找吃的去。我这儿有点儿剩饭，你先将就着吃点。我这就去给你生火去，你的屋子好久没有人住了。"

看着眼前热腾腾的饭菜，再想想自己这几天一连串的不幸遭际，胡玉兰的泪水又一串一串地流下来了。她给老张头深深作了一个揖："谢谢张大爷，您真好。"

老张头看了看胡玉兰，安慰道："姑娘，想开点儿，凡事都有一个过去，只要人没事儿就好，快吃饭吧。"

胡玉兰点了点头，擦干了眼泪，冲着老张头艰难地笑了笑："大爷，您放心，我想得开。"说着拿起了热腾腾的红薯，咬了一口。由于吃得太急，胡玉兰被烫得龇牙咧嘴。

老张头关切地看着胡玉兰，提醒道："闺女，你慢点吃，千万别烫着。"停了停，老张头又说："要不，把你被抢的事情跟公安局的说一声。"

胡玉兰说："现在天晚了，等明天吧！明天一早，我就去公安局报案。"

老张头看了看胡玉兰狼吞虎咽吃饭的样子，同情地摇了摇头，然后，迈着笨拙的脚步出去了。他边走边自言自语道："你说都解放这么长时间了，哪儿来的那么多的土匪呀，真是的！"

等胡玉兰吃完了饭，老张头也回来了。他冲着胡玉兰一笑："闺女，我把你屋里的煤火笼好了。这会儿，屋里也暖和过来了，你先休息吧！有什么事情，明天再说。"

胡玉兰感激地看着老张头，心中有一种说不清的感觉。

老张头忽然像是想起了什么又说道："闺女，这些日子你没在咱单位，找你的人特别多。"

胡玉兰看着老张头说："上个月，我支前去了。后来受了伤，就一直在老家养伤，唉！"

老张头道："前天晚上，来了一男一女。男的就是那个李股长，女的姓赵。他们说找你有急事，说你要是回来了，就给他们打个电话。要么，你这会儿就给那个李股长打个电话？"

胡玉兰说："现在太晚了，我明天给他打电话吧。"说着，不禁流下了眼泪。赶忙回到了自己的宿舍。

肚里有了食儿，再加上温暖的炉火，胡玉兰渐渐地恢复了精神。她简单洗了洗脸，对着镜子看了看自己憔悴的脸，无声地哭了。她没想到，自己竟会沦落到如此地步。父母兄嫂都被别人害了，自己今后该怎么办！她本以为自己能够借助李剑锋的手灭掉赵克辉的，没想到还是让他跑了。赵克辉不仅找到了她的老家，还丧心病狂地追杀了她的全家。当时如果自己不去打那个电话，或许会落得同样的下场，也或许结果大不一样。

下一步该怎么做呢？那天晚上，赵克辉在杨树沟村，大喊大叫地把自己的老底儿都给揭穿了。这事儿如果被传了出来，共产党还能相信自己吗？李剑锋还能相信自己吗？共产党查到自己头上，那只是早晚的事儿。想到这里，胡玉兰又想到了死，但这个念头只是一闪就消失了。她暗自下定决心，一定要活下去。就是死，也要把这个仇报了，一定要在共产党查到自己之前，把赵海山和赵克辉给铲除了。想到这里，胡玉兰两只眼睛露出了凶光。她搬开床底下的箱子，扣掉地面上的砖，从密室里取出平绥纵队的名单，端详了片刻，又放进了密室。接着又从密室里找出了那支手枪，拆开后，认真地擦拭着。

"砰砰砰。"有人在敲门。两长一短，怎么又是韩老七？他来干什么，胡玉兰的心一下子提了起来。

一想起在支前的路上，韩老七把自己骗到黑风口险些遭暗算的事情，胡玉兰的气就不打一处来。说不定自己的父母和兄嫂遇害也和韩老七有关。夜猫子进宅，无事不来。韩老七既然在这个时候来找自己，一定是为了名单而来。说不定通过韩老七能够找到赵克辉的藏身之地。想到这里，胡玉兰赶忙把手枪收好，轻声问道："谁？"

"组长，是我。"胡玉兰打开了宿舍的门。

韩老七带着一身冷气蹿了进来："这是他妈的什么鬼天气呀，都快把我冻成冰棍儿了。"

胡玉兰把枪口对准了韩老七，恶狠狠地说道："韩老七，你来干什么？"

韩老七看着胡玉兰："组长，您这是？"

胡玉兰两眼冒着凶光，一字一板地说："我今天要杀了你。说，是谁让你来的？"

韩老七一看，赶忙跪下求饶："组长，饶命呀！"

胡玉兰两眼冒着火，握着枪一步一步逼近了韩老七："说，赵克辉那个王八蛋在哪里？"

韩老七结结巴巴地说："组长，我真的不知道呀，您还在为上次那件事情记恨我吧！我那也是没有办法呀，您不是也看到了吗，赵克辉现在是张家口站的副站长兼平绥纵队的队长，我不来找你，赵克辉就要杀我啊。"韩老七说着话，两只绿豆眼直勾勾地看着胡玉兰。

此时，胡玉兰已经不再关心赵克辉究竟是什么狗屁副站长和队长的事了，一心只想报仇。她猜想，一定是韩老七把自己家里的情况告诉了赵克辉，才使得赵克辉找到了自己在杨树沟的家，进而杀害了自己的全家。于是，胡玉兰追问道："前几天，你到杨树沟村去了没有？"

韩老七委屈地说："没有您发话，我敢去吗？"

胡玉兰围着韩老七转了一圈儿，慢慢把枪放下："这些日子，赵克辉向你打听过我的情况没有？"

韩老七摇了摇头说："前些日子他向我问起过你的情况，但是我没敢说。"

"放你娘的屁。"胡玉兰满腹狐疑地看着韩老七，从上次自己在黑风口遇险，她就感觉出了，韩老七已经不再听从于自己了，这个韩老七一定是见风使舵，投靠了赵克辉，说出了自己的一切。既然这样，自己为什么不将计就计，利用韩老七把赵克辉找出来？想到这儿，胡玉兰收起了枪："老七，赵克辉这会儿在哪儿呢？"

韩老七想了想："我最后见到赵克辉就是那次在新保安。当时，我看弟兄们都死了，就和他回了张家口。可没过几天，张家口也丢了，我原打算跟着张文蔚他们回北平去，没想到这帮小子他妈的早跑得没影了。多亏我跑得快，要不然也被共军俘虏了。前天，赵克辉派钱串子找到我，说你手上有一份潜伏计划，让我来取。"

听了这话，胡玉兰一怔，原来赵克辉现在还在龙城，那么他会在哪里呢？对，一定要找到这个王八蛋的下落，趁着他身上有伤，就把他干掉。想到这儿，胡玉兰很快镇定下来："不错，我这里确实有一份名单。你去告诉赵克辉，如果他想要，就让自己来拿。"

"这……"韩老七犹豫了一下。

胡玉兰突然一拍桌子，低声喝道："韩老七，你蒙鬼去吧。你那点小把戏我还看不出来吗，是不是你想得到这份名单？说！"

韩老七吓得直打哆嗦："组长，我就是吃了熊心豹子胆，也不敢跟您抢功呀，确实是赵克辉派我来的。"

胡玉兰笑了笑："实话告诉你，整个平绥纵队的计划和潜伏小组的名单，都在姑奶奶这里。平绥纵队的名单这么重要，他为什么不敢来，难道让我亲手把名单给他送去不成？"

"这……"韩老七眨巴了几下眼睛，一下子噎住了。

胡玉兰继续说道："你不取说了吧！我算看透了，你他妈的就是个见风使舵的势利小人。"

韩老七苦笑道："组长，我真的不知道他现在住在哪里。是钱串子给我带的信，让我来找您啊。"

胡玉兰知道，这个钱串子是韩老七的一个情报员，一直在和韩老七单线联系。现在逼韩老七也不会有结果的，不如先稳住他。想到这儿，胡玉兰红着眼圈儿说道："老七，我从来就不是你的组长。我是你姐。姐一直都对你没有戒心。现在的形势你都看见了，张家口已经落到共党手里，北平也快了。我想，你我应该为今后着想一下。说实在的，这么多年，我对保密局厌倦了，你能饶了我吗？今后就别再来找我了，行吗？"

胡玉兰满以为这些话会打动韩老七的，不料，韩老七却笑道："组长，你以前也经常跟我说，干咱们这行儿的，只要上了这条船，就把命交给党国了，绝不能走回头路啊！"

"老七，我的好兄弟。你也不想想，都到这个时候了，现在的形势，瞎子都能看得出来。以前，我们处处都为党国着想，可党国管咱们吗，一个个跑得比兔子还快！老七，听姐一句话吧，放过姐吧，姐会记你一辈子好的。"胡玉兰一下给韩老七跪下了。

韩老七犹豫了一下，眼珠一转，说道："姐，你说得不假，可这些日子我也想过了，赵克辉心毒手黑，拿不到名单，他能饶得了你和我吗？你不如把名单交出去。这样，对于你，对于大家都有好处，我相信，只要你交出名单，赵克辉是不会再来麻烦你的。"

胡玉兰想了想，推脱道："好吧，我这两天挺累的，过两天吧，容我再想想，等我想好了，就把名单交给他。"

70

第二天一早刚上班，李剑锋突然接到了胡玉兰的电话，说有重要事情要和自己说。

听到是胡玉兰的声音，李剑锋顿时一惊，焦急地问道："玉兰，你在哪里？"

"我在……"胡玉兰迟疑了一下，"我在城西的树林里。"

"你等着，千万别动，我这就去找你。"李剑锋来不及多想，立刻骑自行车来到了城外的小树林。

李剑锋刚到树林，就看到胡玉兰在心神不定地来回走着。走到近前，才发现她的脸色是那样惨白，好像几天没睡觉似的。李剑锋一下子抱住了胡玉兰："玉兰，你这是咋了？怎么成了这样？你这些日子跑哪儿去了？"

胡玉兰一下子推开了李剑锋，好像头一次见到他似的："你是李剑锋吗，龙城县公安局的侦缉股长？"

听了这话，李剑锋感觉到胡玉兰有些不正常，赶忙说道："玉兰，你今天是咋了，快跟我回去！"

胡玉兰冷冷地说："我不能和你回去。"

李剑锋又一下子抱住了胡玉兰，轻声说道："我从张家口回来以后，才知道你家里发生的事情。你写给我的信，我也全看了。我本来想去找你的，可是大雪封山了。"他轻抚着胡玉兰的脸，"玉兰，我知道你心里难受。这笔账，咱们记到那些特务身上。我一定会给你报仇雪恨的，请你相信我。"

胡玉兰低着头，用手使劲揪着自己胸前的头发。半晌，当她抬起头来时，早已经是满脸的眼泪："剑锋，有件事情，我想了好久，也憋了好长时间了，想和你说说。"

李剑锋奇怪地问："啥事儿，你说吧。"

"这……"胡玉兰欲言又止，不停地流着泪。

李剑锋料想，胡玉兰一定有重要事情要对自己说，但又难以启齿，便严肃地说："玉兰，我们接触也不是一天两天了，你有什么难事都可以跟我说。咱俩一块儿想办法，行吗？你要相信我！"

胡玉兰点了点头，又摇了摇头，最后终于哭出了声："晚了，一切都晚了，我的一切全完了。"

李剑锋急道："什么晚了？有什么事你跟我说呀！"

胡玉兰哭着说："我说了，你还爱我吗？你如果爱我，我就跟你说。你要是不爱我，我就去死。"

李剑锋紧紧抱住了她："王兰，你放心吧，我爱你。"

"你骗我。"胡玉兰推开他，跑向了一边。

李剑锋追了过去，一把搂住了她："你如果相信我，就说出来。就是天大的事情，咱俩一起去面对。"

胡玉兰问："真的？"

李剑锋点了点头："嗯，真的。"

"我要你跟我走，咱俩从此浪迹天涯，再也不回龙城县了，你能做到吗？"

"为什么要去浪迹天涯，能给我个理由吗？"

胡玉兰满含热泪说道："你不是想知道上次那封信是谁写的吗？我告诉你，那是我写的。你不是想知道严绥纵队情况吗？我都知道。上次在小树林，我就是冲着章鱼去的，没想到你不是章鱼。"

　　胡玉兰的话并没有让李剑锋感到意外，他平静地说："胡玉兰，省公安局已经命令，所有的特务人员应立即投案自首进行登记，交出武器和组织证件。凡是真诚悔改者，政府给予宽大。要是能够戴罪立功，协助人民政府破获案件者，政府给予奖励。你能认识到自己的罪行，这很好，你又帮助政府破获了侯有林敌特案，我想政府会对你宽大处理的。"

　　胡玉兰满眼含泪看着李剑锋："剑锋，我多么想跟你一起走进婚姻的殿堂呀，可是，我没那个福分，我是一个有罪的人，让我最后叫你一声亲爱的吧！"说完转身要跑。

　　李剑锋厉声喝道："胡玉兰，你站住。你虽然犯了罪，只要你能自首，政府会对你宽大处理的。你如果顽固不化，将是死路一条。"

　　胡玉兰跑了两步，突然停了下来，慢慢转过了身："我，我听你的，我去自首。"说完，发疯了一样跑远了。

　　"胡玉兰，你给我站住。"李剑锋紧追了下去。

　　万籁寂静的深夜，龙城县县委大院，只有县委书记吴自成室内的灯光还亮着。

　　吴自成正带着老花镜，认真看着王树生送交的报告。

　　王树生则严肃地站在他的身后。因为这件事情太重大了，他不敢向县委有一丝的隐瞒。由于县委和县政府同在一个院，为了防备走漏消息，他只能在晚上找吴自成汇报这一情况。

　　吴自成看着看着，眉宇间渐渐拧成了一个大疙瘩。他放下了文件，点了一支烟，问道："树生，你给我交一个实底儿，你们对赵海山的调查究竟掺杂着个人的感情因素没有？"

　　王树生认真地说："吴书记，我可以用自己的党性担保，我们对任何一个人的调查都不会掺杂着个人的感情。从情理上讲，赵海山同志在解放前是咱们县大队的政委，为革命确实做了不少工作，还负过几次伤。可是经过我们的调查，他确实存在着可疑之处，而且是重大可疑之处。吴书记，您还记得咱们进城前遭到敌人袭击的事情吗？"

　　吴自成道："怎么不记得，那件事情，我到死都忘不了。那天晚上，咱们一次就牺牲了五个同志，如果不是你的提醒，咱们的县委会就让敌人给连锅端了。"

王树生从卷宗里掏出了那本敌伪时期的档案，翻了几页，递给了吴自成："吴书记，您看这个。"

吴自成戴好老花镜，拿起了卷宗，认真看了起来。刚看了几眼，吴自成就勃然大怒，把卷宗摔在了办公具上："怎么会这样！怎么会这样！"

王树生看着来回走动的吴自成，搓着手，不知如何是好。

吴自成停住了脚步，点了一支烟，问道："你们到张家口调查，查到什么重要线索没有？"

王树生道："我们派李剑锋等人到张家口市查阅了国民党时期的档案，只是查到了平绥纵队的蛛丝马迹，没有发现关于咱们县这方面的情况。刚才您看的这些线索，是我们通过县大队移交的敌伪档案查到的。"

吴自成想了想，说道："我们刚刚接到地委的通报，东野和华野已经全面展开了平津战役，现在张家口和天津都已经解放了。我军已经把傅作义团包围在北平。为了避免北平这座古城遭受战火涂炭，我军正在动员傅作义缴械投降。可以说，北平的解放已指日可待了。敌人为了挽救他们失败的命运，一定会在这个时刻部署潜伏力量，对我们进行破坏和捣乱，如果不及时打掉敌人的潜伏计划，往近了说，会影响到平津战役的进程；往远了说，会对我们管理城市造成巨大的威胁呀。"停了停，他又说："现在地委的领导正在配合大军解放北平。这个时候，咱们先不能干扰地委领导的工作。这样吧，你马上派几个可靠的同志，密切监视他的行动，必要的时候，可以先逮捕他。另外，你们要对材料进一步核实，我们既不冤枉一个好同志，也决不能放过一个敌人，不管他的职位有多高。"

王树生敬了一个礼，出去了。

见王树生走远了，吴自成掐灭香烟，伸了一个懒腰，然后熄灭了灯，准备休息。

一个黑影儿蹑手蹑脚地来到了吴自成的门外。他侧耳听了听屋内的动静，然后掏出了一把闪亮的匕首，插进了门缝里，准备拨弄门的插棍。拨了几下，吴自成的房门便被打开了。

黑衣人刚想进入屋内，忽然听到走廊传来警卫班战士严厉的声音："什么人？"紧接着就是拉动枪栓的声音。

黑影转身一看，一个哨兵正端着长枪指向自己。他一猫腰，把匕首投向哨兵。哨兵发出了一声惨叫，倒在了地上。就在哨兵倒在地上的一瞬间，开枪报了警。

黑影从腰中掏出了手枪，就要冲进吴自成的房间。这时候，警卫班的战士端着枪冲了过来。

吴自成听到了院内的动静，也提着手枪冲出了房间。

黑影见势不妙，朝着吴自成的房间胡乱打了两枪，然后向房间里扔进了一颗手榴弹。

吴自成的房间里顿时传出了一声巨响。随着手榴弹的爆炸声，黑影一转身，借着夜色逃走了。

正值夜半时分，一个蒙面人悄悄来到了王庄旁的龙王庙前。蒙面人快步走进大庙，看了看四下无人，径直来到了西厢房前，一闪身进了屋。然后轻轻在墙上按了一下，墙壁上突然打开了一个门。原来，这里是一个密室。蒙面人又回头看了看，走了进去，点亮桌上的油灯。

密室虽然不大，但里面堆放的东西并不少。不仅整齐码放着二十来支冲锋枪和几箱子弹，而且还赫然摆放着几个很大的炸药包。桌子上摆着一部电台，以及各种食品。

蒙面人摘掉脸上的面罩，点燃了一支烟，使劲吸了两口，然后在桌前坐下，稳了稳神，打开了电台，戴好耳机，准备发报。正在这时，院子里传来了两个男子的对话声。

一个外地男子的声音："怎么会没影了呢？刚还在这儿呢。"

另一个声音冷笑道："放心，他跑不了，就在这附近。"

"那咱们找找看，不会是进了西厢房了吧？"

"走，咱们先进去看看，说不定屋里有密室。"紧接着，就是几个人进屋的脚步声。

密室的男子赶忙摘下耳机，关掉电台，并迅速吹灭了灯，重新戴上了面罩。然后从桌上抄起了手枪，推弹上膛，把枪口对准了密室的门。密室外的脚步声越来越近，紧接着是翻动物品的声音，响声越来越大。

密室内的蒙面人屏住了呼吸，不敢发出一丝的响动。

陡然，密室外的声音停了下来，紧接着传来一个声音："走吧，我看清了，刚才是一条狗。"

密室内的蒙面人听着愈来愈远的脚步声和关门声音，长长出了一口气，放下了手中的枪，重新点燃了油灯。

第二天一早，一辆军用吉普车在龙城县政府大院的门前戛然停下。车上下来一个女解放军军官。她健步来到传达室前，稳了稳神，然后敲开了房门，递上了介绍信，笑容可掬地说道："我叫李晓雨，是北平市委社会部的，有重要事情来找你们吴书记，这是我的介绍信。"

传达室的干部看了看介绍信，不敢怠慢，赶快带着李晓雨来到了吴自成的办公室。

李晓雨从档案袋中掏出了一沓厚厚的材料，拿起了一张照片，严肃地说道："吴书记，请帮我赶快找到这个人。"

吴自成拿起了档案上胡玉兰的照片看了看后，大吃一惊："你找她？有什么事情儿吗？"

李晓雨道："这个人是国民党保密局察哈尔站张家口站的少校副官，叫李云芳。根据目前我们掌握的情况，她现在在贵县的一个内部单位上班。她手上有一份敌特平绥纵队的潜伏名单。这个人现在对我们的危害极大，必须立即逮捕她。"

吴自成一听顿时急了，忙忙打电话把王树生叫了过来。

王树生看完了胡玉兰的照片，又拿起档案看了看，然后和吴自成对视了一眼，奇怪道："这个人不是叫胡玉兰吗？她怎么是特务呢，你们是不是搞错了？她在我们龙城县可是个大功臣呀！她的全家刚刚被特务杀了。"

李晓雨道："错不了，她的本名叫胡玉兰，是你们龙城县杨树沟村人。1946年，就已经在张家口加入了国民党军统组织，在国民党保密局内部，是个大名鼎鼎的间谍之花。另外，据可靠消息，国民党保密局北平站已经派特务来到了龙城。为了确保这份名单不落入特务之手，平津战役前委和北平市委社会部派来了一个连的兵力，配合我们行动。"

吴自成和王树生齐口同声地说道："这太好了。"

第三十章　血色黄昏

71

下雪了，而且越下越大。纷纷扬扬的大雪很快就把远处的高山和近处的龙城县城淹没了。十几米之外几乎看不清人的影子。

按照约定，胡玉兰一大早就来到了王庄村外。为了不引起别人的注意，这次，胡玉兰把自己打扮成了一个老态龙钟的农村妇女，弯腰拄着拐杖，手里还拎着一个小筐。

这里曾是胡玉兰回龙城后第一次和章鱼接头的地点。破庙虽然距离王庄村有一里多路，为了稳重起见，胡玉兰来到破庙后，没敢贸然进去，而是躲在附近仔细观察了好一阵儿。当她感觉确实没有危险时，才缓步向那座破庙走去。这次，胡玉兰下了决心，如果赵海山确实是章鱼，一定要把他除掉，永绝后患。

尽管在此前她来这里侦察过数次，她每次走进这座破庙，都感觉与众不同。

胡玉兰在大庙里面转了一圈儿，也没有发现接头人。

就在胡玉兰准备转身离去的时候，忽然感觉自己的背后被枪顶住了。紧接着，背后传来了一个沙哑的声音："水仙，李云芳，果然是你，举起手来。"

胡玉兰只得乖乖举起了手。随后，对她进行了搜查，当发现她没有带武器后，才命令她转过身来。

胡玉兰转过身，发现一个乞丐正站在自己的面前。她不禁一愣，但定睛一看，才认出来，此人果然是县长赵海山。虽然他经过精心化装，身上也落满了雪花，但还是露出了破绽。

赵海山收起了手枪，冷笑道："水仙，我们终于见面了。"

胡玉兰注视着赵海山片刻，然后冷冷地说："对不起，你认错人了，我不认识你，我也不是什么水仙。"

赵海山笑道："可我认识你呀！小胡老师，在县文教办，在支前的路上，难道你都忘啦！"接着，他仰望着漫天的大雪，慢慢吟诵起了古诗："塔势如涌出，孤高耸天宫……"

赵海山念完了这两句诗，凝眉深思了一下："对不起小胡老师，我把后面的忘了，你能提醒我一下吗？"

胡玉兰心中一怔，这正是老舅当初留给自己与章鱼接头的暗号，看来赵海山确实是章鱼。

当老舅把接头暗号告诉给自己时，自己并不理解这首诗的意思。经过查阅资料，才对这首诗的意思有了大致了解。

"誓将挂冠去，觉道资无穷。"胡玉兰想了想，轻声说出了这首诗的最后两句。

赵海山笑了笑："水仙，这下你放心了吧，我就是章鱼。"

胡玉兰也摘掉了围巾，不怀好意地笑道："赵海山，共产党的县长，章鱼，是呀，我到龙城已经快半年了，你不觉得咱俩现在才见面，有点儿晚了吗？现在张家口已经落到了共产党手里，北平也快了。"

赵海山警觉地看着胡玉兰："是呀，李云芳。不，水仙，不晚，北平至少现在还在国军的手里，再说我们还有南京呢！"

胡玉兰笑道："不见得吧，我看赵县长三番五次地追杀我，难道不是在找自己的退路？"

　　赵海山意味深长地说道："人的本能嘛！按照共产党的说法，保护自己才能消灭敌人。你水仙不是也在拼命地找李剑锋当靠山吗？"

　　胡玉兰冷笑道："这也不是你杀人的借口呀。这半年来，你在龙城县杀死了多少人，很多可是无辜的群众呀！"

　　赵海山低着头说："这也不是你我希望看到的结果呀！这能怪谁呢？要怪只能怪战争的残酷。"

　　胡玉兰本想从赵海山那里拿到名单后，带着平绥纵队完整的名单去找李剑锋自首。但看到赵海山顽固的样子，便说："现在国共两党的大局已定，你不觉得，你我都该为自己打算吗？"

　　赵海山道："是呀，北平即将沦陷，我想问一问你，你的如意算盘是怎样打的？"

　　胡玉兰追问道："章鱼，那你又打算怎样收场呢？"

　　赵海山笑道："我知道，平绥纵队九个县的潜伏名单都在你身上。只要你痛痛快快交出平绥纵队的名单，我会考虑饶过你的。到时候我到南京去报到，你可以继续留在龙城，咱俩井水不犯河水，龙城县也没有人知道你胡玉兰的真实身份了。当然了，你如果想去南京，咱俩可以一块儿走，怎么样？"

　　胡玉兰冷笑道："章鱼，你以为你还能到南京去吗？"

　　赵海山一笑："怎么不能，北平现在不是还在国军的手里吗？龙城距离北平不过几百里路，一切都还来得及，保密局北平站早就给我安排好退路了。"

　　胡玉兰笑道："你的如意算盘打得不错呀，不愧为军统中精英，佩服！佩服！"

　　赵海山道："我和你，只不过经历不同罢了。你一开始就战斗在军统的一线。我呢，由于环境逼迫，只能身在曹营心在汉。水仙，这样吧，我也不难为你，交出名单，你我各走各的道。我这是一片好心。"

　　胡玉兰不客气地说："你的好心我早已经领教过了，一旦你拿到名单，下一个死的该是我了。"

　　赵海山摇了摇头："那不见得。水仙，实话告诉你，其实你一到龙城，张家口站就发来了让我和你接头的指令。可是，当时的环境太复杂了，我知道你在龙城完小已经被人监视后，才把你弄到了文教办，保护起来的。还有，就是在支前团的时候，又是我一次一次掩护你，甚至让你成为模范。另外，你还不知道吧，张家口解放后，李剑锋已经派人到张家口调查过你。这说明什么？说明他们已经不信任你了，说不定他们已经把你的底细查了个一清二楚⋯⋯"

不等赵海山把话说完，胡玉兰就打断了他："那么，在黑风口村外的树林里发生的事情呢，你怎么解释？"

赵海山笑了笑说："你是知道的，干我们这行的，开弓没有回头箭呀！你以为向共产党投诚，他们就会饶过你吗？我也不会饶过你的，包括李凤起和马子跃。只可惜马子跃他三个居然不是你的对手。"

枪已经被赵海山收缴了，怎么能逃生呢，胡玉兰顿时心生一计。她想了想，说道："章鱼，我知道我不是你的对手，现在你可以随时杀了我。可有一事我不明白，你能告诉我吗？你是怎么潜伏这么长时间的呢？又是怎么混到共产党的内部呢，好让我死个明白。"

赵海山奸笑了两声："那我就让你死个明白。说来，这还要感谢你的舅舅李宝库。抗战期间，我在龙城游击大队的时候，有一次到县城搞情报，不料被军统局的人抓到。对，就在木林森的庆和饭馆，我经不住他们的严刑拷打和美色的诱惑，才投靠了军统。那时你的舅舅就在龙城，我就投靠了你舅舅李宝库，成为章鱼。这件事情只有你舅舅一个人知道，他给我安排的任务是，长期潜伏。"

听了这些，胡玉兰这才恍然大悟，她没想到李宝库也经常暗中往返龙城县，竟是这么多伤天害理事儿的罪魁祸首。

赵海山继续道："我的代号之所以叫章鱼，一是当时的县长叫张玉山，他也在布置潜伏人员，只不过他布置的潜伏人员全是当时的还乡团。我把这个情况向你舅舅汇报后，他密令我，在此基础上采取障眼法，部署潜伏力量。二是张玉山一旦暴露了，我们还可以丢卒保车，掩人耳目。好了，我都给你讲完了，你把名单给我吧。"

"这⋯⋯"赵海山是章鱼不假。但他目前是共产党的县长，张家口已经解放，北平的解放也指日可待，他放着共产党的县长不做，而去追随一个即将垮掉的国民政府，这可能吗？他在拿到名单后，就把自己干掉呢？这样一来，龙城就没有任何人知道赵海山的底细了，继续在龙城县当他的县长。想到这儿，胡玉兰满脸堆笑地说："我来得比较匆忙，真的没带名单，下次吧，下次接头的时候我交给你。"胡玉兰说着用眼睛的余光扫视了一下四周，准备尽快脱身。

不料，赵海山突然掏出匕首，蹿了过来，并把匕首抵在了胡玉兰的脖子上，冷笑道："李云芳，别跟我开玩笑了，赶快把名单交出来。"

胡玉兰不甘示弱地说："我没有名单，我是奉命来龙城找你取名单的。章鱼，你应该把龙城县潜伏小组的名单给我才对，现在你怎么会倒打一耙，向我要名单呢？"

"张家口已经沦陷了，你认为，我会把名单给你吗？"赵海山说着一只手拿着匕首，另一只手开始翻剥开了胡玉兰的外衣、内衣，搜索着名单。

胡玉兰有心反抗，但迫于赵海山的匕首，只得无奈地低着头。

就在赵海山的手伸进胡玉兰内衣的时候，一个身影突然出现在赵海山的背后，用枪牢牢顶住了他："章鱼，不，赵县长，你终于露面了。"紧接着，从大殿里又走出来一个人。

胡玉兰一眼认出，来人是赵克辉和韩老七。由于受伤，赵克辉的左胳膊还吊在胸前，右手拿着手枪。看到赵克辉，胡玉兰不禁新仇旧恨涌上心头，她恶狠狠地骂道："赵克辉，你这个丧尽天良的畜生！"

赵克辉冷笑了两声："现在究竟谁先死还两说呢！"说着，举起了枪，对准了胡玉兰："看来这真是巧合呀，两个混进共产党内部的党国间谍都在这里了。今天你们两个谁也别想走。"

赵海山的手赶忙从胡玉兰的前胸移开，干笑了两下。

赵克辉从赵海山的衣兜里搜出了手枪，在手里掂了掂，交给了韩老七。随后，把目光又转向了胡玉兰："李云芳，你没想到吧，我们会在这里见面，这叫螳螂捕蝉，黄雀在后。"

胡玉兰怒斥道："赵克辉，我后悔当时为什么没一枪打死你。"

赵克辉讥笑道："跟我斗，你还嫩了点。说，名单在哪里？"

胡玉兰坚定地说："我没有名单。"

赵克辉冷笑道："师妹，不要太任性了，我一定会找到这份名单的。等我收拾完章鱼，再来收拾你。"接着他又转向了赵海山："赵县长，我很感谢你，上次我得到的名单是假的。但是，这次我已经得到了这份真名单。"赵克辉说着，从怀里拿出了一个小本子，在赵海山和胡玉兰的眼前晃了晃。

赵海山和胡玉兰同时睁大了眼睛，这的确是龙城县潜伏小组的名单，因为那个本子封面上的图案是真实的。

赵海山急问道："你是怎么找到名单的？"

赵克辉哈哈大笑道："我不光找到了名单，还找到了你存放的枪支弹药。章鱼，你没想到吧！"

"啊！"赵海山冲着赵克辉大叫了一声："原来昨天晚上是你？"他一边说着话，一边把身体不断靠近大墙的拐角。

赵克辉得意扬扬地笑着："是我又怎么样？别以为你的密室没人发现。跟我比，你差了个远。"

"老子今天和你拼了。"谁也没有料想，赵海山突然从大墙拐角掏出了隐藏的一把手枪，冲着赵克辉和韩老七连开两枪。

韩老七当场倒在地上断了气。赵克辉躲闪不及，子弹正中他的前胸，他倒在地上，刚要反抗，便被赵海山上前一脚，踢掉了他手中的枪，然后一脚踩在了他的前胸上。

"啊！——"赵克辉发出了一声惨叫，枪声和惨叫声划过冬季的天空，令人毛骨悚然。

赵海山从地上捡起名单，揣到了怀里，然后冲着胡玉兰冷笑道："今天，你们几个谁也跑不掉。杀掉了你们，从今往后，龙城就没任何人知道我的身份。哈哈……"赵海山得意地仰天大笑着，端着枪冲着胡玉兰一步步逼来，又一把薅住了胡玉兰的袄领子，把枪口对准了她："快把名单给我，不然我打死你。"

"我没有名单，你打死我吧。"胡玉兰斩钉截铁地说。

赵海山上前给了胡玉兰两个耳光："想死，我现在成全你。"说着就要扣动扳机。

胡玉兰不知从哪里来了那么大的力气，猛地转过身子，和赵海山扭打在一起，但很快就被赵海山打翻在地上。

就在赵海山举枪对着胡玉兰扣动扳机的刹那间，门外传来了一声枪响。赵海山和胡玉兰定睛一看，顿时呆住了，原来李剑锋正站在面前。

72

原来，昨天下午，李剑锋没有追到胡玉兰，料想她不会跑远，便带人搜查了胡玉兰的宿舍。结果不仅搜出了袖珍电台，而且搜获了电池和密码本，另外在桌子上还摆着一件刚刚织好的红毛衣。

在场的文教办的干部谁也不会想到，昔日漂亮美丽、勤奋好学的胡玉兰竟然是个女特务。李剑锋派人在胡玉兰宿舍蹲守的同时，王树生带着全局的干部和公安队员在全城开展了清查。他们搜查了胡玉兰有可能藏身的所有地方，结果折腾了一夜，也没有发现胡玉兰的任何踪迹。

正在这时，赵雪梅的母亲也找来了，声泪俱下地说，从昨天晚上，赵海山就不见了，而且带走了家里所有值钱的东西。

王树生刚要说什么，办公室的干部急匆匆地跑了过来，报告说，在城北王庄附近有枪声。王树生顿时急了，赶忙打电话向吴自成书记报告情况，同时向李晓雨和人武部通报情况，请求增援。

看到李剑锋，赵海山知道自己已经无法脱身了。他狗急跳墙，一把抓起了满嘴是血的胡玉兰，用匕首抵住了她的脖子，另一只手用枪瞄准了李剑锋："李剑锋，你来得正好，今天你们谁也跑不了。"

李剑锋厉声喝道："章鱼，今天你跑不了了，放下武器。"

赵海山歇斯底里地喊着："李剑锋，今天咱们不是鱼死就是网破。"做出要扣动扳机的架势。

胡玉兰大声喊着："章鱼，不要杀剑锋。要杀你杀我好了，我早就该死。"说完，胡玉兰哭泣起来。

"爸。"赵雪梅带着人冲了进来，声嘶力竭地喊着："这究竟是怎么回事，是怎么回事呀？你快松手呀！"

赵海山回头一看，在赵雪梅的背后，县委书记吴自成、公安局长王树生等人和十多名公安队员也都冲进了大庙，把枪口对准了赵海山。

"爸，你快松手呀！"赵雪梅流着泪大喊大叫着，她想冲过来，手却被王树生牢牢抓住了。

赵海山哈哈大笑着："好牙，你们都来了！"

吴自成摇头叹息道："真没想到呀，你竟然会是章鱼。赵海山，眼前你唯一的出路，就是放下武器。"

赵海山指着胡玉兰，冷笑道："吴自成，大概你还不知道吧，这个人就是国民党保密局张家口站的谍报之花，李云芳。"

穿着军装的李晓雨怒视着胡玉兰："李云芳，你看看，我是谁？你的表演该结束了！"

当胡玉兰看到李晓雨时，感觉万分恐惧。李晓雨知道自己在张家口所做的一切，看来已经败露无遗。她低下了头。她想朝前挪动脚步，但身子却被赵海山牢牢控制着。

李晓雨继续道："李云芳，早在三年前，我就劝过你，要你改邪归正，不要成为历史的罪人。没想到，你竟然潜伏回了龙城县来搞破坏活动。要知道这样，我在张家口就应该把你干掉。"

"你不要，不要，晓雨姐姐，我已经改邪归正了。我现在正在赎自己的罪，不信你问问李剑锋，龙城县公安局的李股长。"

"住口，我不是你的姐姐。你这个特务！"李晓雨怒不可遏地喊道。

赵海山手中的匕首用力抵住了胡玉兰白皙的脖子："李云芳，看到了吧，现在你说什么也没用了，他们是不会相信你的。"

胡玉兰大声哭泣着："李剑锋，你快给我证明呀！李剑锋，你说话呀！我已经改好了，还是个支前英雄呢！"

所有的人都把目光投向了李剑锋。

李剑锋端着枪向赵海山慢慢走来："赵海山，放下枪，一切都可以商量。"

赵海山晃动着手枪，冷笑道："李剑锋，你不要过来。你再走，我就要开枪了。"

胡玉兰大声喊着："李剑锋，你不要管我，快开枪呀，快开枪呀！"

赵海山用力勒着胡玉兰的脖子，大声喊着："李剑锋，你再动，我现在就杀了她。"

胡玉兰拼命地扭动着身子。

"爸，吴叔叔他们说了，只要你把枪放下，会放过你的。"赵雪梅呜呜地哭出了声。

赵海山无奈地笑了笑："放下武器，你们能饶过我吗？死去的那些战士能饶过我吗？雪梅，爸对不起你了，我这也是一时糊涂呀！"说着，赵海山落下了几滴眼泪。

吴自成厉声喝道："赵海山，放下武器，是你唯一的出路。"

赵海山冷笑了两声："我的归宿是南京。"

吴自成义正词严道："赵海山，你别做梦了。我实话告诉你，傅作义已经接受了我党和平改编的建议，你南逃的路已经断了。"

"啊！——"赵海山发出了声嘶力竭的叫声，在雪野中显得那样苍白无力。

吴自成继续道："你居然还想刺杀我。大概你没想到吧，我提前把警卫班的人全换掉了。"

赵海山又发出了一声号叫。

正在这时，破庙的大殿的房顶上突然传来两声枪响，赵海山应声倒在了地上。紧接着，又是几声枪响，几名公安队战士纷纷倒在地上。

"爸！"赵雪梅声嘶力竭地喊了起来，她想冲上前去救赵海山，被王树生一把拉住了。

王树生一挥手，大家赶忙分散队形，隐蔽起来，举目向大殿的房顶看去。只见一个男人露出了头："胡玉兰，你想不到吧，我又回来了！"

胡玉兰抬头一看，原来此人正是梅凤祥，她心中不禁纳闷道，梅凤祥不是已经死了吗，怎么又活了？

梅凤祥又朝天上开了一枪，命令道："胡玉兰，你赶快进大殿，我护送你去北平。"

胡玉兰环视了四周一眼，慢慢站起身。

李晓雨大声喊着："李云芳，你不要过去！"

李剑锋在墙垛的一侧，大声喊着："胡玉兰，你不要执迷不悟！"

梅凤祥还在大声喊着："是北平站新来的徐站长让我来接你的，你赶快跟我走。"

"胡玉兰，你千万不能去呀，那是死路一条！"李剑锋看到有几个人已经冲出了大殿，来抢胡玉兰，更一面向房顶上开枪，一面匍匐着向胡玉兰靠近。

一颗子弹击中胡玉兰的前胸，胡玉兰一声惨叫，倒在了地上。

李剑锋一看顿时急了，猛地站起身，不断变换姿势向大殿上射击着，快速接近胡玉兰。公安队战士也一齐向房顶射击，掩护着李剑锋。

一颗子弹打中了李剑锋的左臂，李剑锋咬了咬牙关，强忍着疼痛，继续向胡玉兰艰难地靠近着。

忽然，大殿外传来急促的枪声，还夹杂着手榴弹的爆炸声。伴随着阵阵硝烟，房顶上几个特务滚落了下来。

所有在场的人不知外面发生了什么事，都睁大了眼睛。

外面的喊杀声越来越大，爆炸声也越来越剧烈，震得大地在颤抖。

梅凤祥恶狠狠地咆哮着："我跟你们拼了。"紧接着，就听一声巨响，大殿的房顶"轰"地倒塌了。

硝烟散去，一切恢复了平静，众人紧紧围了过来。胡玉兰浑身是血倒在地上，大概由于失血过多，脸色异常惨白，鲜血已经把雪染红了。

李剑锋艰难地爬到了胡玉兰的跟前，一把紧紧拉住了胡玉兰的手。

胡玉兰看到李剑锋，嘴角先是蠕动一下，然后艰难地笑了笑，断断续续地说："李股长，潜伏小组的名单在我的宿舍西南墙角的地下埋着。还有，在杨树沟胡三元的地窖里，我还存着一箱手榴弹和一百发子弹，你去取吧。我这算不算自首？另外，我给你织的毛衣……"胡玉兰的眼睛直勾勾地看着李剑锋，另一只缓缓伸向李剑锋的手无力地落下了。

李剑锋一阵心痛，他擦去了胡玉兰嘴角的血迹，然后艰难地站起身，抱着胡玉兰，一步一步向前走去……

1949 年初，北平和平解放前夕，察哈尔察南公安处配合平津战役总前委和北平市地下党组织，一举查获国民党保密局在平绥铁路沿线的敌特潜伏组织——平绥纵队，抓获敌特人员五百余人，有力地配合了我军在正面战场的攻势，为北平市的和平解放工作做出突出贡献。同时，也彰显了人民公安机关在平津战役期间在谍战方面的卓越功勋。